Lidia Ravera

SPRICH MIT MIR

Roman

Aus dem Italienischen
von Annette Kopetzki

ROWOHLT

Die Originalausgabe erschien 2021
unter dem Titel «Avanti, parla»
bei Giunti Editore S.p.A. / Bompiani.

Das vorliegende Werk wurde mit Unterstützung
des *Centro per il libro e la letteratura* des italienischen
Kulturministeriums übersetzt.

CENTRO
PER IL LIBRO
E LA LETTURA

Deutsche Erstausgabe
Veröffentlicht im Rowohlt Verlag,
Hamburg, Juni 2023

Satz aus der Zenon Regular
Gesamtherstellung CPI books GmbH, Leck
ISBN 978-3-498-00294-7

Für Eva,
Nicola,
Matilde
und Alice

What is our innocence,
what is our guilt? All are
naked, none is safe. And whence
is courage: the unanswered question,
the resolute doubt – dumbly calling,
deafly listening – that
in misfortune, even death,
encourages others
and in its defeat, stirs
the soul to be strong?

Marianne Moore, What Are Years?

1.

BERICHT VOM VERGANGENEN JAHR

2019, Ende August

Ich schreibe nicht gern. Ich mag es nicht, nach Worten zu suchen, Worte auszuwählen. Das kommt mir willkürlich vor, abgeschmackt. Oder anmaßend. Darum habe ich nie geschrieben, abgesehen von den zwischen 1983 und 1996 verfassten achtundneunzig Briefen, die allerdings nicht mehr in meinem Besitz sind. Ich hoffe, Furio hat sie vernichtet. Wahrscheinlich hat er das getan, er hinterlässt nicht gern Spuren, und vielleicht hat er recht. Seine Antwortbriefe habe ich allerdings behalten, es sind nicht achtundneunzig, sondern sechsunddreißig, denn oft hatte er keine Lust.

Diese wenigen Zeilen habe ich am Sonntagabend geschrieben: Ich schweife ab, ich kann die Pinne nicht gerade halten und den Gedankengang nicht dorthin lenken, wohin er gehen soll.

Ich müsste aufgeben, tatsächlich habe ich schon daran gedacht.

Gestern habe ich den ganzen Tag daran gedacht, das war Montag.

(Eben: Ist es nicht egal, ob gestern Montag war? Die Tage, aus denen sich mein Leben zusammensetzt, sind völlig austauschbar. Früher, als ich noch zur Arbeit ging, gab es die Sonntage. Der Sonntag war der einzige Tag ohne Struktur.)

Ich habe mich gefragt: Warum musst du diesen Bericht schreiben, diese Erzählung, um die dich niemand gebeten hat, dieses rückläufige Tagebuch?

Um es zu teilen? Mit wem?

Warum nistest du dich nicht weiterhin in dein Schweigen ein, wie du es immer getan hast, seit du aus deiner geräuschvollen Jugend geschlüpft bist?

Meine Stille.

Genau darum geht es.

Ich kann sie nicht wiederfinden. Seit «sie» in meinen Zufluchtsort eingedrungen sind wie eine stürmische Böe durch ein vergessenes offen gelassenes Fenster.

Meine Stille ist dahin.

Diese bestimmte Stille.

Und diese Stille ist nicht so leicht zu erreichen. Sie ist ein weißes Gemälde, sie erfordert Ordnung und jene Haltung der Mäßigkeit, die einen darin schult, mit den eigenen Kräften hauszuhalten.

Die Stille ist nicht nur Schweigen wie bei der Ordensregel der Klausur. Die Stille, meine Stille, ist ein Gespräch, das keine Erwiderungen, Reaktionen, Antworten will. Keine Kommentare.

Meine Stille setzt die Abwesenheit von Gesprächspartnern voraus.

Ich kann Guten Tag sagen, wenn ich jemandem im

Treppenhaus oder im Hausflur begegne. Und als Rückprall ein Guten Tag erhalten.

Den Einkauf mache ich im Supermarkt.

Ich wähle aus, fülle den Einkaufswagen, lege die Ware auf das Laufband vor der Kassiererin, überreiche ihr die Geldkarte, tippe den PIN-Code ein.

Danke und Auf Wiedersehen, sage ich, aber nicht immer.

Schon wieder bin ich vom Weg abgekommen, ich muss die wichtigen Dinge aufschreiben, die Ereignisse, die Vorfälle oder, wenn möglich, die Hintergründe.

Wer ich bin, wie ich bin, wie mein Vater und meine Mutter waren, alles muss ich auf diesem Tisch, auf dieser Seite aufreihen, damit ich es wegwischen kann.

Beim Erzählen gibt es eine Hierarchie, und darum, genau darum erzähle ich nicht gern.

Aber ich muss es tun.

Und ich muss es gut machen, denn ich muss den Riss nähen. Um dahin zurückkehren zu können, wo ich war, wo ich zwanzig Jahre lang war.

Allein und ausgefüllt. Zufriedengestellt durch Ablehnung, wie ein misstrauischer Hund. Zusammengekauert in der Abwesenheit, in meinem Nest aus Erde und Stroh. Im Haus am Fluss.

Ich bin sechsundsechzig Jahre alt, seit ich vierzig wurde, schneide ich meine Haare nicht, sie sind weiß und sehr dicht. Ich binde sie zusammen mit dem, was mir unterkommt. Schnürsenkel, Gummibänder. Vor zwanzig Jahren hatte ich auch schon lange, weiße Haare. Aber ich trug sie geflochten. Zur Arbeit ging ich mit geflochtenem Haar. Ich musste ordentlich aussehen, um die Situation nicht zu verschlechtern. Schon mein schweigsames Wesen war ein Problem, es wurde erschwert durch die erzwungene Beziehung zu den anderen, acht Frauen, alle im selben Raum, wo sie die gleichen Gesten ausführten, Schachteln zusammenbauten, mit flinken Fingern, mehr Handwerkerinnen als Arbeiterinnen.

Da war diese Geschichte, dass ich nicht plaudern wollte.

Wenn du nicht plauderst, während du mit den Händen arbeitest, und um dich herum immer dieselben Personen arbeiten, jeden Tag, außer samstags und sonntags, bist du wie eine Abstinenzlerin bei einem Hochzeitsbankett.

Es gibt ein unausgesprochenes Nein danke, das verletzt, das das Verhalten der anderen in seinen Grundfesten erschüttert.

Einander Signale senden, sich wiedererkennen.

Sich eine Existenz verleihen.

Gegenseitig.

Tag für Tag, Jahr für Jahr.

Da war also diese Geschichte, dass ich nicht plauderte. Und wenn ich es tat, merkte man, dass es nicht freiwillig geschah. Doch vor allem war da die unpassende Adresse in diesem malerischen, angesehenen Teil der Stadt, da war diese Wohnung weit weg von den Vierteln, wo die anderen wohnten. Prenestino, Tiburtino.

Weit weg, anders.

Ein großbürgerliches Haus, in den Dreißigerjahren des vorigen Jahrhunderts gebaut, mit Ausblick auf die Bäume, die den Tiber abschirmen.

Ich habe nie jemanden eingeladen, nie eine Einladung angenommen.

«Wo wohnst du?»

«Draußen.»

Die Älteren hörten auf, mich einzuladen, die Jüngeren haben es nie getan, darum brauchte ich nicht mehr zu lächeln und mich zu entschuldigen. Herzlichen Dank. Nett von dir. Aber nein. Nein danke.

Als die Direktion mir mitteilte, dass sie mich nicht mehr brauchte, konnte ich meine Abwesenheit vervollkommnen. Ich hatte nichts mehr zu verbergen. Ich verletzte niemanden mehr.

Ich konnte für immer schweigen.

Man muss schweigen lernen, um nicht lügen zu müssen.

(Noch so ein Satz, und ich entziehe mir die Erlaubnis zum Schreiben, diese provisorische Freiheit, die notwendig wurde, weil ich das dringende Bedürfnis hatte, in der Zeit zurückzugehen. Nicht um Jahrzehnte, wie die Frauen meines Alters, die wieder jung sein möchten. Ich möchte nur um ein Jahr zurückgehen, dieses eine, das gerade zurückliegende Jahr.)

Gut, fangen wir noch einmal an: Jeden Morgen ging ich spazieren.

Ich habe keinen Hund, aber ich mag die Hunde der anderen.

Ich ging am Flussufer entlang, ohne zu laufen, ich ging zwischen den Leuten, die laufen. Oder den Hund zum Laufen ausführen.

Während ihr Hund läuft oder an den Exkrementen anderer Hunde schnüffelt, reden die Leute am Telefon.

Manchmal reden sie auch mit ihrem Hund. Oder mit den anderen Hundehaltern.

Na, bitte: Ich habe eben erst angefangen und bin schon wieder gescheitert. Ich kann nicht erzählen. Ich gebe abschweifenden Gedanken Raum und verliere sofort den Faden.

Mein Kopf ist in Unordnung. Das sagte meine Mutter,

bevor sie mir ankündigte, sie würde zum Friseur gehen. Einen unordentlichen Kopf zu haben, hinderte einen an einem anständigen gesellschaftlichen Leben.

Der Kopf meiner Mutter ließ sich leicht wieder in Ordnung bringen. Von der Friseurin. Meiner nicht. Mein Kopf ist voller unfertiger Gedanken. Legen und Frisieren ist nicht machbar.

Die Gedanken überschlagen sich, zappeln, stoßen gegeneinander. Schließlich zersplittern sie. Ein klebriger Staub, der in jede Öffnung dringt.

Und dadurch fühle ich mich schmutzig. Zermürbt. Verwirrt.

Unausgeglichen, dieses Wort beschreibt, wie ich mich fühle.

Die Unausgeglichenheit hindert mich daran, zur Stille zurückzukehren.

Und Schreiben hilft mir nicht.

Es gefällt mir nicht. Ich kann das nicht mehr.

Früher konnte ich es.

Und es gefiel mir, was man kann, gefällt einem immer.

Jetzt bin ich es nicht mehr gewohnt, zu lange schon habe ich keine Lust mehr zum Schreiben.

Ich stoße Worte aus, sie fallen in Schwärmen über mich her, ich muss sie auf dem Papier befreien, und nie sind es die, die ich brauche.

Nie sind es die richtigen.

Immer wieder sage ich mir, dass ich benennen muss, erzählen, erklären, wo man erklären kann, und dann ad acta legen, aber ich finde das Vorher und Nachher nicht, die Ursache und die Wirkung, die Herausforderung und das Scheitern.

Ich habe tausenddreihundertzwölf Romane gelesen, ich lese Romane, weil sie mein Atem sind, weil es perfekt zu meinem Wesen passt, mich mit den Leben anderer zu zerstreuen.

Ich lese Romane, denn Romane sind wie Musik, es gibt eine Vollkommenheit der Proportionen, einen verborgenen Entwurf, eine Genauigkeit, die mir Frieden verschafft.

Trotzdem habe ich von den Romanen, die ich gelesen habe, nichts gelernt.

In einem Roman hätte ich schon jetzt von Michele und Maria gesprochen. Stattdessen habe ich «sie» geschrieben. Ich habe geschrieben: Seit «sie» in meinen Zufluchtsort eingedrungen sind wie eine stürmische Böe durch ein vergessenes, offen gelassenes Fenster.

Ich habe sie in Anführungszeichen gesetzt.

Es gibt nichts Dümmeres, als einen Mann und eine Frau in einen Käfig aus Anführungszeichen zu sperren.

Also: Alles hat vor einem Jahr angefangen, am 25. August. Es war um acht Uhr morgens, und schon drückte eine tropische Hitze gegen die Fenster. Der Himmel war weiß und hing tief, er trug schwer an einem heißen Dampf, der nicht zu Regen werden konnte.

Ich war eine Stunde spazieren gegangen, wie immer, und wollte nun die von den Ferien geleerte Stadt genießen, weshalb ich die Straße am Tiberufer überquerte, als wäre sie ein Fußweg auf dem Land, ohne auf die grüne Ampel zu warten, ohne nach rechts und nach links zu blicken.

Der kleine Lastwagen tauchte ganz plötzlich auf, während ich in träge Gedanken versunken war, wie sie auf körperliche Betätigung folgen, ich war also weniger mit meinen unwichtigen geistigen Dingen beschäftigt als damit, in den Schatten zu kommen, Vorfreude auf die Dusche und den Kaffee zu empfinden.

Ich höre eine Art Jagdhorn tuten und erstarre, wie sicherlich auch die Hirsche, wenn sie die Gegenwart ihres Mörders spüren.

(Ist es richtig, hier zum Präsens überzugehen? Das ist mir einfach so eingefallen, es soll so etwas wie eine Filmsequenz sein.)

Ich bleibe mitten auf der Straße stehen.

Der Lastwagen weicht mir aus.

Ich sehe ihn mir genauer an: Es ist ein Pick-up. Auf der Ladefläche sind gebrauchte Möbel übereinander gehäuft. Ich erkenne zwei Nachttischchen, das hölzerne Kopfende eines Bettes, einen Kleiderständer, einen kleinen Tisch, dessen Beine in die Luft ragen, und eine Ehebettmatratze.

Am Steuer sitzt ein junger Mann im weißen Hemd.

Er hält genau vor dem Haus Nummer 3, wo ich wohne.

Er parkt großzügig, die leere Stadt macht es möglich.

Im ersten Moment denke ich, er hat wegen mir angehalten, will mich beschimpfen, weil ich so unaufmerksam über die Straße gegangen bin, dass ich ihn zum Bremsen gezwungen habe.

Dann merke ich, dass er nicht die Absicht hat, mir irgendetwas zu sagen.

Er hat mich nur so kurz wahrgenommen wie nötig, um mich nicht anzufahren, und damit war die Sache erledigt.

Er springt aus dem Fahrerhaus.

Ich sehe, wie er auf die Ladefläche klettert und die elastischen Gurte löst, die die Ladung festhalten. Seine Gesten sind unbeholfen, umständlich, wie die eines Menschen, der im Leben keine Gelegenheit hatte, seine Hände für komplexere Operationen zu benutzen, als sich das Gesicht zu waschen.

Ich betrachte ihn. Und möchte ihm helfen.

Ich habe geschickte Finger und Kraft in den Armen.

Natürlich wage ich es nicht.

Ich müsste näher kommen, ich müsste sprechen.

Ich kann nicht auf die Ladefläche springen und dieses Sammelsurium an Hausrat befreien, ohne den Präliminarien zuzustimmen.

Darum bleibe ich stehen und beobachte ihn weiter.

Er ist ein schlanker, junger Mann, und sein Profil scheint wie aus Holz geschnitzt, eine einzige Linie zeichnet Stirn und Nase, der Mund ist groß, die Wangen dunkel vom Bart, die Haare schwarz.

Er könnte fünfundzwanzig sein, aber auch fünfundvierzig.

Ich werde später erfahren, dass er siebenunddreißig ist, ein Alter, das mich zusammenzucken ließ, mich zwang, ein Glas Wein in einem Zug zu leeren, um ein plötzliches Erröten zu rechtfertigen, aber davon später.

Bei dieser ersten Begegnung habe ich nur gedacht, dass heute alle auf die gleiche Art jung sind, bis sie alt werden.

Zwanzig oder neunundfünfzig. Da ist kein Unterschied.

Und das liegt nicht an der Kleidung.

Es betrifft eher die Erwartung. Die Erwartung liegt in den Augen, im Gang, in der unachtsamen Selbstverständlichkeit, mit der man den falschen Weg einschlägt, ohne sich um die verlorene Zeit zu sorgen. Es ist dieses «Diesseits», wo du dich als Mann von Welt aufgestellt hast, die Hände in die Seiten gestemmt, in aller Ruhe Pläne schmiedest und Lust hast, dir anzuschauen, was das Leben für dich bereithält.

Ich sehe, dass er ziegelrote Hosen trägt, vielleicht aus

Leinen, am Saum zerschlissen und stonewashed. An den Füßen trägt er Bootsschuhe, Timberland. Blau.

Er hat die ganze Ladung losgebunden und mehr Zeit als Kraft dafür gebraucht. Er holt die erste Kiste vom Pick-up. Sie ist schwerer als gedacht. Eine Grimasse verzerrt seine Züge. Er lässt sie vor der geschlossenen Haustür fallen, einen Millimeter vor meinen Schuhspitzen, weiße Superga.

Als er zu mir aufblickt, sagt er:

«Bücher. Die wiegen.»

Er hat blaue Augen und schwarze Wimpern. Die Brauen sind dunkel und breit.

Er lächelt nicht, aber er schließt mich mit diesen drei Worten in seine Welterfahrung ein. Mit der Natürlichkeit eines Lieblings der Götter.

Die trifft man heutzutage nur noch selten.

Und sie zu erkennen, verwirrt mich. Ich möchte weggehen, stattdessen stecke ich den Schlüssel in die Tür und halte sie für ihn auf, während er die Kiste mit Tritten in den Hausflur befördert.

«Bücher, die wiegen», sage ich, auf seinen Satz gestützt, um nicht aus dem Gleichgewicht zu geraten.

Ich beschließe, dass ich ihn mit seiner Ladung allein lassen und zu Fuß die Treppen hinaufgehen werde, da kommt eine junge Frau mit elfenbeinfarbenem Gesicht und kurzen, tizianroten Haaren aus dem Aufzug.

Ich werde noch Gelegenheit haben, sie genauer zu betrachten und mich in der zarten Makellosigkeit ihrer Gesichtszüge zu verlieren, auf den ersten Blick erscheint sie mir vor allem leicht, sie trägt einen duftigen Fummel mit Blumenmuster, den meine Mutter als «Strandkleid» bezeichnet hätte, er unterstreicht eine Nacktheit aus bloßen Füßen, auf die Schulter gerutschtem Träger, kleinen

Brüsten und Schlüsselbeinknochen, dünn wie gespannte Bänder unter der Haut.

Leicht, hell, fest.

Betört stehe ich da und verflüchtige mich, wie immer angesichts jeder Art von Perfektion.

Meine Beine gehorchen dem Zentralkommando nicht.

Darum bleibe ich stehen, während Maria auf Michele zuläuft, ihm in die Arme springt, ihre dünnen Oberschenkel um seine Hüften schlingt und ihn, so über dem Boden schwebend, küsst.

Ein langer, sinnlicher Kuss, der bei dieser Kleinmädchenhaltung einen perversen Kurzschluss auslöst.

Normalerweise wende ich den Blick ab, wenn jemand seine erotischen Antriebe in der Öffentlichkeit auslebt, an diesem Tag nicht. An diesem Tag, dem 25. August im letzten Jahr, bin ich stehen geblieben, um zuzuschauen. Und zuzuhören.

Ihren ersten Dialog weiß ich noch auswendig.

Ich werde noch viele weitere hören und lernen, sie wiederzugeben, sie werden nicht mehr dieselbe staunende Bewunderung bei mir hervorrufen.

Michele: «Wo kommst du denn herausgesprungen, Äffchen?»

Maria: «Ich wollte dich überraschen.»

Michele: «Wir hatten doch verabredet, dass du am Meer bleibst und ich alles allein erledige, wie die Steinzeitmänner.»

Maria springt aus der Umarmung und landet auf dem Marmorboden.

«Ich bin mitten in der Nacht aufgewacht, mit dem Auto losgefahren, allein, und tausendmal vor Müdigkeit, Angst und Pipimüssen gestorben. Ich glaube, ich lebe nur noch durch Selbstsuggestion. Und ich hab mir überlegt: Wenn ich am Umzugstag sterbe, bleibt er dann da wohnen, oder nimmt er eine andere Wohnung?»

«Dummchen. Und der alte Freak?»

«Kriegt sich vor Freude nicht ein. Jetzt kann er mit mi vida mi amor auf die Insel zurück, muss nicht mehr im Liegestuhl liegen und einen auf alten Mann machen.»

Ich verpasse ein paar Sätze, aber an das Ende erinnere ich mich:

«Und Malvina?»

«Die hab ich in den Abfalleimer geschmissen.»

Sie gehen zusammen durch die Haustür nach draußen, seine Hand liegt auf ihrem Nacken. Fast sofort höre ich Männerstimmen, dazwischen kurze Lacher und Codewörter. Meister! Fürst! Bruder! Ich werde sie alle kennenlernen, einen nach dem anderen. An diesem ersten Tag sind sie nur eine undeutliche Explosion pennälerhafter Fröhlichkeit, heftig wie ein Wutausbruch und dennoch feierlich solidarisch, voll ebenso ostentativer wie verweigerter Zuneigung.

Luca, Francesco, Matteo, Marcello.

Luca und Francesco sind kahl, haben elegante Schädel und kümmerliche Schmuckbärtchen. Marcello hat eine weiße Strähne im Haar.

Matteo trägt mit Stil einen Rettungsring aus Hüftspeck.

Das werde ich später entdecken. Alles werde ich später entdecken.

Dass Matteo neunundvierzig ist. Und Francesco fünfzig.

Am 25. August im letzten Jahr sind sie mir wie junge Männer erschienen, Punkt.

Vier Jungen, die einem Freund beim Umzug helfen.

Ich gehe ein paar Schritte auf die Haustür zu, schaue auf die Straße und beobachte, wie sie ein Tischchen aus Nussbaum und einen Sekretär, antiquarisch, 19. Jahrhundert, ausladen, ich sehe Maria, die sieben kleine Schubladen auf dem Kopf trägt, barfuß über den heißen Bürgersteig geht, mit tänzerischen, würdevollen Bewegungen, wie die Frauen in Indien, wenn sie den Wasserkrug tragen, der Hals angespannt, der Rücken gerade.

Eine Weile verfolge ich dieses spielerische Hin und Her, die kurzen Kniehosen, tief auf den Hüften, die verschossenen T-Shirts, Schweißränder. Jemand sagt: Die Liebe ist umsonst, die Freundschaft ist eine Plackerei. Einer von ihnen. Ich kann sie nicht unterscheiden, ich werde sie auch dann nicht unterscheiden können, wenn ich sie besser kennenlerne.

Ich sehe, wie sie die Möbel in den Aufzug laden.

Und entdecke, dass der Aufzug im dritten Stock hält.

Im dritten Stock liegt meine Wohnung.

Ich hätte es mir denken können.

Die Wohnung neben meiner steht seit einigen Jahren leer, nach dem Tod von Signora Solaris, fünfundneunzig, Griechisch- und Lateinlehrerin, Mutter von vier raffgierigen, streitsüchtigen Kindern.

Die Immobilienagentur hat mir fast sofort eine Kopie der Schlüssel gegeben, falls jemand die Wohnung besichtigen wollte, denn die Eigentümer hatten nur einen Bund dagelassen, aber es gibt viele Immobilienmakler, und so eine alteingesessene, betagte Nachbarin ist ein Glücksfall in Häusern ohne Hausmeister, sie kann die Blumen gießen, wenn man im Urlaub ist, und am Wochenende die Katze füttern.

Ich fahre nicht in Urlaub, und das Wochenende ist mir

nicht heilig. Das würde schon genügen, um mich von den Segnungen der Normalität auszuschließen.

Ich bin die schweigsame Soziopathin aus dem dritten Stock.

Und am 25. August im letzten Jahr bekam ich meinen Anteil Nachbarn.

Einen Moment lang habe ich befürchtet, dass sie alle dort einziehen in die Wohnung, die genauso aussieht wie meine, die neben meiner liegt. Alle zusammen. Wie man es früher machte, auch ich, als ich jung war, ich musste, ich will mich nicht daran erinnern, aber ich erinnere mich ganz genau, denn das Gedächtnis ist keine respektvolle, gefügige Dienstmagd, die deinen Befehlen gehorcht und nur ein Zimmer fegt, alle anderen aber geschlossen lässt.

Das Gedächtnis ist ein bissiger Hund, in meinem Alter muss man ihn an die Kette legen.

Tja, nach diesem Satz habe ich aufgehört zu schreiben. Es ging mir nicht gut genug, um weiterzumachen. Ich musste mich ins Bett legen. Und dort bleiben, mit einer moderaten Dosis Benzodiazepin, weil ich nicht weiß, ob ich wieder damit anfangen soll oder nicht.

Die Tabletten waren aus meinem alten Leben übrig geblieben, dem vor Maria und Michele, Malvina und Malcolm.

Ich ließ sie mir von Corrado verschreiben (dem einzigen, am Rand stehenden Zeugen meiner verfluchten Jahre, ein Sympathisant, Psychiater) und nahm sie nicht. Jeden Monat ließ ich sie mir verschreiben.

Und legte sie beiseite, wie eine Hausfrau mit selbstdestruktiven Neigungen, aber vorausschauend.

Immerhin habe ich mir nur eine einzige genehmigt.

Werde versuchen, nicht noch mehr davon zu schlucken.

Ich bin nicht in der Verfassung, eine Begegnung mit Corrado durchzustehen.

Nicht einmal, um mein Reservat aus künstlichem Frieden zu schützen.

Ich lebe wieder in einem Zustand der Verwahrlosung.

Nach der Vertreibung aus dem Paradies.

Ja, das ist davon geblieben.

Die Verwahrlosung ist das Gegenteil des Dramas, sie ist der Schiffbruch des Nichtschwimmers, der stillos in zwei Fingerbreit Wasser ertrinkt.

Ich kehre zu jenem Morgen zurück, versuche weiterzumachen. Langsam gehe ich die Treppe hinauf, denke, dass ich sie nicht begrüßen will.

Ich will niemanden begrüßen.

Bücher. Die wiegen.

Bücher wiegen.

Das ist mehr Konversation, als ich in zwei Jahrzehnten mit allen anderen Hausbewohnern geführt habe.

Bücher wiegen, sage ich und krieche schnell weg wie ein Gregor Samsa. Die Szene im Hausflur steht mir wieder vor Augen: Ich beobachte sie, bebend, und sie sehen mich nicht. Es ist ein Wunder, dass sie mich nicht unter ihren Füßen zerquetscht haben. Mit geistesabwesender Brutalität, wie man es mit Insekten macht.

Ich gehe in meine Wohnung und schließe die Tür hinter mir.

An die Erleichterung danach erinnere ich mich noch.

Meine Wohnung besteht aus einem Vorzimmer, zwei Schlafzimmern, einem kleinen Wohnzimmer und einer Küche. Wären mein Vater und meine Mutter bis an ihr Ende gekommen, wären sie an Altersschwäche oder durch Krankheit gestorben, hätte ich nichts gehabt. Sie hätten ein wohlüberlegtes Testament verfasst, das sie des Risikos enthoben hätte, mir beim Überleben helfen zu müssen. Sie hätten mich enterbt, wie Eltern in den Romanen des 19. Jahrhunderts.

Zeremoniell, mit einem Brief als Ankündigung.

Mein Vater und meine Mutter sind bei einem Autounfall gestorben.

In Turin, 1999. Sie kamen gerade aus der Sporthalle, wo sie einen Yogakurs machten, zu dem sie ihn gezwungen hatte. Es war acht Uhr abends, in der Luft hing eine Nebeldecke, der Panda meiner Mutter stand mitten auf einer Kreuzung, wartete darauf, links abzubiegen, vielleicht auch darauf, etwas zu erkennen in dieser Mauer aus weichem Weiß, die die Straße umgab. Das Auto eines privaten Sicherheitsdienstes erfasste sie mit voller Wucht. Die Bürger als Ordnungshüter. Ein blauer Alpha Giulia. Sie fuhren sehr schnell, die Sirene war nicht eingeschaltet. Hätten mein Vater und meine Mutter den alten Mercedes meines Vaters statt des Panda meiner Mutter genommen, um zum Yoga zu fahren, wären sie wahrscheinlich nicht gestorben. Aber sie starben. Sie auf der Stelle, er wenige Tage später. Er kam nicht wieder zu Bewusstsein, erfuhr also nichts von meinen Liebkosungen.

Denn ich schaffte es, rechtzeitig im Krankenhaus Molinette anzukommen, um zu weinen, zu streicheln, zu verzeihen.

Und zu unterstellen, dass mir verziehen war.

Ich organisierte kein offizielles Begräbnis. Ich konnte mir nicht einmal vorstellen, den wenigen Verwandten und den Freunden zu begegnen, mit denen meine Eltern samstagabends Bridge spielten, alles Leute, die ich aus den Augen verloren hatte.

Ich konnte mir nicht vorstellen, mich von dem kleinen Kreis aus Ehepaaren beobachten zu lassen, der für meine Mutter «die Gesellschaft» darstellte und für meinen Vater den Tribut, den er zahlen musste, damit sie friedlich blieb.

Die Nachricht vom Unfall stand in der Zeitung, im Lokalteil.

Ich wurde mit einer einzigen unangenehmen Zeile erwähnt.

Mein schlechter Ruf war wieder aufgetaucht wie ein viertklassiger Adelstitel in den Medien, obwohl viele Jahre vergangen waren (schon seinerzeit war es viel, heute müsste ich mir die Vergessenheit verdient haben).

Darum brach ich sofort auf. Ich flüchtete mich nach Cinisello Balsamo, wo ich ab 1993 auf sechsunddreißig Quadratmetern mit Hochbett gewohnt habe.

Zur Einäscherung kam ich zurück.

Ich kam zurück, um das Erbe zu verkaufen, das ich fatalerweise erhalten hatte.

Ich wollte nicht in der Wohnung schlafen, in der ich gelebt hatte, seit ich drei Jahre alt war, und aus der ich mit neunzehn geflohen war, die Wohnung, die der ganze Stolz meiner Mutter war: sechs Zimmer mit Blick auf den Valentino-Park und den Fluss in der Ferne.

(Der Po, der Tiber. Am Ende konnte auch ich mir einen Fluss erobern, dank des Unfalls.)

Ich nahm ein Hotelzimmer für die Nacht, obwohl ich arm war.

Am nächsten Morgen besichtigte ich die Wohnung zusammen mit einem Immobilienmakler und versuchte, nicht bei den Zeichen stehen zu bleiben, die die Wohnungen von plötzlich Gestorbenen schauerlich machen wie ein Museum abgebrochenen Lebens, eine Ausstellung kurzlebiger Alltäglichkeit, die vom Tod verewigt wurde.

Ein Glas auf dem Tisch, ein über den Stuhl geworfener Pullover, Plastikbeutel im Kühlschrank, um die Reste vom Vortag bis zur nächsten Mahlzeit frisch zu halten, die nie stattfinden wird.

Der Immobilienmakler war der Einzige, der mich weinen sah.

Dankbar nahm ich seine Beileidsbekundungen entgegen.

Im Übrigen war es eine rasche Transaktion, was naheliegt, wenn man eine Ware unter ihrem Wert verkauft. Ich hatte es eilig.

Ich musste die Erbschaftssteuer bezahlen.

Ich musste das Beerdigungsinstitut bezahlen, die Einäscherung, die Urnen.

Ich musste diese letzte Verbindung mit einer Familie kappen, die ich so gründlich abgelehnt hatte, dass es mir gelungen war, selbst gründlich abgelehnt zu werden.

Für den Kauf meiner ersten Wohnung suchte ich mir Rom aus.

Die erste Immobilie nach einem ganzen Leben als Besitzlose, Eigentümerin von nichts, hochmütig arm.

Ich suchte mir Rom aus, weil ich bei meinem jugendlichen Umherstreifen von seiner Ausdehnung und Schlaffheit, seiner städtischen Unordnung und äußersten Gleichgültigkeit gekostet hatte. In Rom hatte ich mich versteckt, wenn ich mich verstecken musste, allerdings in einem gesichtsloseren Viertel als diesem, ohne Blick auf den Fluss und andere Privilegien.

Doch vor allem erinnerte ich mich, dass ich dort diese

Patina aus Staub eingeatmet hatte, die sich unterschiedslos auf Schönes und Hässliches legt.

Ich erinnere mich, dass ich die Stadt wegen ihrer Trägheit einladend fand.

Rom war eine große Stadt, monumental und ewig dahinsiechend.

Ideal, um darin zu verschwinden.

Und das Verschwinden war mein einziges Projekt, nachdem ich – wie man so sagt – meine Schuld bei Gericht bezahlt hatte.

Alles, was ich brauchte, war, nicht da zu sein, außer für mich selbst. Alles, was ich mir wünschte, war ein gutes Fenster: geschützt von den eigenen vier Wänden aus dem Fenster sehen können, einen Fluss, der fließt, Bäume, deren Blätter sich mit den Jahreszeiten verändern, die wechselnden Lichter des Tages.

Ich hatte den Artikel eines Soziologen gelesen, der den Zustand der Stadt mit diesem Satz kritisierte: «In einem römischen Viertel kann man jahrzehntelang in einem Haus leben, ohne den Namen seiner Nachbarn oder der Familie ein Stockwerk höher zu kennen.»

Ich hatte mich beglückwünscht, weil meine Entscheidung offenkundig ein Treffer gewesen war, und hatte die notarielle Urkunde unterschrieben.

Das war im Januar des Jahres zweitausend.

In den folgenden achtzehn Jahren erwies sich die Prophezeiung als richtig.

Sie übertraf sogar meine Erwartungen. Mit der Wohnung neben meiner bin ich nie irgendeine Beziehung eingegangen. Erst wohnte dort die alte Lehrerin mit ihrer rumänischen Pflegekraft, dann stand sie leer. Bis zur Ankunft von Michele und Maria und Malcolm und Malvina.

2.

NEID

Was ist der Unterschied zwischen Bewunderung und Neid? Wann verkehrt sich das angenehme Gefühl, das Geist, Schönheit, Talent oder die Jugend anderer Menschen auslösen, in die Armseligkeit des Vergleichens?

Vom ersten Moment an fühlte ich, wie diese Frage in mir immer drängender wurde.

Der Lärm der neuen Nachbarn dröhnte durch das Haus, das in den Ferien verstummte wie ein verlassener Bienenstock, und es war unmöglich, sich davon zurückzuziehen.

Der Aufzug fuhr auf und ab, ein ständiges Brummen, dem das Türenschlagen im dritten Stock einen besessenen Takt vorgab.

Ich hörte alles.

Ich hörte den Fahrer von Deliveroo mit Pizzen in Pappschachteln ankommen, ich hörte, wie sie die Rechnung untereinander aufteilten, ich hörte Michele lauter werden:

«Ihr habt euch den Arsch für mich aufgerissen, darum zahle ich jetzt, und ihr nervt nicht!»

Nach ein paar Stunden wurde mir klar, dass ich sie nicht hörte, ich hörte ihnen zu.

Ich suchte bei mir nach dem Ärger über dieses Eindringen in meinen fast perfekten Frieden.

Ich musste zugeben, dass die Neugier stärker war als der Ärger.

Ich überlegte, dass ich mich wehren könnte.

Ignorieren, ausschließen, ablehnen, wie ich es immer getan hatte.

Ich löste mich von der Wand, stellte das Radio an.

Ich lebe ein künstliches Leben, das weiß ich. Ich sehe nicht fern (allein das würde schon genügen), ich schaue mir Filme auf DVD an, ich habe eine alte, aber sehr starke Stereoanlage. Zusammen mit zwei Sesseln, einem senfgelben Sofa und fünf Kisten mit Langspielplatten (fast alles seltene Aufnahmen) ist das alles, was ich aus der Wohnung in Turin geholt habe, bevor ich sie verkaufte.

Musik höre ich zu bestimmten Stunden am Tag. Ich gönne sie mir nicht immer, sie würde ihr Pathos verlieren. Es sind meine Verabredungen mit dem Vergnügen, abends um sieben, morgens nach meinem Spaziergang.

Zum abendlichen Termin erscheine ich gewaschen und gekämmt, elegant gekleidet.

Natürlich nur, wenn es mir gut geht.

Wenn es mir nicht gut geht, rühre ich mich nicht und lasse den Tag zerbröckeln, Musik würde mir dann wehtun, denn die Musik ist ein großer Vervielfältiger von Gefühlen, und wenn es mir schlecht geht, ertrage ich Gefühle nicht.

Darum höre ich keine Musik.

Wenn es mir schlecht geht, versetze ich mich in einen Zustand der Trägheit und warte.

Es ist nicht leicht, allein zu spielen. Das gelingt nicht immer.

An jenem Abend überlegte ich also, dass ich mich wehren müsste, denn an den Gedanken war ich gewöhnt. Die Wahrheit ist, dass ich angefangen hatte, den Geräuschen hinter der Wand zuzuhören. Mit einer Neugier, die von Stunde zu Stunde gieriger wurde. Und darüber empfand ich eine Art verzeihlicher Scham.

Die Freunde waren gegangen, das Paar war geblieben.

Das junge Paar.

Das Paar junger Menschen.

Diese Kampfeinheit, die darauf abgerichtet ist, Alte, Einsame, Ausgestoßene und andere abweichende Wesen zu vertreiben.

Das junge Paar verstellte die wenigen, vom Pick-up geladenen Einrichtungsgegenstände und erzeugte das Geräusch von Dingen, die über den Fußboden geschoben werden. Von Zeit zu Zeit hörte ich sie lachen.

Ich verlegte den Konzerttermin vom Spätnachmittag vor und zog ein Hemdkleid aus heller, bestickter Baumwolle an, das nach Lavendel duftete.

Dann legte ich *Orpheus und Eurydike* von Gluck auf, Zweiter Akt, *Ballet des ombres heureuses*.

Ich drehte die Lautstärke höher.

Ich goss mir ein Glas Wein ein.

Und suchte den Trost dieser Hülle aus Klängen, die mich schon oft buchstäblich zusammengehalten hatte, in mir selbst geborgen und geschützt vor den schlimmsten Gedanken.

Gerade als ich mich entspannen konnte, klingelte es.

Es klingelt fast nie, mich besucht niemand, und mitten im August konnte ich weder mit den Zeugen Jehovas noch mit dem Ablesen des Stromzählers oder mit der Auslieferung eines Postpaketes rechnen.

Der in langen Jahren der Isolierung anerzogene Instinkt hätte mich eigentlich dazu gebracht, nicht aufzustehen, die Tür nicht zu öffnen. Aber ich stand auf und öffnete die Tür.

Es war das junge Paar.

Sie lächelten mit dem dümmlichen Ausdruck gewollter Freundlichkeit.

Sie sprach, er lächelte nicht mehr und blickte hinter mir ins Leere.

«Guten Abend, wir sind Ihre neuen Nachbarn und belästigen Sie sofort mit einer kleinen Bitte, dürfen wir?»

Ich antwortete nicht sofort, wahrscheinlich machte ich dieses abwesende und beleidigte Gesicht, das ich so schwer loswerden kann.

Sie verstanden das als Ablehnung, glaube ich, und wechselten einen Blick verschwörerischer Verlegenheit.

Ich fasste mich wieder, bedauerte und verfiel in übertriebenes Wohlwollen.

«Bitte», sagte ich, «kommen Sie doch herein.»

Wir fanden uns alle drei auf dem gelben Sofa wieder.

Sie baten nur um eine Kerze oder zwei, wenn ich welche hätte, denn sie wollten die Nacht in der neuen Wohnung verbringen und hatten noch keinen Strom.

«Um die Wahrheit zu sagen, haben wir noch gar nichts, außer neun Bücherkisten», sagte Michele und bot mir, während er mit dem Kinn auf das Regal wies, das die ganze Wand gegenüber dem gelben Sofa ausfüllte, einen verständnisinnigen Blick. Es war gefüllt mit Hunderten Büchern in alphabetischer Ordnung, manche zweireihig aufgestellt.

«Bücher. Die wiegen», zitierte ich ihn und stand auf, um aus der Schublade im Küchenschrank ein Paket schlichter weißer Kerzen zu holen.

Auf dem Rückweg betrachtete ich mein Spiegelbild in der gläsernen Balkontür. Zwei Vertreter der Kategorie «die Anderen» waren in mein Nest eingedrungen, und mein Aussehen würde beurteilt werden, zumindest schien es mir so.

Ich ertappte mich dabei, dass ich mich freute, das helle Hemdkleid angezogen zu haben und nicht in dem verschossenen Kittel überrascht worden zu sein, mit dem ich normalerweise zu Hause herumlaufe.

Ich fürchtete den Blick des jungen Paares, dabei hatte ich sie selbst hereingebeten.

Aus dem Schlafzimmer holte ich einen dreiarmigen Messingleuchter, steckte drei Kerzen hinein, nahm eine Schachtel Sturmstreichhölzer und brachte alles ins Wohnzimmer.

Michele war aufgestanden und studierte die Bibliothek, Maria tippte, auf dem Sofa sitzend, rasend schnell mit beiden Daumen auf ihrem Handy.

Der Leuchter wurde begeistert empfangen wie ein Geschenk.

Eigentlich war er eine Leihgabe, aber es schien mir nicht angebracht, das klarzustellen. Maria streckte mir die Hand entgegen, und ich schüttelte sie fest.

«Ich heiße Maria und er Michele», sagte sie, als würden Eigennamen einen Menschen auch an einem Ort, der etwas weitläufiger war als der Schulhof einer Grundschule, vollständig identifizieren.

Auch er reichte mir die Hand, ich musste sie schütteln und meinerseits meinen Namen nennen, den ich nicht mag, einfallslos zu Ehren einer Großmutter gewählt, die ich nie kennengelernt habe: Giovanna.

Es war wie Duzen, dieses Austauschen von Namen ohne Nachnamen.

Verwirrt brachte ich sie zur Tür.

«Wir werden versuchen, Sie nicht allzu sehr zu stören», sagte Maria, die Gesprächigere von beiden.

«Das kriegen wir hin, solange wir zu zweit sind, doch wenn Malvina und Malcolm kommen, garantiere ich für nichts», sagte Michele.

Zum ersten Mal hörte ich sie von den beiden sprechen.

«Malvina und Malcolm sind unsere Kinder», sagte Maria, schenkte Michele ein zufriedenes Lächeln und mir eine Erklärung, die mir an diesem ersten Abend befremdlich vorkam:

«Um genau zu sein, Malvina haben wir beide gezeugt, und Malcolm hat er mit einer anderen Frau gemacht. Eine aus Boston. Darum ist er auch halb Amerikaner, aber abgesehen davon ist er fast perfekt und fast gut erzogen, ich meine, für einen Heranwachsenden. Er wird nicht zu viel Ärger machen. Malvina dagegen ist eine professionelle Lärmproduzentin, sie hat eine silberhelle Stimme, die Trommelfelle durchdringt, und wenn sie aus irgendeinem höchstpersönlichen Grund weint ...»

Michele legte ihr eine Hand auf den Mund.

Er schob sie sanft zu ihrer Wohnungstür und suchte mit einem verlogen verzweifelten Blick mein Einverständnis.

«Bitte verzeihen Sie ihr, Giovanna. Sie ist maßlos. Danke für die Kerzen.»

Ich lächelte, etwas gezwungen, aber ich glaube, ich konnte lächeln.

Er hatte seine Hand von ihrem Mund genommen und hielt sie jetzt am Ellenbogen fest.

Väterliche Gesten, denen sie sich so selbstverständlich anpasste wie eine Schauspielerin bei der x-ten Wiederholung.

Sie trug noch immer das Strandkleid, war aber nicht mehr barfuß, an den Füßen hatte sie rote Ballerinas, die der Nagel ihres großen Zehs an der Spitze durchbohrt hatte.

Sie war untergewichtig, hatte zu lange Beine für ihren Körper und stark abstehende Ohren. Doch das Ganze, die Summe der Details, die das Aussehen eines Menschen bestimmen, war ungewöhnlich harmonisch. Mir erschien sie schön, sie hatte eine noch unreife und doch schon kurzlebige Schönheit, etwas, was erst noch erblühen muss und welken wird, sobald es blüht.

Ich dachte weiter an sie, an beide, während ich eine Zucchini, eine Karotte und ein Ei kochte und mich vor mein frugales Abendessen setzte. Abends esse ich immer wenig. Vor allem, um meine Gesundheit zu schützen (wer einsam lebt, muss für sich selbst sorgen, da es kein anderer tut), außerdem, weil ich immer wenig meines wenigen Geldes in Essen investiert habe, lieber kaufe ich mir eine gute Flasche Wein.

An diesem ersten Abend trank ich viel. Eine ganze Flasche Chablis, genau richtig gekühlt.

Bevor ich schlafen gehe, lese ich meistens zusammengekauert auf dem Sessel im Wohnzimmer, und es ist, als würde ich ausgehen, ins Theater, ins Kino. Ich stelle mich darauf ein, mich selbst durch die Identifikation mit einem fiktiven menschlichen Wesen zu vergessen. Das ist eine Reise in entgegengesetzter Richtung, verglichen mit der, die ich beim Musikhören mache. Die Musik bringt mich in mein Inneres, die Literatur nach draußen.

Ich lese abends, nach dem Essen, viele Stunden lang, gehe völlig narkotisiert ins Bett.

Weit weg von jedem persönlichen Gedanken.

Nicht so an jenem Abend.

Ich konnte nicht Schritt halten mit dem unaufhörlichen Gewimmel von Menschen, deren Schicksale sich in der unbarmherzigen Hitze von Mississippi kreuzten. Ich las *Absalom, Absalom!*. Ich liebe Faulkner mit seinen vom Neid, vom Alkohol, von der Einsamkeit, von der Reue zerstörten Menschen. Jeder Abend ist eine Verabredung mit einem gnadenlosen Vergnügen. Doch an jenem Abend, dem Abend des 25. Augusts im vergangenen Jahr, war ich ständig abgelenkt.

Das Bild des jungen Paars, das auf meinem Wohnzimmersofa sitzt, kehrte unablässig wieder.

Ich gab das Lesen auf. Streckte mich auf dem Bett aus, löschte das Licht, schloss die Augen.

Es ging mir nicht schlecht, aber ich hatte Mühe, das Gleichgewicht wiederzufinden, das aus minutiösen Gewohnheiten, kleinen einsamen Vergnügungen und langen Unterhaltungen mit mir selbst besteht, die fast immer grausam und gerade darum tröstlich sind.

Nach ein paar Minuten merkte ich es – das Zimmer, das das junge Paar sich als Schlafzimmer ausgesucht hatte, grenzte an mein Schlafzimmer. Uns trennte nur eine Wand.

Dorthin hatten sie die Ehebettmatratze geschleift.

Ich hörte sie sprechen.

«Du hast nicht daran gedacht, auch ein paar Laken mitzunehmen.»

«Wir haben eine Decke.»

«Hier ... riech mal, wie die stinkt.»

«Nein, sie stinkt nicht, sie riecht bloß ein bisschen muffig.»

«Das Schlimmste ist, dass wir nichts unter der Matratze haben, so was wie ein Bettgestell.»

«Wir tun so, als wäre das ein Futon und wir beide Japaner.»

«Und was tun diese ekligen, unbehaarten japanischen Ehemänner mit ihren langen gelben Fingern in der Hochzeitsnacht?»

Ich hörte Maria lachen, als müsste sie eine Kitzelattacke abwehren.

Sie würden miteinander schlafen, dachte ich, ich würde hören, wie sie stöhnten und keuchten und dann schrien und sich dann diese intimen Dinge sagten, die alle ausschließen und das winzige Wir des Paares bekräftigen. Sie würden sich küssen, dachte ich, und Küsse machen keinen Lärm.

Ich sprang auf, um das Radio aus dem Badezimmer zu holen, riss aufgeregt den Stecker aus der Dose und lief zurück ins Schlafzimmer. Nachdem ich mit einer Hektik, die nicht zu mir passte, vier Bücher auf den Boden geworfen hatte, platzierte ich das Radio auf dem Nachttisch, stellte es wahllos auf irgendeinen Musiksender ein und drehte die Lautstärke ganz auf.

Eine Rockgruppe, die ich nicht kannte, explodierte im Schlafzimmer und warf elektrische Blitze. Ich ertrug diesen rhythmischen Lärm bis zum Schluss. Heroisch. Als das Stück endete, begann ein reger Austausch Blödeleien zwischen einer Mädchenstimme mit weichem R und einem Jungen mit starkem römischem Akzent. Sie lachten zusammen und schienen einer mit dem anderen völlig zufrieden.

Ich machte das Radio aus.

Spitzte die Ohren und dachte, dass man sich dem stellen muss, wovor man Angst hat.

Sollten sie doch keuchen, sollten sie doch ficken, das billige Halleluja der befriedigten Sinneslust schreien, ich würde nichts tun, um den Vergleich mit meinem einsamen Leben zu vermeiden.

Mit der Trägheit meines Körpers, den seit zu langer Zeit niemand berührt.

Ich dachte an das letzte Mal, als ich mit Furio geschlafen hatte, bevor er mich wegen einer leichtsinnigeren Frau verließ und nachdem er mir gestanden hatte, dass eine leichtsinnigere Frau das Objekt seiner Bedürfnisse war.

Weniger seines Begehrens.

Es war eine wütende und langweilige Liebe. Matt wie eine Gewohnheit und erschütternd wie ein Abschied.

Wir hatten fast sofort geheiratet, kaum waren wir wieder in Freiheit, wenn man von Freiheit sprechen kann, aber er hatte sich in eine Richtung verändert, ich in eine andere, und alles, was wir zusammen erlebt hatten, machte uns ebenso zu Verschworenen wie zu Feinden.

Ich war für ihn nicht leichtsinnig und er nicht für mich.

Aber ich war immer ohne Leichtsinn ausgekommen.

Mir wurde bewusst, dass ich mich weder an den Geruch noch an die Beschaffenheit seiner Haut erinnerte. An die Hände erinnerte ich mich, die Arbeiterhände, auf die er stolz war, an die ja, die kleinen Schwielen, die seine Zärtlichkeiten grob machten wie Kratzer, und an die Kraft, mit der er meine Brüste drückte. Vor allem erinnere ich mich an den leidenden Ausdruck in seinen Augen vor dem Orgasmus, an die brachiale Intensität, mit der er mich anstarrte, als verübelte er mir die plötzliche, leichte und nicht wiedergutzumachende Lust, die ich ihm bereitete.

Nach Furio gab es keinen mehr.

Denn das wollte ich so.

Wir haben uns nur ein einziges Mal wiedergesehen, nach meiner Flucht aus den achtunddreißig Quadratmetern von Cinisello Balsamo. Seit wenigen Monaten lebte ich in Rom. Ich erinnere mich, dass Furio, während er durch die Wohnung ging, die Größe der Zimmer abschätzte und kommentierte, die Helligkeit, die Aussicht, den Boden aus dunklem Holz, den Marmor im herrschaftlichen Bad und die Existenz eines winzigen zusätzlichen Bades, wo eine Waschmaschine brummte.

Finster, sarkastisch, offenbar beleidigt von meinem glücklichen Schicksal.

Zuletzt bat er mich, ihm Geld zu leihen.

«Wo du doch jetzt zum wohlhabenden Bürgertum gehörst.»

(Beim Schreiben dieser Zeilen habe ich den Seufzer der Erleichterung gespürt, wie wenn man sich von einem Übermaß an Essen oder Alkohol befreit und sich einen Augenblick lang vor der Übelkeit geschützt fühlt. Sie noch einmal zu lesen, hat mir wehgetan. Warum habe ich ihn geliebt, oder warum ist die Liebe mit ihm für immer aus meinen Hoffnungen verschwunden? Ich weiß es nicht, und es ist egal. Ich bin alt genug, die Einsamkeit gehört zum gemeinsamen Schicksal eines großen Teils meiner Generation, sie ist keine unaussprechliche Krankheit, mit der ich andere anstecken könnte, die mich deswegen fürchten und meiden.)

Ich kehre zu jener ersten Nacht zurück.

Maria und Michele hatten keinen Sex, wie ich erwartet hatte.

Ich hörte sie bis spät in die Nacht sprechen. Es war ein unverständliches Murmeln, aus dem sich von Zeit zu Zeit ein Lachen, ein Ausruf abhoben wie ein Solo.

«Sag bloß!» «Wirklich?» «Ich glaub dir nicht, altes Schandmaul.»

«Aber ich weiß, dass er es gesagt hat.»

Ich hatte mich darauf eingestellt, die Tonspur der Liebe zu ertragen, indem ich meiner Verlegenheit die Kälte einer Insektenforscherin entgegensetzte: Wie vögelt man heute, wo Sex eine Tätigkeit neben vielen anderen geworden ist? Ich war nicht darauf vorbereitet, ein bitteres Gefühl eindämmen zu müssen, Neid auf diese geflüsterte Konversation von einer so intimen Fröhlichkeit, dass sie auf eine der exklusivsten Formen des Glücks verwies: sich gegenseitig völlige Befriedigung zu verschaffen, kein Publikum zu brauchen. Nichts anderes zu wünschen, als den geliebten Menschen zu umarmen.

Ich stand aus dem Bett auf und legte mich auf das Sofa.

Gleich darauf kehrte ich in mein Schlafzimmer zurück.

Ein Murmeln hinter der Wand durfte mein Leben nicht verändern.

Ich zwang mich, an etwas anderes zu denken.

Durch das angestrengte Bemühen, mir die beiden nicht vorzustellen, sah ich sie schließlich klar und deutlich, als wären sie ein Film, den jemand auf die Wand vor meinem Bett projizierte.

Sie umarmten sich.

Ihr Kopf lag auf seiner Schulter, er streichelte sie hastig, als müsste er einen Tintenfleck auf ihrer Haut entfernen.

Ich versuchte, diese Streichelbewegungen zu zählen und dann zu verlangsamen.

Ich versuchte, sie vom Bereich der Zärtlichkeit, von der Stirn, den Armen weg und hin zu den Leisten, zum Geschlecht zu bringen. Ich versuchte, einen stillen Geschlechtsakt entstehen zu lassen (sie keuchten nicht, sie stöhnten nicht, aber sie hatten aufgehört zu sprechen), das tue ich manchmal, dabei denke ich an eine Romanfigur, die ich geliebt habe, und erlaube meiner Hand, mir die einzige Lust zu verschaffen, die mir möglich ist, seit Jahrzehnten.

Meistens gewähren diese intensiven, einsamen Orgasmen mir den Schlaf. Die Beine spannen sich an, entspannen sich, die Muskeln werden träge, und ich spüre meine Lider schwer werden.

An diesem Abend lief es nicht so.

Je mehr ich die Ohren zur Wand hin spitzte, desto weiter entfernte sich der Schlaf, boshaft.

Bis die Stille jäh durch das Klingeln eines Telefons durchbohrt wurde, auf das erregte Fragen folgten.

Wo ist mein Telefon, es klingelt, aber ich sehe es nicht, jemand nimmt das iPad, das ist Malcolm, bestimmt, um diese Zeit kann es nur Malcolm sein.

Endlich war die Verbindung hergestellt.

Und sie begannen, laut zu sprechen, als müssten sie eine große Entfernung durch Lautstärke überbrücken.

«Du weißt, wie viel Uhr es in Italien ist, Kleiner?»

«Ja, wir sind schon in der neuen Wohnung.»

«Wann kommst du denn?»

«Waaas? Du bist verrückt ...»

Das Gespräch über Skype dauerte lange, ich hörte, wie Micheles Stimme laut wurde, dachte, er könnte sogar wütend sein, obwohl kurze Anfälle von Heiterkeit nicht fehlten.

(Später werde ich herausfinden, dass es sich um ein versöhnendes Ritual handelt, das die um sich greifende Happykratie erzwingt: Was auch immer passiert, tu so, als wärst du glücklich, der Feind beobachtet dich.)

«Dieser Sohn ist durchgeknallt, ich habe einen Marsmenschen gezeugt. Und Her Majesty, deine Mutter, ist einverstanden? Ich hoffe, sie zahlt, denn ich hatte einen Billigflug der Delta Airlines ausfindig gemacht, und so weit reichte meine Vorstellungskraft, aber ein Schiff ...»

Ich vermute, er wandte sich an sie, um die Nachricht zu vervollständigen:

«Es ist ein Frachtschiff, der Idiot fährt mit einem Frachtschiff aus dem Hafen von New York ab, seine Mutter bringt ihn mit dem Auto aus Boston hin. Er wird vierzehn Tage bis nach Italien brauchen, vielleicht sogar zwanzig, denn das Frachtschiff muss hier und da etwas abladen. Und wir sollen ihn in Genua abholen. Aber er will nicht persönlich für die globale Erderwärmung verantwortlich sein, hast du das gehört? Offenbar lässt ein Flug von New York nach Rom siebeneinhalb Quadratmeter Eis in Grönland schmelzen.»

In jener Nacht hörte ich dank ein paar Tropfen Valium und ein bisschen Watte in den Ohren nicht länger zu. Auch in den folgenden Nächten ließ ich mich auf denselben Vorsatz ein. Nicht zuhören. Aber leicht war das nicht. Sie gingen jeden Abend aus. Ich beobachtete sie durch den Türspion, und wenn sie sich außerhalb meines Blickfeldes befanden, öffnete ich die Tür einen Spalt weit oder ging mit der Mülltüte und dem Beutel für die Flaschen auf den Treppenabsatz hinaus (die Flaschen brachte ich in zwei Teilmengen weg, um den neuen Mietern nicht zu verraten, wie viel ich trank) und eilte die Treppen hinunter, während sie auf den Fahrstuhl warteten.

Maria trug gern Fummel aus bunter Seide, schief sitzende Röckchen und ärmellose Hemdchen, die auf ihren nackten Brüsten lagen und deren winzige Perfektion hervorhoben. Sie hatte die natürliche Eleganz gewisser wilder Tiere, die sich schnell in die Gefangenschaft fügen. Wenige Zärtlichkeiten genügen.

Michele war ungepflegt und fast immer am Handy. Trotzdem entzog er ihr den Trost seiner Hände nicht, sie lagen fast immer auf ihrem Körper, schwer und sanft, als müsste er sie an gefährlichen Unternehmungen hindern. Zu viel sprechen, zu viel lachen, wegfliegen.

Sie kamen immer spät zurück, gaben acht, keinen Lärm zu machen.

Aber ich hörte sie trotzdem, denn ich wartete auf sie.

3.

MALVINA

Der härteste Schlag, einer dieser seelischen Säbelhiebe, die gnadenlos auf die gefährdetsten Menschen niedergehen, war die Ankunft der Kinder.

Zuerst Malvina: Nachdem ihre Mutter nach Rom zurückgekehrt war, hatte der Großvater sie auf eine Insel gebracht, wo er ein großes weißes Haus auf einer Klippe und eine argentinische Frau hatte, die sehr viel jünger war als er. Danach Malcolm, mit zweitägiger Verspätung nach Beginn des Schuljahrs für die achte Klasse der Mittelschule.

Meine Beziehung zu Maria und Michele hatte sich zwischen dem 25. August und dem 12. September, dem Tag, als das Mädchen erschien, auf das Drehbuch des höflichen Umgangs zwischen Nachbarn beschränkt.

Wenn ich ihnen auf der Rückkehr von meinem Spaziergang begegnete, bekam ich von ihr ein so emphatisches Guten Tag, dass ich glauben musste, sie wünschte mir wirklich einen erstklassigen Vormittag voll glücklicher Momente, einen Tag unter einem guten Stern, und von ihm ein ausgeprägt freundliches, etwas mechanisches Lächeln, an dem die Augen nur beteiligt waren, um die Wirkung abzukühlen.

Alle Informationen, die ich hatte (der Großvater, die Villa auf der Klippe) verdankte ich meinem aufmerksamen Zuhören, das schon alle Merkmale einer manischen Angewohnheit trug.

Ich war indiskret, das wusste ich.

Aber ich konnte nicht anders.

Die Wand aus Rigips, die mein Schlafzimmer von ihrem trennte (ich entdeckte später, dass die beiden Wohnungen ursprünglich eine einzige gewesen waren), war zum Gitterfenster eines Beichtstuhls geworden, wo sie saßen, ohne es zu wissen, und ich das Sakrament der Buße an mich selbst austeilte, indem ich mich mit meinem eigenen Spionieren bestrafte.

Beim Zuhören entdeckte ich, dass Marias Vater der einzige mitgelieferte Großvater war.

Und die väterlichen Großeltern?

Niemand hatte sie je erwähnt.

Aus einem häufig wiederkehrenden Satz, «Wenn meine Mutter noch lebte», schloss ich, dass Marias Mutter tot war, und aus diversen fröhlichen Lästereien, dass die neue Partnerin des Vaters von beiden nicht gemocht wurde.

Sorgfältig sammelte ich alle Bruchstücke einer Information und fügte sie passend ineinander oder legte sie beiseite und versuchte, ein neues Bild zusammenzusetzen, indem ich andere Teile des Puzzles vervollständigte.

Einige biografische Daten fehlten mir: das Alter, die Arbeit.

Das Alter. Marias triumphierende Jugendlichkeit konnte ich nicht datieren. Tagsüber sah sie aus wie sechzehn, abends, wenn sie sich in kurze, enge Kleidchen zwängte und rückwärts aus der Wohnung ging («Sieh mich an! Wie sehr gefalle ich dir?»), konnte sie eine Frau um die dreißig sein, die nur allzu gut um ihre Verführungswerkzeuge wusste. Michele versetzte eine leichte Kahlheit an den Schläfen, wo die Haare etwas ausdünnten und der Stirn Tiefe verliehen, in ein fortgeschrittenes Alter, aber das konnte auch nicht stimmen. Er konnte seine Haare früh verloren haben.

Außerdem hatte ich mir niemals genug Zeit genommen, um ihn genau zu betrachten.

Wenn ich sie traf, und ich traf sie oft, suchte ich eilig das Weite, verfolgt von ihrer Fröhlichkeit wie von einer schönen, aber aufdringlichen Musik, die zu laut gespielt wurde, zu rhythmisch, zu mitreißend war, die dir Lust zum Tanzen macht und dich doch daran hindert, denn du weißt, dass du keinen Partner hast.

Dann ist es besser, sich in eine Ecke zu flüchten. Und den anderen mit einem bitteren Lächeln zuzusehen.

Denn alleine tanzen ist eine Zurschaustellung.

Du musst dich sehr lieben, um sie dir zu erlauben, und ich habe seit Langem verlernt, mich zu lieben.

Wenn ich es je konnte.

Die einzige Kunst, die ich perfektioniert habe, ist die, mich selbst zu vergessen und mich, scheinbar grundlos, auf die anderen zu konzentrieren. Auf jeden. Einen Passanten, einen Boten, eine Frau, die aus dem Bus steigt.

Vielleicht tat ich auch wegen dieser Gewohnheit in diesen ersten Tagen nichts anderes, als an sie zu denken, ich spitzte die Ohren, wenn ich hörte, dass die Fahrstuhltür aufging, ich legte das Ohr an die Wand, wenn sie sich ins Schlafzimmer zurückzogen.

Dass sie sich liebten, weniger einer den anderen als jeder sich selbst, daran zweifelte ich nicht.

Ich hatte es vom ersten Moment an bemerkt. Mir schien, dass sie sich bewegten, als würde die ganze Welt sie beobachten. Jeden Morgen hoben sie den Bühnenvorhang vor einem neuen Tag und gaben sich Mühe, die ihnen anvertrauten Rollen so gut wie möglich zu spielen.

Das taten sie, um bewundert zu werden.

Und ich, das stumme Publikum, von dem sie nichts wussten, bewunderte sie.

Ich bewunderte ihren weichen, selbstzufriedenen Gang, mir schien, dass sie jeden Moment des Lebens mit der Einhelligkeit zweier Feinschmecker auskosteten, die am selben Tisch saßen.

Offenbar arbeiteten sie nicht.

Oder hatten wenigstens keine festen Zeiten außer Haus.

Nach dem ersten Auspacken zusammen mit den Freunden kamen große, mit bunten Bändern zusammengebundene Schachteln, ein kleiner rosa Kindersessel und vier Kisten an, auf denen an der Seite in Blockbuchstaben «Spielzeug» geschrieben stand.

Ein Kühlschrank. Drei große Fahrräder und ein Dreirad.

Der letzte Gegenstand, der über den Treppenabsatz getragen wurde, war ein Klavier. Schwarz. Marke Fukuyama.

Während die Träger Luft holten, bevor sie klingelten, hatte ich Gelegenheit, es mir genau anzuschauen.

Es war nicht neu, auf seinem Resonanzkörper trug es zwei Porträts, eins von Giuseppe Verdi und eines von Jim Morrison. Sie teilten sich das Rechteck aus schwarzem Holz wie zwei Gottheiten in unterschiedlichen Farben, die über eine noch undefinierte Berufung wachten.

Ich blieb einen Augenblick lang stehen, fasziniert von dem Anblick.

Als Maria die Tür öffnete, bewegte ich mich, um meine Tür zu schließen, die Gleichzeitigkeit war verdächtig.

Sie bemerkte es, und ihr von leichter Missbilligung durchzogenes Guten Tag, Giovanna nötigte mich, in der Bewegung, mit der ich mich wieder verkriechen wollte, innezuhalten.

«Besser als ein Schlagzeug. Ich meine, wenn Nachbarn Schlagzeug spielen, ist das schlimmer, oder? Aber wenn es Sie stört, brauchen Sie nur an die Wand klopfen, dann hört er auf oder stellt die Stummschaltung ein.»

So erfuhr ich, dass Michele der Pianist war.

Natürlich war er nicht «ein Pianist». Er spielte Klavier, um Lieder zu komponieren. War er ein Komponist? Nein, aber er komponierte Lieder.

«Sie sind sehr schön», sagte Maria, dann fügte sie lächelnd hinzu, als böte sie mir ein Tablett Kuchen an: «Sie sind ein bisschen altmodisch. Sachen von früher. Mit hinreißender Melodie und softem Rhythmus. Und intelligenten Texten.»

Abgelenkt von ihrer Kleidung, kurze Hose aus weißem Leinen mit ausgefranstem Saum und ein blaues Top, das ihren Busen platt drückte, verlor ich Zeit, und als ich blöde erwiderte: «Ich werde ihm gerne zuhören», lief sie schon in ihre Wohnung. «O Gott, entschuldigen Sie, mein Handy klingelt.»

Während ich in mein Gehäuse zurückkehrte, hörte ich sie schreien: «Liebling!»

Ich fragte mich, um welchen Liebling es sich handelte, da sie viele zur Verfügung hatte. Michele war früh aufgestanden und hatte das Auto genommen (ein amarantroter Kombi, vor mindestens zehn Jahren zugelassen), das nicht auf dem gewohnten Platz am Tiberufer stand. Die Kinder waren noch nicht aufgetaucht, obwohl das Schuljahr bereits begonnen hatte.

Ich wartete auf ihre Ankunft und fürchtete mich davor, wie man eine zu große Last an Gefühlen fürchtet.

Die Gefühle, die Kinder gewöhnlich auslösen.

Es gibt Szenen in Filmen, die ich mir nicht ansehen kann.

Wenn ein Kind in Gefahr oder krank ist oder misshandelt wird, muss ich die Augen schließen und warten, bis die Szene vorbei ist und etwas anderes folgt. Wenn ich mit Furio ins Kino ging, zu der Zeit, als wir uns noch eine Art Normalität, irgendeine gemeinsame Zerstreuung schenkten, versteckte ich mein Gesicht an seiner Schulter zwischen der Achsel und den Rippen, und bat: Sag mir Bescheid, wenn es vorbei ist.

Und er machte sich über mich lustig.

Weiches Herz, verpasste Mutterschaft. Aber ich durfte dort bleiben, im Dunkel seines Körpers, und seinen Schweiß atmen, bis die Gewalt auf der Leinwand sich wieder gegen Erwachsene richtete, was ihm gefiel und mich völlig gleichgültig ließ. Jeder beliebigen Figur konnten die Augen aus den Höhlen gerissen werden, ich empfand nichts als ein wenig Langeweile.

Aber die Kinder zerrissen mir das Herz.

Kinder zerreißen mir immer das Herz.

Ich möchte sie alle beschützen.

Und ich ertrage es nicht, wenn sie nicht glücklich sind.

Ich bin mir sicher, dass Maria schon in diesen ersten Tagen etwas Krankes an mir wahrnahm.

Jede unserer Begegnungen enthielt meine krampfhafte stumme Aufmerksamkeit und ein paar geistreiche Sätze von ihr.

Sie unterhielt sich großzügig mit mir, verzichtete aber nicht auf eine gewisse Vorsicht.

An dem Tag, als das Klavier ankam, klingelte sie an meiner Tür, weil sie weggelaufen war, um den Anruf zu beantworten: «Ich wollte mich nur verabschieden.»

«Danke, du bist sehr freundlich.»

Ich war verlegen, ich hatte sie geduzt, ohne nachzudenken. Nicht wegen ihrer offensichtlichen Jugend, die mich einschüchterte, sondern versehentlich.

Es hätte keinen Sinn gehabt, mich zu korrigieren. Also schloss ich langsam die Tür, und die Scheinheiligkeit eines Lächelns, das günstig stimmen sollte, hatte meine Gesichtsmuskeln gefühllos gemacht.

Zwei Stunden später machte ich Bekanntschaft mit Malvina.

(Meine Augen füllen sich mit Tränen, wenn ich an Malvina denke. Aber ich möchte eine aseptische Erzählung, ich möchte die Fakten aneinanderreihen, das, was passiert ist, das, was nicht passieren darf und nicht passieren wird. Ohne in den Schmerz einzudringen, ohne von meinen Verstümmelungen zu berichten. Ich will nicht mitleidig von mir sprechen. Ich will erklären, warum sich meine Augen beim Gedanken an Malvina mit Tränen füllen, wie man ein physikalisches Phänomen erklärt. Die Natur mit der Natur erklären. Ich möchte all das, was ich nicht erklären will, in den Nachwirkungen irgendeiner Krankheit verbergen, einem der unzähligen Kollateralschäden einer verfehlten Kindheit.

Ich möchte. Aber ich kann es nicht.)

Es war Malvina, die an meine Tür klopfte, und sie tat es nicht schüchtern.

Später werde ich entdecken, dass sie das Geräusch der Fingerknöchel auf dem Holz sehr liebt.

Sie klopfte energisch, mehrmals.

Ein so winziges Wesen vor mir zu sehen, hatte ich nicht erwartet.

Sie trug einen hellblauen Pyjama mit kleinen weißen Walen, die Füßchen verschwanden in viel zu großen Clogs mit Löchern.

Sie war die Miniaturausgabe ihrer Mutter, eine Maria als kleines Mädchen, mit tizianroten Haaren bis zum Po, die ihr dauernd über ein Auge fielen und sie zu dieser äußerst koketten Geste zwangen, die Haare mit der Hand wegzuschieben, zu versuchen, sie hinter ein Ohr zu stecken, und sie dann wieder fallen zu lassen.

«Ciao, Malvina», sagte ich.

Und schon von diesem ersten Mal an erkannte ich meine Stimme nicht wieder.

(Dieses Gefühl der Selbstentfremdung wird meine ganze Beziehung zu dem Mädchen aus der Nachbarwohnung kennzeichnen. Für sie habe ich jedes Wort, jede Geste mit einer nicht unbedingt vergessenen, eher nie in mir entdeckten Zärtlichkeit aufgeladen. Mich zu hören, wenn ich mit ihr sprach, hat mich aus der Ruhe gebracht und zärtlich gestimmt. Und auch jetzt würde diese Wonne zurückkommen, wenn ich sie wiedersehen sollte, und ich würde mich wieder außerstande fühlen, nicht zufrieden und unglücklich zu lächeln, im Würgegriff der Sehnsucht, wie jemand, der liebt und nicht anders kann, ohne zu wissen, warum.)

Diesen ersten Dialog kann ich genau wiedergeben.

«Ist das deine Wohnung?», fragte sie mich fast singend, mit einer übermäßig fragenden Intonation.

«Ja, sie ist genauso wie deine.»

«Warum?»

«Sie sind Schwestern.»

«Haben sie dieselbe Mama?»

«Dieselbe Mama und denselben Papa.»

Vertrauensvoll legte sie ihre Hand in meine und fragte, ob sie die ganze Wohnung sehen dürfe.

Zusammen besichtigten wir die Zimmer der Schwesterwohnung und verweilten bei den gewöhnlichsten Gegenständen. Einer kleinen Pfanne, einem hässlichen Aschenbecher mit einer gelben Blume, den ich gekauft hatte, weil er nur einen Euro kostete. Einem Plattencover.

Einem Fächer. Der Schachtel aus geschnitztem Holz, in der ich meine wenigen Schmuckstücke aufbewahrte.

Sie fasste alles an, nachdem sie mit dieser singenden Intonation gefragt hatte, ob sie durfte, und es dann ohnehin tat, bevor ich ihr die erbetene Erlaubnis gegeben hatte.

Ich ertappte mich dabei, dass ich pausenlos sprach, ohne nachzudenken.

Ein Fluss, der unaufhaltsam schien wie das Wasser, das aus einem brechenden Gletscher ins Tal fließt.

Als wir ins Schlafzimmer kamen, fragte sie, ob sie hüpfen dürfe.

Natürlich, sagte ich.

Ich zog mir die Schuhe aus, auch sie stieg aus den Clogs ihrer Mutter und setzte sich wie ein Yogi auf die Bettdecke.

Ich sah sie an, streckte ihr die Hände entgegen.

Sie ergriff meine Hände, sprang auf und fing an zu

hüpfen, ließ sich begeistert von der Matratze in die Höhe schleudern. Ich hielt sie fest, um diesen wilden Tanz zu lenken, und trällerte dazu: «Spring, Kleine, spring, spring in den Himmel und sing.»

So fand uns Michele, als er mit geschauspielerter Schüchternheit in die Wohnung kam.

«Darf man ...»

Die Tür war offen geblieben, und er suchte seine Tochter.

Er trug ein zerknittertes Hemd und roch nach Rauch, Küche und Schweiß.

Malvina warf sich ihm in die Arme.

Sofort erzählte sie, dass ich Giovanna hieß und die Mama unserer Wohnungen kannte, das war eine schneeweiße Wolkenkratzerin mit vielen Fenstern, und sie hatte ein Schloss ohne Türen geheiratet, und viele Wohnungen waren geboren, und unsere waren Brudermädchen und Schwesterjunge, und ein Treppenabsatz hielt sie zusammen.

Sie redete hastig, mit der Begeisterung der Anfänger, sie hatte allem zugehört, was ich für sie erfunden hatte, hatte es sich angeeignet und überbrachte es jetzt ihrem Vater, womit sie ihn in das Spiel einbezog.

Ich fühlte mich belohnt.

Seit Langem war es nicht mehr vorgekommen, dass ich nicht abschätzen konnte, wie viel ich geredet hatte. Eine unendlich lange Zeit. Die Unendlichkeit meines vergangenen Lebens, die das ruhelose Nichts der Gegenwart hervorgebracht hat.

Mir schien, Michele würde mich mit anderen Augen sehen, nachdem er miterlebt hatte, dass seine Tochter mir sofort vertraute.

Er wies sie sanft zurecht und dankte mir:

«Ich hatte Sie ja gewarnt, dass der Frieden mit der Ankunft der Kinder vorbei sein würde.»

«Malvina ist ein sehr liebes Kind», sagte ich.

Schon fühlte ich mich wieder hölzern.

Er küsste sie aufs Haar, ein kleines Schnalzen mit den Lippen, wie um einen Besitz zu dokumentieren.

Dann sagte er: «Übermorgen fahre ich nach Genua, um den anderen zu holen. Sie werden sehen, auch er denkt, die ganze Welt müsste auf ihn hören. Versuchen Sie, nicht zu freundlich zu sein, sonst werden Sie ihn nicht mehr los.»

Ich folgte ihnen bis zur Tür.

Unaufhörlich lächelnd.

Ich kenne die gespielte Brutalität, hinter der Eltern ihren maßlosen Stolz auf die Taten ihrer Kinder verstecken, wenn sie ihnen zusehen, wie sie mit anderen Erwachsenen kommunizieren, wenn sie über jeden bewundernden Kommentar in Aufregung geraten, sich über jede respektlose Bemerkung ärgern.

Immer bereit, sie sofort zu verteidigen, nachdem sie sie anscheinend kritisiert haben.

Dieses Drehbuch hat mir immer missfallen.

Gib der Dame die Hand. So ein ungezogener Bengel. Steht keinen Augenblick still. Kann keine Minute den Mund halten.

Eltern sind vorhersehbar und Verlierer. Hinken immer einer Aufgabe hinterher, die die Fähigkeiten jedes Menschen übersteigt: ein anderes Menschenwesen großzuziehen.

Es lehren zu leben, Gut und Böse zu unterscheiden, nicht in Trübsinn zu ertrinken, den eigenen Tagen einen Sinn zu geben.

Ich war immer der Überzeugung, dass es einer übernatürlichen Anmaßung bedurfte, sich für eine Mutter zu halten.

Und darum habe ich getan, was ich getan habe.

Ich hätte es lieber nicht getan.

Aber die Dinge sind nun mal so gelaufen.

(Ich will nicht erklären. Ich weiß, wenn ich die Wörter aneinanderreihe, ein Verb aussuche, ein Tempus, ein Adjektiv, werde ich schließlich wieder auf das Gefühl jenes Tages stoßen, werde die Szene heraufbeschwören. Laura, die mich gerührt und streng ansieht, ihre freundliche Stimme, die sagt: Hab Vertrauen, es wird alles gut gehen. Ihre plötzlich grelle Stimme, die sagt: Das kannst du nicht tun, unmöglich, du wirst es dein ganzes Leben bereuen. Und gleich wird sie kläglich weinen, denn Laura ist auf Versöhnung programmiert, und wenn du sie zwingst, dich zu kritisieren, zwingst du sie, gegen ihre Natur zu handeln.)

Die Rechtfertigung, die ich mir für mein Verbrechen untergejubelt habe (das einzige, für das ich nie vor Gericht stand), ist fast tugendhaft.

Ich habe mir die Mutterschaft nicht gewährt, um unschuldige Wesen durch meine extremen Entscheidungen nicht in Mitleidenschaft zu ziehen.

Ich habe immer die Ränder bewohnt.

Für Normalität gab es keinen Platz in meinem Leben. Ein gut gefüllter Kühlschrank, Sonntagsausflüge, Weihnachtsgeschenke, das Märchen zur guten Nacht, das Zimmer, das sich mit dir verändert, von der Wiege zum Bett, von Puppen zum Computer, von Bildern mit Dumbo, dem fliegenden kleinen Elefanten, zu Postern mit Rockgruppen, alles in derselben Wohnung.

Ich war immer und bin noch immer eine Monade. Einzig, unteilbar. Auch wenn ich vor fünfzig Jahren ein paar Jahre lang geglaubt habe, zu einem Stamm zu gehören, freilich einem unpersönlichen, wo es den Trost der Blutsverwandtschaft nicht gab und man sich eher einer Art politisch geläutertem Hass ergeben hatte als der Liebe zur Menschheit.

Schon wieder habe ich den Faden der Erzählung verloren. Ich bin undiszipliniert. Wenn ich nicht konsequent weitermache, berichte, welchen Lauf die Ereignisse genommen haben, werde ich nicht mehr umkehren können. Ins Schweigen.

Nachdem Michele sich an jenem Septemberabend Malvina zurückgeholt hatte, empfand ich eine große Leere. Ich versuchte zu lesen.

Aber ich konnte nicht lesen.

Also ging ich nach draußen. Lief im Viertel herum, unter die Touristen gemischt, die den Altstadtkern dauerhaft besetzen und sich diesen Raum mit den wenigen Anwohnern teilen, einem Boheme-Bürgertum, Leuten mit Geld, die sich das alte, volkstümliche Herz der Stadt gekauft haben und in mittelalterlichen Häusern leben, wo man die Deckenbalken sieht und die Bewohner glauben können, sie unterschieden sich von denen, die in banaleren Häusern wohnen.

Ich ging umher, bis ich mich betäubt hatte, dann betrat ich ein Kino, ohne zu wissen, welcher Film lief. Im Dunkel des leeren Saals nickte ich ein und wachte auf, wenn jemand schoss oder Bomben explodierten. Es war nach Mitternacht, als ich zu Hause ankam. Im Hauseingang traf ich auf eine Gruppe der «Freunde». Die vom

Umzug. Außerdem zwei Mädchen oder vielleicht Frauen, eine mit langen Haaren, die mit einem Lockenstab bearbeitet waren, und einer Brille mit altmodischem Gestell, die andere kraushaarig mit feuerrotem Lippenstift, der brutal aus ihrem olivfarbenen, ungeschminkten Gesichtchen hervorstach.

Barbara und Maddalena, wie ich später entdecken werde.

Sie lachten.

Oder besser: Sie kicherten, und ich dachte sofort, dass sie über mich kicherten.

Ich habe so lange geübt, unbemerkt zu bleiben, dass ich jedes noch so flüchtige Interesse, das meine Person weckt, sofort wahrnehmen und entziffern kann.

Ich meinte, das Wort «alte» zu hören.

Und das Wort «Nachbarin». Aber vielleicht war es nichts.

Würdevoll sagte ich Guten Abend.

Maddalena setzte ein kampflustiges Lächeln auf und entgegnete:

«Gute Nacht, mittlerweile.»

Sie hatten getrunken und prahlten damit auf Schritt und Tritt, wie Jugendliche.

Ich ging wieder ins Bett, unter die vom vorhergehenden Versuch, den Tag zu beenden, schon zerknitterte Decke.

Ich löschte das Licht.

Und die Wand begann, vom Leben der Nachbarn zu vibrieren.

Ich machte das Licht wieder an.

Lauschte, fast mit angehaltenem Atem.

In den letzten Tagen war ich der Versuchung erlegen, eine Tätigkeit wieder aufzunehmen, die aus den Zeiten stammt, als Spionieren Teil meiner, wie es so heißt, politischen Militanz war.

Damals trug ich immer ein kleines Notizbuch bei mir, in dem ich Zeiten und Bewegungen, Gewohnheiten und Wegstrecken notierte.

Ohne dass ich es bemerkt hatte, war dieser Impuls, mir Notizen zu machen, wiederaufgetaucht.

Obwohl Michele und Maria natürlich nicht das Objekt einer Strafaktion waren.

Der Krieg ist vorbei, sagte ich mir. Und das hatte ich mir schon lange nicht mehr ins Bewusstsein rufen müssen.

Auf jeden Fall empfand ich Scham für diesen Rückfall in die Spionagetätigkeit, aber nur kurz und wie eine Verpflichtung. Kaum hatte ich aufgehört, mich zu schämen, hatte ich mir ein Notizbuch gekauft (keins wie dieses hier, ein gewöhnlicheres) und begonnen, die Gespräche der Nachbarn mitzuschreiben.

Doch ich möchte sie auf diesen Seiten nicht wiedergeben.

Es waren vor allem Wortgefechte. Die beiden redeten nicht unbedingt, um Informationen und anstehende Verpflichtungen auszutauschen, eher, um sich gegenseitig Vergnügen zu bereiten.

Ich hörte ihnen zu und schrieb manche Sätze auf, solche, die nützlich waren, um Daten zu bekommen. Ich trainierte mein gutes Gedächtnis, das immer eine meiner begehrtesten Fähigkeiten gewesen war (ich konnte Autokennzeichen, Telefonnummern, Zahlenkombinationen behalten) und das ich verkümmern ließ.

Ich fing wieder an, aufmerksam zu sein.

Ich schrieb, prägte mir Dinge ein.

Und so sah ich, wie sich das Leben der Familie nebenan durch den zerstreuten Ablauf ihrer reibungslosen Diskussionen abzeichnete.

In diesen ersten Monaten hörte ich sie nie streiten.

Sie konnten sich alles sagen, beschützt von ihrer Berufung zu Schauspielern, sie konnten uneinig sein (Maria verteidigte ihren Vater oft gegen Micheles Sarkasmus), sie konnten einander kritisieren und widersprechen, aber sie verletzten sich nie, wie Kinder, die mit Wasserpistolen aufeinander schießen.

Am Abend des Tages, an dem Malvina ankam, hörte ich diese Unterhaltung:

Michele: «… jedenfalls hat er es mir übel genommen, dass er wegen Malvina die Insel gerade jetzt verlassen musste, wo er irgend so einen Mechanismus erfunden hat, um vom Schlauchboot aus schleppfischen zu können.»

Maria: «Das Haus auf der Insel hat er den ganzen August an eine Bande halb toter Freaks vermietet. Achttausend Euro, das hat mir mi vida mi amor gesagt, die bei Geld immer sehr genau ist. Darum sind sie bei der Tante gelandet, weil das Haus auf der Insel besetzt war. Malvina hat nichts damit zu tun. Das Haus war besetzt.»

Michele (einen affektierten Typ imitierend, der Näseln für vornehm hält): «Gloib doch nicht, dass ich mir wögen den paar lömpigen Kröten in San Benedetto del Tronto einen söndigen Höntern hole. Wasserrutschen, eine ökelhafte Menge Großmütter mit spöckigen Schönkeln, Bojen, Bademeister, Rollschuhbahn. Ich hab's für das Mödchen getan.»

Maria (lachend): «Ach, komm schon. In der Woche, die ich mit ihnen bei meiner Tante verbracht habe, war er sehr nett zu Malvina.»

«Wenn du da bist, ist er immer sehr nett zu Malvina.

Er ist sogar sehr nett zu mir, wenn du dabei bist. Alles, was zu dir gehört, behandelt er gut. Das ist eine Art, dir zu schmeicheln.»

«Du bist ihm sympathisch.»

«A pain in the ass.»

«Das stimmt nicht.»

«Aber er hat mich immer für einen Versager gehalten.»

«Einen Besiegten, keinen Versager. Und er erkennt dein Talent an.»

«Ein Besiegter mit Talent. Wow.»

«Die sind ihm am liebsten. Er mag diese ... warte, wie nennt er sie ... diese integrierten Typen nicht. Als er in Jutopia lebte ...»

«Da war er zwanzig.»

«Na ja, er glaubt, er sei noch immer zwanzig, wenigstens benimmt er sich so, dass es zu dieser herrlichen Illusion passt. Und weißt du was? Ich möchte altern wie er.»

«Mit Miss Buenos Aires, die drei Jahre älter ist als ich und eine Supermarktkette besitzt?»

«Sie hat nur einen, die anderen sind während der Krise bankrottgegangen. Und sie war bloß Miss Legs, als sie noch aufs Gymnasium ging.»

«Er wechselt sowieso die Sprache, sobald die Triebfeder bei ihm nachlässt. Deutsch hat er mit Inge gelernt, Englisch mit Mabel ...»

«Und du, mit wem hast du Englisch gelernt, dreckiger kosmopolitischer Hurenbock? Mit dieser gigantischen Heuchlerin Jill Greenberg.»

Ich höre Gelächter, vielleicht tun sie so, als kämpften sie.

«Und hast sogar einen Sohn mit ihr gemacht!»

Sie werfen sich abgehackte Sätze zu: Beiß mich nicht ins Ohr ... ich zeige dich an ... du und Miss Boston ... was hat das damit zu tun? … ich bin jung … aber er ist Witwer …

Michele: «Schluss, ich ergebe mich. Kratzen gilt nicht.»

Maria, keuchend: «Okay, aber hör auf, auf meinem Vater rumzuhacken. Das ist was für pubertierende Höhlenmenschen.»

«Er hätte dich gerne mit diesem Hypochonder voller Nachnamen und verfallenen Schlössern verheiratet.»

«Eduardo? Unsinn! Der ist bisexuell.»

«Er findet Bisexuelle geil, in der Rangliste seiner Favoriten kommen sie gleich nach den talentierten Versagern.»

Ein Teil von mir wollte aufhören, aber es war wie eine Droge. Sie setzte die gleiche Willensträgheit in Gang, die den Entzug immer auf den nächsten Tag verschiebt.

Ich lauschte.

Machte Notizen. Fantasierte.

Etwas hatte sich verändert in meiner Wahrnehmung der Welt außerhalb meines Nests. Ich fing an, mich zu kämmen, mich sorgfältig zu kleiden.

Jeden Moment konnte das Mädchen an meine Tür klopfen.

Ich wollte ihr nicht als alte Hexe erscheinen, allenfalls als eine zeitlose Fee.

Nicht alt, denn alte Feen gibt es nicht, aber eine gute und ewige Fee.

Ewig und gut gekleidet.

Denn sie konnte schon im nächsten Moment an die Tür klopfen, und das wünschte ich mir ebenso sehr, wie ich es fürchtete.

Zwei Tage nach Malvinas Ankunft kam auch Malcolm.

Ich sah ihn aus dem Auto seines Vaters steigen, hoch aufgeschossen und schlank, ein Bambusrohr, das sich unter dem Gewicht eines riesigen Rucksacks krümmt. Er blieb vor der Haustür stehen.

Hob die Augen bis zu den Fenstern im dritten Stock.

Ich stand am Wohnzimmerfenster, vollauf mit ihrem Leben beschäftigt, wie in jedem Moment, seit die Neugierde den Platz meiner seligen kontemplativen Haltung eingenommen hatte.

Er wusste nicht, welche Fenster zu der neuen Wohnung gehörten, in der er noch nicht gewesen war.

Versehentlich lächelte er zu meinem Fenster hinauf.

4.

MALCOLM

Heranwachsende mag ich nicht, sie haben immer etwas Unstimmiges an sich, einen Ausdruck, ein Kleidungsstück, einen Geruch. Ich mag die plumpe Art nicht, mit der sie ihre erst vor Kurzem gewachsenen Körper bewohnen, ihre Arroganz, die Schüchternheit verbirgt, das aggressive Schweigen, das sie denen entgegensetzen, die versuchen, sie weiterhin zu lieben wie früher, als sie klein und leicht zu lieben waren.

Ich mag die Menschen nicht, die sie hofieren, als besäßen sie eine Unschuld, die es nicht gibt, als wäre ihre Ignoranz ein Vorbild und ihre Vergnügungssucht eine epochale Wende.

Ich mag all diese Rollenspiele nicht und all diese Fernsehserien, all das Sich-Spiegeln im Internet, wo man sich Fotos und Videos schickt, als würde es das Leben nur in der Darstellung des Lebens geben …

Diese Zeilen müsste ich löschen.

Aber ich werde sie nicht löschen. Ich schreibe keinen Aufsatz in Schönschrift.

Niemand wird je lesen, was ich schreibe. Darum.

Wenn ich mich von der Geschichte entferne, die ich erzählen muss, hat das keine Bedeutung. Ich lasse die falschen Fährten offen, die nirgendwohin führen, die Sätze, mit denen ich mühsam einen Gedanken verfolgt habe. Ich lasse alle Abschweifungen und Wiederholungen stehen.

Mit der Hand zu schreiben, zwingt dazu, nichts zu verbessern. Du kannst den Text nicht vom Bildschirm verschwinden lassen.

Darum bewahrst du alles auf, was du produziert hast.

Es ist völlig unwichtig, was ich von Heranwachsenden denke, ich weiß.

Ich kenne sie nicht.

Ich verstehe sie nicht.

Ich sehe sie von Weitem, wenn ich mittags am Gymnasium Virgilio vorbeigehe, ich sehe sie abends, wenn sie sich vor einem Lokal versammeln, an ein Bier geklammert, ein kleines Glas Scotch, Wodka, Gin, einen Spritz, und wenigstens das müsste sie mir zu Freunden machen, auch ich brauche immer Alkohol.

Obwohl ich fast nur Wein trinke.

Obwohl immer nur allein trinke.

Es war anders, als ich ein junges Mädchen war. Bebend und reglos. In Wartestellung.

Auf der Startposition.

Ich trank Whisky. Ich rauchte Marihuana.

Ich trank immer zusammen mit anderen, ich trank, um bemerkt zu werden.

Ich betrank mich, um zu fallen, ich fiel, um aufgehoben zu werden.

Und es gab immer jemanden, der mich vom Boden aufhob, der mich in seine Arme nahm.

Immer, obwohl ich mich waghalsigen Unternehmungen stellte.

Die Zeit der Jugend habe ich gewissenhaft und voller

Überzeugung gelebt, mit Laura im Schlepptau, die ihr Nest lieber in der Kindheit gebaut hätte, die überall Teddybären kaufte, die immer nach Hause zurückwollte, um mit manischer Akribie ausgewählte Bildchen auf eine der großen Collagen zu kleben, die sie dann berühmt machen sollten.

Ich bin durch die USA getrampt, von New York nach Los Angeles, habe in Supermärkten geklaut, in den Greyhounds geschlafen, habe die Gastfreundschaft von Unbekannten angenommen und mich unter der Dusche vögeln lassen, ohne Lust dazu zu haben, leichtsinnig und wissentlich, ich habe *on the road* einen Idioten wie Kerouac heiliggesprochen und war bereit, alle Tanzschritte auszuführen, die den Klischees der Transgression gehorchten.

Ich war eine der Zweihundertfünfzigtausend, die nichts von den Konzerten mitgekriegt haben, aber ich war da, in Bethel im Staat New York, am 15. August 1969, zusammen mit fünfzigtausend anderen Jugendlichen, die in einem siebenundzwanzig Kilometer langen Stau feststeckten, und dort saß ich auf dem Lastwagen von drei jungen Typen, die mir ein Bett, ein Dach, eine Möglichkeit, meine Unterhosen zu waschen, und acht Dollar gegeben hatten, um die Jefferson Airplane zu hören.

Das ging als Woodstock in die Geschichte ein. Ich war in Woodstock.

In Woodstock bin ich in die Scherben einer Flasche getreten und habe mir den Fuß verletzt.

Ich war sechzehn.

Abgehauen aus dem Häuschen in New Jersey, wo ein amerikanischer Ingenieur, mit dem mein Vater eine Arbeitsbeziehung hatte, mich den Sommer über wohnen ließ.

Die offizielle Begründung war Englischlernen.

Die wirkliche war eine andere.

Sie wollten mich wenigstens für zwei Monate los sein, Atem holen.

Ich ging durch eine zornige und zügellose Pubertät mit Neigung zur Selbstverletzung.

Als der amerikanische Ingenieur meine Eltern anrief, um ihnen mitzuteilen, dass ich verschwunden war, kamen sie nicht nach Amerika, um mich zu suchen.

Mit einem R-Gespräch informierte ich sie, dass es mir gut ging. Dass ich meinen Spaß hatte.

Das stimmte nicht, ich bin nie fähig gewesen, Spaß zu haben, doch mein Überleben ohne Geld und weit weg vom Schutz der Familie zu organisieren, war eine Aufgabe, die meine Wut dämpfen konnte.

Ich kehrte zurück, als ich zurückwollte, ich hatte ein bezahltes Flugticket am 12. September, aus New York.

Ich wollte nicht in den USA leben, das war stärker als meine Unlust, wieder in Turin zu leben.

Ich hatte mir vorgenommen, in Bewegung zu bleiben.

Ich dachte, durch Bewegung würde mein Leben Form annehmen.

So war es nicht.

Fünf Jahre später wusste ich immer noch nicht, wer ich war.

Auch nicht, was ich wollte.

Da begegnete mir Furio. (Hat Furio meinem Leben eine Form gegeben? Ich weiß es nicht, sicher ist, dass sein Leben eine Form hatte. Es hatte vor allem eine Form.)

Diese Abschweifung über die Jugend dient dazu, Malcolm einzuführen.

Ich muss erbarmungslos ehrlich sein: Ich war fast sicher, dass die Familie in der Nachbarwohnung an dem dreizehnjährigen Sohn zerbrechen würde.

Heranwachsende sind gesunde Überträger von Beziehungsstörungen in allen möglichen Gruppen Gleichgesinnter, ob durch Verwandtschaft verbunden oder nicht.

Ich rechnete fest damit, dass die Komödie an Glanz verlieren würde.

Wenn die Bewunderung in Neid übergeht, helfen Ausrutscher, die Qualen zu ertragen.

Es lief nicht so, wie ich hoffte.

Keine Ausrutscher.

Malcolm ist schön, sein Gesicht noch kindlich, die Haut glatt und hell, die Locken schwarz.

Die gleichen blauen Augen wie sein Vater.

Das offensichtliche Unbehagen, das ihm seine Größe bereitet (1 Meter 85, hatte Maria mir stolz verkündet), kombiniert mit dem Körpergewicht eines Hungerkünstlers, verbirgt er durch äußerst langsames Gehen.

Er scheint immer darin vertieft, seine langen Knochen aufeinander auszurichten. Er bewegt sich wie ein Tänzer.

Nicht nur dieser konzentrierte, vorsichtige Gang befreit ihn von der in seinem Alter üblichen Plumpheit. Nein, es gibt noch etwas, das weniger vorhersehbar ist. Malcolm hört zu. Er spricht wenig, und im Unterschied zur restlichen Familie spricht er immer ernst.

Später sollte ich entdecken, dass er ein strenggläubiger Vegetarier ist, den Kauf von Lebensmitteln, egal welcher Art, in Plastikverpackung nicht duldet und sich ausschließlich mit dem Fahrrad durch die Stadt bewegt.

Er weigert sich, ein Flugzeug zu besteigen, Spray jedweder Art zu benutzen, und gönnt sich nicht mehr als eine Stunde Internet pro Tag, weil er den Stromverbrauch nicht erhöhen will.

Und diese eine Stunde nutzt er, um mit seiner Gruppe Umweltschützer in Kontakt zu bleiben. Ein Chat, glaube ich, dem er angehört. International. «It's up to me» ist ihr Markenzeichen. Es hängt von mir ab.

Meine erste richtige Begegnung mit Malcolm ereignete sich am 28. Oktober unter dramatischen Umständen. Bis dahin hatten wir nicht mehr ausgetauscht als ein Kopfnicken, schweigend ich, schweigend er. Ich hatte bemerkt, dass er sich sehr gewissenhaft um seine kleine Schwester kümmerte.

Fast immer war er derjenige, der sie um vier Uhr nachmittags vom Kindergarten abholte. Ich beobachtete sie, wenn sie ankamen, stellte mich dafür ans Fenster. Sie konnten sich nicht an der Hand halten, er war zu groß und hätte sich auf Knien fortbewegen müssen, um sich ihren achtundneunzig Zentimetern anzupassen, darum trug er sie auf den Schultern und hielt sie an den Fußgelenken fest, und von diesem Gipfel aus beherrschte sie mit sichtlicher Zufriedenheit die Umgebung.

Oft sang sie ihre eigenen, geheimnisvollen Litaneien, in die sie ohne logischen Zusammenhang erfundene und soeben gelernte, darum noch entstellte Wörter einflocht.

Ich hörte sie, wenn sie auf dem Treppenabsatz auftauchte und Malcolm sie absteigen ließ, wie ein leichtes Paket auf dem Marmorboden absetzte und herumfuchtelte, um die Tür zu öffnen.

An diesem Freitag, dem 28. Oktober, sang auch er.

Er rappte passende Reime zu den Wörtern, die sie hinwarf wie Würfel auf einen Spieltisch.

Ich erinnere mich, dass ich vom Wohnzimmerfenster zum Eingang ging, um ihnen zuzuhören, aber ich wagte nicht, mich auf dem Treppenabsatz zu zeigen.

Malvina hatte nicht mehr an meine Tür geklopft, seit unserer ersten, ermutigenden Begegnung war über ein Monat vergangen.

Auf der Matratze meines Bettes zu hopsen, war für sie ein Spiel wie jedes andere gewesen, wer weiß, wie viele andere Leute sie kennengelernt hatte und jeden Tag kennenlernte, wie viele Erwachsene, die bereit waren, mit ihr zu spielen, ihr Geschichten zu erzählen, sie hüpfen zu lassen.

Kinder sind mittlerweile eine Rarität, was ihren Wert maßlos erhöht, jeder rechnet es sich zur Ehre an, die Aufmerksamkeit eines Kindes zu bekommen.

Darum kannst du, solange du klein bist, ein Leben im Überfluss führen.

Genießen und vergessen.

Geschenke entgegennehmen und wegwerfen.

Für mich, die ich von der Aufmerksamkeit anderer so weit entfernt bin, war aber schon jener Spätnachmittag vor vier Wochen von Sehnsucht erfüllt.

Ich hätte alles gegeben, um ihn noch einmal zu erleben.

Die Gelegenheit ergab sich am 28. Oktober.

Um sechs Uhr abends klingelte Malcolm mehrmals an meiner Tür.

Er war sehr erschrocken, so hatte ich ihn noch nie gesehen.

«Ich ... ich bin der Sohn der Nachbarn», sagte er, obwohl wir einander schon vorgestellt worden waren, «darf ich auf den Balkon Ihrer Küche gehen und von dort auf meinen springen?»

Ich ging ihm voraus.

«Hör mal, das ist gefährlich», wollte ich ihm sagen, aber ich schaffte es, den Mund zu halten.

Er bemerkte es selbst: Die beiden ziemlich engen Balkone liegen weit auseinander, dazwischen befindet sich die Toilette mit einem kleinen Fenster.

Das Abstürzen war fast garantiert.

Malcolm zog sich die Schuhe aus.

«Ich kann springen», sagte er, vor Angst zitternd.

Ich packte ihn am Arm.

«Tu es nicht», sagte ich.

Er antwortete laut mit seiner erst seit Kurzem männlichen Stimme, die wegen der Angst brach und in ein kindliches Timbre zurückfiel.

«Malvina ist allein, sie schlief, ich bin hinunter, um ein Amazon-Paket entgegenzunehmen, die Wohnungstür stand offen, aber durch die Zugluft ist sie zugefallen, und ich hatte die Schlüssel in der Wohnung gelassen ... Maria und Michele kommen erst spät zurück.»

Er war kurz davor zu weinen.

«Ich hab nicht mal das Handy dabei.»

Ich gab ihm meins.

«Willst du sie anrufen?»

Er schluckte trocken.

«Nein ... ich versuche zu springen.»

In diesem Moment hörten wir Malvinas Stimme, sie rief nach ihrem Bruder, erst unsicher und schlaftrunken, dann immer klarer und verängstigter.

Plötzlich erinnerte ich mich, dass ich die Schlüssel zu dem hatte, was so lange Zeit eine leere Wohnung gewesen war.

«Warte», sagte ich, «habt ihr das Schloss ausgewechselt?»

«Weiß ich nicht.»

«Wo schläft Malvina?»

«Ich habe sie ins Bett von Michele und Maria gelegt.»

Ich zog ihn in mein Schlafzimmer.

«Sprich mit ihr, die Wand ist aus Rigips, man hört alles. Lass sie deine Stimme hören, während ich die Schlüssel suche, die Immobilienagentur hat sie mir gegeben ... ich muss sie irgendwo haben.»

Er gehorchte.

«Malvi, ich bin hier, du siehst mich nicht, aber ich bin da.»

«Wo bist du?»

«In der Wohnung von Giovanna, der Nachbarin. Die, die Mama Weißmähne nennt.»

«Ich will auch zu ihr.»

«Warte, ich hole dich gleich. Was hast du geträumt?»

«Hol mich sofort!»

«Erzählst du mir, was du geträumt hast?»

Malcolm sprach mit dem Mund an der Wand, die langen Beine unter dem Hintern angewinkelt.

Ich fand die Schlüssel in der Schachtel für das Werkzeug, mit dem ich bei Bedarf Schrauben festdrehe, verstopfte Waschbecken frei mache, Steckdosen repariere.

Dort lagen sie.

Ich hatte sie nie benutzt.

Niemand hatte sie zurückhaben wollen.

Ich brauchte ziemlich lange für die Suche.

Als ich triumphierend ins Schlafzimmer zurückkam, weinte Malvina hinter der Wand, und Malcolm sang den *Ententanz*.

Wir gingen sofort aufmachen, gemeinsam kamen wir in die Wohnung. Malvina lief mir unter letzten Schluchzern entgegen.

«Ich will auf deinem Bett hopsen.»

Ich nahm sie auf den Arm.

Als ich Malcolm um Erlaubnis bat, ihr diesen Wunsch erfüllen zu dürfen, der mich in Hochstimmung versetzte, fühlte ich mich seltsam.

Malcolm, einen dreizehnjährigen Jungen.

«Ich muss ihr zu essen machen», sagte er, aber man sah genau, dass er diese Verpflichtung gern abgegeben hätte. Tatsächlich fügte er hinzu: «Ich muss für morgen noch lernen.»

«Geh ruhig lernen, ich kümmere mich um Malvina.»

Nachdem sie auf dem Bett hüpfen durfte, solange sie wollte, nahm ich sie mit in die Küche, ich wollte sie in die Vorbereitung einer Mahlzeit einbeziehen, ließ sie die Eier mit der Gabel schlagen, die Nudeln in die Brühe geben, sie half mir, den Tisch zu decken.

Als wäre es ein Wunder, beobachteten wir gemeinsam, wie sich der Würfel Gemüsebrühe im kochenden Wasser auflöste.

Ich machte ein Omelett.

Aus dem Kühlschrank holte ich eine alte, noch nicht angebrochene Flasche Mineralwasser. Dann gingen wir Malcolm zum Abendessen einladen.

Er willigte ein, als gehorchte er einem Befehl: «In Ordnung.»

Dann half er Malvina, sich chic anzuziehen, das heißt, mit den Füßchen in ein Paar rote High-Heels-Pumps zu schlüpfen, die unpassend schienen, auch wenn man sie sich an ihrer Mutter vorstellte.

«Sie zieht sich gerne um, wenn gefeiert wird», sagte Malcolm.

Ohne großes Aufhebens, aber sehr entschieden lehnte er das Omelett ab.

«Das sind Eier, ich esse nichts, was von Tieren stammt.»

Ich schlug ihm einen Teller Spaghetti mit Tomaten vor.

Er sagte: «Die Suppe ist völlig in Ordnung.»

Er war bedrückt, wohlerzogen, unerfahren.

Sein Schwesterchen sah oft zu ihm hin, direkt, um seine Aufmerksamkeit zu bekommen, verstohlen, um zu kontrollieren, ob er billigte, was sie sagte.

Malvina schwatzte ununterbrochen, sodass unser Schweigen, meines und Malcolms, als Gabe zum Zuhören statt als Schüchternheit durchgehen konnte.

Bei ihm war dieses Schweigen in gewisser Weise physiologisch: Welcher Heranwachsende unterhält sich unbefangen mit einem alten Menschen, an den ihn keine Verwandtschaftspflichten binden?

Bei mir war es eine dieser Nebenwirkungen, vielleicht die gravierendste, einer zwanzigjährigen Einsamkeit.

Seit zu langer Zeit schon kochte ich nicht mehr für andere.

Für jemanden kochen unterscheidet sich stark von der schlichten täglichen Übung, eine warme Mahlzeit für sich selbst zuzubereiten.

Gesund. Billig. Gut eingebettet in die Prosa des Überlebens.

Für jemanden kochen ist ein Akt der Liebe, ein eheliches Ritual.

Die Ehe mit Furio hat nicht lange gedauert.

Wir hatten nicht mehr gemeinsam als eine Vergangenheit, deren Wucht keinen Raum für die Zukunft ließ. Beide kamen wir aus dem erzwungenen Aufenthalt in einer Strafanstalt, darum machte uns die Freiheit unbeholfen und unfähig, sie zu genießen. Wir beide, er und ich, allein in dieser Einzimmerwohnung mit Hochbett, in diesem Satellitenstädtchen, das nur dann fast schön wurde, wenn der Nebel es einhüllte.

Ein weicher, kühler Mantel, der die Umrisse aller Dinge verschwinden ließ.

Im Frühling, im Sommer war alles trist, das Mietshaus, die Straßen, die Lokale, die staubigen Beete.

Dann war man gezwungen, aus dem Haus zu gehen, wie beim Hofgang, den wir beide gut kannten, eine festgelegte Anzahl Schritte, damit die Muskeln nicht verkümmern. Atmen und dann aufhören zu atmen. Die Augen zu einem Quadrat Himmel heben. Immer dasselbe, von den Wachtürmen begrenzt.

Beide hatten wir kochen gelernt, das musste man, wir hatten gelernt, das wenige, was wir im Laden kaufen konnten, in eine warme Mahlzeit zu verwandeln, um uns von dem Fraß freizuspielen, den das Kloster ausgab. (Ich kann es einfach nicht schreiben, dieses Wort. Als wäre ich noch immer die Geisel irgendwelcher Geheimnisse.)

Jedenfalls habe ich auch während unserer kurzen versuchten Ehe nie für Furio gekocht.

Wir bewegten uns ungeschickt, alle beide, in der Kochecke des kleinen Wohnzimmers, nahmen uns gegenseitig die Topfdeckel weg, den Holzlöffel, das Wiegemesser.

Oft blieben wir stumm, keiner widmete dem anderen seine Mühe, seine Zeit, sein Rezept.

Wir hatten uns an ein Leben als Überleben gewöhnt.

Sich zu verändern, war schwierig.

Zu einem freundlichen Umgang miteinander zu kommen, zu dieser zugeneigten Anteilnahme, die als Liebe fungieren kann.

Bis zu diesem Abend im Oktober hatte ich für niemanden außer für mich gekocht.

Und die Erfahrung erregte mich so, dass ich aufstand, während Malvina und Malcolm aßen, ein paar Äpfel nahm, Mehl, Zucker, Margarine, und Krapfen buk.

Etwas, das meine Mutter machte, wenn sie mich belohnen wollte.

Malvina feierte sie mit begeistertem Brummen.

Malcolm aß sie schweigend, aber bis zum letzten Krümel.

Dann trank ich zwei Gläser Wein, eins nach dem anderen, vor dem Kühlschrank stehend, denn ich wollte unbedingt mit Malcolm sprechen, fand aber nicht den Mut dazu.

Er sah mich an. Machte keine Bemerkung, dachte sich aber bestimmt seinen Teil.

«Möchtest du einen Schluck?», fragte ich.

Er lächelte.

«Danke.»

Er hielt mir sein leeres Wasserglas hin.

Ich merkte, dass meine Hand zitterte, während ich ein wenig Gewürztraminer, gut gekühlt, in das Glas eines Menschen goss, der dreiundfünfzig Jahre jünger war als ich.

«Prost.»

Wir tranken, nachdem wir uns fürs Zuprosten in die Augen geschaut hatten.

«Der ist gut», sagte er.

Dann nahm er Malvina in die Arme, lud sie sich auf den Rücken, als müsste er einen langen Weg gehen, statt nur einen Treppenabsatz überqueren, und verabschiedete sich.

Ich sah sie weggehen und dachte dabei, dass ich die Flasche austrinken würde, die halb voll auf dem Tisch geblieben war.

Doch fast sofort hörte ich die Klingel.

«Malvina möchte Ihnen einen Gutenachtkuss geben», sagte Malcolm.

Ich bückte mich, streckte mein Gesicht zu ihr hin.

Ich bekam einen feuchten Kuss und ein Versprechen.

Morgen komme ich wieder Krapfen essen.

Das war der Abend, mit dem sich alles in Bewegung setzte.

Ein paar Tage später klingelten Maria und Michele an meiner Tür, Hand in Hand wie zwei wohlerzogene Kinder, die Befehle aus der Erwachsenenwelt ausführen.

«Wir wollten Ihnen danken, dass Sie Malvina und Malcolm zum Abendessen eingeladen haben.»

Bekundungen des Danks pappen mir ein starres Lächeln ins Gesicht, eine Verlegenheit. Ich kann sie weder aussprechen noch entgegennehmen.

Ich bringe eine unsinnige Gegenseitigkeit ins Spiel, von der Art: Ich habe zu danken.

Die beiden nahmen es mit der virtuosen Liebenswürdigkeit, die gesunde Menschen angesichts eines Behinderten beseelt.

Und revanchierten sich, indem sie mich zum Abendessen einluden.

Das Ballett der gegenseitigen Einladungen habe ich immer gefürchtet.

Meine Mutter war da von teutonischer Präzision. Sie hätte sich eher auf dem Scheiterhaufen verbrennen lassen, als die vorübergehende Gastfreundlichkeit einer Einladung zum Essen nicht zu erwidern (stilvoll, mit Kerzen, dem guten Geschirr, dem Silberbesteck).

«Hätten Sie Lust, heute Abend bei uns zu essen?»

Ich rührte mich nicht, war höchstwahrscheinlich gestrandet mit dem Lächeln, mit dem ich versuchte, mir die Götter der Normalität günstig zu stimmen, diesen dünkelhaften Olymp, der mich seit unvordenklichen Zeiten ausschließt, der mich immer ausgeschlossen hat.

«Danke», sagte ich. Und: «Aber ich weiß nicht …». Als hätte ich wer weiß welche Termine, doch sie wussten genau, dass ich niemanden sehe, dass ich alleine ausgehe, dass ich abends zu Hause bin.

Sie wechselten einen höflichen Blick.

«Ganz informell», sagte Maria, «nur mit uns vieren.»

Ich nahm die Einladung an.

Weil ich musste, weil ich wollte.

Ich klammerte mich an diese Präzisierung, nur mit uns vieren, als wäre das der Grund, warum ich zusagte, und um dieses «Aber ich weiß nicht …» der Soziopathin zu überwinden.

«Dann gern, danke.»

Sie müssen vom ersten Moment an begriffen haben, dass ich nicht der Typ war, einen mondänen Abend auszuhalten.

Ich zog jugendliche Sachen an, das tue ich nicht oft, lieber verschwinde ich in der Unförmigkeit von Hemdkleidern, obwohl ich keine einzige Rundung zu verstecken habe.

Eine pflaumenfarbene Samthose, die aus meiner Zeit als Dreißigjährige stammte.

Meine Konfektionsgröße hat sich nie geändert.

Ich stellte mich seitlich vor den Spiegel und überprüfte die Linie meiner Gesäßmuskeln.

Mein Hintern ist straff, ich habe lange Beine, einen weichen Busen und eine noch sichtbare Taille.

Aber nicht mehr schmal.

Seit wie langer Zeit betrachtete ich meinen Körper nicht mehr? Das fragte ich mich ohne Sorge, eher verwundert.

Ich war aufgeregt, ich war froh.

5.

HINTER DER LEINWAND

Ich buk ein ganzes Tablett voller Apfelkrapfen.

Es war, als wechselte ich auf die andere Seite der Leinwand, säße in ihrer Küche, sähe ihn die Hackbällchen in der Soße wenden, sie die Radieschen in den Salat schneiden, Malcolm den Tisch decken und Malvina ihre Lieblingskäseecken auf dem Fußboden aufreihen. Von der heimlichen Zuschauerin fühlte ich mich befördert zur Schauspielerin mit einer Nebenrolle.

Ich spielte die Rolle gut, Anfängerglück.

Beim Anziehen hatte ich getrunken, zwei Gläser Wein.

Gleich darauf trank ich ein drittes, den Prosecco, mit dem wir anstießen.

Sie sagte: Auf unsere neue Nachbarin.

Er sagte: Auf ihre Geduld. Auf unser Glück.

Und alles wurde plötzlich ganz einfach.

Ich nahm Malvina auf den Schoß und teilte jeden Bissen mit ihr, beschützt von ihrer leuchtenden Kindheit, aufdringlich wie die Quecke, die sich mit ihrem spontanen Grün dem Winter entgegenstemmt. Ich fühlte mich unvermutet leicht.

Beide betrachteten mich zufrieden.

Ihre Handys auf dem Tisch, neben den Servietten, klingelten fast ununterbrochen, mit winzigen Intervallen.

Sie bekamen Dutzende Nachrichten.

Sie waren nicht so unhöflich, den Bildschirmen mehr als einen schnellen Blick zu gönnen.

Höchstens schickten sie ein Emoji, ohne das Gespräch zu unterbrechen.

Michele war der Erste, der mir schmeichelte:

«Du kannst richtig gut mit Kindern.»

Er konnte mich duzen, trotz all der Jahre, die uns trennten.

Ich errötete vor Dankbarkeit.

«Malvina betet dich an», ergänzte Maria, «gestern hat sie gesagt: Giovanna hat ein Bett, das springt.»

Malcolm sagte: «Natürlich, Giovanna ist ja auch die Einzige, die einen Sprungfederrahmen hat.»

Ich hatte es sofort verstanden, er hatte seinen Eltern nicht gebeichtet, dass die Tür hinter ihm zugeschlagen war, während seine kleine Schwester in der Wohnung schlief.

Natürlich sagte ich nichts.

Es ist mir immer leichtgefallen, mich mit Jüngeren oder vielleicht mit Schuldigen zu verbünden, ich empfinde instinktiv Empathie für jeden, der sich einer Verurteilung zu entziehen versucht.

Mir schien, als läge Wohlwollen in der Art, wie er mich betrachtete, und er war es, der Maria daran hinderte, zu viele Fragen zu stellen.

Denn Fragen kamen natürlich von Marias Seite.

«Hast du Enkelkinder, Giovanna?»

«Nein.»

«Ganz sicher nicht oder noch nicht? Denn wir sind die

Generation der Spätkommer. Wir gehen gern spät ins Bett, heiraten spät, kriegen spät Kinder, arbeiten spät, schlafen bis spät in den Morgen ...»

Ich unterbrach sie.

«Ich habe keine Kinder.»

Und weil meine Stimme ein wenig schrill klang, sagte ich, um das Unbehagen nicht noch durch Schweigen zu betonen:

«Als junge Frau war ich zu sehr damit beschäftigt, am laufenden Band Fehler zu machen, ich hatte keinen freien Moment, um mich vernünftigen Entscheidungen zu widmen.»

Mit perfektem Timing füllte Michele mein Glas. Ich bekam Aufwind.

Ich hörte sie lachen.

Ein Moment großer Freude.

Ich war bei «ihnen». Ich lachte.

«Was für eine Art Fehler?», fragte Maria.

«Das wäre eine lange Geschichte.»

«Wir haben haufenweise Zeit», sagte Michele, «alle, außer diesem kleinen Fräulein hier.»

Malvina war auf meinem Schoß eingenickt, ihr Kopf zwischen meiner linken Brust und der Schulter. Ihre schwere Wärme fühlte sich an wie eine Liebkosung.

Ich stand auf, das Mädchen fest im Arm.

«Darf ich sie zu Bett bringen?»

Maria und Michele applaudierten, als hätte ich ein Lied gesungen.

Malcolm stand auf.

«Ich zeige dir, wo der Pyjama ist.»

Einen Moment lang erwog ich die Möglichkeit, er könne eifersüchtig sein. Aber das war eine wahnhafte Projektion.

Ich habe das Maß menschlicher Beziehungen verloren.

Immer habe ich Angst, mich zu irren, im Ton, im Thema, in der Reaktion.

Im Schlafzimmer holte Malcolm aus einer Schublade einen Pyjama mit Snoopy als Pilot verkleidet, während ich sie auszog.

Sie war ein kleiner, träger, vollkommener Körper, der sich bewegen ließ, ohne Widerstand zu leisten oder zu kooperieren.

Malcolm blieb, um mich zu beobachten.

Als wollte er kontrollieren, wie geschickt ich mich anstellte.

Sie schliefen beide auf dem Fußboden. In Malcolms Teil des Zimmers lag blaue Bettwäsche auf der Matratze, auf Malvinas Matratze war sie rot. Auf Malcolms Seite standen ein Schreibtisch und ein Bücherregal, auf Malvinas Seite ein kleinerer Tisch, ein Dreirad, Holzspielzeug, auf dem Boden verstreut, keine Puppe.

Auch sie hatte ein Regal voll bunter Bücher.

Mir wurde bewusst, dass ich dieses Zimmer zu hingebungsvoll erforschte. Mir wurde bewusst, dass ich betrunken war. Mir wurde bewusst, dass Malcolm mich beobachtete, während ich sein Zimmer musterte, und dass er keine Anstalten machte, sich von seiner blauen Matratze zu erheben.

Ich richtete mich auf, nachdem ich die lauwarme Stirn des Mädchens mit einem Kuss gestreift hatte.

Es war nicht ganz leicht, ich bin wendig, aber nicht, wenn ich getrunken habe.

Malcolm machte das Licht an.

«Keine Sorge», sagte er, «wenn sie schläft, kann nichts sie aufwecken.»

«Gehst du nicht wieder rüber?»

«Ich hab zu tun.»

Er sah mich an, als hätte er eine Botschaft für mich, überlege aber noch, ob er sie mir mitteilen sollte oder nicht.

«Danke», sagte er mit abgewandtem Blick.

Wenn ich nicht betrunken gewesen wäre, hätte ich dieses Wörtchen, auf das ich nie richtig reagieren konnte, unbeachtet gelassen, aber ich war betrunken, noch nicht in der katatonischen Phase, die ich selten erreiche und nie außerhalb des Schutzraums meiner Wohnung, doch ich war sicher in dem Zustand der Trunkenheit, der mir erlaubt, Fragen zu stellen.

«Glaubst du, sie hätten dir Vorwürfe gemacht?», fragte ich mit schwerer Zunge.

Er zuckte die Achseln.

«Das ist es nicht.»

«Du passt sehr gut auf deine kleine Schwester auf.» Einen Augenblick lang ärgerte mich mein paternalistischer Ton, aber ich hatte mich schon nicht mehr in der Gewalt, beherrschte meine Stimme nicht mehr.

Ich sagte:

«Es hätte Michele oder Maria auch passieren können.»

Malcolm sah mich stumm an.

«Vor allem Maria», fügte ich hinzu und musste unwillkürlich lächeln.

Auch er lächelte.

Bevor ich in die Küche zurückging, sagte ich abschließend:

«Jedenfalls ist es besser, deiner Mama nichts zu sagen, Mütter leiden an nachträglicher Angst, weißt du? Sie würde sich unnötig erschrecken.»

«Nein, Maria hat sich nicht erschreckt.»

«Dann hast du es ihr gesagt.»

«Nicht ich, Malvina hat ihr erzählt, dass die Tür zu war, dass ich nicht in der Wohnung war, dass du gekommen bist, um alle Türen der Welt aufzumachen ...»

Ich war glücklich. Im nächsten Moment war ich schon wieder verlegen.

«Bravo, Malvina ... sie hat mich sehr gut dastehen lassen.»

Ich drehte mich um, wollte das Zimmer verlassen, als Malcolm mir hinterherrief:

«Giovanna! Sag Ja!»

«Wozu soll ich Ja sagen?»

«Zu dem, was sie dir vorschlagen werden.»

Vielleicht habe ich eingewilligt, weil Malcolm mich darum bat, vielleicht auch nicht.

Ich will über die Gründe hier keine Rechenschaft ablegen.

Ich ging zurück in die Küche, Michele hatte noch eine Flasche Wein aufgemacht. Das Glas, das er mir füllte, trank ich aus, ohne es abzusetzen. Ich trank, wie ich trinke, wenn ich Mut fassen muss, wie all die Male, als ich Mut fassen musste. Als ich Michele sah, fürchtete ich, er würde mich verurteilen, und wahrscheinlich tat er das auch, ich fühlte, dass ich rot wurde, und stellte das leere Glas auf dem Tischtuch ab. Darauf trank auch er seinen Wein in einem Schluck aus, in seinen Augen lag so etwas wie ein Lächeln.

Maria stellte sich verspätet auf uns ein.

Sie füllte ihr Glas mit Mineralwasser und imitierte uns.

Später werde ich herausfinden, dass es ihr graziöser und durch und durch vorsätzlicher Tick ist, die Rolle des kleinen Mädchens zu spielen. Sie hat ein wirkliches Geschick darin entwickelt, jedwede unbewusste Routine der Erwachsenen mit einer Vorführung von Unschuld zu konterkarieren.

Einschließlich des Lasters, sich zu betrinken, um reden zu können.

An diesem Abend, dem meines ersten Abendessens bei Michele und Maria, in ihrer Küche, lachten wir alle drei.

Ich fühlte mich wunderbarerweise befreit davon, Mut haben zu müssen.

Auf dem Tisch gab es mit Schokolade überzogenen Torrone, Michele schnitt kleine dreieckige Stücke davon ab.

Er reichte sie mir.

Ich war neugierig auf das, was sie mir vorschlagen wollten, aber ich wollte nicht voreilig sein, mir war, als schwömme ich mühelos an der Oberfläche eines Meeres, das sich endlich beruhigt hatte.

Ich aß den Torrone, ohne mich um Zähne, Kalorien und Blutfettwerte zu kümmern, ich aß Torrone nach dreißig Jahren Abstinenz.

Alles, was sie sagten, nahm ich mit einer Gier auf, die sie sicher nicht gewöhnt waren. Und wahrscheinlich wie eine kräftigende Neuheit wertschätzten – wenn man nur mit reichen oder schönen oder erfolgreichen Menschen wie man selbst umgeht, vergisst man irgendwann, wie sehr die graue Existenz der Armen die Farben der eigenen Privilegien hervorheben kann.

Ich, alt und einsam, hörte eine Art Glückseligkeit in dieser hellen, warmen, schmutzigen Ikea-Küche pulsieren.

Und ich wechselte die Farbe, wurde rot wie durch eine chemische Reaktion bei Kontakt.

In meinem Blick lag Bewunderung.

Eine melancholische Bewunderung, über die ich keinerlei Gewalt hatte.

Sollten sie es doch sehen, wenn sie es sehen konnten.

In diesem Moment war mir das ziemlich egal.

Maria begann:

«Du kannst Nein sagen, natürlich kannst du, wir sind nicht beleidigt, bestimmt nicht ... wenn du nicht beleidigt bist ...»

Michele unterbrach sie.

«Entschuldige, aber warum sollte sie beleidigt sein?»

«Zum Beispiel, weil wir ihr eine Arbeit anbieten und sie eine scheißreiche Erbin ist und nicht arbeiten muss.»

«Wir bieten ihr keine Arbeit an, Äffchen, wir bitten sie um ein bisschen Hilfe.»

«Warum sollte sie uns denn helfen, wir sind doch die, die ihre Etage mit störendem Lärm gefüllt haben, wir sind schließlich nicht ihre Kinder.»

Sie redeten, als wäre ich nicht da.

Und gleichzeitig schauspielerten sie für mich.

«Na ja, zumindest, was den Lärm betrifft, könnte die Situation sich verbessern, wenn ich abreise und du endlich arbeiten gehst.»

«Was meinst du mit endlich arbeiten gehst?»

Ich merkte, dass ich lächelte, aber ich wollte dieses Lächeln abschütteln wie ein Ballkleid. Elegant, unbequem. Ich wollte zurück in die Freiheit. Pantoffeln, Stille.

Michele bemerkte das und sagte:

«Bitte verzeih, wir drücken uns missverständlich aus.»

Maria hatte einen ihrer Strümpfe bis zum Knöchel heruntergerollt und kratzte jetzt mit verdrossener Miene an einer Kruste auf ihrer Haut.

Sie blickte zu mir auf, ihr Tonfall war demonstrativ vertraulich.

«Das ist, weil du ihn einschüchterst, mich nicht, mich machst du kein bisschen schüchtern, aber bevor du kamst, hat er gesagt, lass mich zuerst reden, also muss ich ihn reden lassen, aber er kann sich nicht durchringen, darum sage ich es dir jetzt: Könntest du auf Malvina aufpassen, von der Zeit, wenn sie aus dem Kindergarten kommt, bis ich nach Hause komme? Es ist nur für einen Monat, denn Montag fange ich an, bei Subdued zu arbeiten, das ist ein Laden, nein, eine Ladenkette für bescheuerte Jugendliche, wo ich Verkaufsleiterin sein werde und kreative Verantwortung trage, und das heißt, dass sie früher oder später die Klamotten akzeptieren werden, die ich entwerfe, statt Jeansunterhosen mit Metallplättchen zu verkaufen, aber inzwischen würde schon mal dieser wunderbare Unbekannte in dieses Haus kommen, der Monatsgehalt heißt.»

Michele streifte sie flüchtig mit einem Blick zärtlicher Missbilligung, dann wandte er sich an mich.

«Es handelt sich darum, dass ich auf Tournee gehe, aber ich bin nur einen Monat weg.»

«Er geht auf Tournee und wird mich wahrscheinlich betrügen, denn wie ich dir schon sagte, er spielt und komponiert und singt, aber etwas habe ich dir nicht gesagt, er ist völlig abhängig von den Groupies, die in diesem Fall nicht mal seine Groupies sind, er hat eigentlich nur mich, aber seine Band ist bloß die Vorband dieser totalen Nieten Thegiornalisti, die gut im Geschäft sind, und sicher kriegt Michele von ihren Fans die Fetteste ab ... widersprich mir, wenn du den Mut hast ... also werde ich erst Verkäuferin und dann depressiv sein, ergo als Mutter wenig zuverlässig. Ja, da gäbe es den heldenhaften Malcolm, aber ein Vögelchen hat mir gezwitschert, dass er schlecht in der Schule ist, und als wir ihn, wie sagt man, gerügt haben … also versucht haben, ihn am Arsch zu kriegen, wozu Eltern verpflichtet sind, auch die asozialsten … da hat er sich gewehrt, okay, er geht Malvina jeden Tag abholen, kocht ihr was zu essen und unterhält sie, macht also den Fulltime-Babysitter. Aber dann hat er gesagt: Entweder ihr bezahlt mich dafür oder nervt wenigstens nicht mehr, wenn ich nichts für die Schule tue.»

Ich spürte meine Gesichtsmuskeln, es musste noch immer da sein, dieses Lächeln, ich hätte es beseitigen und eine Maske untröstlichen Ernstes aufsetzen sollen. Ich hätte sagen sollen, ich danke euch für das Angebot, ihr schmeichelt mir, aber ich glaube, eine solche Verantwortung kann ich nicht übernehmen.

Ich bin eine alte Frau und an Einsamkeit gewöhnt.

Ich trinke viel.

Gelegentlich nehme ich Psychopharmaka.

Ich habe neun Jahre im Gefängnis gesessen.

Stattdessen sagte ich:

«Aber sicher, Malvina ist ein Schatz.»

6.

MARIA

Natürlich lehnte ich jede Art von Bezahlung ab. Michele wollte nicht lockerlassen, Maria brachte ihn mit einem ihrer zusammenhanglosen Monologe zum Schweigen.

Er dürfe mich nicht demütigen, indem er mir zehn beschissene Euro die Stunde anbiete. Geld habe einen Wert nur für die, die nichts anderes geben können, sein Beharren verrate seine Unkenntnis der menschlichen Seele, man sehe genau, dass es mein Karma sei, mich um Kinder zu kümmern. Malvina sei kein einfaches Kind, sie sei einen emotionalen, intellektuellen und sprachlichen Standard gewöhnt, der jede hypothetische Konkurrentin um den Titel der Miss Anfängerin vom Platz gefegt hätte. Malvina sei einfühlsam, aufmerksam und frühreif und habe einen größeren Wortschatz als der Durchschnitt erwachsener Italiener. Da sie in jeder Hinsicht so hervorragend sei und von Menschen geliebt werde, die wissen, wie man seine Kinder auf die richtige Weise liebt, sei Maria sehr wählerisch und eingebildet, und darum spreche die Tatsache, dass sie mich sofort in ihr Herz geschlossen hatte, für meine Seele. Ich besäße garantiert eine geräumige und bestens ausgestattete Seele, die Art Seele, der man nicht mit Geld dankt.

Michele schwieg.

Verlegen.

Ich mochte seine Verlegenheit.

Ich mochte alles an Michele. Angefangen mit der Art, wie er Klavier spielte, wenn ich versuchte, sie zu definieren, fiel mir nur ein Adjektiv ein, das gar nicht zur Musik passte: glitschig.

Er spielte, als glitte er über die Noten, manchmal spielte er ein paar Klassiker, um zu üben, das *Ave Maria* von Gounod, den *Radetzkymarsch*, das Thema der Erscheinung der Schwanenkönigin aus dem *Schwanensee*, und dann platzierte er zwischen zwei musikalische Sätze einen Hagelschlag aus Klängen, der sie wegdrängte, um sie gleich wieder zu etwas zu verschmelzen, das mir wie eine Hymne auf die Klassik erschien, die über die Bedrohung der Moderne siegt.

Das Klavier stand im Schlafzimmer.

Er spielte gegen sieben Uhr abends, nicht immer, aber wenn ich ihn spielen hörte, verzichtete ich auf meine abendliche Verabredung mit der Musik.

Er war das Konzert.

Auch wenn er sicher nicht Martha Argerich oder Arturo Benedetti Michelangeli war.

Ich sagte es ihm, an dem Abend, als ich einwilligte, der Babysitter seiner Tochter zu sein: «Ich höre dir gern beim Klavierspielen zu.»

Er wehrte ab.

«Ich spiele miserabel, das ist nicht mein Instrument, mein Instrument ist der elektrische Bass, oder auch der akustische.»

Maria bat ihn, für mich zu spielen.

Seine Lieder hatte ich noch nicht gehört.

Mit seiner Band, den Misfits, probte er in einem Keller im Viertel Appio Tuscolano, «praktisch am Arsch der Welt», und zu Hause spielte er nicht, weil es immer etwas anderes zu tun gab.

In dieser Nacht spielte und sang er bis um zwei.

Seit Jahrzehnten war ich nicht mehr so lange wach geblieben, außer wegen Anfällen von Schlaflosigkeit, die ich in Lormetazepam ertränkte.

Ich fühlte mich gut, ich wäre die ganze Nacht in dieser Wohnung sitzen geblieben, die genauso geschnitten war wie meine und doch ganz anders.

Die Musik enthob mich von der Pflicht, am Gespräch teilzunehmen.

Einen privaten Raum, eine Wohnung, mit anderen Menschen zu teilen, verschaffte mir eine verwunderte Heiterkeit.

Michele sang mit einer leisen, intonationssicheren, noch nicht ausgereiften und dennoch vom Rauchen schon brüchigen Stimme.

Wie Maria mir versprochen hatte, waren die Texte seiner Lieder reinstes modernes Antiquariat, Vernunft gegen Liebe, von Illusionen veredelte Niederlagen, leidvolle Träume.

Er schwelgte weder in umgangssprachlicher Derbheit noch in irgendeiner Form verbaler Brutalität.

Er rappte nicht zornig.

Er war ein fantastischer Produzent von Melancholie.

Als ich schließlich aufstand, um mich zu verabschieden, kamen wir überein, dass ich Malvina am nächsten Tag (es blieben wenige Stunden Schlaf) zusammen mit Maria zum Kindergarten bringen würde.

Um den Weg kennenzulernen und den Erzieherinnen vorgestellt zu werden.

Man würde mich als die neue Babysitterin einführen, wenn ich nichts dagegen hatte.

Das sagten mir beide, zu verschiedenen Zeiten, besorgt, weil ich meine Aufgabe unentgeltlich erfüllen würde, was mir mindestens den Titel einer Tante hätte einbringen müssen.

Als ich das Büro der Frau betrat, die den Kindergarten leitete, merkte ich, dass ich Angst hatte.

Ich musste ein Formular unterschreiben, meine Telefonnummer angeben.

Lächeln.

Eine alte Frau, die in ihrer Freizeit einem jungen Paar hilft.

Ganz einfach, aber ich hatte feuchte Hände.

So schwer fielen mir noch immer alle Begegnungen.

Alle Prozeduren, die mich verpflichteten, meine Personalien anzugeben.

Die drei Tage bis zu Micheles Abreise verbrachte ich mit einem Schnellkurs im Umgang mit dem Mädchen.

Ihre Gewohnheiten, die Launen, denen ich nach Verhandlungen nachgeben durfte, nicht verhandelbare Regeln, Essen, Kleidung, Körperpflege.

Alle beteiligten sich an meiner Ausbildung. Michele dankte mir immer wieder und sagte, ich solle meinem Instinkt folgen. Maria dagegen war besessen von den Geschlechterrollen, Malvina besaß keine Puppen, sie sollte mit Holzklötzen spielen und sich mit Lastwagen und Traktoren vergnügen. Teeservice oder Bügeleisen durfte sie nicht geschenkt bekommen, allerdings auch keine Waffen. Maria zeigte mir, wo ein Heer aus Spielzeugsoldaten des Zweiten Weltkriegs versteckt war. Es waren originalgetreue Miniaturen, aber Malvina durfte nicht damit spielen. Auf dem Fußboden durften Tierchen aufgereiht werden, aber keine Spielzeugsoldaten. Nur wenn der Großvater zu Besuch kam, wurden sie aus ihrem Versteck geholt. Denn er hatte sie Malvina geschenkt. Der Großvater gab sehr viel Geld für Malvina aus, aber er täte besser daran, ihnen zu helfen, denn jeden Monat das Geld für die Miete zusammenzukriegen, war ein Hindernisrennen.

Zum ersten Mal erwähnte sie den Großvater in meiner Gegenwart.

Nicht mit Namen, sondern in seiner Rolle.

Maria kannte keine Form von Zensur, sie redete geradeheraus, zusammenhanglos und frei von Zwängen. Ohne eine Strategie und ohne Rangordnung glitt sie von einem Satz zum nächsten, von einer Erzählung weiter zu einer Definition und zu einer Erinnerung, ohne auf Verbindungen oder Erklärungen zu achten, sie häufte rasend schnell Satz auf Satz, ohne je etwas zu Ende zu bringen.

Manchmal hatte man den Eindruck, sie hörte nicht, was sie selbst erzählte.

Über ihren Vater sagte sie mir sofort, er sei ein unerträglicher Mensch, von einem Narzissmus zerfressen, der mit dem Alter nicht abnahm.

Die Frauen mochten ihn, er mochte die Frauen.

Er war siebzig und sah aus wie fünfzig.

Er duldete nicht, dass sie ihn siezten.

Meistens versuchte er, in der Gruppe der Dreißig-, Vierzigjährigen unterzutauchen.

Und wehe, man wies ihn darauf hin, dass er mit der Generation seiner Kinder flirtete.

Seine Wutausbrüche waren legendär.

Er war arrogant, ein Macho und herrschsüchtig.

Während sie ihn erbarmungslos verurteilte, glänzten ihre Augen vor Stolz.

Leistungsstarke alte Menschen werden von ihren Kindern bewundert, sie sind eine Kerbe in ihrer DNA, eine beruhigende Information für ihre Lebenserwartung.

Mir fiel Micheles Imitation seines Schwiegervaters ein, obwohl sie aus der Zeit stammte, als ich noch mein Ohr an die Wand legen musste, um im Leben meiner Nachbarn herumzuschnüffeln.

Ich hätte gern mehr gewusst.

Immer wollte ich mehr wissen.

Doch ich erlaubte mir nicht zu viele Fragen, ich wollte nicht als das erscheinen, was ich war: eine Art Parasit der Gefühle.

Hätte ich mehr gewusst, hätte ich vermieden, Marias Vater zu begegnen.

Und ich wäre jetzt nicht in dieser Situation. Oder vielleicht doch, vielleicht steht alles schon irgendwo geschrieben, und wir gehen auf unser Schicksal zu, ohne von dieser Bahn abweichen zu können.

Vom Gewimmel, in das du dich flüchtest, zum Fuß, der dich treten wird.

Früher oder später.

7.

ES GIBT KEIN GLÜCK

Eines Abends, ich war schon seit einer Woche Malvinas Babysitterin, bat Maria mich, mit ihr zu essen.

Seit Michele abgereist war, spuckte der Fahrstuhl gegen acht Uhr abends unweigerlich Freundinnen, ein Pärchen, eine Gruppe aus.

Ich erkannte die junge Frau mit dem olivfarbenen Teint und dem schreiend roten Mund, auch die andere mit den langen glatten Haaren und der Brille mit breiter Fassung.

Maddalena und Barbara.

Ich sah noch ein paar andere, die ich noch nie gesehen hatte, alle weniger schön als Maria, unbestimmbar wie Heranwachsende, aber nicht mehr ganz jung und ohne ein stimmiges Konzept gekleidet. Unförmige Hosen, schlammverschmutzte Stiefel, dicke Röcke.

Eines Abends kamen auch Matteo und Marcello und noch ein Typ, der mit neapolitanischem Akzent sprach.

Maria aß abends nie allein.

Wenn sie von der Arbeit kam, zog ich mich diskret zurück. «Guck mal, wer da kommt – Mama!»

Malvina klatschte in die Hände, wie ich es ihr beigebracht hatte, und Maria umarmte sie fest, wobei sie die niedlichsten Wesen des Tierreiches aufrief, Küken, Spätzchen, Schwälbchen und so weiter.

Eilig berichtete ich vom guten Verlauf unseres Nachmittags, fügte meine Komplimente für Malvina hinzu, weil sie alles gegessen hatte, was ich für sie gekocht hatte, sogar die Karotten und Erbsen, dann verschwand ich in der Wohnung nebenan, nachdem ich mein Quantum mütterlicher Dankbarkeit genossen hatte.

Ich hätte Maria gern gesagt, dass ich diejenige war, die ihr und mehr noch Malvina Dank schuldete.

Malvina, rastlos, immer in Bewegung, die mich mit ihrer unaufhaltsamen fordernden Aktivität zwang, immer neue Spiele zu erfinden.

Ich kehrte müde nach Hause zurück.

Genau das, was ich brauchte.

Das, was mir fehlte, seit die Werkstatt mir gekündigt hatte, wo ich – stehend – Geschenkpackungen zusammengestellt, Schachteln gefaltet, Kokarden aufgeklebt hatte.

Ich wollte müde nach Hause zurückkommen und meinem Leben im Wechsel von Arbeit und Ruhe einen Rhythmus geben.

Es war genau das, was ich brauchte, ein sehr lebhaftes kleines Mädchen betreuen.

An diesem Abend hatte ich mich gerade auf dem Sofa ausgestreckt, während Wasser in die Badewanne lief, als Maria an meine Tür klopfte.

«Ciao, ich hab mir überlegt – essen wir heute zusammen, hast du Lust?»

Ich hatte nicht den Mut, mich zu weigern, wie üblich empfand ich einen Antrieb und einen Gegenschub.

Ich war neugierig, ich war ängstlich. (Wovor hatte ich

Angst? Darüber muss ich schreiben, sie muss ich bezeugen. Meine Angst. Stärker und klarer jetzt, wo ich ein Leben ohne Gefahren führe, als damals, der Zeit, in der ich mich fast jeden Tag in eine Situation brachte, die zu meiner Verhaftung oder meinem Tod führen konnte. Angst ist eine degenerierte Form des Unbehagens, auf der Welt zu sein. Dieses Unbehagen habe ich immer verspürt. Nie habe ich meinen Platz gefunden, sogar auf den Klassenfotos in der Grundschule nicht, ich bin das Mädchen, das nicht in die Kamera schaut, sondern nach rechts, wo niemand ist, mein Blick geht in die Ferne, als suchte er einen Fluchtweg. Nie werde ich meinen Platz in der Welt finden. Das weiß ich inzwischen genau. Wenn die Angst nicht von Neugierde durchkreuzt würde, würde ich nie aus meinem Bau herauskommen.)

Ich ging mir die Schuhe anziehen.

«Malvina schläft, sie hat mir die Geschichte erzählt, die du ihr erzählt hast.»

«Die vom umgekehrten Land?»

«Mit Großeltern, die zur Schule gehen, um zu verlernen, was sie gelernt haben, als die Kinder noch nicht an der Macht waren.»

Wir sangen ein kleines Duett auf Malvina.

Erwachsene lieben es, Kindern zu gefallen, es ist, als bekäme man ein Zeugnis über kreative Eignung von einer Jury, die man nicht bestechen kann.

An diesem Abend lieferte Maria mir eine zusätzliche Dosis Lob wegen meiner Fähigkeit, Liebe zu mir bei ihrer Tochter zu wecken.

Sie sagte auch:

«Ich bewundere deine Haare, wenn ich groß bin, werde ich mir auch lange weiße Haare wachsen lassen.»

So redeten sie: Sie sagten «groß», statt «alt» zu sagen, «klein», statt «jung».

Das war ihre Spielzeugwelt.

Ich lächelte sie an.

Ich wusste, dass ich ein Notbehelf war, sie hatte niemanden gefunden, der ihr beim Abendessen Gesellschaft leistete, darum war sie gekommen, um mich einzuladen.

Diese Rolle als Lückenbüßer demütigte mich überhaupt nicht.

Für mich gehörte sie, und gehört sie noch immer, zur Ordnung der Dinge.

Wenn ein junger Mensch den Kontakt mit einem alten Menschen sucht, steckt immer ein zweckrationales Motiv dahinter, das wusste ich, freute mich aber trotzdem über die Einladung. Ich hörte ihr gern zu, sie redete, ohne nachzudenken, und das machte sie weniger vorhersehbar als den Durchschnitt der Menschen, die zu viel reden.

Ich beobachtete sie auch gern, blieb hängen an diesen Gesichtszügen wie auf einer Miniaturmalerei, an der kompakten Helligkeit ihrer Haut, an den etwas auseinanderstehenden Schneidezähnen, die einen Spalt in ihrem Lächeln öffneten. Sie sprach, und ich suchte unstimmige Details in diesem vollkommenen Gesicht, winzige Fehler der Natur, damit sie ihre Schönheit erinnerungswürdig machten.

Mich freute vor allem ihre Redseligkeit, die mir erlaubte, passiv am Gespräch teilzunehmen.

«... Michele sagt, dass ich zu viel rede, dass ich manchmal nur spreche, um die Stille zu füllen, dass ich nicht mal schweigen kann, um Luft zu holen, und natürlich ist mein Vater daran schuld, der sich für den Direktor aller interessanten Konversationen auf der Welt hält und mich immer mit Worten betäubt hat … findest du, ich rede zu viel?»

Das war die erste direkte Frage, die sie mir stellte, wir waren gerade fertig mit dem Abendessen (Risotto mit Pilzen, ich hatte mir angewöhnt, etwas Vorbereitetes für sie dazulassen: «Du verwöhnst mich», «Ist mir ein Vergnügen», und sie wusste nicht, wie wahr diese Höflichkeitsfloskel war).

«Meiner Meinung gibt es kein Zuviel», sagte ich, als ich am plötzlich lauteren Ticken einer Wanduhr hörte, dass die Pause sich zu lange hinzog.

«Erklär das.»

Ich versuchte zu lachen.

«Ich bin nicht gut im Erklären.»

«Meiner Meinung nach redest du zu wenig.»

«Erklär das», sagte ich.

Sofort legte sie wieder los, wie ein batteriebetriebenes Spielzeug, einmal den Schlüssel drehen, und es bewegt sich weiter.

«Du hast uns nichts über dich erzählt, aber du hast garantiert eine Menge zu erzählen … mein Vater behauptet, dass eure Generation die letzte ist, die wirklich gelebt hat, dass ihr in unserem Alter schon längst den Apfel vom Baum der Erkenntnis gegessen hattet, ihr wart schon aus dem Paradies vertrieben und hattet schon ein paar Klettertouren unternommen, um zurückzufinden, indem ihr Gott in den Abfalleimer geworfen und versucht habt, die Schlange zu domestizieren, bis sie sich in eine Blindschleiche ohne Gift verwandelt. Er sagt, wenn er anfangen müsste, die Geschichten seines Lebens zu erzählen, könnten *Scheherazade* und das *Dekameron* und die Brüder Grimm einpacken … manchmal sagt er auch: Tolstoi und Maupassant könnten einpacken … dann steht Michele vom Tisch auf, zum Beispiel, wenn wir bei ihm zu Hause auf der Insel sind, und springt ins Meer, das direkt vorm Haus ist, gleich unter der Terrasse, denn mein Vater hat dieses Haus auf der Klippe, ja, ist ganz schön und all das, aber ziemlich arbeitsaufwendig, und dann wird er wütend, das heißt, er tut so, aber in Wirklichkeit ist er immer ziemlich stinkig, denn er mag es nicht, wenn das Publikum im Saal zeigt, dass es seine Vorführungen nicht besonders toll findet, aber wenn ich wirklich ganz ehrlich sein soll, er kann sehr gut reden, er ist der geborene Schauspieler, und das hätte er im Leben werden sollen, aber da waren diese Apotheken der Familie, und als '68 und der ganze Hippierausch vorbei waren, ist er aus Jutopia zurück, das war eine Landkommune, mit Marihuana ausgesät, hat sein Studium wieder aufgenommen, seinen Doktor gemacht und sich dann auf Pharmakologie mit pflanzlichen Arzneimitteln spezialisiert, ja, und schließlich ist er hinter der Theke eines riesigen Geschäfts mit allopathischen und anderen Medikamenten gelandet, aber er hat immer weiterstudiert und sich fortgebildet, und jetzt ist er ein großer Fachmann für alternative und lebensverlängernde Medizin ... natürlich interessiert ihn vor allem sein eigenes langes Leben, aber er arbeitet für euch alle ... er sagt immer, meine Generation hat nicht vor, an Abnutzung zu sterben, wir werden abtreten, wann und wie wir wollen ... also arbeitet er auch für dich. Du würdest ihm gefallen, da bin ich sicher, ich muss ihn dir unbedingt vorstellen. Wie alt bist du eigentlich? Michele sagt, um die sechzig, aber er hat auch gesagt, ich soll dich nicht fragen und auf Wikipedia nicht nach Giovanna Reggiani suchen.»

Wikipedia.

Bei diesem Wort überlief mich ein Schauder.

Reggiani ist nicht mein Nachname, es ist der meiner Mutter. So habe ich mich vor der ständigen Inquisition geschützt, der wir ausgeliefert sind, seit es die künstliche Intelligenz, den Speicher einer Festplatte gibt.

Ich fragte: «Und du hast nicht gehorcht?»

Sie musste etwas Hartes im Tonfall meiner Stimme gehört haben.

«Natürlich habe ich es nicht getan. Ich bin nicht der Typ, der Leute auf ihre Seiten bei Wikipedia festnagelt.»

Eine so lakonische Antwort passte nicht zu ihr. Mir schien, dass sie mich mit einem leicht fragenden Ausdruck ansah.

Sollte ich mehr sagen?

Eilig nannte ich ihr mein Alter.

Dann stand ich auf, der Zeitpunkt war falsch, man steht nicht einfach so auf, mitten im Gespräch, ich hatte das Gefühl für den Rhythmus menschlicher Beziehungen verloren. Oder vielleicht war es mir nie gegeben.

«Ich habe dich beleidigt», sagte Maria, sie war sitzen geblieben und sah zu mir hinauf. «Ich bin besessen von dieser Sache mit dem Alter. Immer frage ich danach. Ich frage sogar Kinder. Und ich weiß, dass es ungezogen ist. Schließlich ist es was Persönliches, oder? Niemand möchte sich in der Öffentlichkeit ausziehen, seine Daten beim Einwohnermeldeamt und all das preisgeben. Auch weil wir heutzutage meist alle jünger wirken. Du auch, bei dir habe ich auf achtundfünfzig oder neunundfünfzig getippt. Kein Jahr mehr. Bitte setz dich, wenn du dich wieder setzt, sage ich dir mein Alter.»

Ich setzte mich. Eine Sekunde lang hatte ich eine verblüffende Ähnlichkeit zwischen Maria und ihrer Tochter gesehen.

Ein Aufblitzen kindlicher Schläue.

Einen Moment, in dem es keine Verbindung zwischen dem wissenden Ausdruck der Augen und der instinktiven Fröhlichkeit ihres Lächelns gab.

«So, brav, du sitzt.»

Ich versuchte, mich zu rechtfertigen (wieder ein Patzer).

«Ich bin es nicht gewöhnt, so lange aufzubleiben.»

Maria erinnerte mich nicht an den Abend, als Michele bis zwei gesungen hatte.

Sie sagte: «Ich bleibe wach, bis Malcolm wiederkommt.»

«Wo ist er hin?»

«Die lächerlichste Sache der Welt. Als Sprecher seiner Gruppe It's up to me wurde er zu einer politischen Versammlung eingeladen. Die Irgendwas-Kommission für den Schutz der Gesundheit dieses Planeten. Ich meine, er mit seinen dreizehn Jahren soll diesen erwachsenen Versagern erklären, welche Prioritäten unbedingt beachtet werden müssen, um den endgültigen Kollaps aufzuschieben. Seine Mathematiklehrerin hatte ihn einladen lassen. Die ist nämlich vom Partito Democratico und hielt das für eine gute Idee. So nach dem Motto: Auch wir haben unseren jugendlichen Retter, den wir all denen vorzeigen können, die immer dann einschlafen, wenn von der Umweltkatastrophe die Rede ist. Ich hab ihm gesagt: Wenn du nicht hingehen willst, tu's nicht, kann dir doch egal sein, ob sie deine Lehrerin ist. Aber er hat sich schnell mit seinem internationalen Chat beraten, dann hat er zugesagt. Wir lassen nichts unversucht, das ist ihre Politik. Natürlich ist er mit dem Fahrrad gefahren, und ich mag es nicht, wenn er im Dunkeln mit dem Fahrrad nach Hause fährt, darum werde ich gleich offiziell Kammerflimmern bekommen. Diese Lehrerin wollte ihn mit dem

Auto abholen. Aber bei seinen Prinzipien ist er ja zäh wie ein Stockfisch, man geht zu Fuß oder fährt Fahrrad, man schwimmt oder fährt mit dem Segelschiff ...»

Sie blickte besorgt auf die alte Wanduhr.

Zehn vor elf.

Sie schenkte sich ein Glas Wein ein, stellte fest, dass es das letzte war, und goss die Hälfte in mein Glas.

Als wir einander zuprosteten, kam Malcolm.

Er sagte, es sei spät geworden, weil die Lehrerin ihn zum Pizzaessen mitgenommen habe, ein Typ sei dabei gewesen, wahrscheinlich ihr Freund. Er sagte, es sei weder gut noch schlecht gelaufen, ja, sie hätten ihm zugehört, er habe Glen Peters und Kevin Anderson zitiert, am Schluss hätten sie ihm gedankt, aber seiner Meinung nach wollten «die da» bloß wissen, ob seine Gruppe an einem bestimmten Tag eine Veranstaltung für den Schutz der Erde organisieren würde und ob ihr Verantwortlicher für die Umwelt, der irgendwo Kandidat war, eine Rede halten konnte, natürlich nach uns, «den Jungen».

Das alles sagte er in einem gelassenen Ton, in dem es keine Spur von Missmut gab.

Er zog sich in sein Zimmer zurück, gefolgt von den Fragen seiner Stiefmutter. Die letzte:

«Werdet ihr ihn denn reden lassen oder nicht?»

Sie bekam nicht einmal ein Grunzen zur Antwort.

«Ich glaube nicht, dass das von ihm abhängt», sagte ich. Und versuchte einen Zusatz: «Seit es das Internet gibt, ist es komplizierter geworden, die Demokratie aktiv zu gestalten, und sie sind daran gewöhnt, dass ...»

Aber Maria hörte mir nicht zu.

«Ich musste ihn sogar vor einer Einladung ins Fernsehen schützen. Das heißt, ich hätte ihn hingehen lassen, aber Michele wollte nicht.»

«Warum?»

«Weil sie ihn ausnutzen, sie lassen einen Jugendlichen als weisen Propheten sprechen, reichen ihn von einem Kanal zum nächsten weiter, erschaffen eine Figur, einen Helden, dann setzen sie das Gerücht in die Welt, dass er von diesem oder jenem ferngesteuert wird, dass man ihm einen Job in einem multinationalen Unternehmen angeboten hat, wo Plastik recycelt und in der Krebsbehandlung benutzt wird ... was weiß ich ... dass er zweihunderttausend Euro im Jahr verdient ... sie können alles Mögliche behaupten, es gibt Kreise, die sind spezialisiert darauf, das Image von Menschen, die etwas tun und bewirken wollen, aufzubauen und anschließend zu zerstören. Es gibt virtuelle Autobahnen, auf denen sich jede Art Fake rasend schnell verbreitet. Besser, man hat nichts damit zu tun. Wenigstens nicht mit dreizehn Jahren. Außerdem will seine Mutter das nicht. Sie lebt in Boston, aber ihr Leben besteht darin, mit der halben Welt zu chatten, und wenn sie den Namen ihres Sohnes eingibt, kann sie einen Großteil seiner Aktivitäten verfolgen. Einmal, als er nachts ein Sit-in vor irgendeiner Drecksfabrik machte, hat man ihn verhaftet, da hat sie uns sofort gedroht, sich ihn zurückzuholen.»

«Ist sie nicht empfänglich für Umweltthemen?»

«Sie ist vor allem für sich selbst empfänglich, sie ist durch und durch ein WASP-Snob, leitet eine Galerie für zeitgenössische Kunst, und in ihrer Freizeit versucht sie, uns Geld abzuknöpfen, obwohl sie viel reicher ist als wir. Wie alle anderen.»

Die spöttische Bemerkung brachte sie zum Lachen, und ich lachte mit ihr.

Ich hätte gern mehr über Malcolms Kampf erfahren, aber ich wagte nicht, zu fragen.

Sein politisches Engagement zog mich an und ängstigte mich, obwohl er behauptete, es sei kein politisches Engagement. Es zog mich an, wie mich diese besondere Form von Altruismus immer angezogen hat, die darin besteht, sich statt um eigene Angelegenheiten um die der Welt zu kümmern, abstrakte, humanitäre, universale Ziele zu verfolgen. Sie ängstigte mich, wie jedes Thema, das, und sei es nur zufällig, auf meine Vergangenheit zurückführen konnte.

Maria hatte Malcolm schon wieder vergessen und erging sich über die Treffsicherheit, mit der auch die intelligentesten Männer mit ihrer ersten Ehe einen Fehler machen.

Malcolms Mutter heiße Jill und sei so schön wie alle Vierundvierzigjährigen.

Ich stimmte zu, dass sie auf jeden Fall eine gefährliche Pädophile sein musste, wenn sie einen sieben Jahre jüngeren Mann umworben und geheiratet hatte. Dann erhob ich mich abrupt und verabschiedete mich linkisch.

Ich dankte ihr.

«Du hast gekocht.»

Maria begleitete mich nicht zur Tür. «Du kennst den Weg.»

Sie schien enttäuscht.

Ich fühlte mich als Gesellschafterin gescheitert.

Und am nächsten Tag schien sie mir weniger begeistert als sonst, als ich sie zufällig in der Bar an der Piazza del Vascello traf. (Sie schien mir, sie wirkte, ich fühlte mich ... ich versinke in Mahlströmen der Subjektivität, ich lebe von Zweifeln an mir und anderen, während ich doch Tatsachen berichten müsste, wenigstens hier auf diesen Seiten. Stattdessen verlasse ich meine subjektive

Perspektive und stürze in die Abstraktion. Und weiche am Ende immer der Erzählung aus.)

Die Bar an der Piazza del Vascello ist hässlich wie die meisten Bars in Rom.

Aber sie hat Tische im Freien. Der Cappuccino kommt kalt an, doch du fühlst dich wie draußen auf dem Land.

«Wenn man seinen Cappuccino draußen vor einer Bar trinkt, ist es immer, als wäre man im Urlaub.»

So Malcolm.

Als ich Maria sah, vor der Bar del Vascello sitzend, kam mir der Gedanke, es ihr zu sagen.

Fühlst du dich wie im Urlaub?

Mir gefiel es, auf das Vertrauensverhältnis anzuspielen, das zwischen Malcolm und mir entstanden war.

Ich konnte nicht nur das dreijährige Mädchen unterhalten, ich konnte auch mit ihrem pubertierenden Bruder sprechen.

Ich lächelte ihr zu und schluckte trocken, denn immer, bevor ich mit jemandem spreche, muss ich mit einer kleinen Panik rechnen.

Maria trug ein Seidenröckchen mit gelben Blumen und einen winzigen grünen Pullover, der ihren Nabel kaum bedeckte, an den Füßen hatte sie Holzschuhe, und ihre Beine waren nackt.

Die Knie rot vor Kälte.

Im grausamen Licht dieses Novembersamstags war ihr Teint opak, die Lippen rissig, die Nase spitzer und länger.

«Ciao», sagte ich, damit sie die Augen vom Handy hob.

Sie nahm sich Zeit, bevor sie mich in den Blick nahm, erwiderte mein Lächeln nicht, sondern fragte:

«Sieht man, dass ich geweint habe?»

Unter ihren hellen Augen lagen zwei violette Schatten,

wie bei einem gesunden Kind, das geschminkt ist, um ein krankes Kind zu spielen.

«Nein», sagte ich, «das sieht man nicht.»

«Fragst du mich nicht, warum?»

Ich setzte ein Lächeln auf, um meine Verlegenheit zu beherrschen.

«Meine verdammte Diskretion ...»

«Er kommt nicht zurück. Michele kommt nicht. Er sollte nach dem Wochenende zurückkommen und kommt nicht. Heute und morgen Abend hat er ein Konzert in Monza und in Brescia, und dann nimmt man einen Scheißzug und kommt zurück, oder? Wenn er das Eröffnungskonzert für eine Tournee im Ausland macht, okay, dann haben sie alle Abende hintereinander, spielen auch während der Woche, aber wenn sie in Italien sind, kommen sie zwischendurch immer wieder zurück. Die Konzerte sind immer freitags, samstags und sonntags ... Montags wird nach Rom zurückgefahren ... Ich habe einen Riesenaufstand gemacht, um nächsten Montag freizubekommen. Ich arbeite am Samstag, jetzt muss ich gleich hin, in einer halben Stunde. Und ich arbeite auch morgen, am Sonntag, all das kann ich jetzt nicht mehr rückgängig machen. Und er, dieses Arschloch, sagt: Stell dir vor, das ist fantastisch, wir machen drei Abende hintereinander im Weinlokal Saint Louis, das hat dreißig Sitzplätze mit Tischen, aber es ist in Mailand, oha, Mailand, ist ja irre, er redet, als wäre es mindestens New York, drei Abende hintereinander, also ist Zeit fürs große Tamtam. Denn in seinem kranken Hirn kommen die Leute am ersten Abend zufällig, aber der Sound erobert sie, dann machen sie ein paar Telefonate, und am nächsten Abend ist das Lokal voller Fans, die ihre CD kaufen, obwohl kein Mensch mehr CDs kauft ... Er war so aufgeregt wie einer, der die Madonna gesehen hat, und natürlich müsste ich auch zufrieden und glücklich sein.»

Ich wagte zu sagen, dass er vielleicht gut bezahlt wird.

«Hundert Euro pro Abend, das ist weniger, als er verdient, wenn er auf Hochzeiten spielt. Aber natürlich mehr, als wenn sie die Vorgruppe machen. Denn da wird man in Sichtbarkeit bezahlt. Null Kohle, aber die große Gelegenheit, um aus der Menge herauszuragen ... Tausende im Publikum, die dir mit einem Ohr zuhören und es nicht erwarten können, dass du die Bühne räumst, damit Thegiornalisti oder Max Gazzè oder Calcutta oder irgendein anderer Megastar von der Akademie der Überschätzten auftreten können.»

So ging es eine Weile weiter, in einem wütenden Lamento ohne Pausen beschrieb sie ihre finanzielle Situation.

Ihre Redseligkeit war ich gewöhnt, diese unzufriedene, finstere Miene nicht.

Die wurde zum ersten Mal aufgeführt.

Sie sprach, ohne mich anzusehen, sie redete nicht mit mir, sie redete zu irgendjemand, sie hätte auch allein gesprochen.

Ich unterbrach sie nicht, ich hörte zu.

Hingebungsvoll, wie immer, aber mit einem leichten zusätzlichen Pathos. Einer Art Erwartung. Auf einen misslingenden Effekt des Feuerwerks ihres frei umherschweifenden, einzig am Vergnügen verankerten Lebens, das keinen anderen Ballast hatte als diese beiden außergewöhnlich schönen, gut geratenen Kinder.

Das war keine Bosheit.

Es war die sozusagen ontologische Befriedigung desjenigen, der nie geglaubt hat, dass das Glück von dieser Welt ist, und nicht mehr genug Kraft hat, seine Meinung zu ändern.

Geistige Trägheit, ich weiß, so hören wir auf, uns weiterzuentwickeln.

8.

KINDER

Dieser erste Riss in der glänzenden Schutzhülle, die das junge Paar umgab, erregte mich maßlos.

Ich hätte hier aufhören sollen.

Ich hätte meinen Schneckenanteil siegen lassen sollen. Im Rückzug bin ich gut, das ist eine der Fähigkeiten, die ich versucht habe beizubehalten.

Im Lauf der Jahre habe ich sie sogar perfektioniert.

Ich richte die Antennen auf, registriere die Gefahr, ziehe den kurzen gallertartigen Körper zurück, der jeder möglichen Verletzung ausgesetzt ist, und verberge ihn wieder in der rudimentären Schale, mit der ich mich ausgestattet habe.

Ich hätte den Schneckenmodus aktivieren sollen.

Ich tat es nicht.

Nein, ich machte einen Schritt nach vorn, beflügelt von meinen neuen Informationen und Schlussfolgerungen: Michele wollte in Ruhe arbeiten, wollte sich ohne Einschränkungen ganz seiner Arbeit widmen, wie alle Künstler. Maria dagegen hatte eine schwere Form jener Abhängigkeit entwickelt, die wir allgemein Liebe nennen.

Und auf ihre tägliche Schonkost Liebe konnte sie nicht verzichten.

Maria konnte und wollte sich nicht von Michele trennen.

Doch Michele kam am Montag nicht nach Rom zurück, nach den zwei Konzerten blieb er in Mailand. Bis zu den nächsten Auftritten. Rovigo, Parma, Bologna.

Die Abende waren ein Erfolg gewesen, er schrieb an einem neuen Lied, die Betreiber des Saint Louis hatten ihm das Hotel bezahlt, ein billiges B&B, aber sie hatten es bezahlt.

Und das war auf jeden Fall ein Zeichen, dem man eine gewisse Bedeutung zumessen musste.

All diese Informationen erhielt ich, während ich mit dem Ohr an der Wand des Schlafzimmers Marias verbalen Ausbrüchen lauschte. Ein Abend mit Maddalena, ein anderer mit einer Frau, die ich zum ersten Mal sah und die mir als Francesca vorgestellt wurde. Francesca war eine kleine, ungewöhnlich magere Brünette mit glänzenden Augen und einem nervösen Lachen.

Sie kam zwei Abende hintereinander.

Während der wenigen Minuten, in denen ich mich noch in Marias Wohnung aufhielt, fixierte sie mich mit einer klatschsüchtigen Neugier und am zweiten Abend wieder.

Als ich am Tag nach dem zweiten Abend mit Malvina vom Kindergarten zurückkam und wir die Wohnung betraten, hing noch ein starker süßlicher Rauchgeruch in der Luft.

Vor allem im Schlafzimmer.

Maria hatte alles darangesetzt, keine leeren Abende mehr ertragen zu müssen.

Männer sah man nicht mehr, aber Freundinnen fehlten nie.

Und so wurde ich nicht mehr eingeladen.

Wenn die Freundinnen ankamen, ging ich, aber vorher stellte Maria mich vor: Habe ich euch diesen Engel schon vorgestellt, den die Vorsehung mir als Nachbarin geschenkt hat?

Francesca kam nicht mehr, und ich verspürte eine gewisse Erleichterung.

Ich wurde kurz gemustert, mit zerstreutem Wohlwollen.

Die unsichtbare Inhaberin eines leeren Lebens, freiwillige Mitarbeiterin einer Familie, die wenig Begabung zur Fürsorge hatte, aber imstande war, mit gerührten Dankesbekundungen zu wirtschaften wie mit Handelsware.

Wenn ich warme Speisen hinterließ, eine Suppe, einen Truthahnbraten, vergaß Maria am nächsten Tag nie, die Zubereitung, den Geschmack zu loben.

Sie bot mir Geld an, ich lehnte höflich ab.

Ach was, ich habe sehr wenig ausgegeben.

Das ist wirklich kein Problem.

Unsere Beziehung war ein Wunder an gegenseitiger Liebenswürdigkeit.

Doch nach jenem Morgen am Tisch der Bar auf der Piazza del Vascello, nach diesem zornigen Monolog, hatte Maria nicht mehr geredet, hatte unter der perfekten Lackierung keine Schwachstellen der Karosserie, keine möglichen Schäden, Abnutzungserscheinungen oder Rost mehr erkennen lassen.

An dem Tag, als Michele endlich zurückkehrte, war Maria noch im Laden. Ich spielte Mama und Tochter mit Malvina (natürlich war ich die Tochter), und Malcolm war mit der Schulmannschaft beim Auswärtsspiel eines Basketballturniers. Er hatte keine Sportlermentalität, wurde wegen seiner Körpergröße aber zum Mitmachen genötigt. Und man erwartete, dass er gewann.

Ich verharrte in einem imaginären Schattenkegel, während Michele seine Tochter küsste, sie in die Luft warf und im Flug wieder auffing, als wäre sie eine Stoffpuppe.

Ich unterbrach dieses Freudenfest der Körperlichkeit, um mich zu verabschieden. Leicht keuchend setzte Michele das Mädchen auf dem Boden ab. Er warf mir einen feurigen Blick zu, flehend und gebieterisch zugleich, und bat mich, noch eine halbe Stunde bei Malvina zu bleiben.

Ich muss Maria vom Geschäft abholen, sagte er, ich will sie überraschen.

Diese liebevolle Entscheidung wie eine Pflicht darzustellen, ist nicht richtig, dachte ich.

Sie nutzen mich beide aus, dachte ich.

Aber ich widersetzte mich nicht, obwohl ich müde war.

Müdigkeit ist ein Segen. Auch Krankheit wäre einer, Fieber von der Art, die die Herrschaft des Körpers einfordert, ein langer Halbschlaf, dem ich diese wiederkehrenden Neidanfälle anvertrauen würde, die ich noch nicht ausmerzen konnte.

Gelegentlich bedauerte ich meine stabile Gesundheit.

Für eine, die vierzig Stunden lang ein Projektil in der Leber stecken hatte, geht es mir gut. Ich bin das, was man eine robuste Natur nennt. Darum willigte ich ein und erklärte nur, dass ich Malvina in meine Wohnung mitnehmen würde.

Wenn es ihm nichts ausmachte, würde sie bei mir zu Abend essen.

Ich sagte es im üblichen dienstfertigen Ton, aber mit fester Stimme.

Ich sagte es, um wenigstens eine Bedingung zu stellen und ihm, weil ich sie stellte, zu bedeuten, dass er zu weit ging.

Natürlich erreichte ich mein Ziel. Michele packte mich an einer Schulter, fest, mit übertriebenem Druck, und ich blickte nach oben, über sein Gesicht hinaus, als wollte ich herausfinden, von wo der Felsblock, die Vase, die Lawine fallen würde, die mich treffen sollte. Ich fühlte mich hilflos, verletzlich.

Die Nähe zu Micheles Körper löste jähe Attacken einer schmerzhaften Leidenschaft in mir aus, der ich noch keine Definition, keinen Grund, keine Ätiologie geben wollte.

Als ich die Augen wieder senkte, kreuzten sich unsere Blicke, und in seinen Augen begegnete mir ein bestürzter Ausdruck, dem ein frivoles Lächeln zu widersprechen versuchte.

«Eine halbe Stunde. Keine Minute länger», versprach er und drückte einen Moment lang meine Schulter mit seiner starken Hand.

Ich gab nach, wie man es von mir erwartete.

Malvina musste ihr Quantum an Unruhe aufgenommen haben. Sie war seltsam launisch.

Zum ersten Mal widmete sie der Abwesenheit ihres Vaters ein kurzes, demonstratives Weinen.

Er war nach zwei Wochen aufgetaucht und sofort wieder verschwunden.

Sie wand sich aus meinem Händedruck.

Als würde eine besondere Form der Schwerkraft sie in eine unvermeidliche Traurigkeit drängen, bogen sich ihre Mundwinkel nach unten.

«Dein Lächeln ist runtergefallen, gehen wir es holen?»

Normalerweise hätten wir angefangen, das Lächeln

zusammen zu suchen, unter dem Tisch, zwischen den Stuhlbeinen, auf dem Teppich.

Sie versuchte es nicht einmal.

Zum ersten Mal setzte sie einem möglichen neuen Spiel («Kleb das Lächeln wieder auf die Zähne!», «He, du hast dir das Lächeln aufs Ohr geklebt!») diese stolze Zurschaustellung von Kummer entgegen.

Ich umarmte sie, widerwillig gab sie meinem Körper nach und fing wieder an zu weinen.

Ich schlug ihr vor, auf meinem Bett zu hüpfen, Krapfen zu backen, einen Kinderaperitif zu trinken (Wasser, Zitrone und Zucker, eines der besonders geliebten Rituale, mit denen wir ihre Eltern nachahmten), aber nichts half.

Ich brachte sie zurück in ihre Wohnung, vielleicht würde sie in ihrem Habitat wieder Frieden finden wie manche kleine Wildtiere.

Kaum waren wir in der Wohnung, lief sie in jedes Zimmer, machte alle Lampen an, konstatierte die Leere, rief nach ihrem Vater und dann, mit mehreren Nuancen von Verzweiflung, nach ihrer Mutter.

Dann begann sie zu gähnen.

Die halbe Stunde war seit Langem vorbei.

Ich nahm sie auf den Arm und setzte mich auf das Ehebett, umgeben von zerwühlten Laken. Das Bett war noch immer, wie in der ersten Nacht des Umzugs, eine dicke, breite Matratze, die auf dem Fußboden lag, nur durch eine Matte vom Staub getrennt.

Ich saß im Schneidersitz, zwängte sie zwischen meine Beine.

Sie wollte nicht, leistete aber nur schwache Gegenwehr, die ich als Müdigkeit auffasste.

Ich hielt sie im Arm wie ein neugeborenes Kind und

wiegte sie im Rhythmus eines Schlaflieds, das aus wer weiß welchem Grab der Kindheit aufgetaucht war.

Sie schlief ein.

Ich blieb sitzen, betrachtete ihren Schlaf.

Ich wagte nicht, sie in ihr Zimmer zu bringen.

Oder wollte vielleicht nicht.

Den Schlaf auf dem Gesicht eines Kindes zu beobachten, ist ein Erlebnis, dem ich kein Ende setzen kann.

Ich verlor das Zeitgefühl.

Das Zimmer war dunkel, aber die Tür stand offen, und das Licht im Flur erzeugte ein Halbdunkel.

Malvinas Mund war leicht geöffnet, vielleicht hatte das Weinen ihre Nase verstopft, von ihrem sauberen Körper stieg ein schwacher Atem auf.

Die Bewegungslosigkeit verwandelte ihre natürliche Mädchenschönheit in ein Kunstwerk.

Ich hielt sie im Arm und dachte, dass ich es nicht geschafft hatte, sie zum Abendessen zu bewegen.

Mich überfiel eine heftige Schwermut.

Ein unordentlicher Schmerz widerstreitender Gefühle. Und wenn sie mein wäre, auf irgendeine Weise mein, die Tochter meiner Tochter oder meines Sohns, wenn ich irgendeine Blutsgewalt über dieses makellose Wesen beanspruchen dürfte, wenn sie die Tochter der Tochter meines Bruders wäre, wenn ich einen Bruder hätte, wenn mein Leben nicht diese unbewohnte Ödnis wäre …

Ich wusste, dass ich eindämmen musste, was sich als eine anormale Melancholie zu erweisen drohte, anders als alle anderen, stark, gefährlich.

Mir war, als müsste ich sterben unter dem Gewicht all dieser unverarbeiteten Entbehrungen, ich konnte aber keinen irgendwie gearteten Selbsterhaltungstrieb in Gang setzen.

So blieb ich sitzen, wiegte ein kleines Mädchen, das schon eingeschlafen war.

Ich fühlte die Stunden verstreichen.

In der Stille fing ich von Zeit zu Zeit an zu singen.

Malvina lag im Tiefschlaf, ich hätte sie in ihr Zimmer bringen können, aber ich war unfähig, mich zu rühren.

Ich grübelte und konnte den Gedanken nicht abwehren, dass im Schlafzimmer des jungen Paares zu sitzen, mit ihrem Kind im Arm, mich aus der Sicherheitszone vertreiben würde, jenem Gebiet, wo die Überfälle der Vergangenheit mit Willenskraft abgewehrt werden können.

Ich spürte Tränen tropfen.

Statt sie zu trocknen, sang ich lauter.

Früher habe ich gern gesungen.

Ich sang laut.

Ein Lied aus der Vergangenheit.

Ich sang, als Michele das Licht anmachte.

Es war Mitternacht.

Wir entschuldigten uns gleichzeitig.

Er, weil es spät geworden war, ich, weil ich in seinem Schlafzimmer saß. Singend.

Mit seiner Tochter in den Armen.

Er bückte sich, um sie an sich zu nehmen.

Ich reichte sie ihm wie auf einem Tablett.

Mühsam stand ich auf, ich hatte der seelischen Qual die Anspannung der Muskeln entgegengesetzt.

Ich versuchte, zu entwischen und in meine Wohnung zurückzukehren, wurde aber an der Schwelle zur Küche von Maria abgefangen.

Sie attackierte mich mit einer Umarmung. Ich roch ihren Alkoholatem, als sie mir einen Kuss auf die Wange drückte.

Ihre Augen waren geschwollen.

Sie sagte ungefähr (es ist schwierig, Marias Monologe wiederzugeben, das sind reißende Flüsse):

«Wir haben gestritten wie zwei Verrückte, aber nicht gut, nicht einer dieser Streite, durch die man dann in Richtung einer reifen Beziehung wächst. Er hat mir vorgeworfen, dass ich so bin, wie ich bin, und ich habe ihm vorgeworfen, dass er so ist, wie er ist. Dann haben wir beschlossen, uns zu trennen. Und es war ein Scheißwetter, also habe ich gesagt: Komm, wir trennen uns in der Bar, nicht hier im Regen. In der Nähe ist dieses hässliche Café, die wollten gerade zumachen, aber er bestellt zwei Franciacorta, und da habe ich ihn geschlagen, denn wo wir schon mal hier sind, bestellst du gleich zwei Scheißgläser Champagner ... ein Franciacorta in so einem Moment, das ist doch wie Möchtegern, findest du nicht?» (Sie hat nicht Möchtegern gesagt. Sie hat *wannabe* gesagt. Ich habe übersetzt, damit es klar wird.)

«Also sage ich, dass ich es nicht mehr aushalte, arm zu sein und mir für achthundert Euro im Monat den Arsch aufzureißen, und er sagt, dass ich schon typische Verkäuferinnensehnsüchte habe, so was wie den reichen Ehemann, den ich betrügen kann, weil ich den ganzen Tag nichts zu tun habe. Also sage ich, Arschloch, hast du mich in diesen beschissenen Laden geschickt, hast du mich gezwungen, von morgens bis abends zu arbeiten und am besten auch noch sonntags, damit ich nicht in Versuchung komme? Er sagt, und wenn schon. Und ich sage, das ist echt das Traurigste, was ich in meinem ganzen Leben gehört habe. Und hab angefangen zu weinen, denn Schmerzen kann ich gut ertragen, ich kann mir ohne Betäubung einen Backenzahn rausreißen lassen, mit zwölf habe ich den Tod meiner Mutter ertragen, die Trauer, den physischen Schmerz, das Unglück ... ich ertrage alles … ich bin mutig, das Einzige, was ich nicht ertrage, ist Traurigkeit. Alles, was ein bisschen traurig ist, bringt mich um.»

Wir standen auf der Schwelle, bei offener Tür, meine Hand lag auf der Klinke, ich wagte nicht, ohne eine Bemerkung abzutreten.

Aber der richtige Satz fiel mir nicht ein.

Michele erschien hinter meinem Rücken.

«Möchtest du mein neues Lied hören?»

Er hatte sich die akustische Bassgitarre umgehängt, hielt das Plektrum in der Hand.

«Vielleicht ein anderes Mal», sagte ich.

Sie lachten über diese gipserne Floskel.

Und drängten mich ins Wohnzimmer, sie waren so betrunken, wie ich sie noch nie gesehen hatte, und sie schauspielerten vor mir, wie immer.

Sie hatten Frieden geschlossen.

Später entdeckte ich, dass sie oft stritten, und jede Versöhnung war ein neuer Anfang.

Es handelte sich also nicht um eine Waffenruhe, sondern um eine Wiedergeburt.

9.

NOSTALGIE

Ich bin es gewohnt, auf die Vergangenheit zu reagieren, sobald sie sich zeigt. Ich kann Gefühle eindämmen, Lichter löschen, Gedanken zurückhalten. Ich kann andere belügen, wenn ich es für nötig halte.

Aber mich selbst kann ich nicht belügen.

Ich versuche, mir nicht zu viel Aufmerksamkeit zu schenken, ich bagatellisiere die Symptome, wenn ich kann, solange ich kann. Aber ich schaffe es nicht, mich selbst zu betrügen, die Gefahr zu leugnen, Schuld, Sünde oder Irrtümer zu verdrängen.

Wenn das Böse ausbricht, empfange ich es, ich schütze mich nicht einmal.

Ich versuche, den Blick nicht von den Dingen abzuwenden, deren Anblick mir wehtut, ich versuche sogar, sie zu bestimmen, zu beschreiben, in der Hoffnung, sie zu schwächen.

Manchmal klappt das, manchmal nicht.

Wenn es nicht klappt, versinkt der Schmerz und taucht dann tausendmal stärker wieder auf.

Lange nach dem Abend, als Michele mir sein neues Lied vorgespielt hat, ist er wieder aufgetaucht.

Doch die Qual hat damals begonnen.

Monatelang war die Nachbarschaft mit dieser jüngeren, ganz aus Kindern bestehenden Familie für mich das Vorbild eines Glücks, das ich nicht aufbauen konnte, als ich im richtigen Alter war.

Monatelang habe ich Micheles Stirn betrachtet, seine großen Hände, seine unförmigen Pullover, die Achtlosigkeit seines Gangs.

Monatelang habe ich heimlich dieses schöne eckige Gesicht beobachtet, die von der Gewohnheit, sich nicht täglich zu rasieren, geschwärzten Wangen, die Inkarnation des «jungen Mannes» (das wertvollste Subjekt in einer Geschichte, wo das Allgemeine männlich ist).

Monatelang habe ich in seinen Augen nach einem Ausdruck gesucht, der mir helfen konnte, mir das Kind als Erwachsenen vorzustellen, das ich zu vergessen versucht hatte, und das nun, nach siebenunddreißig Jahren mit der Gewalt eines verweigerten Wunsches, eines verdrängten Schmerzes zu mir zurückkam.

Monatelang habe ich unter der Last eines Gefühls gelebt, das nicht verschwand.

Doch ein Gefühl ist seinem Wesen nach vergänglich.

Es kann nicht andauern.

Man kann nicht leben mit ungeordneten Gefühlen, als Geisel einer anfallartigen Herzrhythmusstörung, besessen von einem untragbaren Traum.

Ich weiß sehr gut, ich weiß es jetzt, wusste es aber auch schon damals, auch an dem Abend, als ich geblieben bin, um ihn singen zu hören, dass ich hätte fliehen, mich verleugnen, mich in meine Wohnung hätte flüchten müssen.

Aber ich bin geblieben.

Micheles Lied war schön und traurig.

«Ein dreieinhalb Minuten langer Roman», wehrte er ab, «ich schreibe Lieder, weil ich faul bin.»

Wir tranken alle Weinflaschen leer.

Ich ging in meine Wohnung und holte eine Flasche Brandy, eine billige Flasche, ein starker, gewöhnlicher Schnaps, den ich zur Sicherheit dahabe.

Unaufgefordert bot ich Michele ein Geständnis an.

«Man weiß nie, du hättest mich ins Bett schicken sollen, wenn der Wein nicht reicht.»

Sie lachten beide.

Wir waren schon angetrunken, alle drei.

Die Flasche billigen Brandy leerten wir in kleinen Schlucken.

Redend.

Wie ein Sportler auf dem Gipfel seiner Karriere erkannte ich genau den Moment, in dem ich die Kontrolle verlor.

Maria war eingeschlafen, ihr Kopf lag auf der Armlehne des Sofas.

Michele streichelte sie, wie man die Hauskatze streichelt, dabei stellte er mir mit betrunkener Sanftheit Fragen. Es waren Fragen über mich, mir schien, als sonderte er sie eine nach der anderen aus, indem er sie von einem Tablett nahm, mir an den Mund hielt und mich zwang, von ihrem Geschmack zu kosten.

«Es kann nicht sein, dass eine Frau wie du immer allein war. Wann hast du dein letztes Opfer sitzen lassen?»

«Sag die Wahrheit: Warst du als junge Frau sehr schön? Meiner Meinung nach warst du eine verflucht umwerfende Schönheit.»

«Was hast du gemacht, bevor du in Rente gingst?»

«Hast du nie daran gedacht, ein neues Leben anzufangen, ich meine … nachdem du dein letztes Opfer sitzen gelassen hast?»

«Und Kinder? Hast du wirklich nie welche haben wollen?»

Die ersten Fragen konnte ich mit ausweichenden Antworten abwehren.

Mein letztes Opfer hat sich vor zwanzig Jahren von mir befreit. Er hieß Furio. Nein, ich weiß nicht, was aus ihm geworden ist. Ja, in gewissem Sinn war es eine große Liebe. Aber was ist eine große Liebe? Ist deine Liebe zu Maria eine große Liebe? Ich versuchte, die Rede auf ihn zu bringen, aber das misslang, Michele hat nicht das leidenschaftliche Interesse an sich selbst, das Maria erlaubt, die Welt um sie herum nicht wahrzunehmen. Vielleicht war er wirklich neugierig auf mich. Ich fühlte mich geschmeichelt und war erschrocken, ich wollte nach Hause flüchten, und ich wollte, dass diese Nacht nie endete.

Als ich sagte «Bevor ich in Rente ging, war ich Arbeiterin», sah Michele mich mit einem so offensichtlichen Ausdruck des Erstaunens an, dass er sich dafür entschuldigen musste. Und an dem Punkt verlor ich die Kontrolle.

Ich wurde aggressiv.

Denkst du, eine Arbeiterin dürfte keine Bibliothek voller Bücher haben? Oder eine Wohnung mit Blick auf den Fluss? Oder ein gutes Verhältnis zur italienischen Sprache? Wofür hast du mich gehalten? Für eine Architektin, eine Lehrerin, eine Journalistin?

Ich war mein ganzes Leben lang Arbeiterin und habe keine Kinder.

Ich wollte nie Kinder.

Die Macht des Blutes interessiert mich nicht, ich kann mir die Kinder anderer zunutze machen. Ich kann sie lieben. So wie ich Malcolm und Malvina liebe.

Ich stand auf und merkte, dass ich schwankte. Michele stützte mich.

Liebevoll.

Ja, zugeneigt, und ja, liebevoll, mit einer Art ursprünglicher Zärtlichkeit. Er stützte mich, nutzte seine Kraft für meine Stabilität. Lächelnd sagte er:

«Na, na, na ... wir haben zu viel getrunken, liebe Nachbarin, dieser Brandy war ein richtiges Scheißzeug ...»

Er beharrte darauf, mich in meine Wohnung zu begleiten. Ließ sich die Schlüssel geben, öffnete die Tür.

Er führte mich ins Schlafzimmer.

Zog mir die Schuhe aus, bevor ich mich hinlegte.

Stopfte alle Kissen, die er fand, unter meinen Kopf.

«Du liegst besser nicht flach, sonst wird dir übel. Ich koche dir einen Kaffee.»

Ich lehnte den Kaffee ab und schaffte es, mich zu bedanken: «Danke, mir geht's gut.»

Dann sagte ich: «Bring deine Frau ins Bett.»

Ich schaffte ein Lächeln.

«Ach ja, die andere Schnapsnase.»

Auch er lächelte.

Aber ich glaube, er hat gemerkt, dass ich weinte.

Am nächsten Morgen hörte ich ihn deutlich, als er zu Maria sagte:

«Bei Weißmähne ist noch alles zu entdecken.»

Ich hörte Maria antworten: «Mir ist sie sympathisch.»

Sie waren im Schlafzimmer, ich auch, ausnahmsweise lag ich mit den Katerkopfschmerzen nach dem Rausch noch im Bett.

Vielleicht haben sie gemerkt, dachte ich, dass man auf der anderen Seite alles hört, und wollen gehört werden, wenn sie Gutes über mich sagen.

Jedenfalls erlaubte mir dieses Gesprächsbruchstück, ob es nun spontan oder geplant war, am Nachmittag, nachdem ich Malvina vom Kindergarten abgeholt hatte, auf die andere Seite der Wand zurückzukehren, ohne mich allzu sehr zu schämen.

Michele reiste am Donnerstag wieder ab. Doch er fand noch Zeit, mich mit verschwörerischen Blicken zu beruhigen – ich hatte mich nicht blamiert.

Dass er mich ins Bett gebracht hatte, als ich betrunken war, öffnete zwischen uns einen Raum für Kumpanei, ich wurde zu der Klassenkameradin, mit der man auf der Rückkehr vom Schulausflug im Bus gesungen und aus einer Flasche getrunken hat.

10.

MICHELE ODER DIE WIEDERKEHR DES VERDRÄNGTEN

Micheles Frage, die ich nicht beantwortet hatte: «Und Kinder? Hast du wirklich nie welche haben wollen?», war irgendwo in mir stecken geblieben.

Zusammen mit meiner selbstgerechten Antwort.

Die Tage vergingen, und ich hörte diesen Dialogfetzen unvermeidlich in mir widerhallen.

Die Tage vergingen, und ich erfand ständig neue mögliche Sätze, Worte, die ich hätte sagen wollen und nicht gesagt hatte:

«Ich wollte keine Mutter werden, dieses Wunder, das für jede x-beliebige Frau machbar ist, habe ich mir nie gegönnt, nicht mal in Gedanken.»

Oder:

«Ich war eine Kämpferin. Jetzt bin ich eine Überlebende. Und auch wenn mir das alles wie eine wirklichkeitsfremde Farce vorkommt, weiß ich genau, dass ich vor siebenunddreißig Jahren nicht selbst über mein Leben bestimmt habe, ich gehorchte einer Lehre, auch dann, wenn ich das Gefühl hatte, sie nicht ganz zu verstehen.

Ich war ein Soldat, schlicht gestrickt und gehorsam. Die Fortpflanzung war in meinem Aufgabenbereich nicht vorgesehen.»

Nein, nein, niemals hätte ich etwas gesagt, was der Wahrheit so gefährlich nahe kam.

«Die Fortpflanzung war in meinem Aufgabenbereich nicht vorgesehen.»

Trotzdem geschah sie.

Ich sagte weder diesen Satz noch irgendeinen anderen, ich versteckte die nötige Verschwiegenheit nicht unter einem Schleier wohlfeiler Floskeln.

Ich sagte gar nichts mehr.

Denn nichts darf gesagt werden.

Ich schrieb weiter und schreibe noch immer, um mir beim Schweigen zu helfen.

Das ist der Zweck.

Der Zweck ist, diesen Seiten anzuvertrauen, was nicht gesagt werden darf.

Das, woran ich all diese Jahre nicht gedacht habe und was jetzt obsessiv und vergeblich meine Erinnerungen und Träume beherrscht, sodass ich panisch werde wie eine unterm Wasserglas gefangene Fliege.

Wenn ich abgetrieben hätte, wäre ich eine der vielen jungen Frauen gewesen, die nicht genügend Vorsichtsmaßnahmen getroffen hatten, die ihrem Freund keine Vorsichtsmaßnahmen auferlegt hatten. Das haben viele durchgemacht, ich wäre eine von ihnen gewesen. Aber ich ging so achtlos mit mir um und war durch den ständigen emotionalen Stress der Situation im Untergrund so sehr an körperliche Probleme gewöhnt, dass ich mich in den ersten Monaten nicht um das Ausbleiben der Menstruation kümmerte. Das war mir schon mehrmals passiert, Unregelmäßigkeit war die Regel. Ich war im vierten Monat, als ich mich dazu durchrang, einen Schwangerschaftstest zu kaufen. Ich war im sechsten, als ich es Furio sagte, und ich sagte es ihm, weil es inzwischen offensichtlich war. Ich war in der dritten Woche des achten Monats, als ich einen Zug nach Mailand nahm, geschützt durch meine neue Frisur, blonde, kurze Haare, meinen gefälschten Ausweis und meinen Bauch.

Vor dem Haus in der Via Lombardini Nummer 3, wo Laura mit ihrem Mann Nino in einer Zweizimmerwohnung lebte, aus deren Fenstern man auf ein Geländer blickte, wartete ich auf sie. Ich wäre niemals zu ihnen hinaufgegangen, aber ich wusste, dass Laura einen Hund hatte, Fidel, und ich konnte warten.

Zwei, vielleicht drei Abende musste ich warten.

Ich war zu Gast bei einem Pärchen, Gianfranco und Marcella, Sympathisanten. (Das Wort bringt mich zurück. Sympathisanten. Gianfranco war Krankenpfleger, Marcella Kindergärtnerin. Für dieses Verbrechen der Freundlichkeit mir gegenüber, anderen Genossen gegenüber, sollte Gianfranco dann siebzehn Monate im Gefängnis sitzen. Schon bald darauf fanden wir niemanden mehr, der bereit war, uns zu beherbergen.)

In diesen langen Tagen in Mailand, Tagen, die mir zugeteilt waren, um «das Problem zu lösen», wie ich mit Furio vereinbart hatte, ging ich frühmorgens aus dem Haus, wenn Gianfranco und Marcella aus dem Haus gingen. Ich spazierte den ganzen Tag umher, wenn ich müde wurde, setzte ich mich in eine Bar, in ein Kino. Ich saß auf Parkbänken.

Der große runde Bauch trug mir wohlwollende Mienen ein, es war die beste Verkleidung. Eine junge Frau, die ein Kind erwartet, ist nicht böse.

Wer Leben gibt, nimmt es nicht. An dem Abend, als Laura endlich allein herunterkam, um ihren alten Dackel auszuführen, und mich sah, lächelte auch sie, wie jemand, der einen reuigen Sünder empfängt.

Das war bald vorbei.

Als sie begriff, worum ich sie bitten wollte, verpasste sie mir eine so heftige Dosis Mitleid, dass ich einen Augenblick lang überlegte wegzugehen, in den zehnten Stock irgendeines zehnstöckigen Hauses hinaufzusteigen und mich hinunterzustürzen. Zusammen mit diesem Wesen, das sich in meinem Körper eingeschlichen hatte, weil es die Barriere umgangen hatte, die Furio niemals einzurichten vergaß, kurz bevor er sich in mir entleerte. Wir wurden beide mit Haftbefehl gesucht. Wir waren nicht einmal in derselben Stadt untergetaucht. Wenn wir uns gelegentlich begegneten, schliefen wir miteinander, um einen Vorrat an Lust beiseitezulegen, denn wir wussten genau, dass dieses Versteckspiel mit dem Staat nicht lange dauern würde und dass wir verlieren würden. Niemals hatten wir uns vorgestellt, dass aus diesem kurzen, strategischen Sex etwas anderes hervorgehen würde als eine Erinnerung, die man ins Gefängnis mitnehmen konnte.

Niemals hatten wir uns vorgestellt, wie die anderen zu sein.

Als ich Furio gestand, dass ich schwanger war, hatte er mich umarmt, das ja, mich aber dann sofort angeschrien, wegen des Aufbegehrens, das sich durch meinen Zustand zeigte.

Er hatte mich beschuldigt, dass ich einen unbewussten

Wunsch nach Kindern hegte und mich darum leichtsinnig benahm.

«In dem Leben, das wir uns ausgesucht haben, gibt es keinen Platz für Fehler.»

Ein Kind, wenn das Gebäude unserer Überzeugungen gerade zusammenbrach? Ein unschuldiges Wesen, das der Kapitalismus zu einem unglücklichen Opfer machen würde oder zu einem noch unglücklicheren Henker?

Eines wusste ich sicher: Wenn von allem anfänglichen Schwung, von allem Hunger der frühen Jugend nach heroischen Taten zu Beginn des neuen Jahrzehnts nur diese unversöhnliche, stolze und verzweifelte Ausgrenzung übrig blieb, hatte es wirklich keinen Sinn, ein weiteres menschliches Wesen aufzuziehen.

Selbst wenn ich ihm ein Dach über dem Kopf und eine Mutter an seiner Seite hätte garantieren können, und das konnte ich nicht, hätte ich nicht gewusst, was ich ihm sagen, wie ich ihm die Welt erzählen, ihm das Leben erklären sollte, das ich mir für mich und daher auch für es ausgesucht hatte.

Ich entband in Mailand in der Wohnung des Krankenpflegers und der Kindergärtnerin. Er half mir bei der Entbindung, zusammen mit einer Cousine, die Hebamme war. Iole hieß die Cousine, und ich erinnere mich noch heute an sie. Iole war nicht auf unserer Seite, für sie waren wir keine «Genossen, die irren», sondern Kriminelle. Und das sagte sie mir, während ich versuchte, die Wehen zu beherrschen.

Sie sagte: «Sie sollten dich im Gefängnis verfaulen lassen, du Elende.»

Aber sie half mir zu gebären, weil sie es ihrem Cousin versprochen hatte.

Ich erinnere mich, dass ich sie um Verzeihung bat, ausgerechnet sie, auf dem Höhepunkt einer Schmerzwelle.

Sie war der erste Mensch, den ich um Verzeihung bat, diese Iole, während sie an mir herumfuhrwerkte.

Ich wusste, dass ich ein Risiko einging. Dass ich auch diese drei guten Menschen in Gefahr brachte.

Aber ich hatte keine andere Wahl.

Die Türen schlossen sich, eine nach der anderen. Und ich musste meinen Körper von diesem Gewicht befreien. Von diesem unerwarteten, ungewollten Gast.

Kein einziges Mal sprach ich das Wort «Kind» aus, auch innerlich nicht.

Eine Last, ein Hemmnis, ein Irrtum.

Ich pumpte meine Milch ab, gab sie ihm mit dem Fläschchen. Ich wollte mir das Kind, das ich geboren hatte, nicht an die Brust legen. Diesen Moment animalischer Symbiose, der den Menschen, der Leben gegeben hat, an den bindet, der es sich nimmt, wollte ich nicht. Ich fürchtete die Hingabe, die das auslösen würde. Unvermeidlich.

Ich fürchtete, dass sich meine Brust, sobald sie von diesem winzigen Saugnapf geleert wurde, wieder füllen würde, wieder und wieder, so wie die Natur es vorsieht. Ich fürchtete die Natur.

Es ist schwierig, dachte ich, aber nicht unmöglich. Man kann mit der Kälte einer rationalen Entscheidung den klebrigen Instinkt zu lieben abwehren.

Also stillte ich mein Kind nicht.

Ich zwang mich, es nicht anzusehen.

Ich sagte Marcella, wechsle du die Windel, ich wasche ab.

Das Wort «Kind» schreibe ich jetzt, siebenunddreißig Jahre später.

Kind, ich habe ein Kind geboren. Ich habe es neun Tage in einer Wohnung im Mailänder Stadtteil Lorenteggio behalten.

Dann habe ich es der Frau übergeben, die meine beste Freundin war und später nicht mehr.

Denn ich hatte beschlossen, keine Freundinnen zu haben.

Auch keine Freunde.

Nur Leidensgenossen.

Ich hatte die Kraft der Erzählung vergessen. Die Handlung, die die Worte peitscht und aufreiht, bis sie ein Bild ergeben. Du weißt nie wirklich, wohin die Erzählung dich bringen kann. Du beschließt aufzuhören, nicht weiterzuschreiben, als könnte das traurige Märchen deiner Irrtümer dir das Leben in der Gegenwart schwer machen. Du beschließt zu streichen. Und kannst es nicht. Du versuchst, an die Verjährung zu appellieren, und verweigerst sie dir. Die Vergangenheit zählt inzwischen Jahrzehnte unschuldiger Tage, und trotzdem kannst du dir nicht vergeben. Die ferne Vergangenheit überschwemmt die Gegenwart, verschmutzt sie, boykottiert jede mögliche Revision oder Vertagung.

Die Schuld ist immer da. Mit ihren untilgbaren und unverständlichen Gründen.

Ich habe mit dem Schreiben angefangen, um das Schweigen wiederherzustellen, mit dem ich mich zwanzig Jahre lang vor der Versuchung geschützt habe, wieder zu leben.

Das habe ich mir – mit einem gewissen Pathos – geschworen, als ich diesen Bericht begonnen habe.

Natürlich log ich, wie die meisten Menschen, aber, und

das ist ein besonderer Zustand, allein meiner, der mich vor der Masse schützt, ich habe keine Gesprächspartner und nie welche gesucht. Wenn ich die Vergangenheit manipuliere, wenn ich sie gewaltsam in eine Form presse, die nicht ihre ist, belüge ich mich also selbst. Auch wenn ich schreibe, versuche ich, mich selbst zu belügen (oder mir die Wahrheit zu sagen), denn ich schreibe für niemanden.

Für niemanden zu schreiben, ist, wie den Ball gegen eine Mauer zu werfen.

Alles, was ich sage, prallt ab und kommt wieder zu mir zurück.

Und ich weiß, ich habe es eigentlich immer gewusst, wer schreibt, um zu vergessen, erreicht nur, dass er sich erinnert. An alles. Jeder Satz, der sich in deinem Geist bildet und auf dem Papier niederschlägt, trifft auf die Oberfläche der Leere, diesen künstlichen See, den du in so großer, so weiser Voraussicht gepflegt hast, wühlt sein Wasser auf, macht ihn unbrauchbar.

Die Schutzwälle fallen, und die Reue dringt ein.

Erst kommen die Gefühle, mit einer Wucht, die so stark ist wie dein Verlangen, sie zu verscheuchen.

Dann die Tatsachen, wie Gestalten, die sich im Nebel nähern. Und plötzlich steht dir alles wieder vor Augen: Stimmungen, Schatten, unbedeutende Details, die im Licht erscheinen wie alltägliche Gebrauchsgegenstände, Ausstellungsstücke in einem Museum.

Zuletzt betreten die Menschen die Bühne, zwingen dich, sie anzusehen, wühlen die Erinnerungen auf, du siehst dich von ihnen umgeben.

Laura zum Beispiel.

Laura durfte ich nicht wieder ausgraben. Jetzt gibt es

sie, sie ist hier, als hätten wir uns nie voneinander entfernt. Und wenn es sie gibt, gibt es alles, was ich früher war, bevor ich Furio traf.

Laura und ich zusammen in einer Schulbank auf dem Gymnasium.

Ihre Leidenschaft für die Beatles.

Meine Leidenschaft für die Politik.

Die Briefe, die wir uns andauernd schrieben, auf herausgerissenen Heftseiten. Sie unterschrieb mit einer Primel und als Laura Saint-Saëns, Marchesa von Exilles und Gambarana. Ich unterschrieb mit Hammer und Sichel als Giovanna Ibárruri, Deckname Dolores.

Ihr Gesicht ohne Kanten, ungeschminkt, meine schwarz angemalten Lider und das Gesicht immer von einer rosa Creme bedeckt, die meine Pickel verbergen sollte, ihre blonden und braunen Wimpern, so lang, dass sie zwei Farben hatten, die Hartnäckigkeit, mit der sie ihre gute Laune vorführte, die Feierlichkeit, mit der ich ihr Ungerechtigkeit und Ungleichheit, Vietnam, die Dritte Welt, die Verdammten dieser Erde, die Hungersnöte entgegensetzte.

Unsere Reise in die USA.

Sie und ich.

Ich verkaufte ihr meine kleinen Diebstähle als löbliche Beweise von Widerstand gegen den amerikanischen Imperialismus.

Sie schämte sich dafür, dann lachte sie, dann bat sie: Aber damit gehen wir jetzt an die Kasse und bezahlen.

Wir haben kein Geld.

Dann nehmen wir das Ding nicht.

Schließlich setzte ich den grünen Filzhut einer Schaufensterpuppe auf den Kopf, steckte aber zwei Tafeln ihrer Lieblingsschokolade in meine Unterhose.

Und schenkte sie ihr, als wir in sicherer Entfernung waren.

Denn ich war eine junge Diebin, weil es mir Spaß machte, und sie ein naschhaftes Mädchen.

In allen Zweierbeziehungen spielt man irgendwann Rollen, dabei treibt jeder seine Gründe ins Extrem, um der Entgegensetzung willen.

Laura und ich waren der Tag und die Nacht, das Licht und der Schatten, die ruhige See im Sommer und das aufgewühlte Meer im Sturm.

Immer fand ich eine Erklärung für die Angst, die mich mit sechzehn, mit zwanzig, mit fünfundzwanzig verfolgte, erst in mir, denn ich dramatisierte das Familienleben, die Schule, das Verliebtsein, dann außer mir, in den Übeln der Gesellschaft, die zahlreich waren, und immer gab es jemanden, der bereit war, sie mit mir zu untersuchen oder sie mir zu erklären.

Immer gab es jemanden, der mich zu überzeugen wusste, dass die Übel der Gesellschaft beseitigt werden konnten.

Und wer nicht kämpfen wollte, um sie zu beseitigen, war ein Paria, ein Idiot, ein Egoist – verachtenswert. Oder ein Feind – hassenswert. War Laura eine Idiotin?

Sie spielte Gitarre, sie knabberte an ihren Fingernägeln, sie trug gern blaue Sachen, sie schnitt gern Hundeköpfe aus, blaue Himmel, Wolken, Blumen, Beine von Fotomodellen, und klebte alles auf riesige Pappen, die ihrer Meinung nach den Gesang der wirklichen Welt darstellten.

Laura klammerte sich an die Schönheit, in der Schönheit fand sie eine heitere Seelenruhe ohne Störungen, einen monotonen Frieden, den nur ihr Sinn für Humor von Zeit zu Zeit beleben konnte.

Wir lachten viel.

Das war ihr Verdienst, nicht meiner. Sie lehrte mich lachen, und ich zwang sie zu denken.

Es war eine schöne Verbindung.

Zusammen gingen wir von Turin nach Mailand, schrieben uns gemeinsam an der Universität ein.

Wann genau habe ich begonnen, ihre gute Laune lästig zu finden, ihre ständige Suche nach hübschen Bildern, die sie irgendwo aufkleben konnte, widerlich, ihre Gleichgültigkeit gegenüber dem politischen Engagement ärgerlich?

Das waren die Siebzigerjahre des vergangenen Jahrhunderts. Der Kapitalismus war noch nicht das einzige mögliche, denkbare System. Die Schäden durch Ausbeutung waren für alle sichtbar, und es war nicht so einfach, den Blick abzuwenden. Man sprach darüber, man diskutierte, man glaubte, dass der Klassenkampf eine neue Gesellschaftsordnung errichten würde.

Gerechter.

Wenigstens in Gedanken.

(Rechtfertige ich mich? Versuche ich darum, jetzt, wo alle Leidenschaften erloschen sind, die Zeit meiner Jugend noch einmal zu durchlaufen? Um mich zu rechtfertigen? Auf die Wörter Klassenkampf, Kapitalismus kann ich mich nicht stützen, es sind tote Wörter, und ein Teil von mir ist mit ihnen gestorben. Es erscheint mir immer schwieriger, zu erzählen, was passiert ist. Nicht das, was früher passiert ist, im vergangenen Jahrhundert, sondern was danach passiert ist, jetzt, in dem Sommer, der vor wenigen Tagen mit meiner Flucht von der Insel gipfelte. Ich dachte, ich würde nie mehr fliehen, würde mich nie mehr verstecken. Ich würde ein Leben führen, in dem ich geschützt war vor der Notwendigkeit, mich zu verstecken. Aber nein.)

Gut, ich versuche, mit diesem Abend an der Ripa di Porta Ticinese weiterzumachen: Ich gehe neben Laura durch das Dunkel, ich mit meinem dicken Schwangerschaftsbauch, sie mit dem Dackel Fidel an der Leine, ich erinnere mich an meine Sätze, sie klingen kalt wegen der Anstrengung, jedes Gefühl herauszuhalten. Ich erinnere mich an ihre immer auf Leichtigkeit eingestellte Stimme, die schlagartig ernst wird:

«Ist dir eigentlich klar, was du von mir verlangst?»

11.

WIEDER ALLEIN

Einen Tag lang habe ich nicht geschrieben.

Es ging mir nicht gut.

Nicht, dass es mir jetzt viel besser ginge. Aber ich habe keine Zeit, den geeigneten Moment abzuwarten, um diesen Bericht zu beenden.

Und machen wir uns nichts vor: Mir wird es nie besser gehen.

(Ich habe es geschafft, meinen Tablettenvorrat nicht anzutasten, das war ziemlich hart, aber ich habe es geschafft. Obwohl mir ein paar Lexotan eher geholfen hätten, das Schweigen wiederzufinden, als all diese Worte.)

Ich muss zur Sache kommen.

Und dann mit allem abschließen.

Ich habe von Laura geträumt, einmal, zweimal. Beim dritten Mal bin ich nicht sicher, ob sie es war, aber ich habe an sie gedacht, als ich um fünf Uhr morgens aufgewacht bin.

Die subtile Folter der Zeit, dieses ununterbrochene

Tropfen von immer schon vergangenen Tagen hat sich zu einem Symptom verdichtet, das ich kenne.

Ekel. Und Angst vor mir selbst. Vor dem, was ich tun könnte.

Oder nicht tun könnte.

Ich bin von der Insel geflohen, aber es gibt keine andere Insel, die meine Flucht aufhalten könnte.

Darum bin ich heute im Morgengrauen, kaum zurück in Rom, in der Wohnung am Fluss, wieder aufgebrochen.

Ich hatte Angst, dass Pietro Saverio mich nach meiner Flucht bei mir zu Hause suchen kommt.

Ich stellte ihn mir auf der Treppe vor, mit weißer Hose und meinem Koffer in der Hand.

Er hätte sagen können: Du hast deine persönliche Habe vergessen. Darf ich reinkommen?

Oder: Ich habe dir deinen Koffer gebracht. Darf ich reinkommen?

Ich habe mir verboten, die Nachrichten zu lesen, ich habe das Handy abgestellt.

Ich habe den Computer geöffnet, bin ins Internet gegangen, das uns alle in der Weite der Welt verankert, habe ein Hotel gesucht, am Stadtrand, anonym, billig.

Ich habe das Haus am Fluss verlassen, wie man einen Stützpunkt verlässt, der wegen eines falschen Schritts oder eines anonymen Hinweises nicht mehr sicher ist.

Eine Reisetasche, Unterwäsche für zwei Tage, eine Hose. Ein Pulli. Die zwei Hefte, die ich schon beschrieben habe, und dieses hier.

Ich habe einen perfekten Unterschlupf gefunden. Hotel Imperiale. Es kostet 29 Euro pro Nacht.

Aber ich werde mir nicht erlauben, lange zu bleiben.

Ich musste zwei Busse nehmen, um dort anzukommen.

Die Nüchternheit des Zimmers Nummer 21 in diesem fast sauberen und sehr traurigen Durchgangsort hat mir geholfen, mich zu beruhigen.

Ein kleiner Fernseher auf einem Gestell, ein Tischchen aus braunem Plastik, der kalte Fußboden mit grünlichem Linoleum bedeckt, ein winziges Bad, der Toilettendeckel von einem Riss durchzogen und über dem Einzelbett ein Bildchen mit einer staubigen Muttergottes.

Der Schrank aus Holzimitat schließt nicht gut.

Der Wasserhahn tropft.

Kein Buch und kein Spiegel, außer dem kleinen, an den Ecken verrosteten über dem Waschbecken.

Es ist, als wäre ich wieder in Messina, im Spezialgefängnis für Frauen, wo ich viele Jahre verbracht habe.

An diesem neuen Standort beginne ich wieder zu schreiben.

Ich bin hier, um mich von «ihnen» fernzuhalten.

Um diese soeben entstandenen Bindungen zu opfern, wie man einen Zweig mit all seinen Knospen kappt.

Ich bin hier, um in meinen Winter zurückzukehren.

Aber erst will ich den Bericht beenden.

Nachdem ich die Insel verlassen hatte – und das auf diese Weise –, habe ich mich nach Hause geflüchtet.

In meine Wohnung.

«Sie» waren noch auf Reisen. (All diese Seiten, all die Kraft, die ich aufgebracht habe, um sie zu schreiben, und wieder bin ich am Ausgangspunkt, nenne die vier wieder «sie», sperre sie in Anführungszeichen.)

«Sie» sind noch weg, kommen aber bald zurück. Und ich weiß, dass sie zurückkommen.

Alle kommen gerade aus den Ferien zurück.

Zwanzig Jahre lang habe ich jedes Jahr Ende August die Rückkehr der Bewohner des Hauses am Fluss erlebt und mich dabei amüsiert. Die vollgepackten Taschen, die Koffer, die unterschiedlichen Grade der Sonnenbräune, das kurze Vergnügen der zurückeroberten häuslichen Bequemlichkeit, aus dem nach wenigen Tagen Langeweile, Wiederholung und darum Sehnsucht wird, die Nostalgie des vergangenen Urlaubs. Zwanzig Jahre lang habe ich jedes Jahr das Ende des Sommers der anderen genossen, dieser Handvoll Unbekannter mit vorhersehbaren Gewohnheiten, das ich beobachten und insgeheim kommentieren konnte.

Dieses Jahr nicht, dieses Jahr gibt es «sie».

Die anderen haben ein Gesicht und einen Namen.

Michele, Maria, Malcolm, Malvina.

Ich habe sie gierig beobachtet, mit einem Appetit, den ich mir zu meinem eigenen Erstaunen bewahrt und mit meiner Schonkost aus Stille sogar verstärkt hatte. Sie haben mich gesehen, als ich sie beobachtete. Sie haben mich wahrgenommen, ihre Leben haben mein Leben gekreuzt, und jetzt existiere auch ich, der Neugier und dem Urteil ausgesetzt.

Ich kann den Überfall ihrer Fragen nicht ertragen, erklären, warum ich von der Insel abgehauen bin und alles andere.

Ich weiß selbst nicht, warum ich von der Insel abgehauen bin, oder besser, ich kann das, was ich weiß, nicht erklären.

Darum.

Ich nehme die Erzählung dort wieder auf, wo ich sie unterbrochen habe.

Ich habe eine ganze Packung Grissini gegessen, in einem Pappbecher Wasser aus dem Wasserhahn getrunken.

Das reicht, um weiterzuschreiben.

Und ich mache dort weiter, wo ich angekommen war.

Als Michele von der Tournee zurückkam.

Jetzt könnte ich sagen, dass der Moment, in dem Michele mich stützte, während mir speiübel war, weil ich zu viel von diesem Brandy getrunken hatte, den Dämon der Reue geweckt hat.

Sicher ist, dass er mir keine Ruhe mehr ließ.

Die Reue, dieses ekelerregende Gefühl der Leere, diese Rührung ohne Ausweg.

Obwohl ich gelernt habe, mich nicht anzuschauen, sah ich mich plötzlich: eine alte Frau, die sich auf einen jungen Mann stützt.

Eine Mutter, ein Sohn.

Die Begierde, schwach zu werden, dich fallen lassen zu können, weil der Mensch, den du geboren hast, dich stützt, wie es die natürliche Ordnung der Dinge vorsieht. Der Widerwille junger Menschen gegen das Alter, diesen Spiegel, der jeden Zukunftsplan verzerrt, wird von der Liebe überwunden, wie es die natürliche Ordnung der Dinge vorsieht.

Die Liebe, auf die ich verzichtet habe.

Die Liebe, die ich geopfert habe, ohne genau zu wissen, was ich mir vorenthielt, ist über mich hereingebrochen.

Denn nur die Liebe befreit dich aus der Kategorie, in die man dich verbannt hat (die Guten, die Bösen, die Alten, die Frauen, die Jungen) und gibt dir eine individuelle Identität zurück, und wenn du die Liebe vergessen hast, stützen dich zwei Arme, weil du betrunken bist, sie sind da, um dich daran zu erinnern.

In der Nacht, als Michele mich auf dem Weg in mein Schlafzimmer stützte, träumte ich zum ersten Mal seit Jahrzehnten von dem Kind, das ich auf die Welt gebracht hatte.

Ich träumte, dass mein Kind wenige Monate alt war und selbst ein Kind gebären musste.

Ich hielt es im Arm, streichelte sein Bäuchlein, wartete, dass es gebar. Wir waren in einer fremden Wohnung. Wir wussten, dass jeder hineinschauen, uns entdecken und hinauswerfen konnte. Oder uns sogar verhaften.

Ich beschloss, das Kind zu verstecken.

Ich schlief ein. Und als ich aufwachte, war es nicht mehr in dem Versteck, in das ich es gebracht hatte. Das andere Kind war nicht geboren, und das Mutter-Kind war verschwunden.

Ich wachte auf von der Mühe, die es bereitet, im Schlaf zu weinen oder zu träumen, dass man weint.

12.

VOR WEIHNACHTEN

In den Monaten danach fuhr Michele nicht mehr weg, er spielte abends hier und da, schrieb Lieder, ich hörte, wie er immer wieder andere und doch immer ganz ähnliche Strophen übte und sich dabei am Klavier begleitete.

Ich kümmerte mich weiterhin um Malvina, ohne das Ende des Ausnahmezustands zu erwähnen.

Auch Malvina hat diesen lang vergangenen Verzicht bei mir wachgerufen, und das vor ihrem Vater.

(Ich schreibe schlecht, es ist mir egal, ich muss von einer unsichtbaren Entwicklung berichten, ich muss die winzigen Erdrutsche rings um die Festung rekonstruieren, in die ich mich zurückgezogen hatte, von der ich glaubte, ich hätte dort für immer bleiben können. Also erst Malvina, dann Michele.)

Malvina war eine Quelle zeitweiliger Rührung, die sich mit dem Staunen abwechselte, das jemand verspürt, der nie Umgang mit Kindern hatte.

Man wird geboren, wächst heran, pflanzt sich fort.

Wer sich nicht fortpflanzt, vergisst die Kindheit, vergisst das Heranwachsen, die Jugend.

Jedes Alter verschwindet im unterschiedslosen Abgrund der Vergangenheit.

Um Malvina zu entziffern, musste ich auf mich selbst zurückgehen.

Mich suchen.

Mich an eine Zeit erinnern, die sechzig Jahre zurücklag.

Ich musste das Gedächtnis in Gang setzen, die wenigen Anzeichen eines vermutlichen Glücks ans Licht kommen lassen.

Ein Nachmittag im Frühling, als mein Vater mich, wer weiß warum, nach dem Mittagessen in seinem cremefarbenen Fiat 1100 ins Büro mitnahm. Mein Vater hält mich an der Hand, wir gehen durch einen langen Flur, er öffnet jede Tür und stellt mich allen vor. Das ist mein kleines Mädchen. Und alle bieten mir etwas an, blaue Bonbons mit Anisgeschmack, die ich nicht auszuspucken wage, große Bildbände mit Fotos von fernen Ländern, die eine unendlich viel ältere Frau als meine Mutter mich durchblättern lässt, damit ich brav bin, während der Ingenieur, mein Vater, einer Versammlung von Männern vorsitzt, die alle angezogen sind wie er.

Der Tag, als ich mich verirrt hatte, hinter dem Bauernhof der Pächter auf dem Grundstück der Großeltern, die ich nie kennengelernt habe. Die Küsse der unendlich viel älteren Frau als meine Mutter, die mich fand. Der Knoblauchgeruch aus ihrem Mund. Die weißen Weintrauben, die für mich vom Rebstock gepflückt wurden als Belohnung, weil ich nicht in den Brunnen gefallen war (das hatten alle befürchtet, erzählten sie mir später).

War ich mir meines Anrechts auf die Liebe der Erwachsenen je sicher gewesen? War ich je so schön wie Malvina gewesen? War die Sorge um mein Glück je die Hauptbeschäftigung von unendlich viel älteren Frauen als meine Mutter gewesen, so wie ich es heute bin? Ich, die freiwillige Babysitterin.

Weißmähne.

Die Nachbarin.

Also hatte ich panische Angst vor der Möglichkeit, sie könnten mich von meiner Aufgabe entbinden, aber ich wagte nicht, das Problem anzusprechen.

Ich beschloss, das Terrain mit Malcolm zu sondieren.

Zwischen Malcolm und mir hat es sofort eine Art Bündnis gegeben.

Ich höre ihm zu.

Er spricht mit mir.

Ich höre ihm zu, ohne sein Engagement mit der gönnerhaften Bewunderung zu erniedrigen, die man dem Klassenbesten vorbehält.

Er breitet seine Besorgnis vor mir aus, sein Unbehagen wegen der Gleichgültigkeit der Mächtigen, und das tut er mit einer aseptischen Sorgfalt.

Er wählt die Sprache der Wissenschaft, vergisst aber nie, die Angst zu erwähnen.

Er versucht, mich zu erschrecken, er versucht, uns alle zu erschrecken.

Wie ein melancholisches Kind greift er zu Märchen mit düsterem Ende.

Und wir glauben daran, weil er daran glaubt.

Er glaubt, dass der Zusammenbruch nahe ist und dass bestimmte tugendhafte Verhaltensweisen jedes Einzelnen ihn aufhalten oder sogar verhindern können.

Eine unblutige Revolution, bewaffnet mit besorgniserregenden Fakten und Propaganda, eine Revolution, die vor allem Konsequenz erfordert. Wenn du Bescheid weißt, handelst du, und er handelt.

In jeder Minute seines Tagesablaufs macht er sich selbst und den anderen bewusst, dass das Problem drohend über uns allen schwebt.

Obsessiv, wie alle Heranwachsenden.

Einmal habe ich zu ihm gesagt: Ich bin alt, ich werde sterben, bevor der Planet kollabiert, du wirst sehen.

Er hat erwidert: Denkst du nicht an Malvina?

Ja, Malcolm hat verstanden.

Er hat verstanden, was das Mädchen für mich bedeutet.

Darum habe ich vor seiner Schule auf ihn gewartet.

Meinst du, ich könnte mich weiter um Malvina kümmern, auch wenn dein Vater wieder da ist?, habe ich ihn überstürzt gefragt.

Was weiß ich, sagte er.

Um mit ihm zu sprechen, war ich auf ihn und eine Gruppe Mädchen zugegangen (er war der einzige Junge) und hatte sie auseinandergebracht.

Natürlich war sein Ton schroffer als sonst, ich murmelte Entschuldigung, Entschuldigung und zog mich zurück, verletzt, aber mit dem Gedanken, dass er recht hatte.

Ich ging am Flussufer entlang nach Hause, die Schule ist nur wenig mehr als einen Kilometer entfernt.

Malcolm holte mich ein, rennend.

Mit diesen Flamingobeinen.

Er berührte meine Schulter.

Du gehst schnell, sagte ich lächelnd.

Wir gingen schweigend weiter, ein Schweigen der Versöhnung.

Stumm zu bleiben, war uns gemäß. Wir standen schon vor der Haustür, als er auf meine Frage antwortete:

Mein Vater hat zu Maria gesagt: Hoffen wir, dass ... Giovanna ... weiter für Malvina da ist.

Er hatte meinen Namen zwischen zwei Verlegenheitspausen gesetzt, wahrscheinlich weil Michele mich Weißmähne nannte, und Malcolm hatte den Satz säubern können, bevor er ihn zu Ende sprach, um mich mit diesem Spitznamen nicht zu verletzen.

Ich sagte danke, auch für dieses Feingefühl.

Und dank Malcolm holte ich das Mädchen weiterhin vom Kindergarten ab, den ganzen Monat lang. Die Mütter und Großmütter kannten mich.

Ich fing Gesprächsfetzen auf, Stimmen, die leiser wurden, wenn ich näher kam.

Vielleicht auch nicht. Vielleicht war es nur meine kranke Wahrnehmung.

Ich war die Einzige, die nicht mehr als ein Kopfnicken mit den anderen wechselte.

Mein schweigsames Wesen, vom Alter verstärkt, isoliert mich von anderen Menschen wie eine Glocke aus Eis, obwohl ich mich mittlerweile fast perfekt in das Abenteuer des Frauenalltags einreihe: die Kinder abholen, ihnen daheim einen Imbiss zubereiten, sie bei den Hausaufgaben unterstützen oder spielen lassen, etwas Warmes zum Abendessen kochen.

Als ich Malvina eines Nachmittags vor dem Kindergarten umarmte, merkte ich, dass sie Fieber hatte.

Ich nahm sie huckepack, wie ihr Bruder, und trottete nach Hause, die Anstrengung spürte ich nicht, weil ich so beunruhigt war.

Ich legte sie ins Bett.

Nach ein paar Tropfen Tachipirina schlief sie ein, ich blieb eine Weile sitzen und sah ihr beim Schlafen zu, dann räumte ich das Zimmer auf und ging in die Küche, um ihr einen Pudding zu kochen.

Dort traf ich auf Malcolm, der sich mit einer Geometrieaufgabe herumschlug.

Er zog sich in die Küche zurück, wenn ich mit seiner Stiefschwester in ihrem Zimmer spielte. Er saß am Tisch, geschützt durch seinen Stereokopfhörer, der ihm Musik in die Ohren schüttete, und starrte mit einer Art eilfertiger Verzweiflung auf das Rechenpapier.

Ich beugte mich über ihn:

«Zuerst muss man die Zeichnung machen. Es ist ein Parallelepiped, oder?»

Ich legte es für ihn an, lenkte ihn bei seinen Überlegungen, dann ließ ich ihn die Lösung allein finden.

Als Michele zurückkam (er unterrichtete Gitarre und Komposition an der Musikschule im Testaccio-Viertel), sah er uns über den Tisch gebeugt, mit einer Gleichung beschäftigt.

Er sah mich erstaunt an.

«Du erinnerst dich an diesen ganzen Kram?»

«Das war mein Steckenpferd.»

Er sagte: «Dann können wir dir ja auch den großen Sohn anvertrauen. Er weiß alles über Klimaschutz, aber andere Informationen nimmt er nicht auf, er hat sich den Kopf mit seinen weltumspannenden Verantwortlichkeiten verstopft. Da bleibt kein Platz, um was anderes zu lernen, stimmt's, brother? Er wird sitzen bleiben, er hat drei Ungenügend. Und nach Meinung seiner Mutter ist das natürlich meine Schuld.»

Michele war schlechtgelaunt, er riss Schubladen auf und ließ sie offen, er knallte die Kühlschranktür zu, zog eine Bierdose auf, trank sie in einem Zug leer und verschüttete Bier auf seiner Kleidung. Als Malvina weinend aufwachte, ließ er mich loslaufen, um sie zu trösten, das Fieber war wieder gestiegen, er kam dazu, als ich ihren Pyjama wechselte, sie hatte sich nass gemacht, ich brachte sie wieder zum Einschlafen, wir blieben bei ihr, er und ich, im Dunkel, das nur die Sternchen des Lampenschirms erhellten, in der Intimität der Sorge. Um neun rief Michele den Kinderarzt an, dann sagte er zu mir:

«Bitte bleib hier.»

Ich blieb, um zehn Uhr war Maria noch immer nicht zurück.

Malvina lag in einem unruhigen Schlaf, bei jedem Erwachen rief sie nach ihrer Mama. Michele versuchte mehrmals, sie anzurufen.

«Zwecklos, heute Abend isst sie mit ihrem Boss, da kann sogar ihre Tochter sterben. Wenn sie ihre Kollektion Nuttenfummel an den Mann bringen muss, zählt nichts anderes mehr. Absolute Priorität.»

Später entdeckte ich, dass der Boss eine Frau war.

Für Michele gab es da keinen Unterschied.

Er bewachte sie eifersüchtig, Maria und Malvina, er betrachtete sie wie ein Grundbesitzer seine Ländereien, seine angehäuften Reichtümer betrachtet, überzeugt, dass überall Männer und Frauen lauern, die vor Geilheit platzen und nur darauf warten, sie zu verführen, zu vergewaltigen und zu entführen.

Er stellte sich vor, wie sie jeden Widerstand brachen, wenn sie Maria die Erfüllung ihrer ehrgeizigen Wünsche und Malvina ein Eis mit Pfirsichgeschmack versprachen, ihrer Lieblingssorte.

Er zensierte seine Eifersucht nicht, seine Besitzansprüche gegenüber seiner Frau, seiner Tochter, es fiel ihm nicht ein, dass es ein besseres Verhaltensmuster geben könnte, er gebrauchte seine Vorstellungskraft nicht, um neue Beziehungsformen zu entwickeln. Keiner von ihnen tat das.

Sie nahmen das Leben, so wie es ist, sie kannten seine Grenzen, sie unterstrichen all seine Mängel mit einem mustergültigen kritischen Bewusstsein, doch ohne Pathos, ganz ohne kämpferische Absichten und ohne irgendeine daraus folgende Parteinahme.

Sie kritisierten die Gesellschaft gemeinsam, spiegelten sich dabei einer im anderen, beim Abendessen, beim Aperitif, zwischen sinnlosen Heiterkeitsausbrüchen.

Als würde die Tatsache, dass sie allesamt keine Hoffnung hatten, eine tragfähige Basis für den Aufbau neuer Freundschaften bilden.

Sie versuchten, niemals allein zu sein.

Und hatten auch ihren Kindern beigebracht, nie allein zu sein.

Malcolm wurde getadelt, weil er sich weigerte, einen Schulkameraden oder Kampfgenossen, eine Freundin oder irgendeinen Gleichaltrigen, mit dem er Lärm machen konnte, nach Hause mitzubringen.

Er zuckte widerspenstig die Achseln. Sagte: Und wo soll ich mit denen hin?

Ich wusste, dass ihm wenig daran gelegen war, sein eigenes Zimmer zu haben, in dem er mit Freunden allein sein konnte. Es fiel ihm leicht, sich zu isolieren, auch wenn er seinen Raum mit einem kleinen Mädchen teilen musste.

Er war in Kontakt mit fernen Kameraden. In Norwegen, in Kanada, in Neuseeland. Das waren seine Beziehungen, Worte von Menschen aus der Ferne, Gesichter, von einer Kamera aufgenommen. Er hatte kein Bedürfnis nach Anwesenheit.

Einen Großteil seiner Zeit verbrachte er mit Diskussionen, man tauschte Ideen aus, machte sogar Witze.

Das tat er auch an jenem Abend, auf seinem Bett, mit dem iPad auf den Knien, vor dem leuchtenden Bildschirm, die unvermeidlichen Kopfhörer auf den Ohren, hämmerte er in die Tasten und lachte stumm, tippte schnell.

Das Zimmer war erfüllt von Dämpfen.

Der Luftbefeuchter brummte still.

Ich strich in einem hypnotischen Rhythmus über Malvinas Stirn. Michele war gegangen.

Plötzlich explodierte der Klang des Klaviers im Zimmer.

Ich stand auf, um die Tür zu schließen.

Als ich zurückkehrte und mich wieder ans Bett des Mädchens setzte, begegnete ich Malcolms Blick.

Ich kann nicht beschreiben, was ich empfand.

Einen Augenblick lang fühlte ich mich als Teil eines Gemäldes: *Am Bett eines kranken Mädchens wachend.*

Ein Frieden, den ich noch nie verspürt hatte.

Ich schlief neben Malvinas verschwitztem Körper ein.

Das alles war destabilisierend, wie jede Art Neuheit in einem von Wiederholung beherrschten Leben, aber es war auch befreiend.

Jeden Tag erlebte ich mich behaglicher eingebettet ins Herz der Familie nebenan.

Und das gefiel mir jeden Tag besser.

Einsamkeit war nicht mehr der Stoff, aus dem mein Leben geknetet war, sondern eine Eroberung der Nacht.

Auch ich kehrte nach Hause zurück, wie alle.

Ich schlief gut.

«Sie» baten mich um nichts mehr, das brauchten sie nicht. Sie hatten aufgehört, mir zu danken, und das legitimierte meine Anwesenheit in der Nachbarwohnung endgültig.

Ich sprach viel mit Malvina, genug mit Malcolm, wenig, aber ohne Beklemmung mit Michele und Maria.

Meine Beredsamkeit war umgekehrt proportional zum Alter meiner Gesprächspartner.

Wenn Menschen meines Alters da gewesen wären, hätte ich geschwiegen, wäre geflüchtet.

Wie vor wenigen Tagen von der Insel.

Sie beauftragten Malcolm, mir das Symbol meiner Verwandlung von der Nachbarin in eine Verwandte zu überreichen: einen Schlüsselbund.

Die Szene spielte sich folgendermaßen ab, ich kann sie vollständig rekonstruieren.

Sie läuft vor mir ab wie ein Lieblingsfilm.

Ein Sonntagmorgen. Normalerweise bleibe ich sonntags bei mir zu Hause, ich zeige mich nicht einmal auf der Treppe. Malvina liebt es, ins Bett ihrer Eltern zu schlüpfen und so zu tun, als würde es draußen heftig regnen, schneien, als wäre der böse Wolf aus seinem Bau gekommen.

Malvina liebt es, sich unter den Decken zu verstecken und sich suchen zu lassen.

Manchmal höre ich, das Ohr an der Wand, wie sie schreit und laut lacht, während ihr Vater spielt, dass er sie sucht, manchmal schütze ich mich vor dieser lautstarken Glückseligkeit und bleibe in der Küche. Manchmal backe ich einen Kuchen, den ich ihnen nach dem Mittagessen bringen werde, denn Michele und Maria haben irgendwo ein Fest, und ich werde mit dem Mädchen zusammen sein.

(Michele und Maria versäumen nie eine Gelegenheit, um menschliche Beziehungen zu feiern, ihr ganzes Leben ist von Geburtstags-, Jubiläums-, Hochzeits- und Verlobungsfeiern durchwoben, Pflichten, denen sie gewissenhaft nachkommen wie einer nicht allzu interessanten, auf jeden Fall aber notwendigen Arbeit, die sogar gewinnbringend ist.)

Ich bin also in der Küche, als ich es klingeln höre.

Mit umgebundener Schürze und mehlverklebten Händen gehe ich aufmachen.

Malcolm steht vor der Tür.

«Sie haben gesagt, ich soll dir die hier bringen.»

Die Schlüssel stecken in einem Säckchen mit rosa Schleife.

Mir steigen Tränen in die Augen.

Ich fahre mit der Hand über mein Gesicht, um diese übertriebene Reaktion zu verbergen.

Malcolm streckt eine Hand aus und tut etwas, was mir wie ein ruppiges Streicheln vorkommt.

«Du hast dich dreckig gemacht», sagt er.

«Mehl», sage ich.

«Du siehst aus wie ein Clown.»

Ich säubere mich mit der Schürze und lasse die Tränen verschwinden.

«Richte ihnen meinen Dank aus», sage ich.

Er zuckt die Achseln. «Wofür?»

«Ich weiß nicht ... was du willst.»

Ich lache, lache vor Freude, dass sie eine vertrauenswürdige Person in mir sehen.

Eine, der man seine Wohnungsschlüssel gibt.

Malcolm versteht weder, warum ich geweint habe, noch warum ich lache.

Mit dreizehn gibt es viele Dinge, die du nicht verstehst, das Quäntchen menschliche Erfahrung, das du in dir trägst und das zu großen Teilen von der Kindheit besetzt wird, macht die Erwachsenen unergründlich für dich.

Umso mehr noch die Alten, die vertrocknete Erwachsene sind.

Ich sehe mich mit seinen Augen und fühle mich besser.

Ich möchte ihn gern umarmen, kann mich aber zurückhalten.

Ich möchte ihm sagen, dass niemand versteht, dass niemand verstehen kann, was dieses Säckchen mit der rosa Schleife für mich bedeutet.

Niemand.

Außer denen, die im Gefängnis waren, in den Gerichtssälen, denen man den Prozess gemacht hat und die dann verurteilt wurden.

Außer denen, die ihre besten Jahre damit verbracht haben, zu irren, und den Rest ihres Lebens, zu büßen.

Die Wohnungsschlüssel.

Für eine wie mich.

Ich kaufte ein blaues Säckchen, ein Schlüsseletui in Form eines Marienkäfers, und gab Malcolm die Schlüssel zu meiner Wohnung.

Hätte ich das doch niemals getan.

13.

WEIHNACHTEN

Weihnachten habe ich mein ganzes Leben lang gehasst.

In meiner Familie feierte man nachlässig, mein Vater gab meiner Mutter Geld, und sie kaufte mir etwas, was ich haben wollte oder was ich brauchte, es war ein vereinbarter Kauf, ohne Überraschung.

Ein gezwungenes Küsschen, ein Mittagessen bei Verwandten, die ich einmal im Jahr sah. Mittagessen und Verwandte wurden kritisiert, kaum dass wir ins Auto gestiegen waren, um nach Hause zurückzufahren.

Dann schliefen meine Mutter und mein Vater, vom schweren Essen erschöpft, und ich konnte in Ruhe lesen und mich unglücklich fühlen.

Das, als ich schon groß genug war, um nicht mehr zu glauben.

Aus den Jahren des Weihnachtsmanns erinnere ich mich an nichts mehr.

Haben sie Geschenke für mich unter den Weihnachtsbaum gelegt?

Auch wenn er nicht groß war, den Baum gab es immer, weil es die Augen der anderen gab.

Und der Baum musste sorgfältig geschmückt sein, und

auf einem alten runden Servierwagen wurde die Krippe aufgebaut.

Als ich kein kleines Mädchen mehr war, habe ich angefangen, mich mit Verachtung vor Weihnachten zu schützen: das Fest des Konsumterrors, die Zwangspause im Familienkreis, die Geschenke, für die alle Begeisterung heucheln, weil sich das so gehört. Ein paar Jahre lang habe ich mich noch von den Überresten der Hassvorführung genährt, die die erste Zeit meines Lebens charakterisiert hat. Dann habe ich angefangen, in die Kirche zu gehen.

Seit ich im Haus am Fluss wohne, gehe ich jedes Jahr am 24. Dezember in die Mitternachtsmesse.

Ich setze mich hinten ins Mittelschiff.

Ich sehe mich um. Höre den Worten des Priesters zu.

Höre dem Murmeln der Gläubigen zu.

Ich sehe die Langeweile der Kinder, die mich an meine eigene erinnert.

Ich habe aufgehört, mit meiner Mutter zur Messe zu gehen, als ich aufgehört habe, mit meinem Vater in den Bergen Skifahren zu gehen, in Clavière, in Montgenèvre.

Eine einzige pflichtschuldige Rebellion gegen das Opium des Volkes und die Sonntagsausflüge.

Ich habe meine Meinung nicht geändert, aber ich bin keine hartnäckige Ungläubige mehr. Ich glaube nicht, weil ich es nicht kann, aber ich schaue öfter als früher nach oben, schlage mit den Flügeln und erhebe mich nicht vom Boden, wie ein zum Scharren verdammtes, fettes Huhn.

Wenn der Priester sagt: «Gebt euch ein Zeichen des Friedens», gerate ich unweigerlich in Rührung.

Im Halbdunkel umarmen mich Unbekannte oder tun, als umarmten sie mich, Brüderlichkeit vortäuschend.

Vor zwanzig Jahren habe ich diese abergläubische Regel aufgestellt: Ich werde Weihnachten schadlos überstehen, wenn es die Umarmung, das Zeichen des Friedens wirklich gab, wenn ich den Körper und den Atem meiner Banknachbarn gespürt habe. Ich werde Weihnachten nicht schadlos überstehen, wenn ich zwischen zwei Individuen geraten bin, die vor Kontakt zurückschrecken und sich das Zeichen des Friedens aus der Entfernung geben.

So wetteifere ich mit dem Zufall, so vertreibe ich mir die Zeit, seit ich im Haus am Fluss wohne.

Und noch mehr, seit ich aufgehört habe zu arbeiten und meine Einsamkeit vervollkommnen konnte.

In diesem Jahr war alles anders.

Das war unvermeidlich.

Hinter der Wand aus Rigips brach Weihnachten in den ersten Dezembertagen aus.

Ich half Malvina, die unteren Zweige einer großen Fichte zu schmücken, die in einem kleinen Topf stand, ich hantierte mit Glaskugeln und Schokoladenengelchen.

Ohne es mir einzugestehen, kaufte ich ein Krokodil aus Schaumgummi, groß, grün, das sein Maul zu einem fröhlich wilden Lächeln aufriss.

Am Spätnachmittag des 24. Dezembers trank ich zwei Gläser Wein, dann steckte ich das Krokodil in einen großen Reisesack und wartete auf das Geräusch des Fahrstuhls, der auf unserem Stockwerk hielt.

Ich war nervös, aber auch in freudiger Erwartung.

Malvina liebt Krokodile, denn ich habe ihr die Geschichte von einer Familie netter Krokodile erzählt, die

Kinder fressen, damit sie in ihrem Bauch spielen können, und wenn die Kinder zurück nach Hause wollen, spucken sie sie fröhlich aus.

Als ich hörte, wie nebenan die Tür geöffnete wurde, zeigte ich mich auf dem Treppenabsatz. Da war Maria, mit Tüten in beiden Armen, die mit Kokarden und Bändern verschlossen waren. Ich hielt ihr den Sack hin und sagte:

«Legst du das bitte unter den Baum? Das ist für Malvina.»

Ich fühlte meine Wangen brennen und wusste, dass es passieren würde, dass ich verlegen sein würde (wie lang war es her, dass ich ein Geschenk für jemanden gekauft hatte?), aber ich musste es tun.

Maria sah mich an, ohne zu lächeln.

«Ich kann jetzt nicht, ich bin schrecklich spät dran.»

Ich entschuldigte mich und schloss die Tür.

Ich spürte mein Herz laut und unregelmäßig schlagen. Eine Arrhythmie aus Hammerschlägen.

Ich trank noch zwei Gläser.

Am Küchentisch sitzend, mich selbst beschimpfend. Was bildest du dir ein?

Du hast kein Recht dazu.

Für wen hältst du dich.

Du bist nur eine Gratis-Babysitterin.

Du hast keine Familie.

Das war dir doch immer scheißegal, oder?

Also was?

Jetzt, wo du alt bist, kriegst du diese Lust auf Kinder?

Du kannst nicht die Großmutter spielen.

Großmutter ist, wer Mutter war.

Und was hast du gemacht?

Du hast geworfen wie eine Hündin.

Du hast gekalbt.

Ein Pferd ein Schwein eine Kuh.

Du hast nicht das geringste Recht auf Menschliches.

Ich betrank mich.

Ich kotzte und versuchte, mich nicht nur vom Alkohol zu befreien.

Als ich mich besser fühlte, legte ich mich aufs Bett.

Ich versuchte, mich auf ein Minimum Lebendigkeit zu beschränken.

So kuriere ich mich, durch Zurückweichen.

Ich werde zum unbelebten Körper, wie ein Krustentier lasse ich den Panzer an der Brandungsgrenze und ziehe die Seele zurück.

Ich schlafe, wenn ich kann.

Wenn nicht, bleibe ich trotzdem reglos liegen.

An diesem Abend nicht. Ich konnte nicht still liegen.

Also brach ich meinen kleinen Schatz an Medikamenten an, nahm zehn Tropfen Lexotan. Dann noch einmal zehn.

Ich hörte die Türklingel nicht.

Ich hörte gar nichts mehr.

Michele wird es mir am nächsten Tag sagen, er hat einmal, zweimal geklingelt.

«Wir wollten dich zum Weihnachtsessen einladen. Ich weiß, man macht das nicht im letzten Moment, aber so sind wir, wir schaffen es einfach nicht, uns nach den Zeiten des wirklichen Lebens zu richten.»

Er wird es mir am nächsten Morgen sagen, beide werden es mir sagen, im Chor, zusammen, vor der weit geöffneten Tür, sie in Rot, er mit der Zipfelmütze des Weihnachtsmanns, sie werden mir das lustige kleine

Theaterstück von ihrer Unzulänglichkeit gegenüber dem Timing des Lebens vorspielen, mit dem sie sich verdammen und gleichzeitig brüsten, wie immer.

Maria wird sich dafür entschuldigen, dass sie den Sack mit dem Geschenk für Malvina nicht angenommen hat, sie wird sich etwas zu schuldbewusst entschuldigen, als hätte sie einen sehr schwerwiegenden Fehler begangen, der dennoch liebenswert ist, wie all ihre Fehler.

Michele wird sich entschuldigen, weil er nicht daran gedacht hat, dass ich andere Verpflichtungen haben könnte.

Sie werden sagen: «Die Einladung kommt zwar spät, aber sie gilt noch immer, möchtest du zum Mittagessen zu uns kommen?»

Maria wird eine flehentliche Bitte hinzufügen:

«Ich bitte dich, hilfst du uns, unsere Familien zu ertragen? Die von Michele ist deprimierend, sein Vater ist ein Geiger im Ruhestand, aber wenn du ihm sagst, dass er Pensionär ist, bringt er dich um, sie ist Opernsängerin, seit zwanzig Jahren praktisch ohne Stimme, und sie behandeln jeden, der keine Musik macht, wie einen armen Taubstummen, aber abgesehen davon sind sie ganz nett ...»

«Marias Vater dagegen ist ein euphorischer Charakter, der noch immer nicht von den Barrikaden heruntergestiegen ist, obwohl er sich nicht mehr erinnert, gegen wen er kämpft.»

Ja, ich hätte die Einladung ablehnen sollen.

Sagen, Danke, aber ich habe eine andere Verpflichtung.

Zu Weihnachten ist das normal, alle haben zu Weihnachten irgendeine Verpflichtung.

Ich hätte sagen sollen, ich habe eine andere Verpflichtung, ich hätte aus dem Haus gehen und zwei Stunden später wiederkommen sollen, als wäre ich zum Mittagessen bei meiner Familie gewesen.

Stattdessen strich ich mir über die Haare und sagte:

«Danke. Ich dusche nur noch schnell.»

Vor dem Spiegel verbrachte ich eine Zeit, die mir endlos erschien. Ich hatte mir vorgenommen, nicht zu trinken.

Darum trank ich nur ein Glas in kleinen Schlucken.

Und dann noch eins, das ich vor mir selbst verheimlichte. Ich versuchte, mich mit Abstand zu betrachten, wie eine Nebenfigur.

Eine von denen, die vor der Hälfte des Films sterben können, ohne dass der Zuschauer ein Identifikationstrauma erleiden muss.

Ich sprach ein Adjektiv aus: pleonastisch.

Das sagte ich mir mehrmals auf wie einen phonetischen Tick, ein Tourette-Syndrom: pleonastisch, pleonastisch, pleonastisch.

Ple ple ple.

Ich bin pleonastisch.

Überflüssig, nutzlos.

Nie geliebt oder schlecht geliebt. Seit Jahrzehnten unfähig zu lieben.

Nicht mehr ansehnlich, wenn ich es denn je war.

Eine Frau, deren Augen von Müdigkeit und Schlafmitteln so verquollen sind, dass man sie kaum sieht.

Eine Frau, die von Schüchternheit überflutet an einem Weihnachtsessen teilnimmt, die Haare, die ihr den Spitznamen Weißmähne eingebracht haben, im Nacken zu einem geflochtenen Chignon zusammengebunden, ein weißes Hemdkleid über einer alten schwarzen Hose, Schuhe ohne Absatz.

Ich klammerte mich an das Krokodil, das ich für Malvina gekauft hatte, hielt es vor meinen Körper wie einen Schild.

Und trotzdem konnte ich nicht aus der Wohnung gehen.

Ich stand in der offenen Tür zu meiner Wohnung, als hielte ich die Balance am Rand eines zu hohen Trampolins, berechnete mit der Ungenauigkeit der Angst die Sprungbahn und die Tiefe, den notwendigen Schwung für den Sprung und überlegte, ob ich auf den Felsen zerschellen würde oder wieder auftauchen und schwimmen konnte.

So fand mich Malcolm, den sie geschickt hatten, um mich zu holen.

«Ich bin fertig», sagte ich und fügte hinzu, um meine Reglosigkeit zu rechtfertigen: «Ich überlegte gerade, ob wir das Krokodil verstecken müssen, als hätte der Weihnachtsmann es gebracht.»

«Pfeif drauf», sagte Malcolm. Dann, als hätte er sich erinnert, dass er freundlich sein wollte: «Das wird ihr wahnsinnig gefallen.»

Von diesem Moment an lief alles gut.

Der Tisch war mit einem weißen Tischtuch gedeckt, das ich noch nie gesehen hatte. An den Tischenden saßen eine Frau und ein Mann, beide das Gegenteil des jeweils anderen. Er, Filipo, der Violinist, war von einer krankhaften, asketischen Magerkeit, in seinem herrlichen, wie aus Holz geschnitzten Schädel leuchteten helle, unruhige Augen. Sie, Soraya, wenige Jahre jünger als er, trug ihre Haare noch lang und offen, gescheitelt und mit den unvermeidlichen blonden Strähnen gefärbt, mit denen die Frauen die Sommer ihrer Jugend heraufbeschwören möchten, als das Meer die Köpfe der Mädchen bleichte. Ich konnte den Blick nicht von ihr abwenden, sie lächelte ostentativ, gleich darauf verfinsterte sich ihre Miene, dann lächelte sie wieder und riss beim Zuhören die Augen auf, die von einem unnatürlichen gläsernen Grün waren. Ihr Gesicht mit ebenmäßigen Zügen saß auf einem kurzen Hals, der in einen feisten, gedrungenen Körper überging.

Sie war zweifellos sehr schön gewesen, und sie war dazu verdammt, die Komödie der Verführung bis in alle Ewigkeit zu spielen.

Michele schien von beiden jeweils das Beste geerbt zu haben.

Und das nicht nur körperlich, mit seinem Gleichgewicht zwischen der fettleibigen Anmut seiner Mutter und der gequälten Reduzierung seines Vaters.

Michele war weniger künstlich als sie und weniger Snob als er.

Beiden wurde ich von Maria in gewohnt übertriebener Form vorgestellt: die perfekteste aller Nachbarinnen. Sie kocht wie eine Göttin. Verwöhnt uns, ohne dass wir es verdienen. Malvina vergöttert sie.

Ich hatte diese Lobreden schon gehört und wollte sie annehmen, indem ich meine sorgfältig einstudierte Bescheidenheit vorzeigte, als wäre sie eine Naturbegabung und nicht die geschickt maskierte Schüchternheit einer Ex-Strafgefangenen, doch da bemerkte ich eine neue Anspannung in Marias Stimme. Es war, als wollte sie mich ihrer Schwiegermutter entgegensetzen. Verlegen fragte ich nach Malvina.

Immer war es Malvina, an der ich mich festhalten musste, um nicht abzustürzen.

«Sie ist beim Großvater», sagte Maria, während sie Filip einen Blick zuwarf, der ihn herabwürdigte, als wäre nicht auch er Malvinas Großvater.

«Er hat sie sicher auf die Insel gebracht», sagte Filip in säuerlichem Ton.

Tatsächlich hatten Großvater und Enkelin sich verspätet.

Um zwanzig vor zwei waren die mit Speck umwickelten Grissini aufgegessen und die erste Karaffe Wasser leer getrunken.

Filipo und Soraya tranken keinen Alkohol, was das Warten nervöser machte.

«Mein Vater hat kein Zeitgefühl», sagte Maria, dann schlug sie den Schwiegereltern vor, mit den Antipasti zu beginnen, wenn es für sie zu spät geworden war, womit sie zu verstehen gab, dass Leute, die sich an normale Essenszeiten halten, niemals Zugang zu irgendeiner Form von Noblesse bekämen.

Der Insalata Russa wurde von Malcolm gebracht, der für den festlichen Anlass ein Sweatshirt mit der Drohung vor dem Klimakollaps trug.

Niemand rührte den Insalata Russa an.

Und im gleichmäßigen Rhythmus der Konversation entstand ein Riss aus Stille.

Michele und Maria wechselten einen Hänsel-und-Gretel-Blick: sich an der Hand fassen, vor der bösen Hexe fliehen.

Dann begann Michele, seinen Vater nach dem Streichquartett zu fragen, mit dem er in einigen Theatern der Maremma auftreten sollte.

Filipo war verschlossen und finster, Soraya strahlend und redselig, sie korrigierte ihn, indem sie die Orte pries, die er schlechtmachte (eine eiskalte, ehemalige Kirche, ein Theater voller Flöhe, ein Publikum aus Provinzlern, die an der falschen Stelle klatschen), dann informierte sie mich über ihre Erfolge, ihre eigenen, die ihres Mannes, sie sei ein sehr bekannter Sopran gewesen, aber sie habe vor zwölf Jahren wegen eines Kehlkopftumors auf das Singen verzichten müssen, er hingegen sei die erste Geige im Orchester von Santa Cecilia gewesen.

Und noch immer vermisste man ihn dort.

Ich ermutigte sie mit sinnvollen kleinen Fragen und schenkte ihr eine Aufmerksamkeit, die in direktem Verhältnis zu meiner Angst stand, Fehler zu machen.

Im Grunde ist es nicht schwierig, dachte ich, mit anderen zusammen zu sein, man muss sie nur über sich selbst sprechen lassen. Die Schamlosigkeit, mit der Menschen, die krank waren, ihre Wunden zeigen, habe ich immer unerträglich gefunden, doch ich ließ es nicht an dem gelangweilten Beileid fehlen, das diejenigen belebt, die zuhören müssen, wenn andere von ihren Problemen berichten.

Zum Glück kamen um zwei Uhr Malvina und der Großvater.

Pietro Saverio.

(Jetzt bin ich unsicher, ob ich alles, was danach passiert ist, über diese erste Begegnung lege, und wegen dieser Überlagerung zittert mir die Hand auf dem Papier, und ich spüre, wie mein Herz schneller schlägt, und es ist, als würde dieses ganze Wirrwarr des Verzichts und der Reue gleich losbrechen. Sicher ist, dass Pietro Saverio mich sofort beeindruckte. Wie eine dieser Windböen, die den Himmel im Nu blitzblank fegen, unvorhersehbar.)

Ich musste innehalten. Musste es tun.

Manchmal muss ich die Wörter anhalten. Denn sie erzeugen Gefühle, und Gefühl verunreinigt die Tatsachen.

Wäre ich in meiner Wohnung gewesen, hätte ich Bücher abgestaubt oder Gemüse für die Suppe geschnitten.

So kuriere ich mich.

Eine beliebige häusliche Verrichtung kann bestimmte emotionale Zügellosigkeiten trockenlegen.

Da ich mich in dieses Hotelzimmer zurückgezogen habe, wo es nichts zu ordnen gibt, habe ich das kleine Handtuch des Bidets unter den tropfenden Wasserhahn des Waschbeckens gelegt.

Das Ticken hat aufgehört, und ich habe weitergeschrieben. Voller Angst, wie jemand, der sich dem Epizentrum des Erdbebens nähert: meine Begegnung mit Pietro Saverio. Der Mann mit den zwei Vornamen.

Ich möchte diese Seiten mit einem Fahndungsfoto dieses Menschen ausstatten, ich möchte ihn in einem kalten Licht zeigen, seine Züge wiedergeben, als würde ich ein Gebiet vermessen. Mit Worten kann ich das nicht.

Worte dienen unvermeidlich der Porträtaufnahme oder dem künstlerischen Foto.

Darum muss ich mich enthalten.

Ich muss von Pietro Saverio schweigen.

Dabei ist es vor allem er, von dem ich mich befreien muss. Er ist das Haupthindernis, wenn ich mein verlorenes Schweigen wiedergewinnen will, sofern es das ist, was ich wirklich brauche.

Nun gut: Ich sehe ihn an, und der erste Eindruck ist, dass er kein Alter hat. Er hat das Gesicht eines gealterten Jungen. Ein störrisches Haarbüschel bedeckt ein Auge fast ganz. Wie ich hat auch er viele Haare. Im Unterschied zu meinen sind seine noch rot, das gleiche Tizianrot wie Marias, mit nur wenigen Fäden von einem metallischen Weiß. Vielleicht färbt er sie ja. Er hat keine Körperbehaarung und ist mager, aber das ist es nicht, was seinem geschätzten Alter widerspricht (immerhin hat er eine dreiunddreißigjährige Tochter). Es ist etwas Unfertiges an ihm, als würde er sich noch ausformen.

Er ist nicht groß, Michele überragt ihn um einen halben Kopf, und neben Malcolm ist er wirklich klein.

Er hat die gleiche schmale Nase wie Maria, so vollkommen, dass sie korrigiert wirkt.

Gibt es solche Nasen von Natur aus?

Er trägt ein Samtjackett in einem grellen Grün, elegant und lächerlich zugleich.

Er trägt eine randlose runde Brille und hat einen femininen Mund, über der Oberlippe einen Schnitt vom Rasieren.

Er streckt mir seine Hand entgegen, als zückte er einen Degen.

Und während er meine schüttelt, sieht er mich an.

Er sieht mich ganz bewusst an, mit einer Intensität, die die Regeln des Anstands verletzt.

«Du bist also die Wohltäterin dieser beiden Unglücksmenschen.»

Er duzt mich sofort.

Er hält meine Hand in seiner, länger als üblich.

Und ich spüre, wie mir das Blut in die Wangen steigt.

Malvina rennt im Kreis herum, zieht das Krokodil an einem Ohr hinter sich her.

Ihr Mund ist mit Schokolade verschmiert.

Als Soraya versucht, mit ihr zu schimpfen, weil sie das ausgezeichnete Essen verschmäht, das vom ersten bis zum letzten Gang bei einem auf Hochzeitsbanketts spezialisierten Restaurant bestellt wurde, stimmt Pietro Saverio etwas an, was ich als eine seiner alten Leiern kennenlernen werde.

Das Recht der Kinder auf eine Tüte Eis aus Anlass des Weihnachtsessens. Das Recht auf Ungehorsam, auf die Verweigerung von Regeln, auf die Bekämpfung von Vorurteilen, die unverrückbare Gewissheit, dass Feste in der Freiheit bestehen, nicht allgemein gebilligte Wünsche zu erfüllen.

Ich dachte: Sie hatten recht, er liebt es, ein Publikum zu haben, doch das lieben alle, mit Sicherheit alle, die um diesen Tisch sitzen, oder vielleicht auch alle anderen, die ganze Menschheit. Was Pietro Saverio so anders macht, anders zumindest in meinen Augen, habe ich fast sofort wahrgenommen: Mehr als ein Publikum zu haben, liebt er es, einen Feind zu haben, ihn aufzustöbern, einzufangen, lächerlich zu machen, seinen Widerstand mit ironischen Treffern zu brechen und ihn schließlich durch Vergebung zu beerdigen. Die Technik, mit der er den Feind aufstöbert, besteht darin, eine abweichende, inakzeptable, den meisten Menschen missliebige Meinung zu vertreten und sie sofort mit so viel Energie aufzuladen, dass sie zu einem weltweiten Unterscheidungskriterium wird.

Zwischen denen, die verstanden haben, und den anderen.

Das auserwählte Opfer im ersten Teil dieses denkwürdigen Mittagessens war Soraya.

Oder Sora-ja, wie er sie umgetauft hat, eine Verbindung aus römischem Dialekt und der deutschen Partikel für Zustimmung.

Eine Art «Signora Ja.»

Zunächst dachte ich an alte Reibungen zwischen angeheirateten Verwandten, dann erkannte ich, dass die Sache grundsätzlicher und abstrakter war: Pietro hasst instinktiv, wie Kinder, Antipathien kommen bei ihm aus dem Bauch, und was sie auslöst, sind vor allem bestimmte Formen von Konformismus und bestimmte Masken der Moderne. Zum Beispiel die gewesenen Schönheiten, die nicht mehr schön sind, aber die blasierten Posen, das infantile Schmollmündchen und das ganze Arsenal der Koketterien beibehalten haben, die das Werkzeug des Metiers der Schönheiten bildeten, als sie noch befähigt waren, es auszuüben.

Vielleicht hat er mich wegen der abgrundtiefen Kluft zwischen mir und Soraya zur Komplizin beim Weihnachtsessen gemacht.

Auch das ist eine Nummer in seinem Repertoire, die zu erkennen ich lernen werde.

Getreu der Formenlehre des Märchens vergisst Pietro Saverio nie, die Figur einzuberufen, die dem Helden als Helfer zur Seite steht.

War ich das an dem Tag? Sicher, er versäumte nie, die Wirkung seiner verbalen Ausbrüche auf mich zu überprüfen. Unerbittlich füllte er mir das Glas nach, und obwohl ich mir vorgenommen hatte, nicht zu übertreiben, trank ich viel. Ich trank viel, weil Pietro den Rhythmus, in dem ich mein Glas zum Mund hob (er nannte ihn männlich) der gleichmütigen Selbstbeschädigung von Micheles Eltern und generell allen Abstinenzlern entgegensetzte.

Leute, die sich diesen bescheidenen Ersatz für das Glück nicht gönnen, den Alkohol, das Schmiermittel, ohne das der Mechanismus der zwischenmenschlichen Beziehungen furchtbar knirscht und sich zu verklemmen droht, sobald wieder ein Idiot zur Tür hereinkommt.

Ja, ich habe hier ein paar seiner Sätze aufgehäuft, Passagen aus dem Regiebuch, dem er folgte.

Ich hörte ihm zu, um den Rhythmus seines Redens zu erkennen und mich darauf einzustellen. Ich wollte mit Schlagfertigkeiten parieren, ich bebte und zappelte innerlich, obwohl ich weiter schwieg und mich nicht rührte, wie eine Frau allein im Ballsaal, die darauf wartet, aufgefordert zu werden, um sich vom Stuhl zu erheben, und derweil verborgene Teile ihres Körpers im Takt der Musik bewegt. Ich wünschte mir sehnlich, ihm mehr als all diese «Ach, ja?», «Nein, wirklich?», «So was!» bieten zu können, mit denen ich den anderen Gesprächspartnern mein Interesse signalisierte. Es gefiel mir, wie er sprach.

Das Näseln, das Michele so perfekt imitierte und zu verurteilen vorgab, klang angenehm in meinen Ohren.

Es gefiel mir, dass er auf Micheles Imitation mit Gelächter reagierte und sich gleich darauf verteidigte: «Das heißt Rhinophonie, und darunter versteht man die physiologische nasale Resonanzentwicklung bestimmter Laute, bei deren Bildung der Luftstrom durch die Nase entweicht. Mögliche organische Ursachen sind die Dysarthrie oder ein zu kurzes oder vernarbtes Gaumensegel.»

Mir gefiel, dass er imstande war, Verdammungsurteile über jede unentschuldigt fehlende Person auszusprechen, zum Beispiel seine dritte Ehefrau, die nach Buenos Aires abgereist war, um Weihnachten im Swimmingpool zu feiern, weil dort Sommer ist, natürlich mit dem üblichen abgedroschenen Alibi der alten kranken Mutter.

Mir gefiel das Geschick, mit dem er Prozesse gegen jeden der Anwesenden führte, der nicht perfekt auf den Rhythmus seiner Meinungsschwankungen abgestimmt war.

Er attackierte alle.

Aber ohne Bitterkeit.

Als wären wir alle ein lautstarker Haufen Schulkameraden beim Ausflug, die sich gegenseitig piesacken, denn so feiert man die Jugend, man frotzelt übereinander und lacht.

Er sagte zu Filipo, dass auch Violinisten altern, weil ihre Haltung asymmetrisch ist und Sehnenentzündung, Halswirbelschmerzen und das Karpaltunnelsyndrom sie früher oder später von ihrem Instrument entfernen.

Seine genauen Worte:

«Es gibt einen Verschleiß des Körpers, der die mögliche Läuterung der Seele (beim Altern immer Pflicht) zur Qual macht.»

Und weiter:

«Das ist die Schere zwischen Körper und Geist, die weit auseinandergeht. Du wirst sehen, die schmerzhafte Trennung lässt sich unmöglich vermeiden. Ich bin kein Künstler, aber diese Erfahrung habe auch ich gemacht. Mein Geist ist größer als die Augen, ich verstehe alles, aber das schützt mich nicht vor einer ernsten Form von Kurzsichtigkeit. Wahrscheinlich Netzhautablösung. Der Körper akzeptiert das Älterwerden nicht.»

Fasziniert und erschrocken hörte ich ihm zu.

Immer wenn er mich ansah, fürchtete ich, er würde mir eine Frage stellen.

Und er sah mich oft an. Maria hatte ihm wahrscheinlich gesagt, er solle vorsichtig mit mir umgehen, denn er wandte sich nur an mich, um Wein in mein Glas zu gießen und zu überprüfen, ob er mich amüsierte.

Gegen Ende des Mittagessens, als das Gespräch sich aufs Essen verlegte, kam er mit einer Art Affront:

«Der einzige echte Vorteil, Gäste eines in jeder Hinsicht unfähigen jungen Paares zu sein, besteht darin, dass wir nicht gezwungen sind, zu loben, was wir auf den Tellern haben, um der Köchin zu gefallen.»

Maria, die sich in der Rolle der Gastgeberin bewegte wie ein kleines Mädchen beim Karneval, sah ihn bestürzt an.

Sie erwartete, dass jemand sie lobte.

Oder sie wenigstens nicht wiederzuerkennen fand, dank des Kostüms, in dem sie sich versteckt hatte, um zu spielen, dass sie jemand anderes war.

Eine Dame mit ihren Gästen.

Eine Köchin mit ihren erlesenen Gerichten.

Er und ich erkannten beide gleichzeitig, dass der Satz sie verletzt hatte.

Aber ich war diejenige, die sprach.

«Wir müssen nicht über das reden, was wir auf den Tellern haben, sondern über dieses wunderbare Mittagessen. Danke, Maria. Alles ist perfekt.»

Pietro Saverios Miene wurde einen Moment lang finster.

Er blickte sich nach seiner Tochter um, die gerade versuchte, Malvina an den Tisch zurückzubringen.

«Setz dich, geliebte Frucht meiner Lenden. Und du auch, winziges Wesen.»

Als Mutter und Tochter ihm gegenüber installiert waren, ich saß neben ihm, hob er das Glas und brachte einen Trinkspruch aus:

«Auf Maria, die ein traditionelles und darum stinklangweiliges Weihnachtsessen in etwas verwandelt hat, das mehr ist als die Summe der aufgetragenen Gerichte. Auf die junge Königin, die mir mit ihrer außergewöhnlichen Schönheit den stoischen Takt des Familienlebens dreiunddreißig Jahre hintereinander erträglich gemacht hat.»

Das Lächeln, mit dem Maria diese Worte aufnahm, werde ich nie vergessen.

14.

ZUM SOMMER HIN

An dem Tag geschah nichts, und doch wurde nach diesem Tag alles wieder möglich.

Und das nicht nur, weil ich es geschafft hatte, ohne erkennbare Beschädigungen meines prekären Gleichgewichts als Heimlichtuerin an einem Weihnachtsessen mit fünf Erwachsenen teilzunehmen, von denen drei meinem Alter gefährlich nahe waren.

Nein, nicht nur das.

Es gab noch etwas anderes.

Etwas, was ich nicht schreiben kann oder vielleicht nicht schreiben will.

Trotz aller Normalität, die es an sich hat, und obwohl ich es mir so lange und so entschieden verwehrt habe.

Ich erzähle weiter.

Setze die Verben in die Vergangenheitsform, und tatsächlich erscheint mir der 25. Dezember des letzten Jahres sehr lang vergangen.

Bevor ich mich zurückzog, deckte ich den Tisch ab und stellte die Teller in die Spülmaschine.

Maria protestierte schwach.

Doch dann ließ sie mich gewähren, und im Blick von

Sora-ja erhielt ich die Bestätigung meiner von ihr vermuteten gesellschaftlich untergeordneten Stellung.

Sie muss sich etwas in dieser Art von mir gedacht haben: Meiner Meinung nach bezahlen sie sie, sie passt auf das Mädchen auf, macht die Hausarbeit. Sie bezahlen sie.

Ein Au-pair-Mädchen in fortgeschrittenem Alter. Und Italienerin. Merkwürdig. Aber nicht unmöglich.

Ich weiß nicht, warum mir dieser vulgäre Blick Freude machte.

Vielleicht weil auch Pietro Saverio ihn auffing, näher kam und zu mir sagte:

«Das ist wahre Freundschaft.»

Und er beugte sich über mich und küsste mich leicht auf den Handrücken. Als hätte man uns gerade einander vorgestellt.

Ich ging, nachdem ich Malvina, die unter dem Weihnachtsbaum eingeschlafen war, ins Bett gebracht hatte, ohne sie zu wecken, und das tat ich leise genug, um zu hören, wie Maria meine erworbene Sicherheit lobte: Sie ist so tüchtig, Malvina vergöttert sie.

Beim Hinausgehen verteilte ich Lächeln und Abschiedsgrüße wie die Altmeisterin zwischenmenschlicher Beziehungen, die ich aufgrund meines Alters hätte sein müssen und nicht war.

Offenbar verlernt man den Umgang mit anderen nie völlig, wird von der Wohlerzogenheit geschützt.

Es ist wie Radfahren.

Du entdeckst, dass du noch immer in die Pedale treten kannst, die Bewegung ist der Mechanik des Körpers eingeschrieben, nur die Gefahr zu stürzen wächst.

Und wenn du stürzt, brichst du dir die Knochen.

Pietro Saverio ging gleich nach mir, obwohl er nicht

in Rom wohnte und seine Enkelin und Tochter seit dem Sommer nicht gesehen hatte.

Ich hörte, wie er sich verabschiedete, denn kaum in meiner Wohnung angekommen, hatte ich mich wieder ins Theaterparkett gesetzt, um dem Leben hinter der Wand zuzuhören, und ich empfand eine von Scham verschleierte Erleichterung, wie jemand, der sich dem sicheren Vergnügen eines alten Lasters hingibt, nachdem er ein paar anstrengende Tugenden ausprobiert hat.

Maria erzählte mir später, dass ihr Vater wie immer im Hotel Locarno abgestiegen sei, ein charmantes Hotel, etwas angestaubt, elegant, in der Nähe der Piazza del Popolo.

Ein Hotel, das ich in den folgenden Tagen auskundschaften würde, wobei ich so weit ging, mir in seinem melancholischen Wintergarten, der mit nackten Zweigen geschmückt war wie ein Jugendstilsalon, einen Negroni zu bestellen und dafür den Preis einer guten Flasche Chablis aus dem Supermarkt zu bezahlen.

Warum ich hinging?

Ich weiß es nicht.

Oder doch, ich weiß es.

Aber ich habe keine Lust, das aufzuschreiben.

Um sieben Uhr abends an diesem 25. Dezember kam Maria an meine Tür und klingelte. Ich hörte gerade das Klaviertrio Nr. 2 von Franz Schubert, dessen erbarmungslose Süße ich mit einer ganz neuen Gelassenheit genoss, doch ich freute mich über ihren Besuch (unterbrochen zu werden: ein Luxus). Sie hatte das rote Kleid ausgezogen und reichte mir auf einem Pappteller eine Portion vom Truthahn, mit Maronen gefüllt.

«Wir haben Reste für eine Woche.»

Ich bat sie herein.

Stellte den Plattenspieler leiser.

«Sehr schön, was ist das?»

Ich sagte es ihr.

Sie lächelte. «Ich hätte meinen todlangweiligen Schwiegereltern von deiner Beziehung zur Musik erzählen sollen, dein Kurs wäre gestiegen. Es sei denn, dir ist das egal. Ist es dir egal?»

Ich schüttelte entschlossen den Kopf.

«Sie sind jünger als mein Vater, nicht viel, aber im Vergleich zu ihm sind sie zwei hinfällige Greise, zwei Karyatiden.»

«Dein Vater ist ein sehr sympathischer Mann», sagte ich zögernd.

Maria nickte und fing an, über ihn zu sprechen. (Sie wird in allen kommenden Monaten nicht mehr damit aufhören.)

Ich erfuhr, dass er nach dem Mittagessen nicht bei ihnen geblieben war, weil er eine seiner Ex-Frauen auf einen Aperitif treffen musste und dann ein Abendessen mit alten Freunden hatte.

Ich erfuhr, dass er wie immer im Hotel Locarno übernachtete und am Morgen einen Flug nach Madrid nehmen würde, wo er sich mit Gloria, genannt «mi vida mi amor» («technisch meine Stiefmutter»), treffen würde, die aus Buenos Aires zurückkam. Maria glaubte, er sei nur deswegen zum Weihnachtsessen gekommen, weil das Flugzeug nach Madrid von Rom abflog und er seine Einsiedelei auf jeden Fall hätte verlassen müssen.

Wäre da nicht dieser glückliche Zufall gewesen, hätten sie ihn nicht einmal zu Weihnachten gesehen. Er vergötterte Malvina und empfand für Malcolm eine sozusagen personendatenbezogene Sympathie (Maria nannte sie ideologisch): Jugendliche und Kinder waren ihm lieber, und mit dieser Vorliebe für Jugendliche und Kinder nährte er einen ständigen leichten Groll gegenüber allen Erwachsenen, umso schlimmer, wenn sie alt waren, wie er.

Er vergötterte auch sie, seine einzige Tochter (ich nehme dieses Verb, weil Maria selbst es benutzte, sie benutzt es oft), aber er reiste nie, um sie zu sehen. Trotz des Vergötterns.

Nicht einmal, als Malvina geboren wurde.

So war er eben, er reiste gern, er kehrte gern zurück. Seit er die Apotheken aufgegeben hatte («die Lizenz, nicht die Gebäude»), «betrügt er die Zeit mit dem Raum».

Mit diesem Satz kennzeichnete er selbst seine hyperkinetische und kosmopolitische Neigung.

Immer war er irgendwo auf Reisen, mit Gloria oder um Gloria zu treffen. Oder um irgendeinen alten Genossen zu besuchen, der für seinen stilvollen Lebensabend interessante, weit entfernte Orte gewählt hatte, wo man nicht zu hohe Steuern zahlte.

Ich erfuhr, dass er für ermäßigte Flugtickets ein Vermögen vergeudete.

Er flog ausschließlich in der Businessclass, verschmähte Billigangebote aber durchaus nicht.

Reiseziele mit dreißig Prozent Ermäßigung waren ihm besonders lieb.

Er häufte Flugmeilen an, die er wieder und wieder zählte, als wären sie der in einem ganzen Leben ersparte Schatz. Mit Bargeld war er nur allzu freigiebig, was er dagegen in Geld umrechnete, waren diese Einheiten an Bewegung, die dem Tod erlauben sollten, ihn oben in der Luft zu holen.

Zehntausend Meter über irgendeinem Ozean.

Im blauen Licht über den Wolken.

Das war sein Plan, und Maria legte ihn mir mit Bewunderung und Bedauern dar.

«So ist er eben, er hat es mir klipp und klar gesagt: Die letzte Reise wird gratis sein. Er spricht gern vom Tod. Wie er sich darauf vorbereiten wird, dieses Tal der Tränen mit der geringsten Mühe für sich selbst und andere zu verlassen.»

Ich sagte: «Über das, was uns Angst macht, schweigen wir zu sehr, oder wir sprechen ständig davon.»

Maria schien von diesem etwas eitlen Satz geschockt.

Die Zeit, die sie bis jetzt auf dem Sofa verbracht hatte, übertraf bereits die Länge jedes anderen Aufenthalts in meinem Wohnzimmer.

Sie sah mich einen Moment lang erstaunt an und erzählte dann weiter von Pietro Saverio.

Es war fast acht, als Michele sie holen kam.

«Ich wette, sie unterhält dich mit Kommentaren, wie fett meine Mutter ist und wie arrogant mein Vater. Das ist eines ihrer Lieblingsthemen. Wenn sie gut drauf ist, sagt sie: Wie ist es bloß möglich, dass du ein Kind dieser beiden Ungeheuer bist? Wenn sie böse auf mich ist, sagt sie: Das hätte ich mir ja denken können, du bist ein Kind dieser beiden Ungeheuer! Deine DNA ist zum Kotzen!»

«Um ehrlich zu sein, sprach sie gerade von ihrem Vater, nicht von deinem», sagte ich. Ich fühlte mich unbeschwert.

Nach der Anstrengung, die mich der Zusammenstoß mit drei Unbekannten aus meiner Altersgruppe gekostet hatte, war es eine Erleichterung, wieder der zerstreuten Jugend gegenüberzusitzen.

Ich durfte mich entspannen.

Gewicht verlieren.

Maria tat, als sei sie mir böse, weil ich unser Gesprächsthema verraten hatte.

«Da hast du's, super, weißt du, was du angerichtet hast? Du hast mich zu einer tödlichen Dosis Scheißsarkasmus verdammt!»

Michele wandte sich direkt an mich.

«Kein Sarkasmus. Pietro Saverio ist ihr Lieblingsthema. Pietro Saverio, der Papa. Hat sie dir schon erzählt, dass eine berühmte Schriftstellerin wegen ihm versucht hat, sich umzubringen? Oder hat sie sich das berufliche Kapitel ausgesucht? Wusstest du, dass er dank seiner Kenntnisse in alternativer Pflanzenheilkunde und natürlich seiner Genialität an einer Art Elixier für ein langes Leben arbeitet? Pietro Saverio, der Mann der Wissenschaft und der Fantasie! Eine Gestalt aus dem 18. Jahrhundert. Ein Enzyklopädist ... hast du sein Kompendium der Medizinkräuter gelesen? Praktisch ein Diderot, alles Wissen der Moderne über die Natur ...»

Maria legte ihm eine Hand auf den Mund.

Meistens war die Rollenverteilung umgekehrt, Maria war extrem redselig, und Michele zensierte ihre Exzesse.

Amüsierten sie sich bei dieser kleinen Revolution?

Schauspielerten sie für mich?

Sie gingen, sich gegenseitig auffordernd, meine Geduld nicht zu missbrauchen, ein einziges hitziges «lass die arme Giovanna in Ruhe», und ich wollte gerade die Tür zumachen, mit dem Lächeln, das ich für sie geschaffen hatte und das mir inzwischen ganz spontan gelang (ein schweigendes Wohlwollen ohne Ansprüche), als Maria zwischen meiner und ihrer Haustür stehen blieb, um mir zu sagen:

«Jedenfalls hast du meinem Vater sehr gefallen. Du.»

War es schlichte, reine Eitelkeit?

Vorausgesetzt, Eitelkeit kann schlicht oder rein sein.

Eitelkeit ist eine harte Droge, sie macht abhängig.

Ich habe meinen Entzug schon vor vielen Jahren gemacht.

Lange bevor meine Schicht als Objekt der Begierde endete.

Mit dreiundzwanzig habe ich die Uniform der Anonymität angezogen. Ich habe gelernt, meinen Körper als Arbeitsinstrument zu behandeln. Ihn sauber zu halten, effizient und gesund genug, um sich oberflächlich ernähren zu können und einen leichten Schlaf ohne Erholung zu ertragen.

Ich habe aufgehört, mich zu fragen, ob ich Männern gefiel.

Ich habe aufgehört, darauf zu achten.

Männer waren Gefährten im Wagnis, gehörten zum Volk oder waren Feinde des Volkes.

In keiner der drei Abteilungen hätte die schädliche Pflanze der Liebeseitelkeit leicht Wurzeln schlagen können.

Dieses Bedürfnis, dich im Blick eines Mannes zu spiegeln, um dich schön zu fühlen.

Bleibt die Tatsache, dass der Satz «jedenfalls hast du meinem Vater sehr gefallen. Du» irgendwo in mir stecken blieb: in der Seele, dem Geist, dem Unbewussten.

Der Vorstellungskraft.

Ich hätte Maria gerne gefragt: Was hat er genau gesagt, wie hat er das gemeint, ich gefalle ihm?

Natürlich habe ich das nicht gewagt.

Doch in den folgenden Tagen versuchte ich, Gelegenheiten zu schaffen, um mit ihr allein zu sein und diese Absicht vor mir selbst zu verheimlichen.

Ich bespitzelte sie im Flur, hielt mich noch im Badezimmer auf, während sie sich schminkte.

Seit dem Weihnachtsessen war ich zu einem Familienmitglied geworden.

Wenn sie abends ausgingen, wechselte ich die Wohnung, um bei ihnen zu lesen, bis sie wiederkamen.

Manchmal nahm Malcolm die Schlüssel, die ich ihm geschenkt hatte, und ging in meine Wohnung, während ich in seiner blieb. Ihm gefiel dieser Tausch, er drüben, ich hier. Es gefiel ihm, allein zu sein, statt sich mit einem dreijährigen Mädchen das Zimmer teilen zu müssen, es gefiel ihm, alte Filme auf DVD anzuschauen, ein Gerät, das völlig überholt war und das ich weiterhin benutzte. Wie alle Digital Natives rührte ihn meine Ahnungslosigkeit, doch er versuchte nicht, mir irgendetwas zu erklären, er sah sich mein Leben staunend an, ich amüsierte ihn, und er amüsierte mich.

Wenn sie nicht ausgingen, luden Michele und Maria mich zum Abendessen ein.

Ohne Vorankündigung oder Respekt vor Umgangsformen.

Hast du Lust, mit uns zu essen?

Ich nahm an.

Ich nahm an dem Abendessen teil, das ich gekocht hatte.

Wie eine Mutter.

Ich füllte ihnen die Teller, aß wenig, trank mit einer Mäßigung, die einzuhalten ungewohnt für mich war.

Als wollte ich kein schlechtes Beispiel abgeben.

Etwas in mir hatte wieder zu bluten begonnen, ich dachte oft an die Entbindung, an das Kind, das ich nicht hatte sehen wollen, und es passierte mir, dass ich von Laura träumte.

«Ist dir eigentlich klar, was du von mir verlangst?»

Ich habe mich nie gegen Träume wehren können.

Es gibt kein Schlafmittel, das sie auslöscht oder zumindest säubert.

Ich träumte von diesem Kind, das ich mir nie erträumt hatte, ich träumte es in tausend zärtlichen oder unheilvollen Variationen und wachte morgens mit einem ungewohnten Befremden und mit Fragen auf, die ich nicht formulieren wollte.

Etwas in mir kämpfte darum hervorzukommen, eine Eiterbeule, ein Ausschlag, eine Narbe, aber noch beherrschte ich das Rohmaterial der zwischenmenschlichen Kommunikation: Ich sagte kein Wort über diese schlimmen Nächte, auch mir selbst nicht. Keine Erinnerungen, keine Geständnisse. Ich konnte schweigen, noch hatte ich dem Kokettieren mit Erzählungen nicht nachgegeben, noch hatte ich nicht angefangen zu schreiben.

Widerstrebend beantwortete ich Fragen, die mich betrafen, und lauschte dem, was sie mir erzählen wollten, mit einer Aufmerksamkeit, die sich leicht mit Zuneigung verwechseln ließ.

Vielleicht war sie das wirklich.

Maria und Michele redeten gern mit mir. Mein Interesse an ihren Meinungen entzückte sie, und ich teilte es großzügig aus. Was mich betraf, so beschränkte ich mich aufs Schweigen, noch war ich fest verwurzelt auf der stummen Seite des Flusses, der unwegsamen Seite, wo niemand hingeht.

Darum waren die Abendessen bei Maria und Michele nicht gefährlich, keiner der beiden interessierte sich wirklich für mich, sie brauchten mich zwar jeden Tag mehr, das ja, aber so, wie Schauspieler ein Publikum brauchen.

Sich selbst durch meinen Blick auf sie zu sehen, machte sie stolz und brachte auch ihre Kinder auf die Bretter der unsichtbaren Bühne, die für mich oder dank meiner aufgebaut war.

Oft beherrschte Malvina die Szene, ihr impulsives, ungeduldiges Wesen, ihre Entdeckungen und Eroberungen.

Für jeden war es Ehrensache, ihr etwas beizubringen, und sie saugte alles auf, wiederholte Wörter, die sie noch nie gesagt hatte, probierte neue Geschmäcker aus und schenkte jedem großzügig die Gewissheit, aktiv an der Bildung eines erstklassigen Menschenwesens mitzuwirken.

Eines Abends Ende Februar, ich hatte ihr ein Teufelskostüm genäht und sie nachmittags in die Villa Borghese gebracht, wo sie es bei einem Freudenfest aus Luftschlangen vorführen konnte, legte ich sie ins Bett, noch bevor das Abendessen beendet war. Sie war todmüde, fiel sofort in einen Tiefschlaf, und ich ging zurück in die Küche, auch ich war erschöpft, und beschloss, beim Abräumen zu helfen, wie immer, und mich dann zu verabschieden.

Maria telefonierte.

Mit Pietro Saverio.

Sie lachte.

Wie Ehefrauen lachen, wenn sie mit ihrem Geliebten sprechen.

Als Michele in die Küche kam, bedeckte Maria ihren Mund mit der Hand, als wollte sie den Zusammenstoß mit ihrer verführerischen Fröhlichkeit abmildern.

Michele verdrehte die Augen zum Himmel und führte auf, was er für die männlichste aller Tugenden hielt: das stoische Ertragen der weiblichen Emphase, all dieses Lachen und Weinen und Geschwätz.

Wir wechselten einen Blick.

Er sagte: «Elektra albert mit Agamemnon herum. Orest verzieht sich. Und geht Klavier spielen.»

Er verließ die Küche mit den Worten: «Wann du willst.»

Ich hörte ihm gerne zu, wenn er über die Noten glitt, und ihm gefiel es, wenn ich zuhörte.

Gerade wollte ich hinter ihm hergehen, als Maria mir ihr Handy hinhielt und sagte:

«Mein Vater will dir Hallo sagen.»

Hätte ich doch einfach verschwinden können, hätte sich doch eine Falltür unter meinen Füßen aufgetan, wie in Trickfilmen.

Ich versuchte, den Kopf zu schütteln.

Doch Maria verscheuchte mit einem Lächeln, was ihr wie übertriebene Schüchternheit, fast wie eine Krankheit erschien, von der sie beide als die Götterlieblinge, die sie waren, mich heilen mussten.

Ich hielt das Telefon an mein Ohr.

Sagte kein Wort.

Ich hörte mich atmen.

«He, Nachbarin, bist du da oder nicht?»

Ich brachte ein verdruckstes «Ich bin da» heraus.

«Machst du immer noch den *ange gardien* dieser zwei Unglücksmenschen, oder hast du noch andere Missionen auf dieser Welt?»

Er wartete meine Antwort nicht ab, redete weiter.

Sagte, er sei gerade aus Buenos Aires zurück, eine einzige Hetzerei, weil Gloria am 26. Dezember nicht zum Treffpunkt in Madrid kommen konnte, der prekäre Gesundheitszustand ihrer Mutter hatte sich verschlechtert.

«Parkinson, kannst du dir das vorstellen? Dabei ist sie drei Jahre jünger als ich.»

Er sagte: «Die Geschichte ging weder mit ihrer Genesung noch mit unserer Abreise aus, die Verschlechterung ist fortschreitend und unerbittlich, darum ist Gloria in Buenos Aires geblieben, und ich habe ihr zwei Monate Gesellschaft geleistet, dann bin ich in meine Einsiedelei zurück, ich kann nicht lange an einem Ort bleiben, und meine Beziehung zu Krankenhäusern ist kompliziert. Wer weiß, ob dir das auch so geht, aber ich stelle mir den Tod lieber auf abstrakte Weise vor, jeder Hinweis auf die physische Seite dieses Ereignisses führt bei mir zu einer Art anagrafischer Hypochondrie. Ich stelle ein paar Berechnungen an, und plötzlich scheint es mir unmöglich, dass meine inneren Organe noch immer nicht kollabiert sind. Dann weiß ich, dass ich mich in Bewegung setzen muss, dass der Moment gekommen ist, verstehst du? Wenn ich in meiner Einsiedelei bin, muss ich abreisen, und wenn ich in der Welt bin, weit weg von meiner Einsiedelei, muss ich dorthin zurückkehren.»

Um die kurze Pause zu füllen, die er mir zugewiesen hatte, fragte ich, wo seine Einsiedelei war.

«Sag nicht, dass meine Tochter dir nicht davon erzählt hat, sie ist auf der Insel, eine Insel, die im Moment in einem Sturm feststeckt. Seit zwei Tagen kommt nicht einmal mehr das Tragflügelboot aus Milazzo an. Sie ist felsig und schwarz vom Vulkansand. Eine Klippe, die Unglück prophezeit, wo ich mich niedergelassen habe, um alle notwendigen Metamorphosen vor dem endgültigen Abschied zu durchlaufen. Du weißt doch, dass die letzten zwanzig Lebensjahre wenig mehr als sechs Wochen dauern, oder? Sechs Wochen Ferien. Endferien, so habe ich sie getauft. Seit ich dort allein bin, taufe ich andauernd alles, was mir durch den Kopf geht. Maria hofft, dass Glorias Mutter sich beeilt mit dem Sterben, denn meine zermürbende innere Redseligkeit macht ihr Sorgen. Sie hat Angst, dass ich austrockne, weil ich in der Einsamkeit meine Kräfte verschleiße. Mit Gloria zu streiten oder mit ihr Eskapaden zu machen, Glorias Anwesenheit generell, ihre explosive Körperlichkeit, die Dummheiten, die sie sagt, die katzenhafte Langsamkeit ihres Denkens, die Lust zum Feiern, die von ihrer lateinamerikanischen Herkunft rührt (sinnlich wie die Lateiner und dumm wie die Amerikaner), das ist alles Stoff für mein Überleben, wenn nicht für die Rettung meiner Seele ...»

Er redete.

Redete wie ein Wasserfall.

Und ich blieb in der Küche stehen, ein Lächeln auf den Lippen, das er nicht sehen konnte, und umklammerte Marias Telefon wie ein Amulett.

Es kam mir vor, als wäre ich flussaufwärts zurück bis zur Quelle gegangen, aus Pietro Saverio sprudelten Marias lange, abschweifende Monologe hervor. Ein fortwährendes Strömen unanständiger Vertraulichkeit.

Michele hatte zu spielen begonnen, er hämmerte auf die Tasten, drückte das Pedal und erzeugte eine zerstückelte Melodie voller Pathos. Ich ging auf das Schlafzimmer zu, wo das Klavier stand, dann passierte genau das, was ich wollte.

Pietro Saverio hörte die Musik und redete nicht weiter.

«Haben die beiden Täubchen gestritten?», fragte er.

Der Ton klang persönlich, und dieser Eindruck war ermutigend.

«Nein, ich glaube nicht. Sie scheinen fest entschlossen, glücklich zu sein», sagte ich, bemüht, mich auf seinen offenherzigen, aber eleganten Ton einzustellen.

Er schien meine Bemühungen nicht zu bemerken.

«Ich frage dich, weil Michele wie alle Künstler der Amateurschule sein Bestes unter dem Druck negativer

Gefühle gibt. Das letzte schöne Lied hat er geschrieben, als meine Tochter mit einem Schlagzeuger aus Buenos Aires geflirtet hat, einem Freund von Gloria, schöner Mann um die fünfzig, der für sie komplett den Verstand verloren hatte. Das war das letzte Mal, dass ich einen Mann zum Duell herausgefordert habe.»

Das Gespräch ging weiter, während Michele, von einem lautstarken Ungestüm gepackt, in die Tasten haute: Salven von Zweiunddreißigstelnoten wie Hagelschauer, breite Akkorde, sogar ein Ellenbogenstoß auf den oberen Teil der Klaviatur.

Ich erfuhr, dass Pietro Saverio einen Signor Gonzales Soundso höflich gebeten hatte, er möge ihm die Ehre erweisen, ihn am nächsten Morgen bei Sonnenaufgang verprügeln zu dürfen, an der Spiaggia Lunga, mit bloßen Händen und ohne Sekundanten, die nur hinderlich gewesen wären.

Ich lachte, wie er es von mir erwartete.

Gonzales Soundso war dann nicht zum Treffen erschienen.

Er hatte geschlafen.

Doch Pietro Saverio, der Wächter über Marias außergewöhnliche Schönheit, hatte auf ihn gewartet und hätte ihm seine Wangenknochen eines andalusischen Rowdys mit dem größten Vergnügen zerschmettert.

Michele nicht.

Michele hatte, inspiriert vom Stachel der Eifersucht, ein Lied geschrieben.

«Findest du nicht, dass es schädlich ist, den Instinkt zu zähmen, indem man die Darstellung des Gefühls in den Dienst eines wirklichen Gefühls stellt?»

«Das ist eine zu schwierige Frage für mich», sagte ich.

Dann fragte ich ihn, ob er wieder mit seiner Tochter sprechen wollte.

Er sagte Nein.

Und beendete das Gespräch abrupt.

Ich glaube, das hatte ich erreichen wollen, als ich ihm diese bescheidene Antwort verpasst hatte.

Ich wollte sein Interesse an mir entmutigen, denn es gefährdete mein Gleichgewicht.

Weil es eine Verzerrung sozialer Beziehungen war.

Weil ich den Grund nicht verstand.

Er hatte mit mir gesprochen, als würden wir uns seit Jahren kennen.

Das stimmte nicht.

Durch sein Interesse an mir fühlte ich mich nackt und lebendig, in Gefahr und geschützt. Weniger allein und ängstlicher.

Ich ließ Marias Telefon in der Küche und ging auf das Schlafzimmer zu, wo Michele noch immer spielte.

Ich verharrte auf der Schwelle, bis Michele aufhörte, mit dieser wilden und untergründigen Wucht auf das Klavier einzudreschen (die perfekte Tonspur für meine seelische Verfassung).

Als er innehielt, war er erschöpft.

Ich applaudierte ihm, was ich noch nie getan hatte.

Er trocknete sich die Stirn mit dem Ärmel seines Pullovers. Lächelte mich an.

«Vertrau meinem Schwiegervater nicht zu sehr. Er ist ein teuflisches Wesen.»

Ich hätte seinen Rat ernsthaft in Betracht ziehen sollen, das weiß ich jetzt.

Jetzt, ein paar Monate später, wo ich, aus meinem eigenen Unterschlupf vertrieben, den Rückzug in diese kleine Zelle der Armut angetreten habe, jetzt, wo ich versuche, in meine Strafecke, in mein Schweigen zurückzukehren, jetzt weiß ich, dass ich dem Leben nicht hätte gestatten dürfen, wieder über mich hereinzubrechen.

Damals nicht, damals wusste ich es nicht.

Damals ließ ich in meiner Wachsamkeit nach, ohne das wirklich beschlossen zu haben.

Und erklärte mich einverstanden mit dem Neubeginn.

Wenige Tage nach diesem Telefonat klingelte Maria eines Morgens ungewöhnlich früh an meiner Tür, bevor sie in das Modegeschäft ging.

Sie trug einen violetten Kunstpelz, wirkte zerzaust und traurig, wie nach einem Streit.

«Entschuldigung, bist du auf?», fragte sie mich, obwohl ich angezogen und offensichtlich bereit war hinauszugehen.

«Natürlich, guten Morgen. Ist Malvina krank? Soll ich zu ihr?»

«Malcolm hat Malvina in den Kindergarten gebracht. Es geht um meinen Vater. Er hat mich nach deiner Mailadresse gefragt. Michele sagt, ich darf sie ihm nicht geben, aber ich verstehe, ehrlich gesagt, nicht, warum. Er will dir nur schreiben, er frisst dich ja nicht. Ihr seid im selben Alter, nein, um genau zu sein, er ist drei Jahre älter als du, und du bist ihm sympathisch. Seine letzte Frau, diese blöde Kuh, ist in Buenos Aires geblieben und kommt weiß Gott wann zurück. Dort auf der Insel, wo er lebt, gibt es im Winter keinen einzigen denkenden Menschen, mit dem er ein paar Worte auf Italienisch wechseln kann, und er ist ziemlich anspruchsvoll, was das Konversationsniveau betrifft, du hast ihn ja kennengelernt.»

Bei diesem Satz hätte ich sie aufhalten müssen.

Ich bin ganz gewiss keine Meisterin der Konversation.

Nie gewesen.

Wenn meine Mutter mich nicht belogen hat, war mein erstes Wort mit vier Jahren «Uff».

Zahllos die Erwachsenen, die mich fragten: «Hat die Katze deine Zunge gefressen?», bevor ich das Alter erreichte, in dem man sich das Recht auf die Diagnose Aphasie erwirbt.

Suchte das teuflische Wesen den Kontakt zu mir, weil ich eine so gute Gesprächspartnerin war?

Ich hätte mich sofort verleugnen sollen.

Stattdessen nannte ich meine Adresse, und Maria sagte:

«Danke, die habe ich schon. Malcolm hat sie mir gegeben, ich wollte nur deine Erlaubnis, denn Michele sagt, ich verletze ständig auf kriminelle Weise die Privatsphäre anderer Menschen.»

Mir fiel ein, dass ich Malcolm meine Adresse gegeben hatte, weil er mir einige Unterlagen zu seiner Gruppe weiterleiten sollte. Weniger weil mich wirklich interessierte, was den Gletschern in Grönland passiert, eher weil ich wissen wollte, welche Form politisches Engagement bei der Jugend angenommen hat.

Als ich so alt war wie Malcolm, hielt ich es für meine Pflicht, die Menschheit von der Entfremdung zu befreien, nicht vor der Auslöschung zu retten.

Doch die Wurzel war dieselbe: ein frühzeitig erwachtes Verantwortungsgefühl.

Damals stark verbreitet, heute eher selten, scheint mir.

Wie auch immer, ich gab ihm meine Adresse, er schickte mir die Dokumente, und ich las sie.

Also konnte ich nicht behaupten, ich besäße keinen Computer oder ein iPad, obwohl ich auch aufgrund meines Alters und meiner Skurrilität zum kleinen Grüppchen der Widersacher alles Neuen hätte gehören können. Ich konnte ja nicht mal Marias Vater den Zugang zu meinem Postfach verwehren.

Es gab keinen Grund, wenigstens keinen, den man hätte aussprechen können.

Maria beklagte sich:

«Ich bin die einzige Frau auf der Welt, deren Ehemann auf ihren Vater eifersüchtig ist. Unfassbar. Ich könnte sämtliche Mieter im Haus ficken, aber ich darf nicht sagen, dass Pietro Saverio ein intelligenter Mensch ist. Und angenehm. Und unterhaltsam. Offen, leidenschaftlich, mit so vielen Interessen ... warum sollte er dich belästigen, wenn er dir eine seiner mitreißenden Reden gegen das Altern schickt! Im Grunde arbeitet er doch für uns alle, oder? Wir alle werden mit dem Altern zu tun haben, wenn wir nicht jung sterben ...»

Ich beruhigte sie. Es würde mir sehr gefallen, einen Brief von ihrem Vater zu bekommen.

Ich wollte unangreifbar sein, mit einer Dosis formeller Höflichkeit den Aufruhr in meinem Inneren erstarren lassen. Stattdessen errötete ich.

Du bist ihm sympathisch, ich konnte an nichts anderes denken als an diesen Satz.

15.

WARTEN

Ich dachte oder hoffte vielleicht, dass Pietro Saverio mir sofort schreiben würde, nachdem er meine Adresse bekommen hatte.

Aber ich musste eine Woche warten.

Ja, warten. Nach wenigen Stunden wurde mir bewusst, dass ich wieder angefangen hatte zu warten.

Ich möchte die Bedeutsamkeit dieser Entdeckung erklären.

Ich bitte mich selbst um eine Anhörung.

Sagen wir so: Du hast dich jahrelang darin geübt, eine Ersatzzeit zu leben, eine an den Rändern aufgebrochene und überfließende Zeit, die sich weit eher durch das Fehlen von Investitionen in die Zukunft als durch die Verdrängung der Vergangenheit auszeichnete. Du hast dir eine Gegenwart ohne Ausgang und ohne Erschütterungen erobert, in der es nichts gab, auf das du gewartet hättest.

Und dann: Ein Brief genügt.

Ein Mann, der eine Art Interesse an dir zeigt, genügt.

Und alles fängt wieder von vorne an.

(Ja, Pietro Saverio ist ein Mann, es ist zwecklos, dich zu belügen. Er ist ein Mann, und du hast seinen Blick auf dir gespürt. Und du hast deinen Rücken gestrafft und dir übers Haar gestrichen. Wie Frauen.)

Seit man dich aus der Verwahrung durch den italienischen Staat entließ, hast du deine Strafe vervollkommnen wollen. Du hast dich viel gründlicher aus der Welt ausgeschlossen, als es einer Institution jemals einfiele, du hast niemals auch nur das geringste politisch fortschrittliche Mitgefühl mit deinen vergangenen Illusionen aufgebracht, du hast dich vor jeder möglichen Rehabilitierung geschützt.

In innerer und äußerer Einzelhaft.

Keine Teezeremonie mit den Genossinnen der Nachbarzelle, kein Hofgang, kein Ausgang, keine Parodie der Gemeinschaftlichkeit.

Du bist kein Körper mehr, der in einen geschlossenen Raum gezwängt ist, sondern jemand, der sich in den strengen Ritualen der Bestrafung eingerichtet hat.

Du gönnst dir eine einzige Belohnung – der Intelligenz anderer Menschen in Büchern zu begegnen.

Natürlich nur tote und begrabene Autoren.

Oft vergessene.

Du hast Angst, deine Zeitgenossen zu lesen, du hast Angst, sie könnten dir von einer Welt erzählen, der du nicht angehörst.

Eine schnelle Welt, die nicht innehält, um nachzudenken.

Die Bücher, die du wieder und wieder liest, sind das Archiv dessen, was bleibt.

Du häufst sie in dir an, aufs Verlustkonto.

Du liest nicht, um besser zu sein, um dich als Teil von

etwas zu fühlen, um ein Gefühl zu teilen oder einen Gedanken zu vertiefen.

Du liest, um dich zu verlieren.

Vor zwanzig Jahren war das eine harte Übung, jetzt geschieht es automatisch.

Das Vergehen der Zeit verringert die Ansprüche.

Wenn du beschließt, lange genug zu leben, um noch älter zu werden, wird der Verzicht ein natürlicher Vorgang sein.

Du wirst nichts mehr erwarten, ohne dass du beschließen musst, nichts mehr zu erwarten.

Solange du im Gefängnis warst (gut, du hast es geschafft, dieses alte Wort zu schreiben), solange du im Gefängnis warst, hast du darauf gewartet herauszukommen, nicht mit dem Überschwang von Marcella oder Adelaide, ihre Seelen sind unbeschwerter als deine, aber du hast auf die Entlassung gewartet, und auf die Entlassung zu warten, machte dich zu einer normalen Gefangenen, also einer Geisel im Wartezustand, wie alle.

Du wartest auf die Freiheit, solange du drin bist.

Und tust so, als wüsstest du, worin sie besteht.

Sich frei bewegen zu können?

Den Raum, in dem du lebst, zu besitzen, weil du Miete zahlst?

Ins Bett zu gehen, wann du willst, Besucher zu empfangen, ohne dass zwischen dir und ihnen eine Glasscheibe aufragt, ein Kontrolleur, eine Gegenwart steht?

Was du dir erträumst, ist eine Freiheit aus fehlenden Bindungen.

Du träumst, in der Leere schweben zu können, losgelöst von allem.

Die anderen träumten davon, wieder in der Welt zu sein.

Du träumtest davon, dich in der Welt verstecken zu können.

Das war es, was du dir vorgenommen hattest.

Und das ist es, was du dir sorgfältig aufgebaut hast, indem du Einladungen aus dem Weg gegangen bist, Begegnungen vermieden und deine Leidenschaften (Musik, Literatur) zu einsamen Gewohnheiten gemacht hast.

Dann ist alles in Trümmer gegangen: Du hast begonnen, das junge Paar in der Nachbarwohnung zu belauschen, du hast mit dem Mädchen gespielt, dem Jungen zugehört. Malvina, Malcolm. Michele. Maria.

Sie waren vier Infektionsherde.

Du hast dich nicht geschützt.

Als Pietro Saverio ankam, warst du schon infiziert.

Das Warten arbeitete in dir, es brachte dich zurück.

16.

FURIO

Ich wartete auf die Mail von Pietro Saverio, und als ich mir schon fast sicher war, dass sie nicht kommen würde, holte ich ganz hinten aus einer Schublade voller Krimskrams die durchsichtige Mappe mit den sechsunddreißig Briefen von Furio heraus.

Es sind aus einem Heft herausgerissene Seiten, beschrieben mit einer gekritzelten, kaum zu entziffernden Schrift.

Ich zog irgendeinen hervor.

Er war mit dem V markiert, dem Sichtvermerk der Zensur.

Alle unsere Briefe wurden gelesen.

Auf dieses Wissen reagierte ich mit einer detaillierten Beschreibung meiner Gefühle für Furio.

Durch das Schreiben konnte ich sie wiedererkennen, diese vom Bewusstsein der tagtäglichen Gefahr ausgegrenzte Liebe konnte ihr Raum geben, Worte, also ein Dasein.

Ich übertrieb die Stärke meiner sexuellen Leidenschaft, um mich über die Wärter lustig zu machen.

Ich beschrieb Träume, die ich nicht geträumt hatte, säuberte die Erinnerung an unsere Begegnungen von jedem logistischen Detail und legte sie ihm in einer schwülstigen, barocken Prosa vor, die ich mir bei den erotischen Romanen von Anaïs Nin abgeguckt hatte.

Ich erinnere mich nicht mehr, warum ich das tat. Unsere Handlungen lassen sich leicht im Gedächtnis behalten, schwieriger ist es, die Gründe zu rekonstruieren, die uns zu diesen Handlungen veranlasst haben.

Vielleicht gefiel mir der Gedanke an den Neid, den dieses jämmerliche Ausschnüffeln beim Gefängnispersonal wecken würde.

Vielleicht suchte ich eine Art Erregung aus der Distanz.

Ich weiß es nicht, alles verschwimmt im Nebel. Ich wollte vergessen. Und jetzt, da ich versuche, diese Zeit wiederzufinden, die Frau heraufzubeschwören, die ich einmal war, das Umfeld, in dem ich mich bewegte, lässt sich das Vergessen nur schwer lichten.

1979 oder 1980 wagte Fiat, einundsechzig Arbeiter zu entlassen, denen man Gewalttaten in der Fabrik vorwarf (nur fünf waren «unsere» Leute).

Es war im Herbst 1980, als Fiat weitere 14 500 Entlassungen ankündigte.

Der Arbeitskampf, die Streikposten und außerordentlichen Versammlungen dauerten fünfunddreißig Tage.

Die Fabrik wurde besetzt.

Kurz darauf veranstalteten die Abteilungsleiter und Angestellten zusammen mit der schweigenden Mehrheit einer kriegsmüden Stadt den Marsch der Vierzigtausend in Turin, eine Demonstration der Macht, organisiert von den leitenden Managern der Firma, von der fast alle auf die eine oder andere Weise in der Stadt lebten.

Nur sehr wenige Familien hingen nicht vom Lohn oder Gehalt der Fiat-Fabrik oder kleiner Zuliefererbetriebe von Fiat ab.

Ein Jahrzehnt lang, seit 1969, hatte die (vor allem außerparlamentarische) Linke, die die Interessen der Arbeiterklasse vertrat, den Riesen der Maschinenbauindustrie in Schach gehalten. Mit Arbeitskämpfen, durch die sie erstaunliche Ergebnisse erzielte.

1980 begann die Reaktion dann mit ihrer Antwort auf die Aktion.

Durch die Straßen Turins zogen Männer mit Schlips und Jackett, Mantel und Hut.

Noch nie hatte man Menschen demonstrieren sehen, die so gekleidet waren.

Es war die bildliche Darstellung unserer Niederlage.

Alles schien seinen Sinn zu verlieren.

In den Fabriken, in den Randbezirken, den Schlafstädten.

Aus den Brutstätten des Kampfes, die wir bewaffnet hatten, war kein einziges Zeichen des Aufstands gekommen.

Kein reinigendes Feuer war entfacht worden, nur noch wenige von uns blieben zurück, um die Stoppelfelder abzufackeln, oft vom dichten schwarzen Rauch umhüllt, den der Wind uns entgegenblies.

Der Wind hatte sich gedreht.

Vielleicht wehte er auch nur stärker.

Wir waren zunehmend isoliert.

Missverstanden oder als das verstanden, was wir nicht zu sein glaubten. Mörder. (Ich hätte dieses Wort gerne vermieden. Habe ich es geschrieben, um mich davon zu befreien? Ich erlaube mir nicht, es auszuradieren. Und wieder spüre ich es auf mir brennen, als hätte ich meine Strafe nicht verbüßt, als verbüßte ich sie nicht noch immer.)

Bleibt die Tatsache, dass Furio drinnen war.

Und ich war draußen.

1979 wollte man mich desselben Verbrechens anklagen, für das er seine Strafe verbüßte.

Mich warnte einer, den ich X nennen werde, nicht, um seine Identität zu schützen, sondern weil ich mich nicht an seinen Namen erinnere, und diese Gedächtnislücke ist wirklich eigenartig, weil X der Genosse war, der während Furios Abwesenheit die Rolle des Gruppenführers einnahm. Er warnte mich, dass ich jeden Moment von einem Kronzeugen verpfiffen werden konnte (es gab immer mehr, sie waren tickende Zeitbomben); und es ging um dieselbe Anklage, für die Furio eine erste Haftstrafe verbüßte, die dann auf wenige Jahre hinauslief.

Vor die Wahl gestellt, ob ich mich ergeben oder in den Untergrund gehen sollte, hatte ich den Untergrund gewählt.

Darum konnte ich Furio nicht mehr besuchen.

Liebte ich ihn?

Ich liebte ihn, wie man den Helden eines Comics lieben kann. Ein schöner, mutiger Mann ohne Format.

Ein ausgeprägter Kiefer. Eine Faust. Kurze Sprechtexte, etwas phrasenhaft. Dass nichts den Panzer seiner Gewissheiten hatte brüchig machen können, weckte in mir staunende Bewunderung.

Ich schwankte schon seit Langem.

Wäre ich nicht in den Untergrund gegangen, hätte man mich innerhalb weniger Tage verhaftet.

Ich war nicht bereit.

Ich hatte Angst, dass ich in der erzwungenen Trägheit der Gefangenschaft zu viel Zeit haben würde, nachzudenken und Schlussfolgerungen zu ziehen, die ich aus Mangel an Mut nicht akzeptieren konnte.

Diese Entscheidung verzieh ich mir nie, Furio.

Nicht in letzter Konsequenz.

In seiner Haft hätte er mich lieber eingeschlossen gesehen, wie er selbst es war, statt unaufhörlich auf der Flucht.

Aber ich schrieb ihm oft.

Jeden Tag warf ich den Brief in einem anderen Viertel ein. Ich wechselte die Stadt, das Briefpapier. Die Handschrift.

Es gab keine Unterschrift, keinen Absender.

Sooft ich konnte, wechselte ich den Wohnsitz.

Es wurde immer schwieriger, bei anderen unterzukommen, das Geld, um Wohnungen zu mieten, wurde knapp.

Schließlich musste ich die Nacht in Fernverkehrszügen verbringen.

Abends fuhr ich los, kam morgens an.

Und am nächsten Tag bestieg ich einen anderen Zug, immer einen, der abends losfuhr.

Ich war nicht die Einzige, das ertrugen viele von uns, diese besessene und quälend langsame Fahrerei.

Von Norden nach Süden, von Süden nach Norden.

Oft trugen wir Taschen mit Ausweisen bei uns, die wir als Kopfkissen benutzten, manchmal war in der Tasche auch eine Waffe, für die wir kein Versteck fanden.

Ich erinnere mich an den Schlaf, der wie eine Ohnmacht war, in den leeren Abteilen mit den zugezogenen braunen Vorhängen, und das Herz schlug schneller bei jedem Halt, bei jedem Geräusch.

Ich suchte mir langsame, von der Dunkelheit geleerte Züge aus, meine Ziele waren Durchgangsstationen.

Ich stieg in Pavia aus, in Bari, in Triest. Fast immer bei Sonnenaufgang, ich wartete, bis die Bar im Bahnhofsgebäude öffnete, trank meinen Kaffee im Stehen.

Dann suchte ich eine öffentliche Toilette, ein Tagesbad, wie diese Waschgelegenheiten gegen Bezahlung hießen. Ich steckte eine Münze in den Schlitz, die Tür ging auf, ich wusch mir das Gesicht.

Ich kämmte mir die Haare und flocht meinen Zopf, der sich in der Unruhe des unterbrochenen Schlafs gelöst hatte.

Langsam, mit steifen Beinmuskeln, ging ich durch die erwachende Stadt. Wenn jemand mich ansah, legte ich einen Schritt zu, stellte mich auf die Eile der anderen ein.

Alle hatten einen Ort, zu dem sie gehen mussten.

Ich nicht.

Ich musste mich einfach nur verstecken.

Ich musste die Nacht vorübergehen lassen.

Und dann den Tag.

Nicht geschnappt zu werden, nicht gesehen zu werden, das war der Zweck meines Reisens.

Ich war ein bewegliches, aber gut sichtbares Ziel. Wir alle waren das.

Ich wusste, dass sie früher oder später auf mich schießen würden, und dieses Wissen erfüllte meine Tage mit einer quälenden Nostalgie.

Als wäre die Gegenwart schon vergangen.

Und als müsste ich mich daran gewöhnen, in einer Zwischenzeit ohne Zukunft zu leben. Wie eine zum Tode Verurteilte.

Als es geschah, als ich verletzt wurde, es war vielleicht im Herbst 1980 (ich möchte nicht über diesen Tag schreiben, ich will ihn nicht noch einmal durchleben), war es, als erhielte ich die bestätigende Diagnose einer Krankheit, deren Symptome mich seit Monaten verfolgten.

Ich glaubte nicht, dass ich überleben würde.

Doch allen Prognosen zum Trotz hielt ich durch bis zur Genesung, lebendig wie durch ein Wunder. Und wie durch ein Wunder noch immer in Freiheit.

Furio erfuhr im Gefängnis, dass sie auf mich geschossen hatten.

Mich wiederzusehen, wurde zu einer fixen Idee für ihn, wie er mir später sagte.

Er schmiedete fantastische Fluchtpläne.

Wartete auf seine Entlassung, um mich in die Arme zu schließen.

Plötzlich liebte er mich.

Plötzlich liebte ich ihn.

Die einzigen Gefühle, die wir empfinden konnten, waren urwüchsige, schlichte Gefühle. Die Toten beweinen, die Verletzten heiligsprechen, die Verräter hassen, die Gefangenen befreien.

An einem Nachmittag im Frühling 1981 schliefen wir miteinander, zu kurz, um wieder eine Beziehung zu knüpfen, aber lang genug, um ein Menschenwesen zu zeugen.

Weder er noch ich waren imstande, an diese Möglichkeit zu denken.

«Ciao G», so begannen alle Briefe, die ich aus der durchsichtigen Mappe hervorgeholt habe.

Nie «meine Liebe», nie mein ganzer Name: Ciao G.

Die ersten Zeilen enthielten immer schwülstige Loblieder auf die Kämpfe des Proletariats und dunkle Prophezeiungen der Strafen, die erleiden würde, wer sich diesen Kämpfen weiterhin widersetzte.

Als ich noch nicht im Untergrund lebte, verschlang ich diese Briefe gierig und beschwichtigte meine Enttäuschung, wie alle Frauen, die entdecken müssen, dass sie romantischer sind als ihr Mann.

Als ich von dem Gewicht befreit wurde, ich selbst zu sein, erhielt ich gar nichts mehr.

Keine Post zu bekommen, gehörte zu den Spielregeln.

Du existierst für niemanden mehr.

Es gibt dich nicht mehr, nur noch für eine kleine Gruppe Flüchtiger.

War ich eine bewaffnete Kämpferin für den Kommunismus?

War ich die letzte Stafette eines Rennens, das mit dem Widerstand gegen das faschistische Regime in der ersten Hälfte meines, des vergangenen Jahrhunderts begonnen hatte?

War ich eine politische Aktivistin, eine Guerillakämpferin ohne Volk, eine Soldatin?

Kein einziges Etikett gab mich mir selbst zurück.

Ich eignete sie mir alle an, da ich keine Wahl hatte.

Ich versuchte, sie meinen Gesichtszügen anzuheften wie Masken eines traurigen Karnevals.

Damals konnte ich mir nicht vorstellen, wie schwierig es später sein würde, sie mir abzureißen, ohne meine Haut zu verletzen.

Seither lebe ich ohne Schutz: Maria und Michele, das Mädchen, Malcolm und Pietro Saverio konnten nicht wissen, dass es mein rohes Fleisch war, was sie mit ihrem Lächeln, mit ihrer Freundlichkeit berührten. Dass ich beim geringsten Kontakt blutete.

Zerstreut, unabsichtlich haben sie mich der Jetztzeit zurückgegeben, diesen unaufhaltsamen Glockenschlägen, die dich in die wirkliche Welt versetzen.

Sie haben mich in ihre Pläne einbezogen und mich dadurch wieder mit einer Zukunft ausgestattet.

Kaum zeichnet sich die Zukunft am Horizont ab, bricht die Vergangenheit ein, schmutzig, bedrückend, unveränderbar.

Ich habe Furios Briefe nicht gelesen, wie ich es vorhatte.

Ich habe sie in der Hand gehalten.

Sie betrachtet, hier und da einen Satz aufgelesen, zu feige, um der Erzählung weiter zu folgen.

Es war, als würde man bei sich Fieber messen, um Gewissheit über die Genesung zu bekommen, und dann zu entdecken, dass man noch immer krank ist.

Die Erleichterung darüber musste ich zügeln.

Es ist schwer, dieses Paradox der Gefühle zu erklären, aber ich bin froh, froh, dass ich weiter leide.

Das Vergessen, diesen Balsam, den wir in ein Recht verwandeln wollten, kann ich mir selbst offenbar nicht verabreichen.

Die durchsichtige Mappe in Händen zu halten, die seit dem Tag meines Einzugs nicht mehr angefasst wurde, war schmerzhafter als die unbehagliche Rührung, die uns alle angesichts von Fundstücken aus unserer Vergangenheit überfällt.

Alle alten Menschen haben eine lange Reihe Personen

hinter sich, die sie waren, als sie jung, als sie nicht mehr ganz jung und als sie in ihren mittleren Jahren waren.

Eine Galerie von Identitäten, die der Spiegel der Zeit verzerren oder verschönern kann.

Sie lesen alte Briefe wieder, verweilen bei Schwarz-Weiß-Fotos. Reagieren gerührt auf den unleugbaren Beweis, dass auch sie einmal jung waren.

Alle alten Menschen sind ein wenig erschrocken, das heißt, ein wenig erschrocken und ein wenig amüsiert, wenn sie die Ähnlichkeit zwischen ihren abgelegten Ichs entdecken.

Nicht alle haben mit einem so aufdringlichen abgelegten Ich zu tun wie meinem.

Ich habe die Mappe wieder in der Schublade versteckt. Und habe versucht, mir dieses ganze nicht genossene Leben aus dem Kopf zu schlagen.

Den Mann, den ich nicht halten konnte.

Den Sohn, den ich nicht aufziehen konnte.

Die Freundin, die ich verloren habe.

Natürlich ist es mir nicht gelungen.

17.

PIETRO SAVERIO

Dann kam die Mail von Pietro Saverio an.

Ich nenne sie Mail mit ihrem englischen Namen, denn eine Mail ist kein Brief. Man schreibt sie eilig, schickt sie mit einem Tastendruck ab.

Man kann ein Bild, ein Video, ein lächelndes oder zornesrotes Gesichtchen anhängen.

Aus einer Mail kann man machen, was man will. Ein Geständnis, eine Selbstdarstellung, eine Rede, einen verbalen Angriff.

Es bleibt sowieso nichts bestehen.

Nichts von dem, was leicht ist, bleibt bestehen.

Das Bild, das an Pietro Saverios Mail hing, zeigte eine leere Terrasse, wie durch eine elegante Unordnung der Natur von steilen, dunklen Klippen gesäumt, an die mächtige Wellen schlugen und dabei Spitzen aus weißem Schaum in die Luft warfen.

In einer Ecke der Terrasse saß er, Pietro Saverio, Jeans und hellblauer Pullover, in kontemplativer Haltung.

Der Text zählte über fünfzig Zeilen (überbordend, auch schriftlich, der Mann):

Liebe Giovanna, ich hoffe, meine Bitte ist dir nicht unangebracht erschienen. Ist sie dir unangebracht erschienen? Meine Tochter sagt, dass du vor allem erstaunt warst.

Denk nicht, du bist die Einzige, die diesen Gemütszustand bewohnt (das Staunen ist heutzutage fast unauffindbar, es ist ziemlich kostbar), auch ich staune über mich selbst.

Ich bin keiner, der Frauen nachstellt. Michele beschreibt mich als einen alten Schürzenjäger, der ständig um die Aufmerksamkeit der Frauen buhlt.

Das ist kein Versuch eines Porträts, das mir allerdings schmeicheln würde, sondern eine gnadenlose Karikatur. Natürlich bin ich ihm nicht böse. Er ist ein netter Junge.

Und er liebt Maria.

Ich vermute, du kennst die traurige Geschichte. Malvina, meine erste, über alles geliebte Frau, ist im Alter von zweiundvierzig Jahren gestorben, als Maria zwölf war. Tödlicher Bauchspeicheldrüsenkrebs.

Zwölf Jahre ist ein schlimmes Alter, um die Mutter zu verlieren. Keiner versucht mehr, dir das katholische Märchen aufzuschwatzen, dass die Verstorbene in den Himmel aufgestiegen ist und ihr zusammen in den Wolken spielen werdet, aber du hast noch keinen Zugang zu Psychopharmaka. Und du ahnst mit der Klarheit sehr junger Menschen, dass dich niemand mehr mit dieser hartnäckigen Liebe versorgen wird, die Mütter ihren Kindern so selbstverständlich bieten wie alle Säugetiere. Von Malvinas Todestag an, dem 6. April 2004, war ich besessen davon, andauernd zu verhindern, dass Maria unglücklich war. Natürlich habe ich nicht versucht, die Stelle ihrer Mutter ein-

zunehmen (obwohl ich als Vater nicht besonders gut war), aber ich habe sie mit all meinen Kräften geliebt, und ich habe den geliebt, der sie liebte.
Also kann Michele mit Sarkasmus um sich schlagen, so viel er will, ich werde immer die andere Wange hinhalten.
Und mit diesem Gefasel komme ich zum ersten würdigen Grund meines Schreibens: Ich wollte dir danken, Giovanna mit der langen Mähne. Ich weiß alles, was du für diese beiden Leichtsinnigen getan hast. Ich hoffe, du tust es weiterhin. Vom Limbus, wo die guten Menschen weilen, die nie einen Fuß in die Kirche gesetzt haben, sieht Malvina dich und segnet dich.
Das wollte ich dir sagen.
Außerdem gibt es den unwürdigen Grund.
Und das ist meine unersättliche Neugier.
Wer bist du, schweigsame Giovanna?
Wie alle unverbesserlich schwatzhaften Menschen werde ich von den Wortkargen unweigerlich angezogen.
Also werde ich dir drei Fragen stellen.
Was hast du getan, bevor du als freiwillige Erzieherin der Unerziehbaren in die Wohnung meiner Tochter gekommen bist?
Bist du eine Witwe, wie ich, geschieden wie ich oder «Junggesellin», was zu sein ich nie wagen werde?
Wenn du wirklich so alt bist, wie Maria mir verraten hat (Kompliment!), hast du je daran gedacht, dich einer Kur mit pflanzlichen Arzneimitteln zu unterziehen, um deine Lebenserwartung zu verbessern, schön & gesund zu bleiben?
(Ich weiß, die dritte Frage ist rhetorisch, doch wenn du mich nicht zum Teufel jagst, werde ich dir ausführlicher

davon erzählen. Wie Maria dir sicher gesagt hat, bin ich so eine Art Hexenmeister.)

In banger Erwartung eines Zeichens von dir,

Pietro

«In banger Erwartung eines Zeichens von dir.»

Ich hätte ihm mein Zeichen verweigern sollen, das weiß ich jetzt.

Ich hätte meinem Instinkt folgen sollen, ihn von mir abzuschütteln wie ein lästiges Tierchen.

Hätte ich.

Stattdessen beantwortete ich seine Fragen.

Zurückhaltend, aus Berechnung.

Knapp, um den Vorteil, der mir im Verlauf des Weihnachtsessens zugewachsen war, nicht ganz zu verlieren: eine würdevolle Vertrautheit mit dem Schweigen zu beweisen.

pietro.saverio@me.com

Ciao Pietro,

(kopierte ich Furio?)

hier sind die Antworten auf deine Fragen:

1. Ich habe nichts getan und tue weiterhin nichts. Malvina ist keine Arbeit.

2. Ich bin «Junggesellin», weil ich nie gewagt habe zu heiraten.

3. Ich lege keinen Wert darauf, meine Lebenserwartung zu verbessern.

Was die Schönheit betrifft: die der anderen ist für mich mehr als genug.

(Maria, Michele, Malvina und Malcolm sind ein Geschenk des Schicksals. Manchmal verliere ich mich darin, sie einfach nur zu betrachten.)
Ich habe nie recht verstanden, was angebracht ist und was nicht. Darum kann ich es dir nicht sagen.

Alles Gute
Giovanna

Warum habe ich bei meinem Personenstand gelogen? Ich bin geschieden, wie viele.

Nein, ich bin die abgelegte Frau einer gescheiterten Ehe. Von wegen Junggesellin. Warum habe ich geschrieben, ich sei Junggesellin?

Ich habe geflirtet. Auf meine Weise habe ich geflirtet.

Und dann sollte ich noch mehr flirten. Pietro schrieb sofort zurück. Und kopierte mich:

Ciao Giovanna,
also du bist eine reiche Erbin.
Also denkst du, dass es Mut erfordert zu heiraten (du hast recht, beim ersten Mal ist es, als spränge man kopfüber in einen Sumpf. Beim zweiten Mal ist es leichter. Das dritte ist sogar ganz ohne Nebenwirkungen).
Also bist du wirklich ein Einzelstück, wie meine Tochter behauptet. Du hast dein jetziges Alter erreicht (unser Alter), und zehn Jahre jünger zu wirken oder zehn Jahre länger zu leben, interessiert dich überhaupt nicht.
Das ist wirklich schade, denn ich bin Fachmann für zweite und dritte Jugenden (mehr als für zweite und dritte Ehen).
Ich leite ein Labor für angewandte Pflanzenheilkunde im

Dienst der Langlebigkeit und physiologischen Zellregeneration. Ich hätte meine Kenntnisse gerne deiner irdischen Hülle zur Verfügung gestellt.

Du wirst dich fragen: Warum will dieser vermessene Scharlatan seine Antidoten gegen das Gift der Zeit ausgerechnet an mir ausprobieren?

Fragst du dich das?

Frag es dich. Ich werde davon ausgehen, dass du mich gefragt hast, und dir antworten.

Alles Gute

Pietro

Ich habe nicht geantwortet. Doch die Gedanken kehrten zu ihm zurück. Unfreiwillig, häufig.

Ich war verärgert. Und versuchte, die Unausgeglichenheit zu minimieren, die sein Interesse hervorgerufen hatte, egal, wovon es angeregt war, von welcher Berechnung, welchem Spielchen oder welcher notwendigen Eigenwerbung.

(Aber ich bin doch unwichtig, wie kann ich denn das Objekt irgendeiner Marktstrategie sein?)

Ich spürte einen männlichen Blick auf mir, etwas, was ich mit der Trennung von Furio begraben und vor ihm nie gesucht hatte, obwohl ich großzügig mit meinem Körper gewesen war, wie damals üblich, wenn es darum ging, einen heimlichen Pakt mit den Genossen zu besiegeln, indem man Lust austauschte. Die Gewissheit (Hoffnung?), zur Avantgarde eines Heeres zu gehören, das die gegenwärtigen Verhältnisse umstürzen würde, beherrschte mein Leben, bestimmte jede meiner Verhaltensweisen.

Meine Empfindungsfähigkeit, von Sehnsüchten oder fehlenden Sehnsüchten ganz zu schweigen, wurde von einer Reihe höherer Leidenschaften übermannt, die jede Unsicherheit überrollten wie eine Riesenwelle.

Der Klassenkampf (warum lächele ich, wenn ich «der Klassenkampf» schreibe?) würde die Machtverhältnisse umkehren.

Die Fabrikarbeiter würden eine neue Haut, eine neue soziale Stellung und neue Aussichten bekommen. Alles, was ich kannte, würde sich verändern, schnell, gewaltsam. Und ich würde mitgerissen werden wie alle, gereinigt von meiner Erbsünde (der bürgerlichen Familie) und an den Platz gestellt, der der richtige für mich war, den ich mir verdient hatte. Den Arbeitern hörte ich ehrfürchtig zu, mich faszinierte ihre schroffe oder schüchterne Sprechweise mit dialektaler Färbung, die weit ausholenden Gesten, mit denen sie ihre Worte unterstützten, der historische Grund ihres so klaren, so mechanischen Widerstands.

Die Arbeiter würden die Führung übernehmen, dessen war ich mir sicher.

Ich würde daran teilnehmen, sie anfeuern, unterstützen, ihnen folgen.

Die jungen Arbeiter waren keine schlecht gemachten Imitationen der Bürgersöhnchen, mit denen ich aufgewachsen war. Heute dagegen, nach Jahrzehnten der Vereinheitlichung von Andersartigen, sind sie es.

Die jungen Arbeiter waren niemals wirklich jung, die Leichtlebigkeit meiner Schulkameraden hatten sie nicht. Dieses unaufhörliche, spielerische gegenseitige Verspotten. Und sich gegen Mama und Papa auflehnen.

Die Arbeiter waren Männer, auch wenn sie jung waren.

Werde ich einem Menschen, der nichts weiß, der nicht dabei war, der später kam, jemals erklären können, wie wichtig es für mich war, am frühen Morgen im Nebel ins Viertel Sesto San Giovanni zu fahren, vor die Fabriktore von Breda? Die Wollhandschuhe, deren Fingerspitzen ich abschnitt (die Fingerkuppen müssen nackt sein, um immer nur ein Flugblatt vom Stapel zu nehmen, den du im Arm hältst), die warmen Atemwolken, die mir aus dem Mund kamen, wenn ich ein Wort sagte.

Solange ich Worte sagen konnte.

Solange ich meine Stimme erheben konnte.

Dann wurden diese Aktionen der Gegeninformationen gefährlich.

Die Flugblätter gelangten heimlich in die Fabrik, man übergab sie einem Arbeiter, der Genosse war, ließ sie an einem vereinbarten Ort zurück. Solange es irgend möglich war, habe ich die Zeitung verteilt.

Ich musste stark sein, positiv und überzeugend.

Einige blieben stehen, viele gingen weiter, mit gesenktem Kopf, auf das Werkstor zu.

Einige sahen mich, keiner hörte mir zu, außer den fünf oder sechs, die zu den Versammlungen kamen, die boten mir gegen die Kälte trockenen Grappa für den Espresso mit Schuss in kleinen Gläsern an. Er kostete hundert Lire und brannte stundenlang im Magen.

Ich erinnere mich nicht mehr genau an das, was ich sagte, auch nicht an die Reden, die ich hörte. Ich erinnere mich, dass es wichtig war, dort zu sein und dafür der Nacht Zeit abzuluchsen.

Vor allem für mich. Um mich selbst aufzubauen. Aber auch, um mich zu vergessen, um diesen kleinen Turm aus Privilegien umzustürzen, der mich, hätte ich ihm nicht getrotzt, auf die falsche Seite der Geschichte gedrängt hätte.

Ich war fast zwanzig, für mich war es dringend erforderlich, mich in einer Form des Widerstands einzurichten, der weniger eng war als der Stellungskrieg gegen meine Familie.

In meiner Mail an Pietro Saverio hatte ich auf seine Frage nach meiner beruflichen Tätigkeit geantwortet: nichts, ich tue nichts.

Er hatte mich eine reiche Erbin genannt.

Später werde ich herausfinden, dass er mich damit aufstöbern wollte.

Damals dachte ich, ich hätte die Identität verleugnet, die ich mir ausgesucht hatte, und ihn so gezwungen, sich einen Reim auf den Zusammenhang zwischen meiner wirtschaftlichen Situation und der Wohnung im Haus am Fluss zu machen.

Ich dachte, ich hätte mich wegen des Zeitgeistes zensiert, denn heutzutage sind Arbeiter die Hauptfiguren von gar nichts mehr.

Und es ist nicht befriedigend, eine von ihnen zu sein.

Ich schrieb ihm nur, um das zu präzisieren (wenigstens rechtfertigte ich mich so vor mir selbst).

Ciao Pietro.

Ich bin keine reiche Erbin.

Ich bin eine Arbeiterin in Rente.

Alles Gute

Giovanna

Auf meine kurze, aggressiv schlichte Mail folgte ein Schweigen, das endgültig hätte sein können.

Unterdessen brach der Frühling aus.

Die Bäume am Ufer des Tibers bedeckten sich urplötzlich mit neuen Blättern, durch die die Sonnenstrahlen fielen und die Blätter aufleuchten ließen.

So kommt die schöne Jahreszeit in Rom an, ohne Vorwarnung, mit einem Schneetreiben aus Blütenstaub und dem klaren Blau des Himmels mit weißen Wolkenfetzen.

Es wurde mir zur Gewohnheit, nach dem Kindergarten nicht gleich heimzukehren, ich hielt Malvinas kleine Hand in meiner und brachte sie zu einer Grünanlage mit Spielgeräten.

Es gab dort ein umzäuntes Rund voller Sand, eine Art kleiner städtischer Strand, der Malvina besser gefiel als die Rutsche und die Schaukel.

Ich kniete neben ihr und grub Löcher mit der kleinen Schaufel, füllte die Förmchen mit feuchtem Sand und zeigte ihr, wie man sie umgekippt in den Boden drückt.

Diese einfachen, konzentrierten Tätigkeiten nahmen mich völlig gefangen, und der Eifer, mit dem Malvina sie nachahmte, verlieh jeder Minute dieser zwei Stunden im Freien einen Sinn.

Anstößige Gedanken (Pietro, auf eine Mail von ihm warten) blieben am Rand des Bewusstseins.

Schmutzig und verschwitzt kehrten wir kurz vor der Dunkelheit nach Hause zurück.

Ich duschte sie sofort, bevor Michele und Maria zurückkamen. In der schönen Jahreszeit begann das Ritual des Aperitifs unter Freunden in einer Weinbar mit Holztischen draußen auf der Piazza San Cosimato früher und dauerte länger. Ich machte Malvina etwas zu essen.

Manchmal bat sie mich, bei mir zu Abend zu essen, dann trocknete ich ihr die Haare, ließ sie ihren Pyjama anziehen und brachte sie in meine Wohnung.

Wir spielten Restaurant, und wenn Maria klingelte, weil sie uns nicht in ihrer Wohnung gefunden hatte, genoss ich die ansteckende Fröhlichkeit, mit der Malvina ihrer Mutter erzählte, dass sie eine Signora war und ich die Köchin des Königs.

Als ich an einem Freitagabend, es war Anfang Mai, um halb sechs mit Malvina zu «ihnen» zurückkehrte, sah ich eine Reisetasche und einen Rollkoffer vor der Wohnungstür, daneben die Gitarre in ihrem Futteral.

Michele lief nervös zwischen Schlafzimmer und Wohnzimmer hin und her.

Ich wusste, dass er auf eine Tournee ging. Maria schmollte seit Tagen, für sie war jede seiner Reisen ein sträflicher Entzug der Quote an Liebe, auf die sie ein Anrecht zu haben meinte.

An diesem Abend war sie besonders schön, sie trug ein kurzes Kleid, das ich noch nie an ihr gesehen hatte.

Verlegend lächelnd, stellte sie sich vor mich hin.

Manchmal übertrieb sie Gefühlsausdrücke, wie in Zeichentrickfilmen, und benutzte diese Emphase dann als Schutzschild, um den Gemütszustand, den sie selbst hatte präsentieren wollen, nicht voll und ganz zu offenbaren.

Vor meinen Augen nahm sie Malvina auf den Arm, gab ihr hundert Küsschen, muhte und pustete ihr in den Nacken, brachte sie zum Lachen.

Dann setzte sie das Mädchen ab, während Malvina «mehr, mehr!» rief und die Arme ausstreckte, um wieder hochgenommen zu werden.

So machten sie es oft mit ihr, überschütteten sie mit ihrer ganzen Liebe und stimulierten sie damit zu einem Übermaß an Fröhlichkeit, dann wurde sie abgeladen. Schluss, aus. Ende des Spiels.

Ich fand dieses Verhalten ärgerlich, darum nahm ich Malvina an die Hand und sagte:

«Komm, wir nehmen eine tolle Dusche mit Honigseife …»

«Nein», sagte Maria. «Warte. Ich muss dir etwas sagen … das heißt, ich muss dich um einen Riesengefallen bitten, nein, kein Gefallen, es ist mehr, ein Geschenk. Ein Opfer. Sogar ein Risiko. Du wirst denken, wir nutzen dich aus, und das stimmt vielleicht auch, aber du bist so lieb …»

Lieb ist ein Adjektiv, das vor diesem Freitagabend noch nie mit meiner Person verbunden worden war.

In dem Blick, mit dem Maria den Satz begleitete, lag etwas Affektiertes.

Malvina zog an meiner Hand, forderte die Dusche.

Also meine Aufmerksamkeit oder die Aufmerksamkeit ihrer Mutter. Egal ob man sie duschte oder mit Küssen kitzelte, sie war mit allem einverstanden, Hauptsache, man beschäftigte sich mit ihr.

Kinder sind nicht geneigt, ihre eindeutige, kristallklare Egozentrik zu unterdrücken.

Das befreit sie von allen Schlacken.

Darum riechen Kinder angenehm, haben glatte Haut und klare Augen, solange sie klein sind.

Ich ließ mich in Richtung Dusche ziehen, Maria folgte mir.

Während ich Malvinas Körper mit einem Schwamm abrieb, der die Form einer Biene hatte und voller Badeschaum mit Honiggeruch war, sang ich für sie ein Lied von naschhaften Bären und sah mich selbst mit Marias Augen.

Sie schwieg, ein seltener Moment, und beobachtete mich mit einem Lächeln, das von der vorhergehenden Szene auf ihren Lippen übrig geblieben schien.

Als sie die Arme ausstreckte, um sich Malvina überreichen zu lassen und sie mit dem rosa Bademantel abzutrocknen, begegnete sie meinem Blick.

Dann gab sie sich einen Ruck:

«Wenn ich mit Michele nach Macerata fahre und übers Wochenende nicht da bin, würdest du dich um die Kinder kümmern? Du könntest bis Sonntag in unserer Wohnung wohnen. Ich weiß, ich bitte dich um etwas, was man nur von Müttern verlangt … aber ich möchte so wahnsinnig gerne mitfahren. Er spielt im Auditorium der Arena Sferisterio, wer weiß, wann diese Gelegenheit noch einmal kommt. Und ich hab es so satt … ich meine, mir wird richtig übel, wenn ich mir vorstelle, dass ich immer woanders bin, wenn er seine Triumphe feiert!»

Es war Malvina, die sah, dass Maria weinte.

«Mama weint», stellte sie fest, ohne zu dramatisieren, und folgte der Bahn der Tränen mit dem Zeigefinger über Marias Wangen bis hinunter zum Kinn.

«Mama weint nicht, ihre Augen schwitzen ein bisschen, weil es hier drin viel zu warm ist», sagte ich in der Sprache, die ich mit ihr sprach, dann: «Natürlich kann ich am Wochenende bei Malvina bleiben, wenn Malvina einverstanden ist.»

«Malcolm ist auch da …»

«Mögen wir Malcolm?», fragte ich Malvina.

Maria fing an herumzuspringen, dabei schrie sie ihre unbedingte Zustimmung.

Ich war glücklich.

«Wann fahrt ihr?», fragte ich, um meine Begeisterung zu dämpfen.

Sie fuhren sofort.

Es war schon alles bereit.

Offenbar hatten sie meine Einwilligung selbstverständlich vorausgesetzt.

Michele schien verärgert, kurz bevor er die Haustür öffnete, deutete er mit dem Kinn auf mich und fragte Maria:

«Hast du's ihr gesagt?»

Maria schüttelte den Kopf und blickte ihn an wie ein Kind, das erwartet, ausgeschimpft zu werden.

Die Natürlichkeit, mit der sie ihre verletzliche Seite offenbarte, war so verführerisch, dass sie sich in eine Rüstung verwandelte, die nichts und niemand hätte durchbohren können.

«Du wirst schon sehen, dass sie nicht kommen», sagte sie errötend.

Michele drehte sich zu mir um.

«Giovanna, es besteht die Möglichkeit ...»

«Die halbe», unterbrach ihn Maria.

«Die halbe, ganze, was wissen wir denn? Es besteht die Möglichkeit, dass Pietro Saverio und seine Frau hier vorbeikommen. Sie sind heute Morgen mit dem Schiff aus Stromboli in Neapel angekommen, und ihr Flug nach Buenos Aires geht morgen oder Sonntag in Fiumicino ab, ich erinnere mich nicht genau.»

«Morgen, morgen, ich bin ganz sicher, es ist morgen, nicht Sonntag, wenn sie also bis jetzt nicht angerufen haben ...»

«Sie übernachten im Hotel, aber es besteht die Möglichkeit ...»

«Die halbe ...»

Diesmal ignorierte Michele sie und warf mir einen bekümmerten Blick zu.

«Wir verlangen zu viel von dir, stimmt's?»

Ich verbarg meine Verwirrung nicht.

«Weiß Pietro Saverio denn, dass ihr ... nicht da seid?»

Michele sagte Nein, und Maria sagte Ja.

Michele umarmte mich.

Er hatte eine Art, einen zu umarmen, die mich schwindelig machte.

Es war die Geste eines Sohnes, und sie war gleichzeitig väterlich.

Ich konnte nicht umhin, an sein Alter zu denken, dasselbe Alter, in dem das winzige Wesen heute wäre, von dem ich mich im Dunkeln befreit hatte. Denn ich hatte mir verboten, es anzusehen.

Auch, ihm einen Namen zu geben, es an die Brust zu legen.

«Mach dir keine Sorgen», sagte ich mit einer Sanftheit, die mich überraschte. «Mach dir um nichts Sorgen. Denk an dein Konzert. Hals- und Beinbruch.»

«Du bist wirklich etwas Besonderes», sagte Michele, und während er die Fahrstuhltür öffnete, fügte er hinzu: «Ich rufe jetzt Pietro an und sage ihm, dass wir alle abgereist sind. Dann kommt er nicht und geht dir nicht auf den Sack.»

18.

UNVERMEIDLICHE KOMPLIKATIONEN IM LEBEN

Pietro Saverio kam so selbstverständlich und unvermeidlich, wie Blitze selbstverständlich und unvermeidlich fallen. Den ganzen Samstag über spürte ich den Sturm näher kommen.

Das hatte nichts mit Vernunft zu tun.

Die Vernunft sagte mir, dass Michele ihm mitgeteilt hatte, seine innig geliebte Tochter sei abgereist, weshalb es keinen Grund gebe, den Besuch nicht auf einen späteren Zeitpunkt zu verschieben.

Die Vernunft sagte mir, dass sie das Flugzeug nach Buenos Aires bestiegen hatten (das um zehn Uhr morgens abflog, ich hatte es überprüft), wo die Mutter der dritten Frau von Pietro Saverio, die bereits an Parkinson litt, offenbar einen Herzinfarkt erlitten hatte.

Sie konnte sogar schon tot sein.

Nicht dass das etwas ändern würde, doch ich malte mir weiterhin Szenarien aus, die mich nichts angingen.

Ich dachte an ihn, ich dachte an Marias Vater.

Ich dachte an diesen möglichen Besuch mit dem Quantum Schrecken, das sich seit Micheles und Marias Einzug in die Nachbarwohnung immer mit dem Wunsch mischt, wieder in die Welt einzutreten und ihre Weite zu genießen.

Wenigstens eine Zeit lang, einen musikalischen Satz lang.

Ein Allegretto, ein Andante moderato.

Nicht immer die Trompeten des Jüngsten Gerichts.

Ich dachte an Pietro Saverio, während ich mich anschickte, mit Malvina zu spielen, und ich hoffte, er würde nicht kommen, er wäre schon abgeflogen, wie man hätte erwarten können.

Aus einer edlen Verpackung, oben auf einem Schrank versteckt, hatte ich das umstrittenste und am meisten verteufelte der mythischen Geschenke des Großvaters mütterlicherseits geholt. Etwa hundert Bleisoldaten, perfekt bemalt, mit allen Einzelheiten der Uniformen. Ich hatte die Kanonen, die Schützengräben, die Fahnen, die Generäle, die Verletzten und die Tragbahren in Reih und Glied aufgestellt. Es waren originalgetreue Reproduktionen, man konnte damit Zweiter Weltkrieg spielen. Oder sich vorstellen.

Ihn erinnern, wenn man wirklich sehr alt war.

Ich überlegte, wie es ihm einfallen konnte, diese kostbare Sammlung einem kleinen Mädchen zu schenken.

Auf dem Wohnzimmerboden hatte ich eine Decke ausgebreitet, und wir hatten uns einander gegenübergesetzt. Weil Mütter und Kinder fehlten, hatte ich unter die Soldaten, lauter erwachsene Männer, zwei Säckchen Bauernhoftiere gemischt, dem Schloss der Prinzessin Elsa aus «Die Eiskönigin» ein paar Miniaturdamen entnommen und ein neugeborenes Jesuskind aus der Krippe gestohlen. Ich war bereit, eine Geschichte zu ersinnen, und gerade als ich beschloss, aus Aluminiumfolie einen See herzustellen, weil man auch im Krieg manchmal ein Picknick veranstalten muss, klingelte es an der Tür.

Es war vier Uhr nachmittags.

Malcolm war mit seinen Freunden unterwegs.

Malcolm hatte einen Schlüssel.

Ich erhob mich, bat auch Malvina aufzustehen, nahm sie an die Hand und ging die Tür öffnen.

Pietro Saverio, mit einem großen rosa Plastiksack voller Spielzeug und einem Strauß gelber Tulpen.

Malvina zog ihn sofort mit sich, um ihm unser Feldlager zu zeigen.

Ich sah mich allein gelassen, mit den Tulpen in der Hand.

Ich zog mich in die Küche zurück, um die Stiele zu beschneiden, die Blätter zu ordnen. Meine Hand zitterte.

Ich beschloss, Kaffee zu kochen.

Um Zeit zu gewinnen, um diesen Aufruhr widerstreitender Gefühle zu zügeln.

Kurz darauf kam Pietro Saverio in die Küche.

«Du hast mein viel geschmähtes, politisch inkorrektes Geschenk ausgegraben, du bist eine mutige Frau. Mein aufrichtigster, ewiger Dank. Meine Tochter hat mir noch nicht verziehen. Es ist ja nicht gesagt, dass Malvina Polen überfallen wird, wenn sie groß ist, nur weil sie als Dreijährige mit Zinnsoldaten gespielt hat, oder?»

«Nein, tatsächlich nicht», sagte ich und brachte die Blumen ins Wohnzimmer.

«Stell sie nicht in eine Vase. Die Tulpen sind für dich.»

«Danke, aber sie machen sich gut hier.»

Ich wollte nicht unhöflich sein, doch meine Stimme, die Haltung, die Worte, alles ging in diese Richtung.

Malvina kam mir zu Hilfe, sie wollte weiterspielen.

«Aber Großvater ist da, er ist gekommen, um dich zu besuchen. Morgen steigt er in ein riesiges Flugzeug und fliegt so weit weg, dass nicht mal die Träume ihn nachts finden können.»

«Er darf mitspielen», sagte Malvina großzügig, und Pietro Saverio hockte sich zwischen uns beide.

Wir spielten.

Er konnte spielen. Das heißt, er verlangte nicht, die Spielhandlung nach seinen Vorstellungen zu beeinflussen. Er schlug bestimmte familiäre Kombinationen vor, ein Schweinchen, eine Prinzessin und ein General zum Beispiel, dann hörte er sich mit ernster Miene Malvinas Ideen an, was die Figuren sein oder tun sollten. Während des Spiels gewann ich nach und nach meine freundliche Stimme zurück. Die Stimme für Malvina. Die andere, die für den Austausch mit Erwachsenen gerüstet war, hatte sich in die Festung meiner Schüchternheit zurückgezogen.

Aber das war nicht mehr wichtig.

Wir spielten den ganzen Nachmittag lang.

Mit der Ernsthaftigkeit, die das Spielen erfordert, spielten wir als Untergebene, ganz auf die kreative Gnade des Mädchens ausgerichtet, ohne miteinander zu sprechen, ohne auf die Uhr und das Display des Telefons zu blicken.

Malcolms Ankunft brachte uns in die Wirklichkeit zurück.

Er war es, der Pietro Saverio fragte:

«Solltest du heute Morgen nicht nach Buenos Aires fliegen?»

Und Pietro Saverio gab ihm zur Antwort, was ich mir nie vorgestellt hätte.

«Ich habe meine Pläne geändert, junger Mann, ich reise nicht mehr ab, ich habe die schöne Gloria gezwungen, alleine zu fliegen. Heute Morgen habe ich sie schon früh zum Flughafen begleitet, um ihr die Möglichkeit zu lassen, zwischen der Ankündigung meiner Entscheidung und dem Boarding ein halbes Stündchen zu streiten.»

«Warum denn das? Ich meine ... du hattest doch schon das Ticket und das alles, oder?»

Pietro Saverio stand auf, wischte sich nicht vorhandenen Staub von der Hose und sagte:

«Findest du nicht, dass sie zu viel fliegt, die schöne Gloria? Sie schafft es ganz allein, den Himmel über diesem Planeten zu verschmutzen. Entweder man lebt in Argentinien oder in Italien, findest du nicht? Man sollte nicht zwischen den Kontinenten pendeln. Das ist unökologisch, unwirtschaftlich und destabilisierend.»

«Mir scheint, Umweltschutz und solche Sachen waren dir immer völlig egal», sagte Malcolm ohne Groll, «du verreist doch auch andauernd!»

«Stimmt. I don't give a shit! Aber es gibt immer ein erstes Mal, oder? Vielleicht hast du mich mit deinen Fridays for Future sensibilisiert, vielleicht auch nicht. Jedenfalls darfst du die Neuigkeit verkaufen, wenn du willst: In diesem Monat hat mein Großvater die Atmosphäre weniger verschmutzt als sonst. Und ich bin derjenige, der ihn zum Nachdenken über seine Schandtaten gebracht hat. Wenn du das twitterst, gebe ich dir ein Like.»

(Pietro Saverios Konversationsmuster ähnelt dem von Michele und Maria. Ich habe versucht, es wiederzugeben, bin aber nicht sicher, ob mir das gelungen ist. Es ist eine Art anmutiger Barock, der die inbrünstige Anbetung des Todes durch das fahle Licht einer ewigen Jugend ersetzt.)

Pietro Saverio lud uns zum Abendessen ein.

Ich versuchte, mich hinter den Regeln der Betreuung des Kindes zu verstecken, den Zeiten für die Dusche, das Essen, den Schlaf.

Aber Malvina äußerte sofort helle Begeisterung.

Während ich die beruhigende Neuheit einer Erwachsenen darstellte, die sich ihr voll und ganz widmete, verkörperte der Großvater das unerschöpfliche Faszinosum der Regelüberschreitung. Ein Fest aus erlaubten Ordnungswidrigkeiten.

Malvina würde eine riesige Tüte Eis bekommen und «so viele Pommes frites, wie ein dreijähriges Bäuchlein bei sich behalten kann».

Auf Malcolms Pizza würde nicht die kleinste Spur Mozzarella sein, um die Freiheit der Kühe zu schützen.

Ich wagte nicht, mich dieser Feiertagsstimmung länger zu widersetzen.

Ich stimmte zu, musste zustimmen.

Ich bat nur darum, einen Moment in meine Wohnung gehen zu dürfen.

Nervös, so sehr, dass mir die Hände zitterten, flocht ich meine Haare, die ich zum Pferdeschwanz zusammengebunden hatte, sprühte mir Parfüm auf die Handgelenke und stellte fest, wie viele neue kleine Falten meine trockenen Lippen umringten.

Aus welchem Grund auch immer Pietro Saverio sich für mich interessierte, es hatte nichts mit meiner Schönheit zu tun.

Deine Schönheit gibt es nicht mehr, sagte ich mir, und beschloss, keine frische Bluse anzuziehen.

In der Trattoria Roma Sparita waren draußen alle Tische besetzt, aber Pietro Saverio ließ für uns vier einen Tisch auf der Piazza Santa Cecilia aufstellen, genau vor dem Gartenrechteck gegenüber der weißen Fassade der Basilika, in der ich bei meinen regulären Freigängen oftmals haltgemacht hatte, um die Religion herauszufordern, damit sie mich in meiner extremen Müdigkeit aufnahm und mir eine mögliche Vergebung vorgaukelte.

Wir saßen außerhalb der Grundfläche, über die das Restaurant verfügen durfte, genau gegenüber der Kirche, als hätte die christliche Märtyrerin, der sie geweiht war, uns zum Abendessen eingeladen. Pietro Saverio hatte erreicht, was er wollte, indem er erst eine Kellnerin umgarnte und dann den Besitzer anschnauzte, der die Kellnerin anschnauzte.

«Wenn die Polizei kommt, zahlen Sie das Bußgeld.»

«Wenn die Polizei kommt, erkläre ich mich für schuldig und enthebe Sie jedweder Verantwortung.»

Auf der Piazza durfte nicht geparkt werden, also war sie leer, eine leicht konkave Fläche, eine mit Würfeln aus poliertem und von Feuchtigkeit glänzendem Porphyr gepflasterte Mulde unter einem schwarzen Himmel, den der Vollmond samtig erscheinen ließ.

Von diesem Abendessen kann ich nicht erzählen, es ist, als hätte ich im Drogenrausch daran teilgenommen und hätte jetzt, wo ich nüchtern bin, was nötig ist, wenn man schreiben will, große Mühe, seine Bedeutung zu rekonstruieren. Meine Erinnerung besteht aus zusammenhanglosen Bruchstücken.

Aus Gefühlen, die mir haften geblieben sind.

Ich beim Abendessen in einem Restaurant, im Freien, wie im Urlaub.

Ich zusammen mit einem Mann, einem kleinen Mädchen und einem Jugendlichen.

Anständige Leute, eine Familie.

Ich erinnere mich an den Wein der Castelli Romani und an Pietro Saverio, der ihn probiert und ablehnt und sich eine Flasche Fiano di Avellino bringen lässt.

Ich erinnere mich, dass ich dankbar trank, aber langsam.

Ich erinnere mich, dass ich lächelte, ohne es beschlossen zu haben.

Ich erinnere mich, dass Pietro Saverio die Geschichte der heiligen Cecilia erzählte.

«Sie lebte genau hier.»

«In der Kirche?» (Malvina, sprühend vor Neugier auf Märchen.)

«Nicht drinnen, darunter, die Kirche hat der Papst erbauen lassen, damit sie in allen Jahrhunderten nach dem ihren glücklich ist.»

«Warum?»

«Das werde ich dir jetzt erzählen. Cecilia war ein Mädchen aus guter Familie, und sie war dem adeligen Valerio versprochen, obwohl sie nicht heiraten wollte, weil sie ja eine Heilige sein wollte. Natürlich durften Mädchen damals gar nichts entscheiden, darum heirateten die beiden, wie ihre Eltern beschlossen hatten. Doch in der Hochzeitsnacht erklärt Cecilia ihrem Valerio, dass sie nicht seine Frau sein kann, weil sie heilig ist, aber statt wütend zu sein, wird er heilig wie sie und bekehrt auch seinen Bruder zur Heiligkeit. Also gehen die beiden Brüder, statt mit ihren Reichtümern Adelige zu sein, von dem Tag an durch die Straßen, um die Körper aller Christen aufzusammeln, die umgebracht und von der Polizei einfach tot liegen gelassen wurden. Sie nehmen die Toten mit und beerdigen sie, aber der Präfekt hatte verboten, Christen zu beerdigen, darum lässt er Valerio und seinen Bruder verhaften und verurteilt sie zum Tode durch Enthaupten. Cecilia beweint Valerios abgetrennten Kopf und wird ebenfalls verhaftet. Man verurteilt sie zum Tod. Sie wird in ihre eigene Badewanne gelegt, und man lässt Dämpfe aufsteigen, die sie ersticken sollen. Aber sie stirbt nicht. Also schneiden sie ihr den Kopf ab. Aber auch so stirbt Cecilia nicht.»

Malvinas Fragen: Warum stirbt sie nicht? Weil sie Gott gefällt. Und was macht sie danach? Sie ist eine Heilige. Und was machen Heilige? Sie bewirken Wunder. Was sind Wunder? Zauberei. Dann war sie also eine Fee. Ja, aber viel netter.

Nach dem Abendessen, bei dem er fast andauernd gesprochen hatte und fast ausschließlich mit Malvina, erwartete ich, dass er gehen würde.

Ich hatte ihn genau beobachtet, und mir war, als sähe ich hinter dem makellosen Vorhang seiner pädagogisch guten Laune den gerade erst verebbten Lärm einer Schlacht.

Ich vermutete, er hatte mit seiner argentinischen Frau gestritten, die noch nicht einmal vierzig war.

Er wirkte müde.

Es muss mühsam sein, dachte ich, so lange jung zu bleiben.

So beharrlich am eigenen Glück zu arbeiten.

Unaufhörlich zu reden, die Versuchung des Schweigens zurückzudrängen.

Sich nie mit der Zeit auseinanderzusetzen, die man noch zu leben hat.

Sie durchs Reisen zu vervielfachen und dann mit ununterbrochenem Gerede zu vergeuden.

Er begleitete uns bis nach Hause, Arm in Arm mit mir,

als wäre es das Natürlichste der Welt. Ich dachte, er würde sich von uns verabschieden, ein Taxi rufen und ins Hotel Locarno fahren.

Stattdessen ging er mit uns hinauf.

Auf dem Treppenabsatz betrachtete er beide Türen, meine und die seiner Tochter, als müsste er entscheiden, wo er seinen nicht besonders großen, nervösen Männerkörper hinbringen sollte.

Malvina war auf Malcolms Rücken eingeschlafen, ihr Kopf baumelte hin und her.

«Bringen wir dieses Fräulein ins Bett», sagte Pietro Saverio, und ich öffnete die Tür.

Ich bereitete sie für die Nacht vor, bewegte vorsichtig ihre Arme und Beine, um den Frieden dieses vollkommenen Schlafs nicht zu stören. Ich wäre gerne neben ihr verschwunden, nachdem ich ihr die Nachtwindel, die für alle Fälle, angelegt und ihre verschwitzten Haare geküsst hatte, nachdem ich ihre Bettdecke aufgeschlagen und den Plüschwolf, mit dem sie einschlief, auf ihr Kopfkissen gelegt hatte.

Ich sah, wie ihre Hand im Schlaf zuckte, um ihn an sich zu ziehen.

Ich hörte Malcolm hereinkommen.

Ich dachte, dass er ein Recht auf ein eigenes Zimmer hatte. Das hatte ich schon öfter gedacht.

Ich sah, wie er sich im Pyjama auf sein Bett warf, sein iPad nahm, das Licht anmachte. Bevor er unter seinem kabellosen Kopfhörer für jedes Geräusch verschwand, sagte ich ihm Gute Nacht.

Dann ging ich, denn es gab nichts mehr, was meine Anwesenheit im Kinderzimmer rechtfertigen konnte.

Pietro Saverio saß im Wohnzimmer. Er hatte sich die Schuhe ausgezogen und ein Glas Whisky eingeschenkt.

Ich verharrte auf der Türschwelle. Er bemerkte meine Anwesenheit nicht sofort.

«Wenn du hierbleibst, um bei den Kindern zu schlafen, beziehe ich dir ein Bett und gehe in meine Wohnung.»

Er sah mich durchdringend an, sein Blick war so neugierig, dass er an Ungezogenheit grenzte.

Das Schweigen dauerte einen Augenblick länger, als normal gewesen wäre.

Dann nahm er seine Brille ab, rieb sich die Augen und sagte:

«Wenn es kein Problem für dich ist, fahre ich zurück ins Hotel. Da ist mein Gepäck … außerdem bin ich kein verlässlicher Babysitter für die Nacht, mein Schlaf ist ein Xanax-Schlaf, Malvina müsste mit Kanonen schießen, um mich zu wecken.»

«Ich verstehe», sagte ich, ohne zu wissen, was ich in diesem Moment verstand. Vielleicht nur, dass meine Verlegenheit unüberwindbar war, wie immer. Dass ich dieses Gefühl von Unzulänglichkeit hatte, mein Gefährte, seit ich denken kann. Seit ich zum ersten Mal das Ich vom Nicht-Ich unterschieden und mich über dieses Nicht-Ich zu Tode erschreckt hatte.

«Dann gute Nacht», sagte ich.

Er klopfte mit der flachen Hand auf das Sofakissen.

«Komm her, wir plaudern ein bisschen.»

Ich blieb stehen.

«Ich kann das nicht.»

Er warf lachend den Kopf zurück, als hätte ich vor einem großen Publikum eine Bemerkung von unwiderstehlicher Komik gemacht.

«Wenn du dich setzt, bringe ich es dir bei.»

Ich setzte mich, weil das in diesem Moment die selbstverständlichste Reaktion war und darum weniger Anstrengung erforderte. Ich setzte mich nicht auf das Kissen, das er mir gezeigt hatte, neben seinem. Sondern auf den Sessel. Mit Abstand.

«Für dich bin ich ein gewaltiger Kackstiefel?»

«Ich glaube, ich weiß nicht genau, was ein Kackstiefel ist.»

«Ein in verschiedener Hinsicht lästiges Individuum. Es kann ein hyperkritischer, jähzorniger, pedantischer, passiv-aggressiver, ein lahmarschiger, weinerlicher, eitler oder krankhaft geschwätziger Mensch sein. Oder einfach einer, der dir seine Gesellschaft aufzwingt. Wie ich heute Abend.»

«Ich verstehe», sagte ich und stand auf. Ich fühlte seinen Blick auf mir, während ich Licht in der Küche machte, den Kühlschrank öffnete, Eis holte, mir ein Glas nahm, den Kühlschrank schloss, ins Wohnzimmer zurückging und eine ordentliche Portion Whisky in mein Glas goss.

Ich deutete ein Zuprosten an.

«Entschuldige, ich bin wirklich ein Prolet. Was ein Prolet ist, weißt du?»

«Einer, der allein trinkt.»

«Sehr gut. Darf ich dich fragen, woher du kommst?»

«Warum willst du das wissen?»

«Nur so, du hast etwas Fremdländisches an dir, als wäre Italienisch deine Zweitsprache.»

«Weil ich nicht weiß, was ein Kackstiefel ist?»

Er füllte mein Glas noch etwas mehr.

Er seufzte, und es war wie der Wechsel in ein anderes Register.

«Ich habe mich mit meiner Frau gestritten. Ohne irgendeinen guten Grund. Overacting, vermute ich. Sie schauspielerte zu sehr. Dass wir uns recht verstehen, ich habe absolut nichts dagegen, wenn es vereinbart ist. Unsere ganze Ehe basiert auf einem vereinbarten Drehbuch. Ich bin der alte Jäger, der es müde ist, müde vom Leben zu sein, und sie die anmutige Gazelle, die um ihn herumtanzt. Spiel ruhig deine Rolle, liebe Gloria, aber nicht dann, wenn du allein es beschließt. Nicht, wenn ich dein Publikum bin und du die Bühne als Solistin beherrschst. Mute mir nicht wieder den Monolog von den seelischen Qualen zu, weil deine Mutter krank ist, die du schon als Kind verachtet hast. Eine gefühllose, eitle Frau, vom Geld besessen ...»

Er brachte noch ein paar Klischees über die sterbende Schwiegermutter.

Ich hörte ihm zu, aber ich hörte ihn nicht.

Sie war zu bedrängend in ihrer absoluten Neuheit, die Situation, die ich hier erlebte.

Ein Mann und ich, abends in einem Wohnzimmer, Hochprozentiges in den Gläsern, unsere kleinen Schlucke, seine Worte, mein Zuhören.

«... in gewisser Weise ist es ihre Schuld», sagte er gerade. «Ich meine, wir sind gestern Mittag in Rom angekommen. Ich wollte hierher. Ich wollte den Tag mit Malvina verbringen, meine Tochter sehen ... Und dich wiedersehen. Ich wollte dir das Geschenk bringen, das ich dir noch nicht gegeben habe, es ist in dem rosa Sack mit den Spielzeugen ... Sie wollte shoppen, eine Tätigkeit, die ihr wie auf den Leib geschneidert ist und die von der Insel, auf die ich mich zurückgezogen habe, nicht gerade ermutigt wird, vor allem im Winter nicht. Wie immer wollte sie, dass ich mit ihr einkaufen gehe. Sie kauft gerne zu zweit ein, das gehört zum Ritual Papa – kleines Mädchen. Immer wenn ich die Kreditkarte durchziehe, bekomme ich einen öffentlichen Kuss, dessen Intensität sich proportional zum guten Aussehen der anwesenden Verkäuferin steigert. Ich habe sie zufriedengestellt. Sie hat eingekauft, ich habe bezahlt, sie hat mich geküsst. Abends hat sie mich gebeten, einen Tisch in einem Restaurant vorzubestellen, wo wir vor drei Jahren am Vorabend unserer Hochzeit gegessen haben. Also kann ich nicht mit meiner Tochter essen, habe ich gesagt. Du wirst mit deiner Tochter essen, wenn wir zurückkommen. Deine Tochter läuft dir ja nicht weg. Meine Mutter aber liegt im Sterben. Du musst wissen, dass Maria Gloria hasst und Gloria es ihr mit derselben Hingabe zurückzahlt.»

Ich gähnte.

Eine unüberlegte, nervöse Reaktion, die ihn zu verletzen schien.

«Ich langweile dich.»

Das war keine Frage, trotzdem schüttelte ich den Kopf.

«Du hast recht», fuhr er fort und bekam wieder Aufwind, «die Probleme der anderen sind langweilig, wenn sie nichts mit deinen eigenen zu tun haben. Und du scheinst mir gut geschützt vor den Kollateralschäden von Liebschaften. Du hast keine Kinder, hast nie geheiratet, hast keinen Partner oder eine Partnerin ...»

Ich sagte nichts, und das schien ihn zum Verstummen zu bringen. Er sah mich mit einem vage fragenden Lächeln an, wie ein Mathematiker, der komplizierte Probleme so sehr liebt, dass er keine Eile hat, die Lösung zu finden.

Er saß dort, analysierte mich in aller Ruhe und genoss das Rätsel.

In der Stille, die sich zwischen uns in einem unerträglichen Ausmaß verlängerte, spürte ich die Angst wieder auftauchen.

Die Angst, erkannt und beurteilt zu werden. Oder sogar vor eines dieser modernen Strafgerichte der sozialen Medien gezerrt zu werden, die immer auf der Jagd nach Leuten sind, die sie hassen können.

Die Angst vor der öffentlichen Verachtung ist ein sehr unangenehmes Gefühl, und sie geht weit über den Anlass hinaus, der sie hervorgerufen hat.

Ich hätte das ermutigende Lächeln entschlüsseln sollen, mit dem Pietro Saverio auf die Fortsetzung unseres Gesprächs wartete.

Ich hätte aufstehen und ins Bett gehen sollen.

Stattdessen dachte ich, ich müsse sprechen und sprach.

Barsch.

«Ist es so unglaubwürdig, sich selbst zu genügen? Warum denkt ihr alle, allein zu leben sei eine Art exzentrisches Laster?»

«Alle wer?»

Wieder hatte ich ihn beleidigt, wahrscheinlich hatte er sein ganzes Leben auf der Überzeugung aufgebaut, einzigartig zu sein. Anders als alle. Unvergleichlich.

Und ich hatte ihn in eine Mehrheit einbezogen.

Du, wie alle anderen.

Tat es mir leid?

Vielleicht. Wollte ich es wiedergutmachen oder das Gespräch beenden? Wollte ich diesen ungewollten Abend abschließen, oder wollte ich das vage amüsierte Lächeln aus Pietro Saverios Gesicht beseitigen?

Ich befahl mir, ein gleichberechtigtes Spiel zu versuchen (der Whisky zeigte seine Wirkung), und fertigte ebenfalls einen eleganten Satz an, während ich mir eine weitere Dosis Glen Grant ins Glas goss.

«Alle wer? Das Rudel der Menschen. Die arrogante Mehrheit. Die Familien.»

In Gedanken woanders, fragte Pietro Saverio:

«Welchen Beruf hatte dein Vater?»

«Warum fragst du?»

«Ich giere nach Informationen über dich.»

«Warum?»

«Weil du verschwiegen bist. Und uns, die arrogante Mehrheit, reizt das.»

Genau in diesem Moment hätte ich begreifen müssen, dass er einen Plan verfolgte, und hätte mich entziehen müssen, wie ich es später, zu spät und auf die falsche Weise, getan habe.

Ich hätte mich empfehlen, den Tag für beendet erklären müssen.

Aber das konnte ich nicht.

Man ist nie wirklich vor seinen Illusionen geschützt.

«Welchen Beruf hatte denn dein Vater?», fragte ich, um das Gespräch auf ihn zu lenken.

«Apotheker in der Provinz, erst mit einer Apotheke, dann mit zweien, dann dreien, in drei verschiedenen Ortschaften. Im Piemont, in den oberen Langhe. Er liebte vor allem das Geld, meine Mutter sehr, meine Schwester zur Genüge. Mich hat er nie geliebt.»

«Trotzdem bist du im Geschäft geblieben.»

«O nein, o nein, meine Liebe, das nun wirklich nicht! Ich habe dem Geschäft, diesem kleinen Markt tödlicher Chemiewaffen, eine revolutionäre Wende verpasst. Ich habe das Geld benutzt – das ich weit weniger liebte als er –, um Forschung zu betreiben, ich habe mit Pflanzen gearbeitet, mit Wurzeln, mit Wirkstoffen, du wirst sehen ... ich gehe dein Geschenk holen.»

Er stand auf, ging ins Kinderzimmer und kam mit einer gläsernen Ampulle zurück, die mit einer gelblichen Flüssigkeit gefüllt war.

«Danke», sagte ich, «was ist das?»

«Nimm jeden Abend einen Löffel davon. Vorm Schlafengehen. Wenn die Flasche leer ist, sag mir Bescheid, dann lasse ich dir eine neue zubereiten.»

Ich werde hier nicht wiedergeben, was er von den segensreichen Wirkungen dieses völlig neuen Elixiers erzählte, das meinem von Alterstrockenheit gequälten Körper bis in tiefe Schichten wieder Feuchtigkeit zuführen würde.

Ich solle natürlich viel trinken, aber das genüge nicht. Es gebe bestimmte Schritte, die jeden Tag vorschriftsgemäß auszuführen seien, um die Bürde der Zeit leichter zu machen, um sie dem guten Willen des Einzelnen zu unterwerfen, dem Rat der Experten, der Gegenvernunft, die es ablehnt, dass wir dazu verdammt sind, zu verwelken, zu enden, zu resignieren.

Es gebe zehn Stufen, die man hinaufsteigen müsse, um sich der Rettung zu nähern, um die Grenze zu überschreiten. Nicht so sehr, um sie zu verschieben, eher um ihre Funktion zu bestreiten. Die einzige akzeptable Grenze sei die, die uns herausfordert, sie zu überschreiten.

Und die Grenze sei nicht wie der Horizont, sie verschiebe sich nicht durch einen veränderten Blickwinkel.

Hat man sie einmal überschritten, bleibt sie hinter einem. Und man hat gewonnen.

Ich versuche nicht einmal, diese nächtliche Rede meinen Erinnerungen ohne Ziel, ohne Adressaten zu übergeben.

Ich war gebannt von seinem Feuer. Und verstört von der unterschwelligen Botschaft.

Er sagte, ich sei auserwählt worden.

Die Wissenschaft wolle in mich investieren.

Weil ich alt sei, natürlich, aber ich sei auserwählt.

Als Versuchskaninchen oder als Zeugin, da bestehe kein Unterschied.

Ich fragte ihn nicht, ob er den magischen Trank schon an einer anderen alten Jungfer ausprobiert hatte.

Ich fragte gar nichts.

Als die Flasche Whisky leer war, sagte er:

«Der entscheidende Faktor sind deine Haare. Sie sind kräftig und dicht, sie sind noch nicht trocken und brüchig. Deine Haare sind jünger als du. Ein alter Körper muss ein Detail aufweisen, das nicht in den Rahmen seines Alters passt, eine partielle Befreiung von der Vergreisung, damit er in Betracht kommt. Damit die Kur wirksam sein kann. Egal, was ... straffe Beine, ein Busen, der nicht schlaff ist, noch immer elastische Haut. Oder Haare wie deine. Dann lohnt es sich, alles zu unternehmen, um die Schäden abzumildern, um eine dritte Jugend zu erreichen. Weißt du, wie Michele und Maria dich nennen?»

«Weißmähne», sagte ich lächelnd. Und bestärkt durch dieses Lächeln fügte ich hinzu:

«Aber wenn du nichts dagegen hast, gehe ich jetzt schlafen.»

19.

DAS LASTER DES FLIEHENS

Ich habe aufgehört zu schreiben.

Ich bin nach draußen gegangen, ich war es leid, still zu sitzen, ans Kopfende des Bettes gelehnt, das Kissen auf den Beinen und das Heft auf dem Kissen.

Mein Körper war steif.

Und erhitzt. Die letzte, langsam abnehmende Wucht eines glühend heißen Augusts drückte gegen die angelehnten Fensterläden. Ich habe den Staub beobachtet, der zwischen den Sonnenstreifen aufwirbelte und sich auf den ärmlichen Möbeln des Zimmers Nr. 21 niederließ.

Ich spürte, wie sich der Schweiß auf meiner Kopfhaut bildete.

Ich bin aufgestanden.

Leicht schwankend.

Manchmal ist Schreiben wie Schlamm schaufeln, wie Gräben ausheben. Eine körperliche Anstrengung.

Du schreibst, um dich zu befreien, und landest in einem neuen Gefängnis.

Einem immateriellen.

Du suchst nach Worten, du musst sie suchen, es ist die

Abwesenheit von Gesprächspartnern, die dich dazu verdammt, Adjektive auszuwählen, eine vollkommene Form für dein Gespräch anzustreben, als müsste es ewig dauern.

Immer wieder sagst du dir, dass du nur mit dem einen Ziel schreibst, mögliche Gefühle ad acta zu legen.

Sie tot zur Welt zu bringen.

Du sagst dir, dass du für dich schreibst, nur für dich.

Aber bist du sicher, dass es so ist?

Nach dem Abend mit Pietro Saverio hast du dich wochenlang mit deinen kurzen, kostbaren Mails gebrüstet.

In seinen Antworten zügelte er das Ungestüm des Schwätzers mithilfe unbeholfener japanischer Kurzformen.

Kleine Haiku-Gewächse über den glücklichen Tod.

Über das unvermeidliche Alter. Über die ungeschliffene Jugend.

Du hast sie gelesen.

Hast ihn gelobt.

Das hättest du nicht tun müssen.

Warum hast du es getan?

Es gibt keinen unschuldigen Briefwechsel.

Auch nicht, wenn du das Gewicht des Papiers durch die Leichtigkeit eines Bildschirms ersetzt.

Es hätte genügt, nicht zu antworten.

Und du hast geantwortet.

Als ich in den Eingangsbereich des Hotels kam, war niemand an der Rezeption.

Der Geruch nach Kaffee führte mich zur kleinen Frühstückscafeteria. Fünf Tische, kein Gast. Der Zwieback, immer zwei Scheiben in einer Packung, die Portionsgläschen Marmelade, die nach Phenolsäure schmeckte, die H-Milch.

Ich aß, weil ich musste, und fand mich auf der Straße wieder.

Die Sonne war schon um zehn Uhr morgens kochend heiß.

Die Rollläden der Geschäfte noch immer wegen der Ferien geschlossen.

Nackte Beine, Sandalen, eilig erworbene Sonnenbräune, verbrannte Gesichter, schon wieder mürrisch, nach der Rückkehr aus den zu kurzen Ferien. Und über allem die konsequente Schäbigkeit der Stadtrandbezirke.

In Vierteln wie diesem versteckte ich mich, wenn ich mich verstecken musste.

Dankbar für die Hässlichkeit der Häuser, die Größe der Dreckflecken auf den Gegensprechanlagen, die von Bewohnern wimmelnden Mietskasernen, die Abgase der Autos in der Schlange vor den Ampeln.

Da, wo die Mehrheit lebt, wo es keine Schönheit und kein offensichtliches Privileg gibt, da kann man leichter verschwinden.

Und wir verschwanden mit System.

Die materiellen Bedingungen des täglichen Überlebens waren große Einkäufe im Supermarkt, damit man nicht zu oft hingehen musste, streng geregelte Abläufe, mit denen die Vorräte in etwas verwandelt wurden, was man essen konnte, minimale Überlebenshygiene, Betten, die Schlaf garantierten.

Die Wohnung war immer ruhig und schlicht, geprägt von einer ungeplanten Nachlässigkeit.

Die ganze Anspannung war draußen.

Nur das Draußen zählte, dort tobten sich die Leidenschaften aus, das Drinnen musste beschützen, verbergen, bewahren. Manchmal heilen, wenn ein Körper beschädigt wurde.

Oder wenn jemand wegen der Anspannung erkrankte.

Draußen spielte man das, was der ewige Kampf zwischen Gut und Böse hätte sein sollen.

Wie in einem Kinderbuch.

Der Wechsel zwischen Angriffen und Rückzügen gab den Takt eines intermittierenden Friedens vor. Die Notwendigkeit, sich einen Zufluchtsort zu schaffen, machte diese billigen Wohnungen zu Klosterzellen, wo ein zeitweiliger Seelenfrieden schon dadurch garantiert war, dass man keine Ansprüche mehr hatte, wie in einer langjährigen Ehe.

(Ich sollte die Fakten aneinanderreihen. Das würde mir jetzt nützen.

Aber es ist nicht möglich, Fakten aneinanderzureihen.

Fakten sind nicht steril, sie sind schon verzerrt, wenn du sie dir ins Gedächtnis rufst, ein Teil von dir, der in den Jahren des Leidens gereift ist, hat sie beurteilt und entstellt. So wird alles zur Rekonstruktion eines Schmerzes oder vielleicht eines verpassten Glücks, da ist kein großer Unterschied.)

In den letzten Monaten, als Geld und Schutz bereits knapp waren, konnte es dir passieren, dass du mit sechs anderen Menschen in zwei Zimmern wohntest. Es konnte dir passieren, dass du viele Nächte auf einem Sofa schlafen musstest, dessen kaputte Sprungfeder sich in deinen Rücken bohrte. Keinerlei Schonung für Frauen.

In diesen improvisierten Wohngemeinschaften

herrschte eine saloppe Gleichheit. Mir war es recht, nicht rücksichtsvoll behandelt zu werden.

In gewisser Weise half mir die Härte dieser Lebensumstände, das Trauma zu überwinden, das für mich immer mit allen Aktionen verbunden war.

Es quälte mich, Leid zuzufügen. Weil ich als Erste litt, bildete ich mir ein, die Rechnung damit auszugleichen.

Immerhin riskierte auch ich mein Leben.

Und ich lebte schlecht. Auch ich.

(Ich frage mich, ob es dieses Bedürfnis nach Entbehrung war, was mich dazu gebracht hat, das Haus am Fluss zu verlassen.)

Als ich ins Hotel zurückkam, saß eine junge Rumänin mit senfgelb gefärbten Haaren und einem violetten Bluterguss unter dem linken Auge an der Rezeption.

«Abreise ist vor elf», sagte sie, auf einen Computerbildschirm starrend.

«Nein, ich bleibe noch ein paar Tage», sagte ich. «Ist das Zimmer frei?»

Die Rumänin starrte weiter auf den Computer, dann nickte sie.

«Wie viele Tage?», fragte sie mit einem unfreundlichen Blick auf mich.

«Ich weiß es nicht», sagte ich, der gegenseitigen Antipathie nachgebend, «wo ist das Problem, wenn das Zimmer frei ist?»

Ich wartete die Antwort nicht ab und ging hinauf in den zweiten Stock.

Lief über den verschossenen roten Läufer, eine Erinnerung an vergangene Eleganz.

Warf mich aufs Bett, versuchte zu schlafen.

Aber das Bild von Malvina, die allein in dem Zimmer mit den blauen Schmetterlingen aufwacht und mich sucht, ging mir nicht aus dem Kopf. Malvina barfuß, das Gesichtchen unter ihren Haaren versteckt, die auf die Terrasse geht, um nach mir zu rufen, Malvina, die ihren Großvater fragt, warum ich weggegangen bin … das ist ein Film, den ich nicht sehen will und der sich in meinem Geist boshaft, pausenlos wiederholt, seit ich nach Rom zurückgekehrt bin.

Er endet und beginnt wieder von vorn, wie eine Folter.

Ich bin aufgestanden, habe mich zu einer Dusche gezwungen, mich angezogen und bin wieder rausgegangen.

Es war ein spontaner Entschluss.

Entstanden aus dem Bedürfnis, Malvina wenigstens ein greifbares Zeichen meiner Zuneigung zu hinterlassen.

Die Vorstellung, dass sie mein Verschwinden als Verrat empfindet, ertrage ich nicht.

Ich weiß, dass ein Geschenk nichts nützt, Kinder sind anspruchsvoller, lassen sich nicht abfinden. Aber was weiß ich schon darüber, wie Kinder sind?

Ich fand einen offenen Kiosk und kaufte ein Heftchen über Feen, eine Tüte mit Luftballons und ein Seifenblasenset.

Ich hielt ein Taxi an und ließ mich zu meiner Wohnung bringen.

Eine zu große Ausgabe für mein mageres Budget, aber ich hatte es eilig. Außerdem, ja, warum leugnen, ich dachte, dass ich nicht lange genug leben würde, um meinen kleinen Ersparnissen einen Sinn zu geben.

Michele und Maria kommen morgen zurück. Oder übermorgen, aber morgen ist schon ein Tag mit Risiko.

Ich hätte Malvina Anfang September nach Rom zurückbringen sollen, aber Pietro Saverio hat den beiden sicher von meiner Flucht berichtet.

Er selbst wird Malvina nach Rom zurückbringen, oder sie werden sie abholen. Ich bin nützlich, ja gut, ich war nützlich, aber ich bin nicht unentbehrlich geworden.

Auf jeden Fall will ich diese Geschenke für Malvina dalassen.

Und das ist der einzige Gedanke, den ich zu einer klaren Abfolge von Handlungen machen kann.

Ich werde heimlich in das noch verlassene Haus gehen, die Ferien wohlhabender Leute sind länger als die der Armen.

Ich werde ein letztes Mal das Haus am Fluss sehen, das mein langsames Abdriften beschützt und perfektioniert hat. Ich werde die Haustür mit meinem Schlüssel öffnen und dann die Tür der Wohnung von Maria und Michele mit dem Schlüssel, den sie mir anvertraut haben.

Die Geschenke werde ich auf Malvinas Bett legen.

Ihren Schlüssel auf das Klavier.

Den Schlüssel, den sie mir gegeben haben, geschmückt mit einer rosa Schleife, den Schlüssel, den ich zurückerstatten will.

Dann werde ich in meine Wohnung gehen.

Ich werde nichts anrühren, ich werde keine Spur meines Besuchs hinterlassen.

Ich werde meinen Schrank öffnen. Meine Kleider betrachten, ordentlich aufgehängt, eins neben dem anderen, ich werde kein einziges vom Bügel nehmen. Keinen Rock, keine Bluse.

Als ich die Insel verließ, habe ich nichts mitgenommen.

Mein Koffer ist dageblieben.

Ich werde keinen anderen Koffer packen, auch keinen kleinen, um ihn in das schäbige Hotel mitzunehmen, in dem ich mich versteckt habe.

Ich brauche ihn nicht.

Ich brauche gar nichts mehr.

20.

ABREISEN

Es ist Nacht. Ich wollte in der Wohnung bleiben.

Ich habe das Heft aus meiner Tasche genommen, davon trenne ich mich nie.

Das Schreiben hilft mir, wach zu bleiben.

Ich will nicht schlafen, ich will es mir nicht wieder bequem machen in diesem nachgiebigen, häuslichen Raum, der die Form meines Körpers annimmt und all meine Ängste in Verteidigungsstellung aufreiht.

Als ich die Tür hinter mir schloss, habe ich einen wonnigen Schauder verspürt. Und dann sofort ein Gefühl von Trauer.

Die Gewissheit, hier nicht mehr wohnen zu können, macht die Wohnung im Haus am Fluss fremder und kostbarer für mich.

Wie eine verbrannte Adresse, in der du für immer bleiben möchtest, gerade weil du es nicht darfst.

Ich gehe durch alle Zimmer und beseitige Hinweise auf Unordnung, wo ich sie entdecke.

Ich wische einen eingetrockneten Kaffeefleck vom weißen Marmor der Küche.

Ich erkenne die Zeichen meiner Anwesenheit, als wären es die Spuren einer untergegangenen Zivilisation.

Die Romane auf dem Nachttisch, die Platten, nicht nach Komponisten, Interpreten oder Plattenfirmen geordnet, sondern nach seelischen Zuständen.

Die aus der Hülle gezogenen Platten.

Ein zärtliches, friedliches *Improvviso* von Schubert, die kühle Eleganz des *Wohltemperierten Klaviers*. Die melodiöse Aggressivität der Geigen im Violinkonzert op. 77 von Brahms.

Das Hemdkleid, das ich zum Musikhören trug, liegt auf dem Bett, als hätte ich beschlossen, es auszustellen, eine Erinnerung an meine Verabredungen, die kleine Feierlichkeit im Alltag.

Ich mache eine Bestandsaufnahme der Kniffe, die ich mir angeeignet hatte, um zu überleben.

Mich überkommt eine Sehnsucht nach diesen überraschungslosen Tagen, nach diesen bewährten Vergnügungen, die ich bewusst sparsam eingesetzt hatte.

Solange die Einsamkeit andauerte, kam ich gut mit mir selbst zurecht, manchmal gab es Abstürze, aber ich hatte gelernt, ihnen mit der kontrollierten Einnahme von Medikamenten abzuhelfen, und alles in allem war ich auch dabei mit mir im Reinen.

Solange die Einsamkeit andauerte, genoss ich einen verdienten Waffenstillstand.

Bis zu dem Moment, als «sie» ankamen und ich in ihr Leben eintrat, indem ich ihnen erlaubte, in meines einzutreten, denn Beziehungen sind leider immer wechselseitig, so sehr ich das auch zu leugnen versucht hatte. Es ist unmöglich, nur zuzuschauen.

Wer angeblickt wird, blickt früher oder später zurück.

Und sieht dich.

Ich hätte das wissen müssen. Ich hätte mich zurückziehen müssen.

Stattdessen habe ich den schwersten Fehler begangen: Ich habe eingewilligt, auf die Insel zu kommen.

Die Einladung kam per Mail, Ende Juni.

> Wunderbare Giovanna, würdest du einem armen alten Mann helfen, die Großvaterrolle angemessen auszufüllen? Er hat keine Unterstützung von seiner Gefährtin, da diese mit der Pflege ihrer kranken Mutter oder vielleicht mit weniger edlen Tätigkeiten beschäftigt ist, denen nachzugehen ich mir verboten habe.

Ich wusste seit Monaten, dass Pietro Saverio und Gloria den ganzen August über auf Malvina aufpassen würden, während Michele und Maria durch Europa reisten, teils um Ferien zu machen, teils wegen der Konzerte, teils um durch das gewissenhafte Praktizieren von Vergnügungen eine Ehekrise zu überwinden, von der Maria mir berichtet hatte, worauf ich schwören musste, ihm nichts von dem zu erzählen, wovon er keine Kenntnis zu haben schien (eine überflüssige Bitte).

Ich wusste seit Monaten, dass ich die Abwesenheit des Mädchens ertragen musste, und das tat mir leid, freute mich aber auch.

Alle würden abreisen.

Und ich würde an meinen alten Standort zurückkehren.

Die einzige Bewohnerin eines von den Ferien geleerten Hauses, wie in einem dystopischen Film.

Ich erwartete nicht, dass auch ich in einen Urlaub einbezogen werden würde. Genauer, in Malvinas Ferien im Haus des Großvaters.

Ich hätte ablehnen können, aber ich willigte ein.

Michele sagte:

«Du wirst sehen, die Insel gefällt dir bestimmt. Es ist ein großer schwarzer Felsen zwischen einem aktiven Vulkan und einem vom Maestrale gepeitschten, vom Schirokko aufgeblähten Meer. An windigen Tagen legt nicht einmal das Schiff an. Mein Vater und meine Mutter würden es keine zwei Tage dort aushalten, aber Pietro Saverio regiert lieber über zwölf Quadratkilometer, als unerkannt durch New York zu gehen. Und er liebt es, Malvina in seinem Reich zu hüten. Du wirst sehen, sie hat gelernt, barfuß über die Felsen zu springen, und sie saugt gebratenem Fisch den Kopf aus. Nach zwei Tagen könnte man sie für die Nachfahrin einer Dynastie von Fischern halten.»

Habe ich wegen Malvina zugestimmt?

Dachte ich wirklich, mit Malvina an der Hand, hinter dem Schutzschild ihrer Lebhaftigkeit, wäre ich vor den schädlichen Strahlen der Aufmerksamkeit anderer Menschen sicher?

Und Pietro Saverio? Bildete ich mir ein, er würde mich in Ruhe lassen, oder verbarg sich in irgendeinem zensierten Winkel meines Geistes der Wunsch, unsere Bekanntschaft zu vertiefen? Wollte ich mich immer noch von seinen Freundschaftsangeboten bedrängt fühlen?

Jetzt kann ich es sogar zugeben. Ich kann dieses ordinäre Residuum von Weiblichkeit gestehen.

Wozu immer es gut sein mag.

Fest steht, dass ich einwilligte.

Und ich wurde gebührend für ein Opfer gefeiert, das niemand als einen Premiumurlaub ansehen wollte.

Natürlich war es nicht leicht für mich, auf die Insel zu fahren, zu viel innerer Aufruhr, ich musste mir pausenlos wiederholen, dass ich alt war, dass es keine Gefahren mehr gab und jede Rechnung bezahlt worden war, dass ich weder Schulden noch Wünsche hatte.

Ich musste mir immer wieder sagen, dass Malvinas gerade begonnenes Leben, um das ich mich kümmern sollte, und das nahe Ende meines eigenen mich vor jeder Versuchung beschützen würde. Ich musste mir einreden, dass man als alter Mensch ebenso leichtfertig und unbedacht Fehler machen oder das Richtige tun kann wie die Jugend, weil nichts zählt, nichts schwer wiegt, nichts das Gleichgewicht oder die Beziehungen zwischen dir und den anderen verändert.

Erst recht nicht die zwischen den anderen.

Diese beruhigenden Überlegungen wiederholte ich mir mehrmals in der Nacht vor der Abreise.

So oft, bis kein Wort mehr Bedeutung hatte.

Wie bei einem Mantra blieb nur der Klang übrig.

Hypnotisch, besänftigend.

Am Morgen wusch ich mir die Haare, enthaarte meine Beine, packte den einzigen Koffer immer wieder um.

Er musste für einen Monat reichen und durfte weder zu groß (Eitelkeit, Unsicherheit) noch zu klein sein (Nachlässigkeit, Armut).

Um vier Uhr nachmittags brachte Michele mich und Malvina zum Bahnhof.

Pietro Saverio hatte eine Entschuldigung vorgebracht, um uns nicht in Rom abholen zu müssen, wie er es in seiner üblichen vollmundigen Art versprochen hatte.

Maria umarmte ihr kleines Mädchen.

«Wirst du bei Giovanna artig sein?»

Dann umarmte sie mich, auf der Treppe.

«Ich vertraue dir blind.»

Das erschien mir wie eine Schutzbehauptung, einer von den Sätzen, die das Gegenteil bedeuten.

Darum erwiderte ich verlegen:

«Sei unbesorgt.»

Und sie: «Ich fühle mich, als wärst du meine Mutter, aber mit mehr Dankbarkeit.»

21.

DIE INSEL DER ANDEREN

Pietro Saverio hatte sämtliche Ausgaben übernommen, im Zug reisten wir erster Klasse, in Neapel erwartete uns das Auto eines Verwandten, eines gewissen Fortunato Malfitano, der ein Pappschild mit meinem Namen trug. Er brachte uns in seinem verbeulten alten Mercedes bis zum Fährhafen, dem Molo Beverello, und blieb bei uns, um uns vor dem Hafen und seiner bedrohlichen Betriebsamkeit zu schützen, bis wir um sieben Uhr abends das Schiff bestiegen.

Für uns war eine Kabine mit eigenem Badezimmer und einem Bullauge mit Blick aufs Meer gebucht, bei dem uns viele Geschichten über Fische einfielen.

In der unteren Koje schliefen wir Arm in Arm zusammen ein.

Auch ich schlief, ihren warmen Atem an meinem Körper.

Um fünf Uhr morgens kam ein Matrose vorbei und klopfte an die Türen derjenigen, die beim ersten Halt aussteigen mussten, der Insel, unserem Ziel.

Ich weckte Malvina erst im letzten Moment, und weil ich fürchtete, sie könnte weinen oder nach ihrer Mutter rufen, hatte ich Schokoladenkekse mitgenommen, die Nascondini, Versteckspielen, heißen.

In aller Eile dachte ich mir die Geschichte einer Keksfamilie aus, in der eines der Kinder nicht gegessen werden will und wegläuft.

Wir suchten den flüchtigen Keks.

Und der Übergang vom Tag in die Nacht, von der vertrauten Anwesenheit der Eltern in die Besonderheit einer erfundenen Großmutter, verlief reibungslos.

Zehn Minuten später waren wir auf der Brücke und beobachteten, wie die Insel zusammen mit der Sonne aus einem Meer auftauchte, so ruhig und klar, als schütze es ein gläserner Schrein.

Pietro Saverio erwartete uns mit einem elektrischen Golfmobil in Gelb.

Die Luft war frisch und erfüllt von widersprechenden Gerüchen.

Nach wenigen Minuten kamen wir zu einem großen weißen Komplex aus drei Gebäuden.

Das erste, in dem Pietro Saverio ein mit blauen Schmetterlingen bemaltes Zimmer mit einem Doppelbett und einem Kinderbett für uns vorbereitet hatte, erhob sich auf einem schwindelerregenden Felsvorsprung aus Lavagestein. Das zweite, etwas niedriger und kompakter, öffnete sich auf einen halbmondförmigen dunklen Strand. Das dritte, zurückgesetzte, lag zwischen einem Garten mit Fettpflanzen und dem mittleren Gebäude.

Es bot weniger Meerblick, war aber windgeschützt.

Das Ganze war eher ein Dorf als eine Villa. Ein Dorf aus weißen Fischerhäusern mit dicken Mauern, die auf dem Wasser lagen wie ankernde Boote.

Die ersten Tage waren erfüllt von unentwegtem Staunen.

Wie lange hatte ich das Meer nicht gesehen?

Freiwillig eingesperrt, hatte ich mir immer maßvolle Dosen künstlicher Schönheit verabreicht: die Musik, lange Spaziergänge am Fluss. Städtische Plätze mit einem Brunnen in der Mitte. Kirchen, deren Geschichte ich lernte wie eine eifrige Touristin.

Nie habe ich die Stadt verlassen. Zwanzig Jahre lang.

Ich hatte das alles beherrschende Blau vergessen, die Freiheit, den Blick bis zum scharfen Schnitt des Horizonts schweifen zu lassen, sich vom Licht ablenken, vom ausgehenden Tag überraschen zu lassen, beim Anblick der goldenen Schleppe der Sonne, wenn sie im Meer versinkt, in Entzücken zu geraten.

Nachts hörte ich die Kiesel übereinanderrollen, ein weicher Sog, der die Trägheit in Einklang brachte. Abends überfiel mich eine sauerstoffgetränkte Müdigkeit, als wäre es meine Lunge nicht mehr gewöhnt, eine so reichhaltige Luft zu atmen. Vom letzten bis zum ersten Moment, vor dem Einschlafen und beim Aufwachen, fühlte ich die Kraft der Natur. Ein ständiger Pulsschlag, der mir das Gefühl gab, einem unbekannten, aber körperlich anwesenden Gott ausgeliefert zu sein, einem so präsenten und so großzügigen Gott, dass er mich annahm, ohne mich zu zwingen, an seine Existenz zu glauben.

Er war da, im Feuer, das aus dem Krater des Vulkans strömte. In der trockenen, salzigen Luft, im unaufhaltsamen Tanz der Wellen, im schweren Duft der Kaktusfeigen, deren Früchte in die Gärten fielen, auf dem Boden liegen blieben und in der Sonne zerflossen.

Malvina und ich waren oft im Wasser, dem geheimnisvollen Element, das sie vor Freude aufschreien ließ – eine ekstatische Rückkehr ins pränatale Leben. Auch mich brachte sie zum Schreien, diese jähe Explosion körperlicher Fröhlichkeit, die über ein halbes Jahrhundert lang begraben gewesen war.

Ich war sprachlos vor Staunen und dankbar.

Der Vergleich mit meinem trockenen Leben als Gefangene schenkte mir immer wieder ein Fest der Sinne, wenn ich im Meer untertauchte.

Pietro Saverio kam spät zu uns an den Strand. Ich fühlte mich beobachtet, wenn ich Burgen aus schwarzem Sand baute, die Malvina, das böse Monster spielend, sofort zerstörte.

Ich kann nicht behaupten, dass seine Zustimmung mir gleichgültig war. In der Art, wie er sie ausdrückte, respektierte er meine Zurückhaltung.

Er lächelte mir von Weitem zu.

Nach dem ersten Abend hatte er mich nicht mehr gebeten, mit ihm zusammen zu essen.

Ich kochte und deckte ihm den Tisch auf der kleinen Terrasse, von der aus man am besten zusehen konnte, wie die Sonne im Wasser verschwand.

Dann kümmerte ich mich um Malvinas Schlaf, und fast immer schlief ich mit ihr ein.

Eines Abends, ich war seit einer Woche da, wachte ich kurz nach Mitternacht auf, und statt zu lesen, ging ich nach draußen, um die Sterne zu betrachten.

Auf der Insel gibt es kein elektrisches Licht. Die Straße, die zwischen den weißen Wänden der Häuser verläuft, wird nur vom Mond beleuchtet. An manchen Nächten mehr, an anderen weniger, je nach der Form, die der Mond annimmt. Im August zeigt sich der Himmel außergewöhnlich kompakt, er wird zu schwarzem, mit Silber besticktem Samt. Die Sterne vermehren sich und funkeln unterschiedlich stark, einige sind blass wie Lichtstaub, andere klar wie Edelsteine.

Ich ging langsam, dabei blickte ich dorthin, wo wir nie hinschauen, nach oben, zum Himmel, und eine unvorsichtige Erregung hatte mich gepackt.

Plötzlich hatte ich ihn am Körper, Pietro Saverio und ich waren zusammengestoßen.

Im Dunkeln erkannte ich ihn nicht sofort und bat um Entschuldigung.

Als er sagte «Ich bin's, Pietro», entschuldigte ich mich noch einmal.

Er hatte mir nicht gesagt, dass er ausgehen würde, andernfalls hätte ich Malvina nicht allein gelassen.

Ich nuschelte etwas, der Zauber war gebrochen, und ich trat eilig den Rückweg an.

Er holte mich ein und umfasste meinen Ellenbogen.

«Malvina schläft, mach dir keine Sorgen.»

Ich ging etwas langsamer, aber nicht sehr.

Blickte geradeaus, angespannt.

«Hör auf, vor mir zu fliehen, ich bin kein Ungeheuer!», sagte er. «Ich habe keine bösen Absichten. Ich war mit Freunden zu Abend essen, Leute, die seit dreißig Jahren hier leben, eine todlangweilige Angelegenheit. Auf dem Rückweg bist du mir begegnet, komm, lass uns die fünf hundert Meter bis zum Haus Arm in Arm gehen. Versuch es. Es ist eine Gleichgewichtsübung. Wie auf einem Seil gehen. Du wirst sehen, es passiert nichts, was nicht wiedergutzumachen wäre.»

Ich ließ mich unterhaken.

Er drückte mich stärker an sich als notwendig, schien mir, aber ich wollte mich der Berührung nicht entziehen.

Am Haus angekommen, kontrollierte ich, ob Malvina schlief, und ging dann mit ihm hinaus auf die erste Terrasse, die schönste, die größte.

Ich selbst holte eine Flasche kalten Weißwein aus dem Kühlschrank und nahm zwei Gläser mit.

Eine freundschaftliche Geste, die unter diesem mit Sternen überladenen Himmel unvermeidlich etwas Romantisches bekam.

Warum ich es tat, weiß ich nicht. Ich musste trinken.

Ich spürte eine leichte Spannung auf der Haut, ein unbekanntes Sehnen.

Ich schwieg.

Auch er schwieg, und ein geteiltes Schweigen war das Letzte, was ich erwartet hätte.

Gemeinsam stumm sein zu können, setzt eine gewisse Vertrautheit voraus.

Wir saßen nebeneinander auf der steinernen Bank an der Terrassenmauer und blickten beide aufs Meer, als liefen vor uns die Bilder eines Films ab.

«Geht es dir gut, Giovanna?», fragte er, ohne den Blick vom Meer abzuwenden.

«Ja, natürlich», sagte ich nach einer Pause.

«Mir geht es auch gut mit dir.»

Der Satz machte mir Angst.

Ich goss mir ein weiteres Glas Wein ein.

«Du trinkst viel», sagte er.

Und da ich nichts erwiderte, fügte er hinzu:

«Das war keine Kritik, auch ich trinke viel. Tatsächlich bin ich schon fast betrunken. Beim Abendessen habe ich getrunken, weil ich mich langweilte. Ich langweile mich regelmäßig. Immer wenn ich unter Menschen gehe. Trotzdem muss ich es tun. Unter Menschen gehen, meine ich. Ich gehe aus, langweile mich und trinke.»

Auch er goss sich ein zweites Glas Wein ein.

Ich konnte nicht widerstehen und fragte:

«Langweilst du dich jetzt?»

In meiner Stimme hörte ich einen dumm einschmeichelnden Ton, und mir wurde bewusst, dass ich flirtete.

«Fishing for compliments», sagte er. «Du bist die am wenigsten langweilige Person, die ich kenne.»

«Weil ich wenig rede?»

«Natürlich. Mit einem Menschen zusammen zu sein, der wenig spricht, ist die perfekte Lösung für jemanden, der nicht allein sein kann, sich aber in Gesellschaft langweilt. Gloria sprach anfangs wenig, weil sie nicht gut Italienisch konnte, und ich weigerte mich, Spanisch zu sprechen, weil ich ihr keinen Vorteil verschaffen wollte. Dann hat sie Italienisch gelernt. Sehr gut. Sie ist wirklich sprachbegabt. Und indem sie Italienisch lernte, hat sie ihr eigenes Urteil unterschrieben. Jetzt spricht sie zu viel. Und ich langweile mich.»

Um weitere Erläuterungen bat ich ihn nicht.

Ich wollte nicht unhöflich sein, aber auch nicht zu entgegenkommend. Ich versuchte, mich auf die Nacht zu konzentrieren und auf das Meer, dieses bewegliche Dunkel, das entlang der geraden Linie des Horizonts an den Himmel grenzte.

Nach einigen Minuten Stille spürte ich seinen Blick auf mir.

Ich sah ihn aus dem Augenwinkel, er hatte sich zu mir umgedreht und beobachtete mich.

Ich bewegte mich nicht, als hätte ich es nicht bemerkt.

«Nicht, um dich mit meinen Liebesproblemen zu belästigen, aber ich glaube, Gloria wird auch im September nicht kommen. Ich glaube, sie wird nicht mehr nach Italien zurückkehren, vermutlich hat sie einen ihrer kleinen

Lakaien von früher wiedergefunden, einen dieser Männer fürs Amüsement, die es dir nie an einem Fest, einer Reise, einer Premiere, einer Vernissage, einem Event fehlen lassen. Jünger als ich, älter als sie, aber nicht zu sehr. Ideal. Ob mir das leidtut? Nein, es tut mir nicht leid. Ich glaube sogar, dass es mir guttut. Ich werde mich wieder in Stellung bringen müssen, statt mich auf meinen Lorbeeren auszuruhen.»

Ich überlegte, dass ich etwas sagen musste, bevor ich aufstand und wegging. Aber ich stand nicht auf, ich hatte nicht die geringste Lust aufzustehen.

«Ich glaube, das wird dir nicht schwerfallen», sagte ich nach einer zu langen Pause.

«Was wird mir nicht schwerfallen?»

Ich schaffte es aufzustehen, weil ich meiner Angst gehorchte.

Doch er drückte mit einer Hand auf meine Schulter und setzte mich wieder hin.

«Dich wieder in Stellung zu bringen.»

«Warum sagst du das? Was für ein Bild hast du dir von mir gemacht?»

Er tat mir leid, und das sage ich nicht, um mich vor mir selbst zu rechtfertigen, weil ich die Falle hinter seiner Aufmerksamkeit nicht gewittert hatte, er tat mir leid, weil er es nötig hatte, ständig Gesprächsthema zu sein.

Er brannte darauf, dass die Welt ihm Aufmerksamkeit schenkte.

«Maria sagt, du kommst bei Frauen sehr gut an.»

Meine Stimme klang dumpf, so sehr hatte ich mich bemüht, jede Art Anspielung im Tonfall zu vermeiden.

«Maria hat viele kommen und gehen sehen ... das gebe ich zu. Und sie hat mich gern, darum überschätzt sie mich. Sowohl was die guten Eigenschaften als auch was die Laster betrifft. Sie glaubt, ich sei der Traum aller Geschiedenen, Witwen und alten Jungfern der Welt. Sie idealisiert mich … allerdings haben wir vor nicht mal drei Stunden gestritten.»

«Du und Maria. Warum?»

Ich musste mich vom Thema der Liebe entfernen, zu gefährlich.

Vor allem unter diesem besternten Himmel.

«Deinetwegen, meine liebe schweigsame Freundin. Eine regelrechte Standpauke. Sie hat gesagt, ich sei ein unsensibler Mann, ich würde rein gar nichts bemerken, ich hätte etwas versprochen und das Versprechen gebrochen, weil ich keine Ahnung habe und nichts verstehe. Ich muss gestehen, dass ich mich nur sehr schwach verteidigt habe. Ich mag es, wenn die Kleine mir das Leben erklärt. Ein Rollentausch, der mich schon immer amüsiert hat. Und wahrscheinlich hatte sie dieses Mal recht. Ich meine, im Grunde kennt sie dich besser als ich.»

«Ich verstehe nicht», sagte ich und spürte, wie mein Herz langsam und unregelmäßig schlug, wie mir heiß wurde.

Jetzt war er derjenige, der aufstand, er reckte sich, gähnte theatralisch, dann kam er damit heraus.

«Ich hatte ihr versprochen, dass ich den ganzen August über, solange du hier bist und dich großzügig und hingebungsvoll um Malvina kümmerst, niemanden einladen würde. Denn du leidest an einer Art Soziophobie, darum erträgst du es nicht, wenn zu viele Menschen um dich herum sind. Ich habe es versprochen. Und die Abmachung dann gebrochen. Morgen kommen fünf Personen. Fünf alte Freunde. Wir werden uns nicht gegenseitig auf die Füße treten. Dieses Haus hat dreizehn Schlafzimmer. Aber wir werden gemeinsam zu Abend essen. Ja, darum ging es ... Sie hat mich einen Verräter genannt. Und du, wie nennst du mich? Bin ich ein Schurke?»

Ich weiß nicht mehr, wie ich ein beruhigendes Lächeln zustande brachte.

«Sei unbesorgt», sagte ich huldvoll, sogar einfühlsam. «Ich bin bei der Kleinen.»

Die Freunde kamen am nächsten Tag um sieben Uhr abends mit dem Tragflügelboot aus Neapel.

Es gab ein normales Paar, beide um die siebzig, sie groß, blond, korpulent, mit dem brüsken und etwas provokanten Lächeln des Menschen, der Fröhlichkeit taktisch einsetzt. Ihre aschblauen Augen umrahmte eine Brille für Kurzsichtige. Er hatte einen Schnurrbart, Modell neunzehntes Jahrhundert, und dichte, grau melierte Haare. Er trug die Sicherheit des Exaltierten zur Schau, die gut aussehende Männer während der ganzen Zeit des Verfalls begleitet, ohne dass sie je irgendeine Veränderung in ihrem eigenen Bild wahrnehmen. Seine Frau behandelte er mit routinierter Arroganz und Pietro Saverio mit einer so demonstrativen Kumpelhaftigkeit, dass sie den Verdacht weckte, durch und durch verlogen zu sein.

Das andere Paar war auf gewöhnliche Weise nonkonformistisch: ein alter Mann, der auf einen Stock gestützt ging, und ein etwa dreißig Jahre jüngerer Mann, der augenscheinlich dazu da war, dem anderen das Leben zu erleichtern.

Die fünfte Person war eine unbegleitete Frau nicht ohne Reiz. Ihr weißes Haar hatte einen geschickten Kurzhaarschnitt, sie besaß die natürliche Schlankheit der Hochgewachsenen und eine nachlässige nordeuropäische Eleganz.

Ich verspürte Neugier und Angst, als ich am Fenster des Zimmers, das ich mit Malvina teilte, beobachtete, wie sie in die Gasse einbogen, eine der nie verschlossenen Türen des Dorfes öffneten und auf die Terrasse hinaustraten.

Sie lachten, schienen einander seit einer Ewigkeit zu kennen, jeder zog einen Rollkoffer hinter sich her (der Jüngere des schwulen Paares zog zwei), und sie riefen laut nach Pietro Saverio.

«He, Burgherr, bist du da?»

«Und die schöne Gloria?»

Sie kamen nicht zum ersten Mal in dieses Haus, denn niemand staunte über die Lage, das Panorama, den Pfad zwischen den Klippen, der von der Terrasse bis zu einer Badestelle aus Felsen mitten im Meer führte.

Niemand lobte den Sonnendotter, der gleich hinter dem Horizont verschwinden würde, dieses Schauspiel, dem das Dorf seinen Ruf als Haus des Sonnenuntergangs verdankte. Niemand kommentierte die vorüberfahrenden Segelschiffe, die, Stille erzeugend, über das dunkler werdende Wasser glitten. Diesem Triumph der Schönheit widmeten sie nicht mehr als ein paar der üblichen Sätze. Die Frau ohne Begleitung atmete den Duft der salzhaltigen Luft ein, der, vermischt mit dem Duft gebratener Auberginen, den Zauber der Natur vollkommen machte, und sagte:

«Ich fühle mich zu Hause. Wie konnte ich nur fünf Jahre lang nicht auf die Insel kommen?»

Ich hörte ihnen zu, beschützt von meiner Rolle. Ich hatte Malvina geduscht, jetzt zog ich sie für die Nacht an.

Das Fenster unseres Zimmers ging auf die Terrasse hinaus, es war klein wie ein Gemälde und stand offen.

Ich lauschte.

Ich sah die Köpfe der Gäste.

Und kostete mit masochistischer Wollust ein Gefühl aus, das ich nur allzu gut kannte – das Gefühl meiner endgültigen Ausgrenzung aus dem Leben der anderen, aus dem Geflecht ihrer Beziehungen.

Nichts Heldenhaftes, keine freie Entscheidung aus Hochmut, eher ein Fabrikationsfehler, der jetzt nicht mehr repariert werden konnte.

«Wer sind diese Leute?», fragte Malvina, die jeden Stimmungswechsel bei mir mit erstaunlicher Genauigkeit registrierte.

«Großvaters Freunde», sagte ich.

Sie verlangte, dass ich ihr den Pyjama wieder auszog. Sie wollte das rote Kleid anziehen. Das mit den Luftballons.

Ich gehorchte, kämmte ihr lange die Haare, versuchte, auf jede mögliche Weise den Moment hinauszuzögern, in dem ich mich mitten unter diese Gruppe von Menschen meines Alters wagen musste.

Ich legte die ringsum verstreuten Spielsachen in den Korb, schlug vor, ein Buch zu lesen.

Es war Malvina, die sagte: «Jetzt gehen wir zum Großvater.»

Sie streckte mir ihre Hand entgegen und fragte:

«Bin ich schön?»

Das war sie, schön.

«Versuch mal, dich ganz schnell im Kreis zu drehen, mal sehen, ob die Luftballons vom Kleid fliegen.»

Sie gehorchte sofort, und so betraten wir die Terrasse, sie drehte sich in einem Kreis aus weißer und roter Baumwolle um sich selbst, ich hinter ihr.

Mit einem gekünstelten Lächeln und gesenktem Kopf.

22.

FRÜHER ODER SPÄTER MUSSTE ES PASSIEREN

Angst ist vorausschauend, intuitiv, vernünftig. Mit den Jahren habe ich gelernt, auf die Angst zu vertrauen wie auf eine Mutter. Ich habe sie wiedererkannt, respektiert, ihr zugehört.

Oft hat sie mir das Leben gerettet.

Sie ist nicht das Gegenteil von Mut, sie ist aus demselben Stoff gewebt und vervollständigt den Mut.

Es gibt keinen Mut ohne Angst.

Und keine Angst, die nicht den Mut weckt.

Warum lasse ich diese Sentenzen vom Stapel? Weil mir meine Scham peinlich ist, meine Flucht, meine unverhältnismäßige Reaktion auf die Ereignisse.

Jetzt, wo ich erzähle, was passiert ist, erkenne ich, wie erbärmlich es war.

Hinter der tanzenden Malvina hielt ich Einzug auf der Terrasse. Die Sonne war soeben untergegangen, alle hielten zufrieden ihre Gläser in der Hand.

Pietro Saverio stellte mich vor, lächelte augenzwinkernd. Ich hätte sofort erkennen sollen, dass sie schon über mich gesprochen hatten.

«Das ist die fantastische Giovanna, eine Großmutter, die vom Himmel gefallen ist.»

Das war der abschließende Satz eines Gesprächs, das meinem Erscheinen vermutlich vorausgegangen war.

Alle begrüßten mich mit der Anrede Du.

Auch daraus hätte ich die gebotenen Schlüsse ziehen sollen.

Ich hätte erkennen müssen, aus welchem Stall sie kamen, diese lässigen Alten, die behaupteten, einander seit Ewigkeiten zu kennen und in einem schwerelosen Ballwechsel nach Ortsnamen archivierte Erinnerungen austauschten.

Diese Namen hätten mich in Alarmbereitschaft versetzen müssen.

Via Mac Mahon, San Basilio. Parco Lambro.

In den folgenden Tagen bemühte ich mich, ihnen aus dem Weg zu gehen.

Pietro Saverio musste sie gewarnt haben, dass ich kein besonders umgänglicher Typ war.

Ohne dass man mich gebeten hätte, kochte ich für alle.

Ich deckte immer den Tisch, setzte mich nie dazu.

Ich aß mit Malvina auf der kleinen Terrasse. Früh, viel früher als «die Erwachsenen» zu Abend aßen.

Eines Abends kam Annamaria, die stämmige Blondine mit dem taktischen Lächeln, zu mir an den Herd und fragte, ob ich etwas dagegen hätte, diesen Raum, wo ich die Königin sei, zu teilen. Das fragte sie fast verlegen.

Die anderen hätten Zwiebelomelett, so wie sie es kochte, bei ihr bestellt, dieses Zwiebelomelett habe ihrer aller Jugend geprägt, sie könne sich nicht drücken.

Ich machte ihr Platz und versuchte sofort, mich davonzuschleichen.

Aber sie hielt mich zurück.

«Leiste mir Gesellschaft.»

Ich schob Malvina vor, wie immer, aber ich wusste, dass Malvina nicht da war.

«Sie ist mit ihrem Großvater auf dem Boot», erinnerte mich Annamaria.

Ich blieb und wusch den Salat.

Ich war nervös, ich hatte hier und da Fetzen ihrer Gespräche aufgefangen.

Das alles war eine Phänomenologie der Revolte, eine etwas großspurige Vorführung poetisch unruhiger Jugendzeiten.

Ich erfuhr, dass Gianni seine Mutter, die Witwe wurde, als er in der Pubertät war, gezwungen hatte, eine vom Vater geerbte Wohnung zu verkaufen, um «die Zeitung» zu finanzieren.

Die Zeitung wurde als eine Art gemeinsame Heimat erwähnt, das Land, aus dem sie alle kamen, weshalb sie es munter schlechtmachen konnten, ohne irgendetwas in Zweifel zu ziehen. Die Zeitung war ideologisch, genial, gemein, stümperhaft gemacht, immer in den Miesen, und sie war heillos demokratisch, darum musstest du dir den Arsch aufreißen und sämtliche Rollen übernehmen, also hast du, auch wenn du der Chefredakteur warst, den Laufburschen gespielt, und schrieb man an seinem Artikel, fegte man gleich danach den Boden, schnürte dann die Zeitungsbündel, machte einen Kontrollgang in der Druckerei und ging schließlich den berühmten Maler besuchen, der sich als Revolutionär fühlen wollte, und überredete ihn, ein Gemälde zu verschenken, das man später sogar verkaufen musste …

Ich wusste sofort, welche Zeitung das war und welche Gruppe sich hinter dem Wort «Bewegung» versteckte.

Und verspürte zum ersten Mal den Impuls zu fliehen.

Allein in der Küche mit Annamaria, suchte ich in den gewohnten Handlungsabläufen ein unmögliches Gleichgewicht. Annamaria war nicht der schweigsame Typ. Ihre unerschütterlich gute Laune schützte sie vor gewissen Untertönen wie eine vorteilhafte Begriffsstutzigkeit.

Sie bemerkte meine Verlegenheit nicht.

Oder beschloss, sie zu ignorieren.

Und sprach mit kindlicher Unverschämtheit die Frage offen aus, die alle hinter meinem Rücken geflüstert hatten:

«Warum isst du nie mit uns zu Abend, Giovanna?»

«Ich bin hier, um für das Mädchen zu sorgen», sagte ich.

Meine Stimme klang härter, als ich wollte.

«Wir können warten, bis das Kind schläft, dann kannst du dich zu uns an den Tisch setzen. Zu den Erwachsenen.»

Sie hörte auf, die Eier zu schlagen, drehte sich mit erhobener Gabel zu mir um, während ich eine Fenchelknolle schnitt, und erwartete eine einleuchtende Antwort.

Es geschah nicht absichtlich, aber statt in den Fenchel schnitt das Messer in den Zeigefinger meiner linken Hand.

Aus der Wunde floss sofort viel Blut und befleckte das Weiß der gekochten Eier, die ich soeben gepellt hatte.

Im Bruchteil einer Sekunde stürzte sich Annamaria auf mich.

Sie drückte Toilettenpapier auf die Wunde und lief los, Alkohol aus ihrem Koffer holen, denn sie nahm immer ein paar Dinge für Notfälle mit, sie kannte Pietro Saverio gut genug, um zu wissen, dass er Alkohol, Fieberthermometer, Aspirin, Salbe für Verbrennungen nicht im Haus hatte, wenn Gloria oder egal welche andere Frau, die sich gerade um ihn kümmerte, nicht da waren.

Während ich mich ihrer Wundversorgung unterzog (der Schnitt war tief), redete sie unaufhörlich.

Sie erzählte mir, ihr Sohn habe sich beim Spülen eines Glases sehr tief in die Hand geschnitten, als seine Frau im neunten Monat schwanger war, und beide seien ins Krankenhaus gelaufen, wo sich jedoch alle auf sie gestürzt hätten, im Glauben, sie bekomme jetzt ihr Kind, dabei war er doch der Verletzte.

Sie verband meinen Finger und erzählte ihre Anekdote mit der gerührten Anteilnahme desjenigen, der sich selbst beglückwünscht, nur weil er so etwas erlebt hatte.

Ich hörte zu, die Wunde pochte, und ich hoffte, sie würde mir keine weiteren Fragen mehr stellen.

In ihr erkannte ich eine Figur, die mir vertraut war, die hilfsbereite Mitläuferin, der Krankenschwestertyp, zuständig für die Kombüse, nützlich und immer bereit zu verschwinden, wenn nötig.

Zufrieden, vom Bankett der Männer die Krümel aufzusammeln.

Ideen, Gewissheiten, Zweifel, Prahlereien.

Ich bedankte mich und ging in mein Zimmer, von Übelkeit gepackt.

Das Blut war durch den Verband gedrungen, ich fühlte, wie es tropfte. Ich legte mich aufs Bett.

Und als ich die anderen vom Hafen zurückkehren hörte, stellte ich mich schlafend.

Ich hörte Malvina in der Nähe flüstern: «Giovanna hat ein Aua. Darf ich sie sehen?»

Es war nicht leicht zu widerstehen. Mich um sie zu

kümmern, war ein starker Impuls. Ihre Zärtlichkeit die einzig mögliche Entschädigung für den verlorenen Frieden.

Ich hätte aufstehen und mich an einem dreijährigen Mädchen festhalten sollen, wie ich es seit Monaten tat.

Aber auf die Vorspiegelung dieses tiefen Schlafs wollte ich nicht verzichten.

Ich brauchte Zeit.

Auf dem Bett liegend, hörte ich die anderen sprechen, hörte sie kurz auflachen.

Alfredo war der Älteste, er hatte das Gesicht eines bäuerlichen Heiligen, rund, von einem grauen Bart umrahmt. Seine Kleidung war antiquiert und bescheiden, als wollte er zeigen, dass er nicht aus dem Bürgertum kam, was er auch tatsächlich andauernd behauptete und worüber alle lachten, es war wohl ein Zitat aus dem Brevier der überholten Gespräche.

Er drückte sich sorgfältig aus, als hätte er etwas, was er geschrieben hatte, auswendig gelernt, doch aus allem, was er sagte, sprach ein feindseliges Gefühl der Überlegenheit.

Was er auch sagte, er redete schlecht von allem. Vorwiegend von Filmen, aber auch von Büchern, Zeitungsartikeln, Fernsehsendungen und von gewissen moralisch verwerflichen Gewohnheiten, an denen alle litten außer ihm. Das reichte von mangelnder Konsequenz bis zur regelrechten Bestechlichkeit. Man verurteilte frühere Genossen, die sich verkauft hatten, um wichtige Ämter zu bekleiden, und sie hatten wichtige Ämter bekleidet, um mit Freunden auf Terrassen essen zu können, wie jener, auf der sie alle zu ihrer größten Zufriedenheit in diesem Moment beim Abendessen saßen.

Der junge Neapolitaner in seiner Begleitung, ein Straßenjunge um die fünfzig, der sich eine grobe plebejische Schönheit fast unversehrt bewahrt hatte, war der Einzige, der es wagte, Alfredo offen zu verspotten, weil er stur an den ideologischen Positionen eines Überlebenden vergangener Zeiten festhielt, die keiner außer ihm mehr für denkwürdig hielt.

Die anderen zollten ihm einen mechanischen Respekt, der in den Jahren ihres Heranreifens entstanden war und sich ein halbes Jahrhundert lang erhalten hatte, ohne dass das Podest, auf das sie ihn gestellt hatten, mehr benötigte als lasche Instandhaltung.

Alfredo war ein Maestro, ein Kampfrichter, ein Gebieter. Einzig die alleinstehende Frau, die Lilli hieß und sich mit englischer Literatur befasste, war zumindest dem Anschein nach immun gegen die Besorgnis, mit der alle anderen sich ihm gegenüber in ein günstiges Licht zu setzen versuchten.

Offenbar ersetzte sie mich und kümmerte sich während des Abendessens um Malvina.

Vielleicht schlief ich irgendwann wirklich ein, von meiner Gier, alles mitzuhören, in den Schlaf gewiegt.

Allmählich fielen mir die Gedanken auseinander, und so verliert man das Bewusstsein.

Die letzte folgerichtige Überlegung vor der Kapitulation war diese: Immer belausche ich jemanden, der hinter einer Wand mit einem anderen Menschen spricht.

Ich erwachte nach einer Zeit, die ich nicht messen kann. Zehn Minuten? Eine Stunde?

Ich sah, dass Malvina schlief, sie trug noch ihr Kleidchen.

Niemand hatte gewagt, sie umzuziehen, aus Angst, sie würde aufwachen oder mich wecken. Die Wunde blutete wieder.

Ich hatte Flecken auf das Laken gemacht, spürte ein dumpfes, konstantes Pochen, als fände in dieser Verästelung meines Körpers eine Schlacht statt.

Seit Jahren hatte ich mich nicht mehr verletzt.

Die Einsamkeit hilft dir, dich um dich selbst zu kümmern. Du hast es nie eilig. Machst nie einen falschen Schritt. Du lädst jede Bewegung mit einer automatischen Wachsamkeit auf, wirst zu deinem eigenen Aufseher, erlaubst dir keine gefährlichen Unternehmungen und stufst alles als gefährlich ein, was aus dem Rahmen des Gewohnten fällt.

Darum war ich müde und trotzdem in Alarmbereitschaft, als müsste dieser Messerstich, den ich mir selbst beigebracht hatte, mich vor etwas warnen.

Als ich mich im Bett aufsetzte, wurde mir schwindelig.

Ich schloss einen Moment lang die Augen, um das Gleichgewicht wiederzuerlangen, da hörte ich den Satz.

Diesen Satz.

Den Satz, der mich in die Flucht geschlagen hat.

«Ich habe sie sofort wiedererkannt.»

Die Stimme von Pietro Saverio.

Ich hörte zu, mit angehaltenem Atem.

Den Rest der Unterhaltung gebe ich ungeordnet wieder.

Mir war, als könnte ich nicht alles verstehen, als hätte die Begierde, unbedingt jedes Wort mitzubekommen, mir meine eigene Sprache fremd gemacht.

Es war immer noch Pietro Saverio, der sprach.

Als müsste er die Freunde von meiner geheimen Identität überzeugen, sagte er:

«Sie hat diesen verstohlenen, scheelen Blick. Habt ihr

bemerkt, dass sie einen nie anschaut, wenn man mit ihr spricht? Außerdem stimmt alles überein, das Alter, der Name, sogar der Nachname. Es ist der Nachname ihrer Mutter. Ich war damals noch mit Rebecca zusammen, und Rebecca war noch beim ‹Corriere› und hat den Prozess verfolgt ... nein, nicht als offizielle Berichterstatterin, man ließ sie höchstens was über den menschlichen Faktor machen, ihr wisst schon, diese atmosphärischen Sachen, wo du dir, was weiß ich, das Kinderzimmer der Angeklagten ansiehst, ob es da ein Poster von Che Guevara gibt oder den Teddybär oder beides. Irgendwann sollte sie die Mutter interviewen, und da kommt dieser Nachname zum Vorschein, Reggiani. Das Interview hat Rebecca dann nicht gemacht, weil die Mutter sich weigerte ... aber an den Namen habe ich mich erinnert. Auch an ihr Foto erinnere ich mich, es war damals überall zu sehen. Sie hatte diese unglaublich dichten Haare, die sie wie ein Zelt benutzte, um sich vor den Blicken der Welt zu schützen, beim Prozess hatte sie immer nur ein Auge wie ein weiblicher Polyphem, das andere war hinter dem Zelt aus Haaren versteckt.»

Er sagte auch, dass meine mädchenhafte Anmut mir anscheinend nicht im Geringsten bewusst gewesen sei. Mein Gesicht war von einer verstörenden Regelmäßigkeit, ich hatte weder sichtbare Makel noch besondere Vorzüge. Braune Augen, braune Haare, wohlgeformter Mund, normales Kinn, volle Wangen. Nase unauffällig. Ich war nicht groß, nicht klein, nicht dünn, nicht dick.

Er sagte, er erinnere sich noch genau an meine Fotos.

Eins habe er ausgeschnitten und auf ein Stück Pappe geklebt, das er als Lesezeichen benutzte.

Jemand fragte ihn, warum er sich so für mein Aussehen interessiert hatte, dass er sich noch nach all den Jahren daran erinnerte.

Pietro Saverio sagte etwas über die Banalität des Bösen. Ein abgedroschenes Zitat, eines dieser Oxymora fürs Salongeschwätz, das seine ach so profunde Kenntnis der Schriften von Hannah Arendt beweisen sollte.

Er sagte, ich hätte harmlos ausgesehen, und meine kindlich runden Wangen hätten ihn beeindruckt.

Er sagte, die jungen Mädchen, die auf verschiedene Weise im bewaffneten Kampf engagiert waren, hätten bei ihm eine sozusagen ontologische Neugier geweckt.

Gehörte es zum Wesen der weiblichen Natur, ihrem An-sich-Sein, kriegerische Handlungen zu begehen?

Der Begleiter von Alfredo (er hieß Cesare) fragte, ob sie wirklich alle der Ansicht seien, dieser Gewaltexzess in den Siebzigerjahren, als jeden Tag ein Mensch getötet wurde, von der Polizei, von den Linksextremen, von den Rechtsextremen, sei ein Krieg gewesen.

Oder nicht.

Sie diskutierten eine Weile über den Krieg. Wie er entstand. Ob Krieg ein Synonym für Konflikt oder unversöhnliche Feindschaft war oder ob Krieg nur dann herrscht, wenn eine Armee schießt und eine andere das Feuer erwidert, wenn die Soldaten Dörfer verbrennen und die Zivilbevölkerung Rettung in Schutzräumen oder in der Emigration sucht, wenn die Staatsoberhäupter mit den Generälen des Armeekorps verhandeln und weiterkämpfen oder zurückweichen, bis einer sich ergibt, ein anderer gewinnt, und die Grenzlinien der Welt im Sinne einer Belohnung für die Sieger und einer Strafe für die Verlierer neu gezogen werden.

Sie redeten miteinander, aber sie diskutierten nicht wirklich, sie wiesen auf mögliche Meinungen hin, die man vertreten oder ablehnen konnte, als würden sie eine Aufsatzsammlung durchgehen.

Von verschiedenen Autoren.

Keiner schien wirklich daran interessiert, sich mit seiner Interpretation durchzusetzen.

Ich merkte, dass ich reglos dasaß, die Muskeln angespannt, wie nach einem langen Lauf, die Zähne zusammengebissen, mit eiskalten Händen.

Als Alfredo sagte, dieser Krieg habe in den Köpfen einer Bande von Idioten stattgefunden, begann Pietro Saverio, die gegenteilige Meinung zu vertreten, ohne allzu hitzig zu werden.

Er sagte das, was alle sagen.

Dass es Massaker gegeben hatte, dass Bomben ohne Bekennerschreiben Italien in Blut getaucht hätten, dass die Geheimdienste die Ermittler auf falsche Fährten gelockt hatten, dass der Kapitalismus sich damals umstrukturiert hatte, um nach den zwei Jahrzehnten Arbeitskämpfen schlimmer als zuvor weiterzumachen, auch als Reaktion auf das plötzliche Selbstbewusstsein der Arbeiter … 1969 und 1970 … und dass sich die Widersprüche durch die Wirtschaftskrise von 1974 zugespitzt hatten, dass die Verschärfung der Gesetze zur öffentlichen Ordnung … dass der Polizeigewahrsam … erinnert ihr euch an den Polizeigewahrsam? Dass der faschistische Aktivismus wiedererwacht war, sich radikalisiert hatte, dass es einen Toten am Tag gegeben hatte, ja, einen von der Rechten, einen von der Linken, aber die Linksextremisten schossen auf ihre Ziele und bezahlten persönlich dafür, während die Rechtsextremisten sich versteckten, Bomben in Zügen versteckten, Bomben in den Banken, Bomben auf den Plätzen … erinnert ihr euch an die Piazza della Loggia in Brescia? Dass es bei Demonstrationen zu gewalttätigen Aktionen gekommen war ... dass die Ordnungskräfte der außerparlamentarischen Opposition bewaffnet auftraten, erinnert ihr euch an die Ordnungskräfte? Und die Polizei lenkte ihre Mannschaftswagen auf die Bürgersteige, wo sie die Demonstranten unter ihren Reifen zerquetschten ... erinnert ihr euch an Zibecchi? Oder war es Varalli? Moment: Zibecchi wurde von einem Mannschaftswagen der Polizei überfahren ... sein Gehirn war Brei, und Varalli, ja, Claudio Varalli haben die Faschisten am Tag darauf umgebracht ... oder war es der Tag davor?

Alle beteiligten sich an dieser summarischen Rekonstruktion. An diesem fiebrigen, humorigen Wettrennen um die Schlagzeilen, die die Zeitungen vor fünfzig Jahren herausgebrüllt hatten.

Alle außer Cesare.

Cesare hatte die Aufgabe, nicht zu verstehen.

Denn bei seiner Geburt war der Krieg beendet, und auf dem Schlachtfeld blieb nichts anderes zurück als ein paar Enttäuschungen, die ad acta gelegt werden konnten.

Als ich hörte, wie Lilli sagte: «Wenn ihr mir helft, können wir wenigstens den Tisch abräumen», schloss ich die Augen.

Mein Herz schlug langsam und stark.

Es interessierte mich nicht, ob Pietro Saverio, der glaubte, er habe einen Krieg erlebt, mich rechtfertigte, oder ob Alfredo, der das Ganze für ein grausames Planspiel oder sogar für die eigentliche Ursache dieses langen, trostlosen Friedens hielt, mich verurteilte.

Diese endlose Leier unzeitgemäßer Meinungen interessierte mich nicht.

Ich war erkannt worden.

Ich konnte nicht bleiben.

Wenn ich blieb, hätte ich wieder die Maske tragen müssen, die ich auf den Dachboden verbannt glaubte.

Vielleicht hätten sie mir genaue Nachfragen erspart, Pietro Saverio war zweifellos ein Fachmann auf dem Gebiet. Was ich getan hatte, konnte er seinen Freunden besser erzählen als ich. Was er nicht wusste, hätte er erfunden. Wie alle.

Denn die ferne Vergangenheit ist einladend, du kannst dort unterbringen, was du willst, fernab von seiner Aktualität verliert jedes Verbrechen an Stichhaltigkeit, seine Konturen verschwimmen, bis es zur bloßen Erinnerung wird.

Oder zu einer Sünde.

Oder zu einer Schuld.

War es die moralische Frage, die Pietro Saverio interessierte, oder ging es um seine Forschungen zur Resistenz unserer Generation gegen das Drama des Alterns?

Wie altert jemand, der zu sehr auf die Jugend gesetzt hat?

Sie kamen gut zurecht, denn im Grunde hatten sie nur gespielt, und Spielen ist immer möglich, du kannst wieder anfangen, wann immer du willst, auch wenn die da oben inzwischen gewonnen haben und keiner sich mehr vorstellen kann, dass es noch immer möglich ist, die gesellschaftliche Pyramide umzudrehen.

Sogar wünschenswert.

Sie kamen gut zurecht, aber Pietro Saverio wollte wissen, wie ich zurechtkam. Ich, die ich im Dienst dieses antiquierten Wunsches für immer Schuld auf mich geladen hatte.

Darum hatte er mich beobachtet, verlockt und schließlich eingeladen, seine überfüllte Einsiedelei mit ihm zu teilen.

Er wollte wissen, wie eine verlorene Jugend eine nunmehr alte Frau prägt. Welche Narben das Leben im Untergrund hinterlässt, die Gefangenschaft, die Schuld auf einer Haut, die vom langen Verweilen auf der Erde bereits ausgetrocknet ist, wo sie Unwettern oder der schädlichen Strahlung von Erfahrung ausgesetzt war. Wie rüstet man sich für das letzte Lebensdrittel, wenn man im ersten auf der Seite der Bösen stand?

Ich war ein Forschungsobjekt, das war ich für ihn.

Wenn ich ihn hätte gewähren lassen, hätte ich ein Versuchskaninchen für seine Experimente werden können.

Ich sah mich schon keuchend im Laufrad, rasend und machtlos, wie ein Meerschweinchen, eine Maus, ein Kaninchen ...

Ich zwang mich, die Enttäuschung zu verdrängen.

Selbst schuld, wenn ich mich getäuscht hatte.

Ich beschloss, ihnen nicht länger zuzuhören.

Ich hatte genug gehört.

Aber ich hörte noch immer zu.

«Du kannst das nicht wissen, Cesare, aber damals dachte man, der Kapitalismus läge im Sterben.»

«Aus der Agonie folgte eine Art reaktionäre Pandemie ... polizeiliche Repressionen, Staatsstreiche, Attentate, und das nicht nur bei uns, auf der ganzen Welt.»

«Eine Rückkehr des Faschismus, die dir das Schema des Zweiten Weltkriegs wieder aufzwang, obwohl der seit dreißig Jahren vorbei war. Faschismus gegen Demokratie, das Böse gegen das Gute.»

«Ziemlich manichäisch, aber, meine Güte, das war ja

so tröstlich, du wusstest immer, auf welcher Seite du stehen solltest.»

Das schien mir Annamarias Stimme zu sein.

Und wer antwortete, war fast sicher Alfredo, den man an seiner polemischen Energie und dem sardischen Akzent erkannte.

«Ich weiß auch jetzt, auf welcher Seite ich stehen muss.»

«Allein gegen alle», sagte Pietro Saverio, «da stehst du. Hast du immer gestanden. Auch vor fünfzig Jahren.»

«Leck mich», sagte Alfredo.

Und alle lachten.

Sie lachten nicht so wie ihre Kinder, nicht mit dieser Leichtfertigkeit und Beharrlichkeit. Aber sie lachten viel.

Sie tranken und sie lachten.

Als könnte der Alkohol am Abend immer jede unangenehme Wahrheit des Tages auflösen.

Lilli war die Erste, die lachte, und die Erste, die aufhörte, wenn das Lachen sich zu sehr ausbreitete. Sie verstummte schlagartig, und dieses Verstummen wurde sofort zum Urteil.

Worüber lacht ihr eigentlich?

Gibt es etwa Grund zum Lachen?

Von ihr kam auch die schreckliche Frage, die ich mir nicht einmal vorzustellen wagte, obwohl sie in gewisser Weise naheliegend und unvermeidlich war:

«Hast du es Maria gesagt?»

Nach einer Pause, in der ich den Atem anhielt, antwortete Pietro Saverio:

«Nein, warum hätte ich das tun sollen?»

«Was soll das heißen, warum hätte ich das tun sollen? Sie hat Menschen getötet, die schweigsame Giovanna. Sie war an einer Schießerei beteiligt, wenn ich mich recht erinnere, nach einem Raubüberfall, sie hat geschossen, man hat auf sie geschossen, und sie ist geflohen. Das macht sie nicht zu einer legendären Persönlichkeit, die man zum Vergnügen in die Ferien mitnimmt, sondern zu einer Mörderin. Ich würde meine Enkelin nicht mit einer Mörderin auf den Spielplatz gehen lassen.»

Sie war laut geworden, jemand bat sie leiser zu sprechen, Pietro Saverio sagte, dass ich ganz in der Nähe schliefe, ich könne jeden Augenblick aufwachen und sie reden hören.

Lilli sprach nicht leiser, um ihre feste Überzeugung zu bekräftigen, dass Malvina in Gefahr war und Maria und Michele informiert werden mussten.

Ich glaube, mich zu wecken und an dem Prozess teilhaben zu lassen, der bis jetzt in meiner Abwesenheit stattgefunden hatte, war genau das, was sie wollte.

Für mich rezitierte sie ihr Beglaubigungsschreiben: Sie war damals eine Aktivistin in der Jugendorganisation der Kommunistischen Partei gewesen. Während alle anderen draußen auf der Straße herumrannten, weil sie überzeugt waren oder sich einzureden versuchten, dass der Aufstand nahte, hatten sie und andere versucht, die kommunistischen Massen und die katholischen Massen zu vereinen, damit die Christdemokraten nach links rückten und zum ersten Mal seit dem Referendum von 1946 für die Monarchie oder die Republik wieder eine wirkliche Veränderung in diesem Scheißland stattfand.

1975 seien sie stark gewesen, sie und die von der Kommunistischen Partei.

So stark würden sie nie wieder sein, und daran waren auch Leute wie ich schuld.

Die versehentlichen Mörder, die Spieler ums Ganze, die fähig waren, einen Architekten umzubringen, dessen

Schuld darin bestand, humane Gefängnisse zu entwerfen, oder einen fortschrittlichen Journalisten oder einen mutigen Gewerkschaftler oder sogar einen Arbeiter, der Genosse war.

Denn die Gefangenen müssen leiden, und die Arbeiter müssen leiden, dann begehren sie auf, und der Rausch der Revolution beginnt.

Sie redete sich in Rage.

Die anderen schwiegen und hörten zu.

Und sicher bewunderten sie Lilli.

Ich fragte mich, wer sie war, diese Lilli mit dem zerknitterten Leinenjackett, ich hörte, wie sie sich in einem Crescendo der Selbstbestätigung aufplusterte mit ihren Gewissheiten, ihrem existenziellen Anstand, ihrer nachträglichen Empörung.

Es war ein reißender Fluss, eine Monsterwelle, eine verführerische Zurschaustellung historischer Fehlerlosigkeit.

Niemand wagte, sie aufzuhalten.

Niemanden schien die sehr naheliegende Vermutung zu beunruhigen, dass ich alles hören könnte.

Lilli machte weiter, aber sie sprach nicht mehr von mir, und schon das war eine Erleichterung, sie sprach von uns, uns Mördern, den Leuten mit verworrenen Theorien, die dem Zusammenstoß mit der Wirklichkeit nicht standhielten.

An die sie gerade genug glaubten, um sich dahinter zu verstecken und sich selbst zu vergeben, dass sie abscheuliche Verbrechen begangen hatten.

Waren wir nicht diejenigen gewesen, die mit Nazitechniken und unerhörter Brutalität Studenten und Dozenten der Hochschule für Betriebswirtschaftslehre in der Via Ventimiglia in Turin gefangen genommen und zehn davon ausgesucht hatten, um ihnen in die Beine zu schießen?

Denn das hatten wir getan, wir Mörder, wir hatten das Blut der anderen vergossen und uns mit dem unvermeidlichen Übel abgefunden. Tausendmal. Wir hatten die Attentate und Bomben und Ablenkungsmanöver und Staatsstreiche der Rechtsextremen in aller Welt als Beweise zu unserer Entlastung benutzt. Wir hatten das heimliche Bündnis zwischen der italienischen Rechten und den USA, mit dem verhindert werden sollte, dass in Italien die stärkste kommunistische Partei Europas obsiegte, als einen mildernden Umstand benutzt, der uns freisprechen sollte.

Pietro Saverio versuchte zu erwidern, dass dieses Bündnis tatsächlich bekämpft werden musste, aber er wurde zum Schweigen gebracht.

Lilli stand unter Hochspannung, ließ keine Einwände zu.

Sie sprach von den Aktivisten, die sich für den bewaffneten Kampf entschieden hatten, und nannte sie «die kleinen Genossen deiner Giovanna».

Sie sagte, wir hätten uns tausendmal mit der unvermeidlichen Gewalt abgefunden und uns von Mal zu Mal einen Feind aus den Reihen der Besten, der Progressiven ausgesucht, derjenigen, die versuchten, die Dinge besser zu machen.

Anständige Menschen, die ihre Arbeit taten.

In diesem ausgefransten Überrest des Kalten Krieges, der die Siebzigerjahre in ein fahles Licht tauchte, hatten wir uns selbst eine heroische Rolle zurechtgezimmert.

«Es gibt keine Revolution ohne Gewalt», so das Gefasel, das wir Mörder, Lilli zufolge, andauernd von uns gegeben hatten. «Der Kommunismus hat sich immer mit

Gewehren durchgesetzt. Wer will denn eine Gesellschaft, die sich für die Ärmsten der Armen einsetzt? Nur die Ärmsten der Armen. Allen anderen wird die Gleichheit mit Waffengewalt beigebracht.»

Wir hatten uns zu Sprechern der Ärmsten ernannt, so Lilli, doch die Ärmsten sprachen nicht mehr mit uns, wenn sie es denn je getan hatten.

Das war nicht richtig. Diese Begriffe benutzte man damals nicht. «Die Ärmsten der Armen» kamen erst, als die Arbeiterklasse verschwunden war.

Das ist ein Wort aus der Freiwilligenarbeit, nicht aus dem politischen Kampf.

Ich war angespannt, hatte Lust zu schreien. Meine Gründe, meine Irrtümer, ihre Gründe, der Bockmist, den sie redete. Doch das Schweigen ist ein Gelübde, das kein Verfallsdatum hat, es ist für immer.

Ich habe dieses Gelübde abgelegt. Ich schweige seit Jahrzehnten.

Und wer lange schweigt, hört anderen schließlich bis zum bitteren Ende zu.

Hört alles, was sämtliche Lillis, denen man begegnet, zu sagen haben.

«Erinnert ihr euch an den Fragebogen, den die Kommunistische Partei in den Fabriken verteilt hatte? Den bewaffneten Kampf wollte niemand. Die Arbeiter verstanden das nicht und billigten es nicht. Sie haben diese Hinrichtungen nie verstanden und gebilligt, und erst recht nicht die Auswahl der Ziele, die getroffen werden sollten.»

Garantiert wird irgendjemand jetzt von der Blutspur sprechen, dachte ich.

Die Verzweiflung der Söhne, der Mütter, der Ehefrauen.

Die Tränen. Die Trauer. Die zerstörten Leben.

Nicht Lilli, Lilli war subtiler, sie sagte, sie habe irgendwo gelesen, dass wir unseren Opfern nie ins Gesicht sahen, wenn wir schossen.

Sie waren Ziele, wie bei Schießübungen, Zielscheiben in Form von Menschen.

Das Fähnchen, das ins Herz trifft, gewinnt.

Das hatte Lilli gelesen, oder sie bildete sich ein, es gelesen zu haben.

Alle hörten ihr zu, auch ich.

Nach einer Pause senkte sie etwas ernüchtert ihre Stimme.

«Annamaria, gib mir eine Zigarette.»

«Hattest du nicht aufgehört zu rauchen?»

«Ich habe wieder angefangen.»

Jetzt war der Ton persönlicher, milder, geschickt in der Schwebe gehalten zwischen einem Rest Eifer und einer tapferen Melancholie.

Zum Abschluss des Abends betonte Pietro Saverio noch einmal, er werde Maria nichts sagen, auch wenn ihn niemand darum gebeten habe.

«Tu, was du für richtig hältst», räumte Lilli ein, und um sicherzugehen, dass ich die Botschaft klar und deutlich empfing, fügte sie unter sorgfältiger Betonung hinzu: «Aber sieh zu, dass sie mir in diesen Tagen nicht über den Weg läuft. Nicht solange ich hier bin.»

Pietro Saverio sagte: «Na, übertreib mal nicht, im Grunde hat sich unsere heutige Abendunterhaltung dank Giovanna in Höhen aufgeschwungen, die in den letzten erbärmlichen, von jeder Art Glauben oder Ideologie bereinigten, aseptischen, mit guten Absichten bepuderten dreißig Jahren fast nie auch nur gestreift wurden. Seit wir uns ein Nest im neuen Jahrtausend gebaut haben, reden wir nur noch über die Wartung des Bestehenden. Entstauben irgendwelche recycelten Anekdoten. Tun so, als ginge es uns gut oder schlecht wegen irgendwelcher verschmerzbarer Unglücksfälle. Wenigstens haben wir heute Abend mal über Politik gesprochen.»

«Allenfalls über Moral.»

«Die Politik wird zur Moral, wenn man sie von Weitem betrachtet.»

Ein paar Minuten lang hörte ich diesem von der Gewohnheit gedämpften Schlagabtausch, diesen im Lauf der Zeit zu einem Gesellschaftsspiel aufgeweichten Meinungsverschiedenheiten noch zu.

Und beglückwünschte mich, dass ich den Impuls, bei ihnen zu erscheinen, unterdrückt hatte. Damit der Prozess in Abwesenheit der Angeklagten weiterging.

Oder ein für alle Mal endete.

Lilli erhielt einige Zeichen der Bewunderung, als wäre sie ein Rassepferd, das alle wie rasend hatten galoppieren sehen.

Weil es ihr gelungen war, noch weit weg vom Abgrund der Gleichgültigkeit zu sein (oder zu scheinen).

Letztlich ein jugendliches Verhalten.

Ich fühlte mich – wie fühlte ich mich? Nach so vielen beschriebenen Seiten müsste ich es wissen. Und auch aufschreiben können. Ich müsste unter allen möglichen Adjektiven dasjenige finden können, das mir selbst am besten mitteilt, wie ich mich fühlte.

Betrübt?

Gedemütigt?

Beschämt?

Gekränkt?

Malvina bewegte sich im Schlaf, und aus ihrem halb geschlossenen Mund kam ein kurzer Seufzer. Ich holte sie aus ihrem Bettchen und legte sie neben mich auf das große Bett.

Ich umarmte sie.

Kurz und mit der ätherischen Leichtigkeit eines Gespensts.

Ohne die Augen zu öffnen, umfasste sie einen Finger meiner Hand, die ich auf ihren Bauch gelegt hatte, um sie spüren zu lassen, dass sie nicht allein war.

Es war, als wollte sie mich festhalten, als böte sie mir einen Platz in ihrem Traum an.

Wo ich ruhen konnte, endlich.

23.

DIE LUST AM UNTERGANG

Ich wartete, bis alle ins Bett gingen. Ich wartete auf die letzten Geräusche vor Anbruch der Nacht, das Brummen des Kühlschranks, eine Tür, die sich schließt, das Rauschen der Toilettenspülung, einen Fensterflügel, der zuschlägt.

Ich wartete darauf, dass sich mit dem gewissenhaften Plätschern der Dünung die belebte Stille des Meeres über die träge Stille der Dunkelheit legte.

Ich drückte einen Kuss auf die verschwitzten Haare des Mädchens.

Ich fühlte, wie sich eine Träne bildete, das war die Angst, dass sie aufwachen und sich allein sehen würde, die Sehnsucht, die ich schon empfand, bevor ich wegging. Weil wir nicht mehr spielen würden, weil ich sie enttäuschen würde.

Mit einem schmerzhaften Ruck riss ich mich von der Betrachtung ihres Schlafes los.

Ich musste gehen. Ich musste.

Noch war ich angezogen, die Bluse voller Blutflecken.

Ich nahm nur einen Pullover aus dem Schrank. Die Tasche. Das Schreibheft.

Der verbundene Finger machte die Bewegungen der Hand unbeholfen.

Ich ging hinaus.

Der Tisch auf der Terrasse war noch nicht ganz abgeräumt.

Brotkanten, leere Weinflaschen, Überreste vom Salat.

Papierservietten.

Das Mondlicht überzog die Abfälle des Abendessens mit Silber. Hier, auf diesem häuslichen Altar, war zwischen einer Schwertfischroulade und einem ruhmreichen Zwiebelomelett der Prozess abgehalten worden.

Wieder einer.

Ein Maestrale von Norden war aufgekommen, und das Meer hatte sich weit draußen mit kleinen weißen Schaumkronen bedeckt.

Mein Entschluss wegzugehen stand fest.

Doch ich konnte nicht gehen.

Mein Plan war, am Hafen auf das Tragflügelboot zu warten, das mich bei Tagesanbruch nach Milazzo auf die größte Insel bringen würde, nach Sizilien, fast schon Festland.

Als ich hier ankam, hatte ich sofort überprüft, welche Fähren mich nach Italien zurückbringen konnten. Das war abergläubische Abwehr von Unheil, meine alte Vertrautheit mit der Flucht, denn Inseln sind in dem anderen Element gefangen, das wir nicht beherrschen können.

Über die Inseln herrscht das Meer.

Es gab das Boot nach Neapel um neun Uhr morgens, es gab das Schiff, das um zehn Uhr abends fuhr, aber nur donnerstags und montags.

Das Boot nach Neapel fuhr ab Ende August nicht mehr.

Das Boot nach Milazzo fuhr jeden Tag, das ganze Jahr über.

Mit der Gunst des anbrechenden Tages.

Ich hatte nicht damit gerechnet, dass es so kommen würde, wie es gekommen war. So überstürzt. Und ohne dass ich Einfluss hätte nehmen können. Aber ich wusste, wie ich verschwinden konnte.

Die Fluchtwege mitsamt Fahrplan zu erkunden, war eine automatische Vorsichtsmaßnahme gewesen.

Und jetzt nützte sie mir.

Mit dem Tragflügelboot nach Neapel um neun Uhr vormittags konnte ich nicht fahren. Ich hätte ihnen allen noch einmal begegnen müssen, Lilli in die Augen sehen, meine Abreise rechtfertigen.

Malvina hätte mich sofort nach dem Aufwachen umarmt. Und Wärme verströmt, wie immer, seit ihr winziges Wesen in mein Leben eingedrungen war. Ich musste zurück in die Kälte, den Winter, die Härte meiner Einsamkeit.

Ohne Abschied, ohne Erklärung, ohne meinen Kummer zeigen zu können.

Die Enttäuschung, die Verlegenheit.

Ich musste den Schlaf der anderen nutzen.

Den Schlaf der Freunde von Pietro Saverio, dieser Mitmenschen, die mir nicht geistesverwandt waren, es nie gewesen waren.

Noch immer hatte ich Lillis Stimme in den Ohren.

«Sieh zu, dass sie mir nicht über den Weg läuft.»

Die sanftere von Annamaria konnte diesen Ton nicht ausgleichen:

«Dabei schien sie ein guter Mensch zu sein.»

Ausgleichen konnte ihn auch Gianni nicht, der eine Art Vorschrift der Vernunft anführte: Es ist doch so viel Zeit vergangen.

Ebenso wenig die Pflichtverteidigung von Pietro Saverio: Sie hat Fehler gemacht, sie hat bezahlt. Jetzt darf sie ihren rechtmäßigen Platz am Tisch einnehmen.

Es gibt nur eine einzige Wahrheit. Die von Lilli.

Verschwinde.

Und verschwinden musste ich so bald wie möglich.

Dennoch war mir die Vorstellung unerträglich, dass Malvina beim Aufwachen allein sein würde. Alle hatten reichlich gegessen und getrunken, würden sie trotz ihres Alters spät aufstehen? Sie waren über die vielen Schlafzimmer in diesem Villendorf verteilt. Im ersten Gebäude, das auf den Klippen stand, schliefen nur ich und Malvina.

Von unserem Zimmer aus gelangte man direkt zu der Gasse zwischen weißen Mauern, die vom Meer zur Straße führte.

Eine der Prahlereien von Pietro Saverio fiel mir ein: «In fünfzehn Jahren habe ich hier auf der Insel nie eine Tür abgeschlossen.» Sie machte mir Angst.

Und wenn Malvina nach draußen gehen und mich suchen würde? Es gab nichts, was sie an dieser Suche hindern konnte, die mir jetzt voller Gefahren erschien. Sie würde die Villa verlassen und sich verlaufen.

Sie würde laufen und hinfallen. Unerträgliche Gedanken.

Ich kehrte ins Zimmer zurück, nahm sie auf den Arm und brachte sie in das Zimmer, wo Pietro Saverio schlief.

Er war ihr Großvater, ihr Fleisch und Blut, ihm musste ich sie zurückgeben. Seinem Schutz anvertrauen.

Ich zog meine Schuhe aus, atmete kaum, öffnete die Tür mit der Schulter, versuchte, meine Augen an die Dunkelheit zu gewöhnen, und mir war, als lägen dort zwei Körper im Bett. Aber es war zu spät, um zurückzugehen.

In dem dunklen Zimmer flammte die Taschenlampe eines Handys auf.

Es war Lilli, die die Lampe auf mich richtete.

«Was ist los?», fragte sie.

Ich reichte ihr das Kind.

Sie nahm es.

Legte es vorsichtig aufs Bett zwischen sich und Pietro Saverio.

«Warte», sagte sie, vielleicht peinlich berührt, weil ich diese unvorhersehbare Bettgeschichte zwischen zwei alten Menschen entdeckt hatte.

«Warte doch, Giovanna …», sagte sie wieder.

Ich ging, ohne ein Wort zu sagen.

Vom Haus bis zum Hafen sind es zwei Kilometer. Mit Malvina bin ich die Strecke immer langsam abgelaufen, wir haben oft angehalten. An diesem Fluchtmorgen ging ich schnell. In zehn Minuten war ich am Hafen.

Bevor ich ging, ließ ich eine Nachricht in der Küche.

Notwendig, zurückhaltend. Ein viermal gefaltetes Stück Papier. Für Pietro Saverio.

«Es tut mir leid. Ein unvorhergesehener Umstand zwingt mich abzureisen. Bitte verzeih mir. Giovanna.»

Frühmorgens liegt ein Duft nach Wildnis über der Insel.

Wenige Boote gleiten über das Wasser, und die einzige Straße wird, von Schritten entleert, erhaben, wesentlich, elegant.

Das Gehen hatte mich beruhigt.

Es war nicht die Art Ruhe, die ich wollte, dennoch empfand ich eine gewisse Dankbarkeit.

Ich musste mir selbst etwas sagen, was schwer auszusprechen war.

Auf der Anlegebrücke setzte ich mich im Schneidersitz auf den Boden.

Wie im Traum schien mir, als hätte ich kein Alter mehr. Ich fühlte mich schlank und wendig, wie nach einem schnellen Lauf. In tiefen Zügen atmete ich einen salzigen Schirokko ein, versüßt von den Zuckerschwaden aus einer Kaffeebar, die soeben öffnete. Noch bevor die Augen es taten, warnte mich mein Geruchssinn, dass der Wind auffrischte. Alle Gerüche hatten sich intensiviert. Und die Wellen erhoben sich wie viele stolze Rücken, sehr schnell, weiß, rau vom Schaum.

Der Festmacher, untersetzt, mit nacktem Oberkörper, ledriger Haut und einem weißen Bart, den er seit Jahren nicht kürzte, damit die Touristen ihn fotografierten, sah mich interessiert an.

Ich senkte die Augen.

«Schwere See», sagte er.

Meine Sorge war, dass das Tragflügelboot nicht anlegen würde, und ich fragte ihn danach.

Er beruhigte mich, es sei nur verspätet. Ich würde schaukeln. Aber ankommen würde es und abfahren auch. Tatsächlich kam es, als sieben Uhr lang vorüber war und ich schon das Schlimmste befürchtet hatte.

Wenn ich auf der Insel in der Falle saß, wo hätte ich mich verstecken können?

Wo versteckt man sich an einem so exponierten und so eng umgrenzten Ort, der sich mit zehntausend Schritten abmessen lässt und von der beweglichen, unüberwindlichen Grenze des Meeres umgeben ist?

Denn verstecken musste ich mich, und diese Notwendigkeit war mir so vertraut, dass ich Angst und Langeweile zugleich verspürte.

Als das Boot sich von der Brücke abstieß, waren wir

nur wenige Passagiere. Ich war die Einzige ohne Gepäck.

Beobachteten sie mich?

Jedenfalls hörten sie damit auf, als das Meer noch stürmischer wurde.

Nun wurden Papiertüten herumgereicht, mit der Bitte, dort hineinzuspucken, nicht anderswohin.

Ich werde nicht seekrank, also konnte ich mich umschauen.

All diese Wellen schienen von einem jähzornigen unterseeischen Geist bewegt. Sie jagten sich und prallten gegeneinander, wodurch sich harte Schaumkämme erhoben.

Auf dem Grund dieses Meeresarms gibt es versunkene Krater. Ein zweitausend Meter tief begrabener Vulkan ragt mit seiner Öffnung aus dem Wasser und bildet eine kleine Insel mit einem lächerlichen Namen.

Der andere Vulkan, der noch aktiv ist, war schon nicht mehr in Sichtweite.

Ein wütender Ausbruch, ein scharfer Knall, als würde ein Baum vom Blitz getroffen, war sein Beitrag zum Aufruhr der Elemente.

Ich dachte an Schiffbruch.

Und mir wurde bewusst, dass es ein angenehmer, fast natürlicher Gedanke war, ein Wunsch nach Auflösung.

Ich würde auf den Meeresgrund hinabgleiten und dem Wasser erlauben, meinen Körper zu zersetzen.

In diesem Sturm, auf dem Boot, das mich nach Milazzo zurückbrachte, habe ich zum ersten Mal an den Tod als an eine letzte Medizin gedacht, die ich mir selbst verabreichen kann.

Ohne Pathos, ohne Tränen.

Ich dachte: Es genügt loszulassen, sich auszuliefern.

Sofort fühlte ich mich erleichtert, geschützt vor der Mühe des Kämpfens, während meine Schwäche in der Umarmung einer neuen Allmacht verschwand.

Ich dachte an Lilli, die in meinem Alter war und ein ganzes Repertoire beneidenswerter Gewissheiten besaß.

Lilli mit den kurzen weißen Haaren, die Sex oder einen Ersatz für Sex mit Pietro Saverio hatte, dem Meister geistreicher Konversation.

Dem Mann, der mich ausgesucht hatte, aber nicht weil ich ihm gefiel, sondern um mich seinen Freunden als eine amüsante, ungeplante Zugabe zum Programm vorzuführen, die eine seit Jahrzehnten erlahmte Diskussion wiederbeleben konnte.

«Ich habe sie sofort erkannt.»

«Dass sie mir nicht über den Weg läuft.»

Das Drama meines Lebens zu Tratsch verkommen.

Beim Abendessen. Weißwein trinkend.

Bevor man schlafen geht.

«Giovanna hat Fehler gemacht und dafür bezahlt.»

Beschützt von dieser Formel, hätte ich bleiben und mich reinwaschen können.

Ich hätte diese Truppe selbstgerechter alter Leute mit der Erinnerung an ihre einstige Überheblichkeit konfrontieren können, die sie auf mich gerichtet hatten wie eine Reihe verrosteter Gewehre.

Ich habe es nicht für nötig gehalten.

Vielleicht fehlte mir auch der Mut.

Für Pietro Saverio muss meine überstürzte Abreise vollkommen klar und eindeutig gewesen sein.

Hatte Michele recht? War Pietro Saverio ein gefühlloser Mensch? Nicht mehr als andere. Wer sein Alter zufrieden lebt, hat weder Platz für die Schuld der anderen noch für die eigene.

Es gibt nur noch Absolutionen.

Das Boot ging dann doch nicht unter, vom Wüten des Meeres blieb nur der Geruch nach dem Erbrochenen meiner Reisegefährten.

Ich ging an Land mit dem Gedanken an meinen Tod als logische Antwort.

Ich frage mich, warum ich das erst so spät erkannt habe.

24.

EINE MASSVOLLE RÜCKKEHR DES HOCHMUTS

Ich werde nicht noch einmal lesen, was ich geschrieben habe.

Es war eine Illusion, dass das Schreiben die Macht hätte, mich zur perfekten Zuschauerin des Lebens der anderen zu machen, eine, die im Parkett sitzt, im Dunkeln, zusammen mit denen, die nichts mehr zu sagen haben, wie ich.

Das Schreiben ist gierig, unersättlich, unbezähmbar.

Es bringt dich dorthin, wo du nicht hinwillst. Es beschützt dich nicht, im Gegenteil, es bewaffnet deine Hand gegen deine eigenen Hüften, es versperrt dir die Fluchtwege, es erschreckt dich gern.

Ich werde auch mit dieser letzten Widerstandsübung aufhören.

Die Hefte werde ich in den Mülleimer werfen.

Die Schlüssel zu Micheles und Marias Wohnung habe ich in ihrer Küche gelassen, meine habe ich bei mir behalten, in meiner Handtasche. Die Schlüssel zur Wohnung im Haus am Fluss.

Der Wohnung, die ich dank des plötzlichen Todes meiner Eltern gekauft hatte.

Im Grunde werde ich genau das tun, was sie von mir erwarteten: eine radikale Neuverhandlung meiner Verbrechen, besiegelt durch eine exemplarische Strafe.

Ich habe die konsequente Lösung eines Problems gefunden, das ich mir nie richtig stellen konnte.

Ich werde besser sterben, als ich gelebt habe.

Weil ich mir alle Zeit nehme, die ich brauche.

Alle nötigen Vorkehrungen, damit sämtliche Einzelheiten berücksichtigt, damit die Rechnungen abgeschlossen werden. Es wird etwas Leises, Vorsichtiges sein, wie das Zuschlagen einer Tür mit der Hand bremsen, wenn draußen der Wind weht.

Eigentlich gefällt es mir, wieder aktiv zu sein, und ich bin Maria und Michele dankbar, weil sie mich gezwungen haben weiterzugehen.

Zwanzig Jahre lang stand ich still, weit weg vom Blick der anderen, diesem Zerrspiegel.

«Sie» haben mich gesehen.

Seit langer Zeit hatte mich niemand mehr gesehen.

Sie waren es, die mich auf die Insel gedrängt haben, mitten im Sommer, einer Jahreszeit, der ich nie leichten Herzens entgegengegangen bin.

Die Insel und der Sommer, beide haben mich ins offene Meer zurückgeworfen.

An diesem Morgen werde ich früh weggehen. So, wie ich früh von der Insel weggegangen bin.

Ich werde in das karge Zimmer zurückkehren, Zimmer Nr. 21 im Hotel Imperiale, unterste Kategorie.

«Sie» kommen heute an.

Oder morgen.

Ich will ihnen nicht begegnen, wenn ich ihnen begegnete, würde ich schwanken, würde anfangen, mit mir selbst Zusatzzeiten auszuhandeln.

Aber ich will das Urteil vollstrecken. Sofort.

Warten nützt gar nichts.

Ich habe mein Handy ausgeschaltet. Es unter einem der Kissen auf dem senffarbenen Sofa versteckt, als hätte ich es verloren. Als hätte ich es gesucht und nicht gefunden oder vergessen, es zu suchen.

Bevor ich das Handy unter dem Kissen begraben habe, habe ich die Nachrichten gelesen.

Maria:

«Warum bist du weggegangen?»

Michele:

«PS: Er ist das übliche Arschloch.»

Maria, zweite Nachricht. Eine Stunde nach der ersten.

«Uns ist das völlig egal. Auch meinem Vater.»

Pietro Saverio:

«Malvina hat geweint, als ich ihr gesagt habe, dass du abgereist bist.»

Es ist ihnen «völlig egal». Tröstet mich diese wohlwollende Gleichgültigkeit?

«Malvina hat geweint, als ich ihr gesagt habe, dass du abgereist bist.»

Pietro Saverio weiß, wo er trifft.

Das muss man ihm zugestehen.

Ich will nicht mehr an die Familie in der Wohnung nebenan denken.

Die Sehnsucht nach Malvinas Körper, der Wärme, dem Lächeln, der Haut ... sie wird mich bis zuletzt begleiten.

Ich kann keine einzige Minute der mit ihr verbrachten Zeit vergessen. Ich ertrage den Gedanken nicht, dass sie geweint hat.

Aber vielleicht stimmt es nicht. Vielleicht hat sie nicht geweint.

Vielleicht schmeichelt Pietro Saverio nur meinen empfindlichen Seiten, bedient sich des Mädchens, damit ich zurückkomme.

Damit Maria ihm vergibt.

Oder um mich zu zwingen, mir sein elegantes Plädoyer anzuhören.

Das Gegenverhör der wichtigsten Zeugin der Anklage: Lilli, seine vierte Frau.

So wie ich ihn zu kennen glaube, könnte er Lust haben, noch ein bisschen zu spielen.

Wie die Katze mit einer besonders dummen Maus.

Ich hoffe, dass es so ist.

Dass niemand etwas Ernsteres erleiden muss als eine vorübergehende Schlappe: Ich hatte eine Frau gefunden, mit der ich gerne über gewisse Dinge aus unserer Vergangenheit gesprochen hätte, das wäre interessant gewesen. Aber sie ist weggegangen.

Wegen Pietro Saverio und seinem Salon auf den Klippen werde ich keine Trauerkleidung anziehen.

Was Malvina betrifft: Sie lebt geborgen in der Gegenwart, das ist der große Vorteil der Anfängerinnen. Sie wird mich bald vergessen.

Ich werde sie bis zum Ende bei mir behalten.

Alles andere kann ich loslassen, alle kann ich loslassen.

Von allem kann ich mich trennen, aber ich muss aufhören, mir Pietro Saverio vorzustellen, der Michele anruft und von mir spricht.

Er wird sagen: Sie ist abgehauen. Als wir alle schliefen.

Keine Ahnung, warum.

Er wird sagen: Sie ist eine merkwürdige Frau.

Sie ist eine arme Irre, wird Lilli sagen.

Lilli stelle ich mir an seiner Seite vor, wie sie ihn drängt, die Dinge wieder in Ordnung zu bringen. Die Kinder zu warnen, die Enkel zu schützen.

Sie wird sagen: Jetzt seht ihr sie so, eure Weißmähne, eine harmlose alte Frau, die Romane liest, Musik hört und kleine Kinder liebt.

Aber vorher, in diesem weiten, glitschigen Vorher, das den Niedergang des zwanzigsten Jahrhunderts begleitet hat, da war sie Bonnie and Clyde, war Thelma & Louise, war Calamity Jane …

Eine Gesetzlose, geächtet.

Sie gehörte zum Wild Bunch, der kein Gesetz kannte.

Als es noch einen Wild Bunch gab.

Ihr erinnert euch doch an den Film von Sam Peckinpah?

Sie schossen mit Maschinengewehren und lachten und spielten mit Sprengstoff und tranken Schnaps aus der Flasche und trieben es mit mexikanischen Nutten und raubten Banken aus und überfielen Züge.

Wer weiß, warum uns dieser Film so gut gefiel.

Allen gefiel er.

Pietro Saverio wird von dem Film sprechen und sagen, dass auch er ihn mochte. Er wird sagen, er habe viele wie mich gekannt. Er nannte uns «Genossen, die irren», und wenn es sich ergeben hätte, hätte er uns auch beherbergt.

Vielleicht. Nicht zu lange, aber großzügig. Denn als er jung war, hegte auch er oppositionelle Neigungen.

Er dachte an die Revolution, nicht besonders konkret, aber er dachte daran. Damals dachten viele daran, mit der Leichtfertigkeit Minderjähriger, und sie taten, als wüssten sie nicht, dass Revolutionen mit Waffengewalt gemacht werden, nicht mit Liedern.

Waffen sind schmutzig, machen Lärm, sie verletzen. Nur in Filmen bringt die Maschinenpistole dich zum Tanzen.

Als die Revolution dann auch als Gesprächsthema überholt war, reihten sich alle in die für sie vorgesehenen Ränge ein. Alle meldeten sich für den großen Wettbewerb an, weil zum großen Wettbewerb seit gut vierzig Jahren keine Alternativen mehr vorgesehen sind.

Als alle anfingen, in die für sie vorgesehene Richtung zu laufen, verbüßte ich meine Haftstrafe.

Jetzt kann ich nicht mehr aufhören, in Gefangenschaft zu verfaulen, während sie, unterdessen alt geworden, die einzige garantiert vergebliche Schlacht schlagen. Sie kämpfen darum, das Leben endlos zu verlängern, indem sie das Alter mit guten Manieren täuschen, mit ein paar verbliebenen Eitelkeiten, einer kalorienarmen Diät, etwas Sport, acht Gläsern Wasser am Tag und vielleicht einer Liebe, denn bestimmte Tanzfiguren kann man immer wieder ausführen, wenn man sie gut gelernt hat.

Man kann immer umarmen und küssen und mit leiser Stimme Dummheiten stammeln. Das tun sie, unabhängig davon, seit wie vielen Jahren und wie sie gelebt haben.

Das haben Pietro Saverio und Lilli getan.

Ich nicht.

Ich habe nur gelernt, allein zu sein. Und stumm.

Darum bin ich unfähig, meine Rolle zu spielen, nicht

einmal, wenn sie sich auf den Epilog beschränkt. Für mich ist das 20. Jahrhundert noch nicht beendet, seit vierzig Jahren lebe ich zwischen den Trümmern dessen, was hätte sein können und nicht gewesen ist.

Ich habe meinen Computer wiedergefunden, im Wohnzimmer, auf dem Tischchen neben dem Sofa.

Habe ihn aufgeklappt.

Mir die Wettervorhersage angesehen.

Dann bin ich ins Mailprogramm gegangen, ich schreibe an niemanden und bekomme nichts als Werbung. Darum habe ich sie sofort gesehen, ohne sie suchen zu müssen, die Briefe, die Pietro Saverio und ich uns geschrieben hatten.

Ich habe sie gelöscht.

Bin zur Wettervorhersage zurückgegangen: Der morgige Tag wird sonnig, über der Stadt liegt ein stabiles Hochdruckgebiet.

Ich habe den Computer zugeklappt.

Mich auf den Sessel gesetzt, wo ich in all diesen Jahren jeden Abend Leben aus Romanen gesaugt habe.

Wie ein Parasit.

Nicht mal einziges Buch habe ich in den Koffer gesteckt, den ich im Hotel gelassen habe.

Ich will nicht mehr lesen. Ich kann an nichts anderes denken als an mich.

Darum kann ich nicht aufhören zu schreiben.

Ich schreibe wie jemand, der nicht mehr lesen kann.

Ich schreibe nicht gern. Das habe ich schon gesagt, als ich diesen Bericht begonnen habe.

Trotzdem schaffe ich es nicht, mit dem Schreiben aufzuhören. Als würde jeder Satz, den ich hinzufüge, mich an meinen Körper fesseln und wieder einmal die Auflösung verhindern, mit der ich liebäugele und die ich fürchte, seit ich denken kann.

Denn seit ich denken kann, kämpfe ich gegen Gefühle.

Alle erinnern sich an ihre Jugendlieben, ich an meine emotionalen Entbehrungen.

Und wenn ich zurückblicke, sehe ich nur sie.

Lilli hatte recht: Wir konnten niemandem ins Gesicht sehen.

Wir durften uns das Leben hinter dem Zielobjekt nicht vorstellen.

Wir mussten vergessen, was uns alle gleich macht.

Körper, die leiden, Körper, die nach Genuss streben.

Unruhige Seelen, Ängste, Sehnsüchte.

Nichts.

Damals habe ich die Gewohnheit angenommen, nicht in die Augen zu schauen, die ich vor mir habe.

Ich durfte niemandem in die Augen sehen, ich durfte keinem ängstlichen, erstaunten, fassungslosen Blick begegnen.

Ich durfte nicht fühlen, wie das Blut anderer Menschen pulsiert. Das meinem eigenen so ähnlich ist.

Um die Verletzbarkeit des auserwählten Opfers in meinem Bewusstsein auslöschen zu können, musste ich auch die von Furio, Anna, Daniela und Paulo auslöschen, Decknamen, um die Identität zu schützen, der ich nicht auf den Grund gehen durfte.

Paulos Gesicht am Morgen, verschlossen wie eine Faust, die Augen gerötet, Anna, die länger als die fünf erlaubten Minuten im Badezimmer blieb, Furios kleine grobe Gesten, wenn er laut an die Tür klopfte, Pieros schlapper Scherz, das Eindringen der Polizei zu spielen, Piero, der Jüngste, der Einzige, der mit guter Laune aufwachen konnte.

Ich musste mir eine Diät verordnen, damit kein anderes Gefühl aufkam als die wütende Liebe zur gedemütigten Menschheit, die für uns den Platz der Religion einnahm. Immer habe ich mich zu dieser Diät gezwungen.

Das war ein vorbeugendes Fasten bei mir. Wie bei jemandem, der eine Seereise unternehmen will und weiß, dass er durch das Schlingern seekrank wird, weshalb er nichts isst und gegen die Leere im Magen nur ein Stück gesalzenes Brot mitnimmt und es kaut, wenn die Wellen höher werden und sich überschlagen. Und dann schluckt er vorsichtig.

Vor über dreißig Jahren habe ich mit dieser Diät aufgehört, aber ich esse noch immer wenig, immer weniger, und meine inneren Organe sind alle kleiner geworden. Ich habe einen kleinen Magen und ein enges Herz.

In mir ist kein Platz für etwas anderes als dieses finale Anschwellen: meinen Tagen aus eigenem, freiem Willen ein Ende zu setzen.

Eine maßvolle Rückkehr des Hochmuts.

25.

GESTÄNDNISSE

Wenn es stimmt, dass jeder Selbstmord einen Adressaten hat, einen Menschen, dessen Trauer man auslösen will, dann kann meiner nur Pietro Saverio sein.

Aber verdient er das? Ich meine: Ist das nicht eine etwas zu schwere Livree für einen so kleinen Mann?

Es ist drei Uhr morgens, ich klappe den Computer auf und schreibe:

> Lieber Pietro Saverio, ich habe nie getötet, ich habe nie den Abzug gedrückt.
> Ich möchte, dass du das weißt.
> Auch wenn es nichts ändert.

Diese vier Zeilen habe ich ihm geschickt. Sofort. In dem Eiltempo, das ich nie für einen Vorteil hielt.

Natürlich bereue ich es.

Dann fällt mir ein, dass es keine Bedeutung mehr hat.

Warum auch immer ich meine relative Unschuld beteuern wollte, hat, ebenso wie die Wahl des Gesprächspartners, dem ich meine Klarstellung schicke (Pietro Saverio), keine Bedeutung mehr.

Beim Wiederlesen dieses Satzes fühle ich, wie eine Art finale Fröhlichkeit durch mich kriecht.

Ob das die Leichtfertigkeit ist?

Es würde mir gefallen, ein Recht auf sie zu haben. Dieses Recht auf Leichtfertigkeit wäre mir lieber als das aufs Vergessen.

Ich habe nie getötet, aber wenn sie mir gesagt hätten, ich solle abdrücken, die Kugel losschicken, sie in den Schädel eines Menschen bohren, hätte ich es getan.

Es gab eine geteilte, eine gemeinsame Entscheidung.

Eine moralische Position, rechtskräftig bestätigt durch eine juristische Kategorie: Mitgliedschaft in einer terroristischen Vereinigung.

Wer Sätze mit umstürzlerischer Propaganda auf die Hauswände schrieb, hastig und voller Grammatikfehler, riskierte genauso viele Jahre Haft wie der Genosse mit der ruhigeren Hand, dem flexibleren Gewissen, der zur Waffe griff und schoss, während du schriebst.

Keiner von uns hat sich je auf den Gehorsam berufen, um freigesprochen zu werden. Keiner, weder während der Prozesse noch während der Haft oder später, hat je die Entscheidungen eines anderen, der in der Hierarchie höher stand, zu seiner Entlastung angeführt.

Viele haben verraten, haben denunziert, um Strafnachlass zu bekommen, haben abgeschworen.

Aber keiner hat die hierarchische Ordnung bemüht, um als unwissender Soldat, als dummer Helfershelfer ungeschoren davonzukommen.

Wenigstens keiner, an den ich mich erinnere.

Wir hatten eine unauffällige Vertrautheit mit dem Tod. Obwohl niemand das Wort gerne aussprach.

Todesurteile anzudrohen, war der Kern unserer Arbeit, unserer politischen Aktivität, sein Leben zu riskieren gehörte zu unserem Alltag, es war eine Berufskrankheit, wie die Staublunge bei Minenarbeitern.

Ich war siebenundzwanzig, als man auf mich schoss. Ich fühlte, wie ich rückwärts zu Boden fiel, verspürte deutlich eine jähe Müdigkeit, als gehorchte der Körper den Befehlen des Gehirns nicht mehr.

In meiner Kehle bildete sich ein Schrei, ich weiß nicht, ob meine Stimme ihn mitteilte, ob die anderen ihn hörten (die Carabinieri, die Genossen, die ahnungslosen Reisenden, die mit uns in diesem Bus saßen) oder ob er in mir blieb, ob ich nur dachte, ich würde «Mama!» schreien und doch nicht schrie, um pflichtschuldig die Würde Erwachsener zu wahren.

Angst hatte ich nicht. Angst hat man immer vorher, bevor das Schlimme passiert, die Trennung, die Trauer, die Verhaftung, der Sturz, der Tod.

Vorher. Während das passiert, wovor man Angst hatte, herrscht eine Verblüffung im Körper, die narkotisiert, zumindest eine Zeit lang.

Minuten? Stunden?

Man verliert das Zeitgefühl.

Findet sich am Boden liegend wieder, den anderen plötzlich ausgeliefert, jedem anderen, und darum regrediert man auf einen frühkindlichen Zustand.

Sie hätten mich erschießen oder aufheben können, die Carabinieri, die in den Bus gestiegen waren, um die Ausweise aller Passagiere zu kontrollieren.

Stattdessen kamen meine Gefährten im Unglück mir zu Hilfe. Sie hielten mit vorgehaltener Waffe einen Lieferwagen an.

Wir waren auf dem Land, auf einer Bundesstraße mit zwei Spuren, im üblichen Morgenverkehr.

Jemand gab uns Deckung für unsere Flucht.

Wahrscheinlich, indem er schoss. Ich erinnere mich nicht.

Hatte ich Schmerzen?

Ich war nur von Zeit zu Zeit bei Bewusstsein.

Es gab einen Zwischenstopp in einem Bauernhof. Ich spürte, wie jemand sich an meiner Verletzung zu schaffen machte.

Es gab einen Fahrzeugwechsel.

Wir fuhren in einem Kleintransporter weiter.

Ich wurde hinten hingelegt, vielleicht unter einer Decke versteckt.

Mal schwand mein Empfindungsvermögen, mal kam es zurück. Mit ihm kam auch der Schmerz. Mit dem Schmerz verlor ich das Bewusstsein.

Bereitet der Körper sich so auf das Sterben vor?

Wer das Feuer eröffnet hatte, weiß ich nicht.

Wir waren eine Gruppe, einige hatten keine ordentlichen Papiere.

Die Straßensperre war wegen eines Raubüberfalls eingerichtet worden.

Das war 1980. Alles verlor langsam seinen Sinn, wir waren schwach, und die Schwächsten von uns erklärten sich zu Kronzeugen und redeten, bezichtigten die Genossen, verrieten die Basislager. Wir waren gezwungen unterzutauchen, und das Leben im Untergrund all derer, die von der alten Garde übrig geblieben waren, außerdem das der jungen Neuankömmlinge (denn trotz allem kamen noch immer junge Leute, um sich uns anzuschließen), musste finanziert werden.

Die Raubüberfälle waren eine Aktion, die keine Diskussionen erforderte, bei der es keine Opfer geben durfte.

Wir hatten Waffen, aber wir hatten kein Geld, um Essen zu kaufen. Um die Mieten zu bezahlen.

Darum mussten wir die Waffen arbeiten lassen.

Ein Weg, Einnahmen zu erzielen, wie jeder andere.

An dem Überfall war ich nicht aktiv beteiligt gewesen.

Eine Stadt in der Provinz, eine kleine Bankfiliale.

Dennoch hatte ich in diesem Bus gesessen.

Warum? Wie verrückt das auch scheinen mag, ich erinnere mich nicht. Ich weiß es nicht mehr.

Diese Leerstelle im Gedächtnis habe ich jahrelang gesucht und erforscht.

Eine vom Überlebensinstinkt gesteuerte Amnesie, genährt von dem Bedürfnis, die Last der Vergangenheit leichter zu machen.

Die Verdrängung war so gründlich, dass ich sogar die Erinnerung an das verloren habe, was seit vierzig Jahren auf meinem Körper tätowiert ist, für immer, wie die Narben.

Wie habe ich diese lange, langsame Fahrt auf Nebenstraßen mit einer Kugel im Körper nur ertragen?

Wenn man an das Schicksal glaubt, dann war meine Stunde wohl noch nicht gekommen.

Abends erreichten wir das Basislager. Unweit von Rom.

Beim Treppensteigen stützten sie mich, einer links, einer rechts. Eine junge Frau, die zu viel getrunken hat.

Sie redeten mit mir, sie redeten miteinander.

Um die Szene glaubhaft zu machen, witzelten sie.

Ein paar Leute zeigten sich auf dem Treppenabsatz, es war ein Mietshaus, wo man einander nicht kannte, hier wohnte ein mit dem Überleben vollauf beschäftigtes Kleinbürgertum.

Ich erinnere mich an einen gekünstelten Heiterkeitsausbruch.

«Jetzt verpassen wir dir einen halben Liter Kaffee.»

Sie lachten, die beiden, die mich die Treppen hochschleiften.

«Eine Frau, die keinen Alkohol verträgt, sollte nicht trinken.»

Ich hätte sterben können.

Es wäre normal gewesen, wenn ich gestorben wäre.

Aber sie brachten mich nachts weg. Zwei Tage später.

Und ich wurde operiert.

Heimlich.

In einer Ambulanz, sagte man mir. Dank der Mittäterschaft eines Mannes, den ich nie wiedergesehen habe, und seines Talents, Lebewesen zusammenzuflicken.

Bei Tagesanbruch war alles vorbei.

Ich hätte sofort sterben können, oder später.

Ich hätte sterben können.

Und das muss ich mir immer wieder sagen.

Wie man einen Refrain wiederholt, damit ein Kind einschläft.

Wenn ich an meine Vergangenheit denke, und ich kann nicht aufhören, daran zu denken, kommt mir der Plan fast eitel vor …

Mein Plan.

(Diese maßvolle Rückkehr des Hochmuts.)

Ich hätte tausendmal sterben können.

Alles wäre einfacher gewesen. Aber ich habe überlebt.

Lang genug, gesund genug und masochistisch genug, um der Versuchung dieses Berichts nachzugeben.

Ich mache den Computer wieder auf und schreibe noch eine Mail an Pietro Saverio.

> Fühl dich nicht schuldig, du bist nur der Tropfen, das Fass war schon längst voll, mit ganz anderem gefüllt als mit deinen Klatschgeschichten.
>
> Kümmere dich um Malvina, Maria, Michele und Malcolm.
>
> Sie sind deine Familie.

Diesmal schicke ich den Brief nicht ab.

Ich nehme mir die Zeit, ihn zu löschen. Eine winzige Bewegung der Fingerspitze genügt.

Auch das Löschen ist heutzutage einfach.

Ein Satz existiert, und dann gibt es ihn nicht mehr.

Ich sitze ein paar Minuten da und starre auf den wieder leeren Bildschirm.

Dann tippe ich malcolm06@gmail.com und schreibe:

> Lieber Malcolm,
>
> wenn du aus Boston zurückkommst, werde ich schon abgereist sein.
>
> Es ist ein Reiseziel, von dem man wenig weiß, und vielleicht wirst du es verrückt finden, dass ich beschlossen habe, dorthin zu gehen.
>
> Der Grund ist, dass mir plötzlich so war, als würde mir die Luft zum Atmen fehlen.
>
> Wenn du ein sehr langes Leben hinter dir hast, wenn niemand dafür gesorgt hat, die Verschmutzung zu besei-

tigen, die du in all den Jahren angehäuft hast, kann es passieren, dass das Atmen von einem Augenblick zum anderen ein Problem wird.

Ich weiß nicht, warum ich dir das schreibe.

Ich weiß nicht, warum ich dir schreibe.

Nein, ich weiß es doch.

Ich schreibe dir, weil ich bedaure, dass ich dich nicht wiedersehen werde.

Ich bedaure auch, Malvina nicht wiederzusehen, aber ihr kann ich nicht schreiben, weil sie noch nicht lesen kann.

Also bitte ich dich, es ihr zu sagen. Du musst ihr sagen, dass ich sie lieb habe. Und dass sie auf meinem Bett hopsen darf, sooft sie will, denn ich brauche es nicht mehr.

Ich brauche die ganze Wohnung nicht mehr.

Du hast die Schlüssel, du kannst damit machen, was du willst.

Zum Beispiel dort wohnen, denn Malvina wird erwachsen, und obwohl ich sicher bin, dass sie eine fantastische Frau sein wird, bleibt sie doch ein weibliches Wesen, Marias Anstrengungen zum Trotz, sie von Puppen zu emanzipieren, und in sieben Jahren könnte sie dir auf die Nerven gehen.

Versprich mir, dass du es tust, dass du in meiner Wohnung wohnen wirst.

Dann fühle ich mich besser, und Gott weiß, dass ich das brauche.

Ich möchte dir sagen, dass es mir gutgetan hat, dich kennengelernt zu haben.

Das hätte ich dir gerne selbst gesagt, aber Sprechen liegt mir nicht.

Ich sage es dir jetzt.

Es war schön, dir anzusehen, wie fest entschlossen du bist, dich um die Dinge der Welt zu kümmern.

Ich glaube, du wirst dich nicht ändern. Du wirst dich weiterhin verantwortlich fühlen für das, was getan werden müsste und nicht getan wird.

Es ist schön, mir vorzustellen, wie du dich auf meinem alten, senffarbenen Sofa ausstreckst, obwohl deine Beine zu lang sind, um dort bequem zu liegen.

Ich umarme dich

Giovanna

PS: Sie werden endlos lang über mich reden. Hör nicht zu, ich bitte dich.

Malcolm zu schreiben, hat mir gutgetan. Ich überlege, ob ich den Brief ausdrucken und unter der Tür der Wohnung, zu der ich keinen Schlüssel mehr habe, hindurchschieben soll. Aber dann beschließe ich, es nicht zu tun.

Michele und Maria werden sicher vor ihm zurückkommen, sie dürfen ihn nicht lesen.

Außerdem sehen die Regeln des Loslassens anders aus.

Sich verabschieden, anrufen, um ins Leben zurückgeholt zu werden, Spuren hinterlassen, Zeichen senden.

Das alles muss vermieden werden.

Bevor ich den Brief an Malcolm im Computer lösche, nachdem ich ihn abgeschickt habe, schreibe ich ihn in mein Heft und genieße die Körperlichkeit der schmerzenden Hand, denn mit einem Stift in der Hand zu schreiben, tut weh, wenn man es nicht mehr gewöhnt ist.

Ich beobachte die Kugelschreiberspitze, die über das Blatt fährt, das Blatt, das sich mit Wörtern füllt. Meine verzierten Großbuchstaben, die fliegenden Querstriche der t und die nicht beendeten Kreise der Vokale. Diese a und o verrieten der Lehrerin meine Eile. Ich war immer als Erste fertig, als würde ich vor einem bissigen Hund davonlaufen.

Die Erste, die mit den Aufgaben fertig war, nicht die Klassenbeste. Ein unanständig intimes Verhältnis zur Vergangenheit steckt in dieser Mischung aus Schreibschrift und Druckschrift, in diesen regellosen neuen Absätzen, diesen weißen Stellen auf dem Papier. Ein Schreibheft ist ein altmodischer Gegenstand. Es ist altmodisch, mit einem Stift in der Hand zu schreiben. Wenn ich durch die Seiten blättere, die ich vollgeschrieben habe, denke ich, dass keiner so lange leben sollte, dass er ein Jahrtausend enden sieht und ein neues beginnen muss. Ein Jahrtausend wiegt mehr als ein Jahrhundert, und ich, wir, die wir um die Mitte des zwanzigsten Jahrhunderts des vergangenen Jahrtausends geboren sind, haben seine Agonie miterlebt, haben all sein Gutes und all sein Schlechtes in uns aufgenommen. Mit dem ersten Jahrhundert des neuen Jahrtausends konfrontiert, bleibt uns nichts anderes übrig, als staunend die Augen aufzureißen und mit ostentativer Bescheidenheit all das zu bewundern, was wir nicht verstehen können. Vor allem nicht lieben.

Ich bin am Ende angekommen, dies ist die vorletzte Seite.

Muss ich noch etwas schreiben?

Das Datum vielleicht:

29. August 2019
Hotel Imperiale.
Rom.

EPILOG

1.

29. August

Es ist nicht so gekommen, wie du beschlossen hattest.

In der Wirklichkeit gibt es immer irgendetwas Lästiges, etwas Unvorhersehbares, Prosaisches und Zusammenhangloses, das einem die Illusion verdirbt, Herr im eigenen Haus zu sein.

Du musstest verschwinden, was früher oder später allen passiert. Wovon keiner sich vorstellen kann, dass es ausgerechnet ihm passiert.

Stattdessen bist du über den Zufall gestolpert wie ein Kind, das die ersten Schritte macht und Hindernissen nicht ausweichen kann.

Du darfst sagen, dass du alle Vorbereitungen sorgfältig getroffen hast.

Du bist ins Hotel Imperiale zurückgekehrt, hast dem Mädchen an der Rezeption ein großzügiges Lächeln geschenkt und dir mit einem knapperen Lächeln und einem höflichen Satz die Zimmerschlüssel aushändigen lassen.

Du spieltest bereits dein persönliches Paradies, fühltest dich edel, denn wer sich zurückzieht, bevor er besiegt ist, handelt immer edel.

Als du im Begriff warst, die Wohnung im Haus am Fluss zu verlassen, bist du einen Augenblick vor der großen Bibliothek im Wohnzimmer stehen geblieben. Du hast drei Bücher herausgenommen. Ohne dir Zeit zu geben, sie auszuwählen.

Das hast du getan, um vor dir selbst eine gute Figur abzugeben, um das, was dir als natürliche Notwendigkeit, als ein strukturelles Nachgeben erschien (und noch immer erscheint), mit Sinn aufzuladen.

Nichts, wofür es sich lohnt, die Kleider zu wechseln.

Einen Altar zu errichten.

Sich großzutun.

Du hast die Gedichte von Wisława Szymborska, Strindbergs *Inferno* und *Das Sein und das Nichts* von Jean-Paul Sartre mitgenommen.

Der Buchstabe S war auf deiner Augenhöhe.

So bist du vorgegangen: die Bücher in einen Stoffbeutel, die Schachtel mit den Tabletten in die Handtasche. Aus der Zeit, als du noch regelmäßig in Corrados Praxis gingst, hattest du ein Fläschchen Delorazepam, eine Schachtel Xanax und drei Blister eines Schlafmittels mit hypnotischer Wirkung beiseitegelegt. Du hattest dir die Mittel verschreiben lassen. Genommen hast du sie nicht. Du hast sie im Badezimmerschränkchen verwahrt wie die Zyankalikapsel aus Spionageromanen.

Im Billigladen eines Pakistaners hast du dir eine Flasche Brandy gekauft, die gleiche schlechte Marke, die dir Micheles Umarmung eingebracht hatte.

Du hast versucht, dich an diesen leichten Druck zu erinnern. Und wie er die Kissen in deinem Bett übereinandergelegt hatte.

Du liegst besser nicht flach, sonst wird dir übel.

Du hast dich auf dem Bett ausgestreckt und dich einsam gefühlt.

Aus einem Plastikbecher hast du eine ordentliche Portion Brandy getrunken.

Es gab nur ein zu flaches Kissen.

Du hast die Tabletten in einer Reihe auf den Nachttisch gelegt, in den ein Unbekannter mit Blockbuchstaben geritzt hatte: «I LOVE ROME».

Du hattest geglaubt, die Einsamkeit hätte, wie jeder andere seelische Zustand, eine Grenze, ein Dach, das man nicht durchstoßen kann.

Es gibt keins.

Du hast dir bewusst gemacht, dass du allein bist, allein in einem Hotelzimmer. Dass du seit Jahrzehnten allein bist. Aber in einem Wohnhaus ist es anders.

Häuser können gläsern werden.

Du schaust nach draußen, sie sehen dich drinnen.

Dein Schlafzimmer kann zu einer Bühne werden, wo die Leere aufgeführt wird.

Aber es ist deine Leere, die du in deinem Schlafzimmer aufführst.

Im Zimmer Nr. 21 des Hotels Imperiale kommt die Leere von allen auf die Bühne.

All die Unbekannten, die auf dieser schmalen Matratze geschlafen haben, die den Wasserhahn tropfen und die Klimaanlage brummen gehört haben.

Die Einsamkeit der anderen zu leben, hilft dir, die Ablösung zu vervollkommnen.

Eine Übung, der du Jahre gewidmet hast, die länger und langsamer waren als die Jahre der anderen.

Du hast noch einen Becher Brandy getrunken und dich wieder hingelegt.

Du hast dir überlegt, dass die Rückenlage die der aufgebahrten Toten ist.

Du hast dich auf die Seite gedreht.

Dir war, als würde das Bett die Form deines Körpers annehmen, dich in der Stille versinken lassen und deren Echo zurückwerfen.

Du hattest Angst.

Du hast angefangen zu lesen, denn immer, wenn du die Angst heftig pochen hörtest, hast du auf diese eingeübte Weise die Kontrolle zurückgewonnen.

Du hast krampfhaft gelesen, Zeilen aus einem Buch, eine Seite nach der anderen, zwei Verse, ein Gedankenbruchstück, Beschreibungen, ohne Ordnung, ohne logische Folge.

Unterdessen verging die Zeit.

Du hast eine Weile geschlafen.

Als du aufgewacht bist, lagen dir Verse auf den Lippen, die du mit fünfzehn auswendig gelernt hattest.

«Better somehow / to drop myself quickly / into an old room / better (someone said) / not to be born.»

Verrückt, dass sich das so lange erhalten hat.

Es stammt aus der Zeit vor dem Krieg, deinem Krieg, und während der ganzen Dauer dieses Krieges hast du es mit dir herumgetragen. Ein Gegengift zu der Rhetorik, die jeder Krieg von den Kämpfenden verlangt.

Wolltest du wirklich sterben, oder wolltest du nur deine Strafe demonstrieren, sie sichtbar machen, messbar, irdisch?

Gut, antworte nicht. Ist sowieso eine dumme Frage.

Es gibt nie nur einen Grund für das, was wir zu tun beschließen.

Auch wenn dieser Entschluss eine endgültige Angelegenheit betrifft, wie aus dieser Welt zu gehen, handelt es sich nie schlicht und einfach um Verzweiflung.

(Verzweiflung gibt es im Grunde genommen nicht, da der Impuls der Hoffnung zur serienmäßigen Ausstattung jedes Menschen gehört.)

Manchmal bringt man sich aus übermäßiger Lebenslust um, wenn man bei aller Begierde nach Glück und Abenteuer erkennt, dass man nicht mehr genug Kraft hat oder die Gelegenheiten fehlen, sich zu beruhigen, oder die Anlässe, sich neue Wünsche zurechtzuzimmern.

Das also ist dir passiert.

Ein ebenso plötzlicher wie zerstörerischer Anfall von Sehnsucht nach dem, was du nie gelebt hast. Die Angst weiterzuleben.

Du hast wieder an all deine Entzugsübungen gedacht, an die Strenge, die du wie die Kutte eines Büßers trugst, die Passivität, die du dir gewissenhaft, mit calvinistischer Härte verordnet hattest. Das alles ging gut, bis die Flamme auf der anderen Seite der Wand wieder aufflackerte. Du hast gesehen, was hätte sein können und nicht gewesen ist.

Und das wurde unerträglich für dich.

Um sieben Uhr abends hast du begonnen, mit großen Schlucken Brandy Tabletten zu nehmen.

Vorsichtig, um die Übelkeit in Schach zu halten.

Um sieben Uhr und zwei Minuten klingelte das Telefon auf dem Nachttisch.

Du hast nicht geantwortet.

Das Telefon klingelte wieder.

Du hast auch dann nicht geantwortet.

Als es noch einmal klingelte, hast du den Hörer abgenommen und auf den Nachttisch gelegt.

Du hast dich aufgesetzt und noch ein paar Schlaftabletten eingeworfen.

Du hast eine Art Benommenheit gespürt, vielleicht auch nur, weil du darauf gewartet hattest.

Um sieben Uhr und zwölf Minuten waren deine Augen geschlossen, als jemand klopfte, du hättest gerne gesagt, haut ab, nicht stören, ich ruhe mich aus, fahrt zu Hölle, doch aus deinem Mund kam nur ein undeutliches Murmeln.

Spucke tropfte aufs Kissen.

Und du konntest sie nicht zurückhalten.

Irgendwo in deinem Inneren blähte sich etwas auf, etwas behinderte die natürlichen Abläufe des Lebendigseins.

Den Fluss des Blutes, das Schlagen des Herzens, den Rhythmus des Atems.

Hättest du gedacht, dass der Körper so brutal die Oberhand über das Denken gewinnen würde?

Der letzte Satz, den du gehört hast, war: «Signora, Sie haben den Telefonhörer nicht richtig aufgelegt.»

Dann hat dich jemand an der Schulter gepackt, dich geschüttelt und in einer unbekannten Sprache geflucht.

Eine Reihe von glücklichen Umständen hat dich also im Diesseits zurückgehalten, dieser Gegend, in der du dich immer unbehaglich gefühlt hast.

Als du wieder zu Bewusstsein kamst, die Gefühle brauchten mehr Zeit, als du wieder zu Bewusstsein kamst, brannte deine Kehle, als hätte man dir dort, wo Flüssigkeiten hindurchfließen, die Haut abgezogen, und du hast versucht, Spucke zu schlucken, um diesen körperlichen Schmerz noch einmal zu spüren. Wie eine Jungfrau im Augenblick der Defloration hast du diese unangenehme Empfindung akzeptiert, in Erwartung, dass sie endete.

Du hast eine undeutliche Erleichterung verspürt, weil du noch lebtest. Und wolltest sofort eine Bestätigung.

Du hast versucht, die Augen zu öffnen, und konntest deine Lider nur mit Mühe bewegen, etwas wie Tränen, aber klebriger, hatte sie versiegelt.

Die Umgebung in den Blick zu nehmen, war nicht leicht. Du warst von einem milchig weißen Lichtschein umgeben. Ein Licht, das, wollte man dem Geschwätz über das Jenseits Glauben schenken, gewisse Vermutungen über das lichtdurchflutete Wesen Gottes hätte bestätigen können, folglich auch die Befriedigung, die den Gerechten durch die Begegnung mit ihm zuteilwird, nachdem sie die so heftig ersehnte Ewigkeit erlangt haben.

Nach ein paar Minuten (oder Sekunden oder Stunden, das Zeitgefühl verschwindet als Erstes) konntest du das Bett unterscheiden, das Laken und darauf deine Hand und deinen nackten Arm mit einer Nadel in der Vene.

Lebendig, aber beschädigt.

So die Botschaft, die das Hirn an deinen Körper gesandt hat.

Du hast versucht, die Zehen zu bewegen, dann die Beine, ein angewinkeltes Bein hat die weiße Decke gehoben, und in diesem Moment hast du eine Frauenstimme gehört, eine volltönende, sehr laute Stimme, heiter und völlig unpassend für jede Art Agonie, auch die informellste.

«Thank God you're alive! How do you feel, silly little thing?»

Du hast den knallroten Mund betrachtet, der sich beim Sprechen bewegte. Der Tonfall war belehrend geworden und hatte jene geduldige Fröhlichkeit, mit der man zu einem widerspenstigen Kind spricht.

Du hast nicht alles verstanden, was sie sagte.

Mit dem amerikanischen Akzent hattest du immer Probleme.

Aber du warst nicht in der Verfassung, einen Redefluss zu unterbrechen, der unaufhaltsam schien.

Du hast zugehört, ohne zu verstehen, auf diese gewaltige, unbekannte Stimme gebettet.

Bis du eine andere Stimme gehört hast, ein weicher männlicher, erwachsener Ton.

«Stop it, mom! Leave her alone!»

Malcolm. Du hast ihn sofort erkannt.

Du hast seine Stimme erkannt, die sich noch immer verändert. Seine Flamingobeine. Seine ungepflegte Schönheit.

Du hast gedacht, dass er dir schon im nächsten Moment sein Lächeln schenken könnte, dieses seltene, schlagartige und nicht wiedergutzumachende Lächeln wie eine Ohrfeige.

Manchmal hat er dich so angelächelt, denn Malcolm missbraucht gute Manieren nicht, jede seine Gesten, jeder Gesichtsausdruck bedeutet etwas.

Du hattest das Gefühl, du müsstest ihm etwas Freundliches sagen.

Um ihn zu begrüßen.

Um zu entdramatisieren, um ihn zu schützen.

Du hast versucht zu sprechen. Dann hast du die Augen wieder geschlossen.

2.

Zwei Tage vorher

Die Verkettung der Ereignisse, aus der die Geschichte eines Lebens besteht (auch sein mögliches trauriges Ende), wird fast immer vom Einbruch des Zufalls durcheinandergebracht.

Du hattest nicht mit ihm gerechnet.

Der Zufall macht dir Angst, er zwingt dazu, Hoheitsrechte abzutreten, und das willst du nicht akzeptieren.

Darin bist du anderen Lebewesen ähnlicher, als du glaubst.

Wir versuchen alle, die Herrschaft des Zufalls zu leugnen.

Wir glauben, unseren Weg persönlich zu bestimmen. Die Vorstellung gefällt uns. Der Fall B wird nicht eintreten, weil ich das Ereignis A nicht geplant habe.

Aber der Herr des Spiels ist der Zufall.

Der Zufall und seine unvorhersehbaren Ereignisse.

Das war auch dieses Mal so.

Bringen wir das Eintreten der unvorhergesehenen Ereignisse in eine Ordnung.

Boston, ein sehr heißer Nachmittag. Malcolm und seine Mutter Jill sind allein in einem Apartment mit standardmäßigem Luxus im sechzehnten Stock eines Wolkenkratzers mit Wohnungen.

Das Apartment ist ganz in Weiß und Beige gehalten, nüchtern, nahezu kalt.

Das Sonnenlicht fällt in ganzer Stärke ein, während die von einer lautlosen Klimaanlage verteilte Luft für einen gleichbleibenden künstlichen Winter sorgt.

Jill faltet ein kariertes Hemd zusammen, um es obenauf in Malcolms Rucksack zu legen.

Malcolm fotografiert den leeren Abgrund unter seinen Füßen: Glasfassaden ersetzen die Hauswände, sie reichen vom Fußboden bis zur Decke.

Betrachtet man sein Spiegelbild im Fenster, sieht man aus wie einer, der im Himmel spazieren geht.

Natürlich lassen sich die Glasfassaden nicht öffnen, das Sonnenlicht bleibt draußen. Malcolm überlegt, dass er Giovanna die Fotos zeigen wird.

«Meine Mutter lebt in diesem gläsernen Schrein.»

Jill fühlt sich schuldig, wie immer, wenn ihr Sohn abreist und sie den Eindruck hat, er freue sich, zu seinem Vater zurückzukehren.

Sie muss ihn nach New York fahren, wo er auf ein meereskundliches Forschungsschiff gehen wird. Der Kapitän ist ein alter Freund, und auch der Ozeanograf, der die wissenschaftliche Expedition leitet, ist ein alter Freund.

Es sind keine alten Freunde von Jill.

Es sind alte Freunde von Michele und Maria. Italiener. Einer ist aus Neapel, der andere lehrt an der Universität von Modena.

Sie freuen sich, Malcolm als Passagier, Lehrling und Maskottchen an Bord zu haben. Auch eine Gruppe Doktoranden in Ozeanografie ist dabei, Malcolm wird sich nicht einsam fühlen. Und natürlich wird er nicht im Geringsten stören.

In drei Wochen soll er in Genua ankommen, wo Michele ihn abholen wird.

Er wird eine wichtige Erfahrung machen.

Sein Verhalten wird seiner Sorge um den Planeten Erde angemessen sein.

Das Schiff ist ein Motorschiff, kein Segelschiff, ja, aber es verursacht viel weniger Luftverschmutzung als ein Flugzeug.

Wenigstens haben sie Malcolm das versichert.

Die Überfahrt, die Schlafkoje, das Essen – sie übernehmen alles, die beiden alten Freunde von Michele.

Malcolm freut sich. Michele freut sich, dass er etwas Kostenloses organisieren konnte.

Da es ihm sehr schwerfällt, jeden Monat so viel Geld zu verdienen, wie ein Mann nach Jills Meinung verdienen müsste, ist Michele ein wahrer Sparsamkeitskünstler geworden.

«Du musst keinen einzigen Dollar rausrücken, um mir Malcolm zurückzuschicken», hat er ihr stolz verkündet.

Jill war gekränkt und wütend, und gekränkt und wütend ist sie auch noch, während Malcolm Fotos macht und seelenruhig auf seine Abreise wartet.

Ruhig, wohlerzogen und abwesend, wie man mit dreizehn nicht sein sollte.

Nicht ihr gegenüber.

In dieser ganzen Zeit hat er nie wirklich mit ihr geredet, hat ihr keine neue Liebe und keine alte Angst anvertraut. Er hat ihr nicht gesagt, dass er sie gernhat und dass er bedauert, abreisen zu müssen, er hat ihr nicht beteuert, nicht er habe entschieden, in Italien zu leben, sondern Michele, der in Italien gar nicht glücklich ist.

Gekränkt und wütend.

Sie fühlt sich in ihrem Selbstwertgefühl gekränkt und

ist wütend, weil das alles so gekommen ist und weil sie diesen unter Schmerzen geborenen Sohn nur zwei Monate im Jahr sieht.

Im Sommer.

Obwohl diese bittere Frucht der Kränkung und der Wut schon seit Tagen in ihr reift, bricht sich jetzt ganz plötzlich ihr Bedürfnis Bahn, ein Zeichen zu hinterlassen, eine Lehre zu erteilen, sichtbar zu lieben und sichtbar geliebt zu werden, so wie man Mütter liebt.

«Malcolm, ich muss mit dir reden.»

Einer von diesen Ehescheidungssätzen. Sie entschuldigt sich. Lacht.

Auch Malcolm lacht, weil er sie eingeschüchtert sieht.

Dieses Lächeln genügt, um Jill falsche Hoffnungen zu machen.

Sich nicht von ihrem Sohn zu trennen, wird auf einmal zu ihrem Lebensziel.

Sie geht mit ihm in die Küche, er soll sich setzen, sie gießt aus dem Wasserkocher einen Becher Kaffee ein, reicht ihm den Kaffee mit einem verführerischen Lächeln und bittet ihn, in Boston zu bleiben.

Sie wird ihn an einer renommierten Schule anmelden, sicher wird er die richtigen Freunde finden, um seinen Kampf für den Umweltschutz fortzusetzen, sie werden zum Skifahren nach Aspen fahren, wo sie ein Cottage mieten oder sich in einem Hotel mit geheiztem Pool einquartieren können.

Ohne sich dessen bewusst zu sein, schildert Jill die Vorteile, die das Leben als einziges Kind einer reichen Mutter im Vergleich zu dem Leben mit einem Vater hat, der ewig in Geldnöten ist, und einer kleinen Schwester, mit der er sich sogar das Schlafzimmer teilen muss.

Malcolm ist überrascht, er hatte sich in Sicherheit geglaubt. Der Sommer in dem Haus in East Hampton war gar nicht so übel gewesen, abgesehen von all diesen Leuten, die zum Abendessen, zum Aperitif, zum Schwimmen im Pool eingeladen wurden, und dem vermutlichen neuen Partner seiner Mutter, der allen zu jeder Uhrzeit sein qualvolles Üben auf dem Cello zumutete, weil er lernen will, Cello zu spielen, obwohl er irgendwas um die sechzig ist und Architekt. Es gab keine Anzeichen von Sturm, keine ausdrückliche Forderung, begeistert an irgendwelchen «schönen Festen mit Leuten deines Alters» teilzunehmen.

Alles war friedlich geblieben. Seine Mutter hatte sogar aufgehört, junge Mädchen zwischen dreizehn und fünfzehn einzuladen und ihn zu zwingen, sie nett zu finden.

Die Gäste waren alle erwachsen, und sie war vollauf damit beschäftigt, mithilfe des Sommers und des schönen Hauses, das sie für den Sommer gemietet hatte, ihre Künstler zu fördern. Jeden Abend stellte sie Leute mit viel Talent anderen Leuten mit viel Geld vor, und am Ende dankten ihr alle ausgiebig.

Malcolm nahm ungerührt seine Verwertungsquote zur Kenntnis («mein Sohn befasst sich mit dem Schicksal der Erde»), danach durfte er sich zurückziehen.

Kein Vergleich zwischen «drüben in Europa» oder «hier in den Staaten», nicht allzu viele Fragen nach der musikalischen Karriere «deines Vaters». Kurzum, ein anerkennenswerter Waffenstillstand.

Und jetzt steht diese unerwartete Bitte ohne Antwort brennend zwischen ihnen.

Denn Malcolm sagt nichts.

Er kann nicht reden, er kann ihr seine Vorlieben nicht bekennen: Fenster, die sich öffnen lassen, die Piazze mit Cafés, das Café mit Tischen im Freien, Michele, der viel besser spielt als der Architekt und keine Show damit abzieht, Maria ist so was wie eine ältere Schwester, aber das ist okay für ihn, und Malvina sieht ihn an, als wäre er ein gutmütiger Riese, und sie fehlt ihm, er hat ihr sogar ein Buch mit Geschichten von Bären gekauft.

Auch von dir kann er nicht sprechen, der Weißmähne Giovanna, die der ganzen Familie so gut gefällt. Er kann seiner Mutter nicht sagen, dass du die Einzige bist, die ihm wirklich zuhört und ihn nicht für einen Nerd hält, der von der globalen Erwärmung besessen ist.

Darum schweigt Malcolm, zupft an einem beginnenden Bart und hält die Augen gesenkt.

Jill mustert ihn betrübt.

Doch als das Schweigen sich zu lang hinzieht, wird sie nervös.

«Wenn du willst, spreche ich mit deinem Vater.»

«Ich muss in die Schule gehen, Mama.»

Der Satz kommt verzerrt und nachdrücklich heraus wie alle Lügen.

Jill unterdrückt eine Enttäuschung, die zu tief ist, um vom Verstand registriert und in einem vernünftigen Gespräch eingestanden zu werden.

Sie steht auf, verlässt die Küche und würde die Tür hinter sich zuknallen, wenn es eine Tür von der Sorte gäbe, die man zuknallen kann.

Sie leert den Rucksack und packt ihn erneut mit unnütz heftigen Bewegungen, versucht, die Last der Niederlage loszuwerden, indem sie eine nervöse Wut zur Schau trägt.

Sie hebt die Stimme, spricht abgehackte Sätze:

«Ach ja, natürlich, klar, jetzt ist die Schule das Problem! Ich hatte immer den Eindruck, die Schule wäre dir völlig egal. Hab mich geirrt. Na gut. Besser so. Du weißt, dass du über eine Woche Unterricht verlierst, wenn du dich darauf versteifst, mit dem Schiff nach Italien zurückzufahren, das weißt du doch, oder? Du weißt es und tust so, als wüsstest du es nicht? Gut. Soll ich dir sagen, was wir jetzt machen? Ich buche einen schönen Flug, und morgen früh fliegst du nach Rom.»

Wenn du denkst, dass das eine Rache ist, hast du recht, es handelt sich genau darum.

Die kleine Rache einer verletzten Frau.

Zwei Tage später fliegen sie gemeinsam, Mutter und Sohn. Mit dem Flug Nummer 747 der Delta Airlines reisen sie zusammen ab, denn es ist nicht mehr möglich, Malcolm mit seinem Namen auf einem Pappschild um den Hals in ein Flugzeug zu setzen, wie unbegleitete Minderjährige unter zwölf Jahren fliegen.

Malcolm ist dreizehn, fast vierzehn, wie er gerne präzisiert, und er müsste allein reisen.

Wie ein Erwachsener.

Aber kann ein Minderjähriger allein aus einem Land ausreisen?

Jill traut der Sache jedenfalls nicht, Jill hat Angst.

Dass er sich verirrt, dass jemand ihn belästigt (er ist so schön).

Und außerdem gibt es keinen verantwortungsbewussten Erwachsenen, der ihn in Rom in Empfang nehmen, ihn vom Flughafen abholen, ihn zum Mittagessen mitnehmen, ihn nach Hause bringen kann.

Michele ist in Bordeaux wegen eines Konzerts, und Maria ist bei ihm.

Und diese phänomenale alte Kinderfrau scheint unauffindbar.

Ganz zu schweigen von ihren ehemaligen Schwiegereltern, die nie einen Finger für den Enkel gekrümmt haben.

An der Oberfläche ist Jills Wut verflogen, das Gefühl des Scheiterns bleibt, muss aber überwunden werden.

Jill ist bewusst, dass sie keinen Einfluss mehr auf ihren Sohn hat, was sie zwingt, eine lächelnde Maske aufzusetzen.

Damit kann sie sich sogar entschuldigen:

«Nicht dass ich deine moralischen Entscheidungen nicht respektiere, aber die Flugzeuge fliegen sowieso, auch wenn du nicht einsteigst, oder?»

Sie erliegt der Versuchung, einen frivolen Ton anzuschlagen, obwohl sie weiß, dass Malcolm das nicht schätzt. Es ist ein konditionierter Reflex: Fast immer wehrt sie sich auf diese Weise, wenn es nicht gut für sie läuft.

«Mit dem Alibi, dich zu begleiten, kann ich endlich mal einen Streifzug durch die neuen Galerien in Rom machen. Vielleicht fahre ich auch nach Mailand. Mailand bietet einen hervorragenden Blick auf die zeitgenössische Kunst. Das hat mir auch Ron Siskin gesagt, und was der alte Ron sagt, ist für mich Gesetz. Ich werde nach Mailand fahren, und du wirst mitkommen, ich kenne keinen einzigen Italiener, der vernünftig Englisch spricht. Aber wenn du mein Dolmetscher bist, habe ich keine Entschuldigung mehr. Mailand, Mailand! Ich werde allmählich träge, weißt du? Und Trägheit macht fett.»

Malcolm nickt.

Ihm fällt nichts ein, was er sagen könnte.

Der zweite Zufall ist eine Frage des Timings.

Das Flugzeug ist pünktlich, am Taxistand sind Malcolm und Jill die Ersten in der Warteschlange, der Verkehr ist durch die letzten Ausläufer des Sommers verdünnt.

Alles geht sehr schnell.

Malcolm und Jill kommen um 9.33 Uhr am Haus am Fluss an.

Du bist vor sieben Minuten weggegangen.

Du hast die offenen Fenster vergessen.

(Auch das Licht im Bad und deine Sonnenbrille, aber das wird man später entdecken.)

Malcolm späht sofort nach oben, er hofft, du würdest dich am Fenster zeigen.

Sie haben verabredet, dass Jill so bald wie möglich ins Hotel geht, um sich auszuruhen, sie hat versprochen, dass sie sofort geht, wenn «diese berühmte Nachbarin» da ist und sich um ihn kümmert.

Malcolm hat dich als «Malvinas Babysitterin» ausgegeben, eine vertrauenswürdige Person.

Er hat Gutes über dich gesagt, nicht zu viel, um Jill nicht eifersüchtig zu machen, aber genug, um ihr zu ermöglichen, ins Hotel zu fahren, weil sie ihn in Sicherheit weiß.

Malcolm möchte, dass seine Mutter geht.

Er will ihr nichts Böses, aber er will, dass sie nicht da ist.

Die Vorstellung, dass sie alle in der Wohnung aufeinandertreffen könnten, Michele, Maria und Jill, ist ihm schrecklich peinlich, er will nicht, dass seine beiden Leben sich überkreuzen, er will nicht, dass seine Mutter Bemerkungen über die auf der Matte am Boden liegende Matratze macht, er will nicht, dass sie die blaue Wand im Kinderzimmer sieht und die rosa Wand mit den Spielzeugen in Körben.

Er will nicht, dass sie Maria in Verlegenheit bringt, wenn sie mit Michele oder mit ihm andauernd Englisch spricht.

Er weiß sehr wohl, dass Michele und Maria noch nicht da sind, aber er weiß auch, dass sie auf dem Rückweg sind, sie könnten jeden Moment kommen.

Er öffnet die Tür mit seinem Schlüssel, und während Jill die Wohnung mit dem Blick einer höchst anspruchsvollen Kundin inspiziert, geht er zurück auf den Treppenabsatz und klingelt an deiner Haustür.

Es ist niemand da.

Malcolm fällt ein, dass du noch mit seinem Großvater und Malvina auf der Insel sein musst.

Er hat nicht drei Wochen, sondern weniger als vierundzwanzig Stunden gebraucht, um nach Hause zurückzukehren.

Logisch, dass du noch nicht da bist.

Es ist Ende August.

Er überlegt, dass er es seiner Mutter nicht sagen wird. Er wird ihr sagen, du bist einkaufen gegangen, er hat dich angerufen, du bist gleich wieder da, du hast ihn zum Mittagessen eingeladen.

Es dürfte nicht schwierig sein, ihr zu erklären, dass du eine ungesellige und scheue alte Dame bist, dass du Begegnungen mit fremden Menschen schwer erträgst und kein Wort Englisch sprichst.

Er wird ihr sagen: «Geh ruhig, Mama», und um sie zu entschädigen, wird er ihr versprechen, dass sie abends zusammen essen gehen, bei Beppe, einem Geheimtipp für neapolitanische Pizza.

Sie schlafen den ganzen Nachmittag, und dann machen sie ordentlich Party.

Zum ersten Mal in diesem Sommer reicht Malcolm ihr die Hand, bezieht sie in einen Wunsch ein, bittet sie um etwas.

Jill erklärt, sie möchte erst diese Signora Giovanna kennenlernen, aber sie insistiert nicht, sie hat gesehen, dass ein Schatten über Malcolms Gesicht glitt und möchte ihn vertreiben. Sie will nicht, dass dieser höfliche und abwesende Blick zurückkommt, mit dem er sie zwei Monate lang auf Abstand gehalten hat.

Sie rufen zusammen in dem Hotel an, das er ausgesucht hat – «Marias Vater geht immer ins Locarno» –, dann holt er ihr ein Taxi, er ist ihr Dolmetscher, das ist er seit seiner Kindheit jedes Mal, wenn sie zusammen in Italien sind. Doch jetzt ist er erwachsen und wird galant, fast förmlich, wenn er für sie übersetzt. Lächelnd winkt er ihr aus dem Fenster zu und geht, kaum sieht er das Taxi wegfahren, deine Wohnungsschlüssel aus der Schublade in der Küche holen, wo sie aufbewahrt werden, seit du sie ihm geschenkt hast.

Der dritte Zufall ist etwas, was schon einmal vor knapp einem Jahr passiert ist.

Ein Windstoß.

Malcolm ist in deine Wohnung gegangen, weil ihm die Freiheit gefällt, die du ihm gewährt hast, aber auch weil er etwas zu essen sucht. Er hat keinen einzigen Euro in der Tasche, und die Lüge, mit der er sich von seiner Mutter befreit hat, kostet ihn jetzt einen knurrenden Magen.

Die erste Unstimmigkeit, die er entdeckt, ist das brennende Licht im Badezimmer.

Auf einer Ecke des Waschbeckens liegt deine Sonnenbrille, du hast sie vergessen.

Du hast das Fenster im Schlafzimmer offen gelassen.

Wahrscheinlich bist du schon zurückgekommen.

Malcolm denkt, dass du Pietro Saverio nicht mehr ertragen konntest, der Gedanke lässt ihn zufrieden lächeln.

Er würde dich gerne fragen, warum du vor der Zeit abgereist bist, hast du mit P.S. gestritten? Hat er wieder den tollen Typen markiert? Ist mi vida mi amor zurück, weil in Buenos Aires Winter ist?

Er weiß nicht, wie er dich danach fragen soll, aber die Frage brennt ihm auf den Nägeln: Hast du Malvina allein gelassen?

Er bleibt eine Viertelstunde am Fenster stehen, um zu sehen, ob du zurückkommst, dann beschließt er, dich anzurufen.

Von dem iPhone, das Jill ihm geschenkt hat, trennt er sich nie, er hat es im Gürtel stecken.

Es ist das neuste Modell, technisch besser und teurer als die von Michele und Maria.

Sie werden sich ärgern, sie ärgern sich immer über Jills Geschenke.

Er wird durch den üblichen Sturm an Vorwürfen gehen müssen.

Doch dieses Mal ist die Schuldige nicht abwesend.

Er merkt, dass es ihn schaudert bei der Aussicht auf einen möglichen Streit in seiner Gegenwart.

Er versucht, diesen Anflug von Gereiztheit zu kontrollieren – im schlimmsten Fall bitte ich Giovanna um Asyl.

Bevor er dich anruft, geht er die Post durch und findet deine Mail.

Sie stammt vom gestrigen Abend.

Es ist eine merkwürdige Nachricht. Sie wirkt wie ein Abschiedsbrief.

«Ich schreibe dir, weil ich bedaure, dass ich dich nicht wiedersehen werde.»

Er ruft dich sofort an, dein Name ist gespeichert. Er überlegt, dass er dir von dem Flugzeug erzählen wird, in das er einsteigen musste.

Er muss den Ärger darüber loswerden, dass ihm Unrecht geschah, also besser bei Giovanna als bei Maria, die Jill ohnehin schon glühend hasst, oder Michele, der ihr sofort eine Szene machen würde, weil sie das Angebot seines Kapitänsfreundes, Malcolm auf dem Schiff mitzunehmen, abgelehnt hat.

Du antwortest nicht, und dein Telefon klingelt im Wohnzimmer vom senffarbenen Sofa aus, ein von dem Kissen, hinter dem du es versteckt hast, ersticktes Klingeln.

Jetzt wird der Verdacht, dass du nach Rom zurückgekehrt und noch nicht wieder wer weiß wohin abgereist bist, zur Gewissheit.

Niemand verreist ohne sein Handy.

Aber warum dann diese Mail, die sich wie ein Abschiedsbrief liest?

«Du hast die Schlüssel, du kannst damit machen, was du willst. Zum Beispiel dort wohnen.»

Malcolm überlegt, dass es auf jeden Fall nicht gut wäre, wenn du ihn hier in deiner Wohnung antriffst, gerade weil du sie ihm in deinem Brief geschenkt hast.

«Versprich mir, dass du es tust, dass du in meiner Wohnung wohnen wirst.»

Vielleicht ist es ein Scherz, und er hat ihn nicht verstanden. Die Erwachsenen sind auf andere Frequenzen eingestellt als die Jugendlichen.

Manchmal ist es besser, sie nicht beim Wort zu nehmen.

Manchmal glaubt man, sie machen Witze, stattdessen meinen sie es ernst.

Es ist so unglaublich übertrieben, den Nachbarkindern eine Wohnung zu schenken.

Malvina darf solange auf dem Bett hopsen, wie sie will, weil Giovanna das Bett nicht mehr braucht. Und wo wird sie wohnen?

Wohin wird Weißmähne Giovanna umziehen?

Malcolm ist sicher, dass er hören wird, wie du die Treppen hinaufsteigst, das machst du immer, denn so bleibst du in Bewegung.

Er wird auf den Treppenabsatz hinausgehen und dich begrüßen, ihr werdet euch umarmen, und du wirst ihm sicher etwas Gutes zum Mittagessen kochen.

Wenn dir danach ist, wirst du ihm dann erklären, wie du diese Sache mit der Wohnung gemeint hast.

Er beschließt, in sein Zimmer zurückzugehen, um dort auf dich zu warten, doch ein Windstoß (Jill hat alle Fenster aufgemacht, weil sie weiß, dass er geöffnete Fenster mag) hat die Wohnungstür zugeschlagen.

Darum geht Malcolm wieder in deine Wohnung, verärgert über sich selbst.

Er überlegt, dass er dich um die Schlüssel bitten wird, die seine Eltern dir vor Monaten in einem Säckchen mit rosa Schleife geschenkt haben. Seine Angewohnheit, sich auszusperren, wird euch beide zum Lachen bringen.

Ob das ein Zeichen des Schicksals ist?

Erst einmal muss er etwas zum Essen suchen.

Also geht er in die Küche.

Im Kühlschrank liegt nur eine verschimmelte Tomate. Eine halbe Zitrone. Eine schwarze Banane.

Mit dem Gefühl, etwas Gutes zu tun, beugt Malcolm

sich über den Mülleimer unter der Spüle, um diese Zeugnisse deiner Zerstreutheit zu beseitigen, da sieht er, dass der Eimer voller Papier ist.

Drei Schreibhefte mit schwarzem Umschlag.

Malcolm holt sie heraus.

Sämtliche Seiten sind mit einer winzigen, runden Handschrift bedeckt, die Querstriche der t sind flattrig, neue Absätze und Leerräume lassen das Geschriebene wie Gedichte aussehen.

Es liest sich mühelos.

Und Malcolm fängt an zu lesen.

Die Hefte sind nicht datiert, also beginnt er, ohne es zu wissen, mit dem letzten, statt mit dem ersten.

Er liest, um sich die Wartezeit zu verkürzen, bis Giovanna zurückkommt.

Denn er zieht nicht einmal in Betracht, dass sie nicht zurückkommen könnte.

Er versteht nicht sofort, was er liest, überspringt Seiten, überfliegt Seiten, blättert zurück, wenn er auf bekannte Namen gestoßen ist, zum Beispiel die seiner Familie, dann stockt er. Liest noch einmal.

Er wechselt von einem Heft zum anderen.

Jetzt sucht er nach seinem Namen, ohne sich seine hemmungslose Neugier zu verhehlen.

Er sucht auch nach Maria, Michele und Malvina.

Er findet eine ganze Seite, auf der von ihm die Rede ist, dem heranwachsenden Sohn, er liest atemloser, nervöser.

Gerührter.

Sich beobachtet und beschrieben zu sehen, gibt ihm das Gefühl, bedeutsam zu sein.

Eine Persönlichkeit.

Ihm wird klar, dass das, was er in der Hand hält, das

Tagebuch eines alten Menschen ist, tatsächlich ist es geheim, nicht öffentlich, es ist nichts, was alle Freunde lesen dürfen, und es dient nicht dazu, die Freunde zu vermehren.

Er fragt sich, warum sie diese Hefte in den Müll geworfen hat.

Bewahrt man die Tagebücher alter Menschen zusammen mit Eierresten und Bananenschalen in einem Eimer auf?

Außerdem vermengt man Papier nicht mit feuchten Abfällen, das weiß Giovanna doch.

Das sind grundlegende Regeln.

Sie muss die Hefte erst vor Kurzem weggeworfen haben, denn sie riechen nicht.

Er liest weiter.

Eine zweite Durchsuchung der Küche verschafft ihm eine Packung weich gewordener Kekse.

Er hatte fast vergessen, wie hungrig er ist.

Er kaut und liest, versteht immer mehr, es ist, als würden die Teile eines Puzzles sich langsam zu einer Frage zusammensetzen: Wo steckt Giovanna?

Nie war sie so viele Stunden außer Haus.

Und warum ein Zimmer in einem miesen Hotel nehmen? Als würde auch sie sich immer wieder aussperren.

Das Bett in ihrem Schlafzimmer wurde gemacht.

Oder niemand hat dort geschlafen.

Malcolm schüttelt die Bettdecke, als müsste er sie säubern, bevor er sich hinlegt. Er ist müde, aber er will weiterlesen.

Er schläft mit einem Heft in der Hand ein.

Er könnte Stunden schlafen, in seinem Alter schläft man viel. Und der Jetlag macht den Schlaf tief.

Er könnte schlafen, bis es Nacht wird in Italien und so

den Tag von der Störung der biologischen Uhr verschlucken lassen.

Aber er wacht kurz vor sieben Uhr abends auf. Ihn weckt das Klingeln eines Telefons, das nicht seins ist.

Er begreift, dass es dein Telefon ist und geht es im Wohnzimmer holen.

Es ist Michele, er möchte mit dir sprechen.

Malcolm sagt Michele die Wahrheit: Er hat sich ausgesperrt, er ist in deine Wohnung gegangen, um etwas zu essen zu suchen, er ist drei Wochen früher in Italien angekommen. Er ist hier mit seiner Mutter.

Er sagt, du habest dein Handy unter den Sofakissen vergessen.

Also müsstest du eigentlich zurückkommen. Obwohl du ihm einen Abschiedsbrief geschrieben hast.

Ja, eine Mail.

Eine Mail, in der du aus Spaß sagst, dass du ihm deine Wohnung schenkst.

Ja, diese Wohnung.

Malcolm spürt, dass sein Vater jetzt aufmerksam zuhört. Was schreibt sie in dem Abschiedsbrief, fragt er. Hol ihn, sagt er, lies mir den Brief vor. Malcolm liest den Brief.

Michele scheint sehr betroffen. Mehrmals sagt er «Ach, du Scheiße», «verflucht».

Er ist noch in Frankreich, er hat gehört, dass es auf der Insel Probleme gab, das Zusammenleben mit Pietro Saverio hat irgendwie nicht geklappt, und Giovanna ist weggegangen.

Michele sagt: «Leite mir diese Mail weiter. Ich will sie in Ruhe lesen.»

Malcolm erzählt, dass er auch deine Tagebücher gefunden hat, drei Hefte mit schwarzem Umschlag, in denen du über sie alle schreibst.

Über ihn, Malvina, Maria und auch über Pietro Saverio.

«Hast du sie gelesen?», fragt Michele. «Das hättest du nicht tun dürfen, das sind private Dinge.»

«Sie hatte die Hefte weggeworfen», sagt Malcolm, er fällt in das kindliche Verhalten zurück, sich vor Erwachsenen herauszureden. Immer.

Als hätten sie immer recht.

«Hast du alles gelesen?», fragt Michele wieder.

«Ja», antwortet Malcolm, obwohl das nicht stimmt, er hat nur Ausschnitte gelesen, hat Seiten übersprungen, um ans Ende zu kommen, und am Ende schreibst du, dass du dich in einem ekelhaften Hotel einquartiert hast, das sehr wenig pro Nacht kostet.

«Wie heißt das Hotel?» Michele klingt sehr beunruhigt.

«Ein bescheuerter Name, es heißt Hotel Imperiale. Die Adresse habe ich schon gefunden.»

Du möchtest dir vorstellen, dass sie noch ein paar Worte gewechselt haben.

Dass Michele im Hotel angerufen hat.

Dass Malcolm den Notruf angerufen hat.

Du möchtest dir vorstellen, dass Malcolm beschlossen hat, auf deine Mail nicht zu antworten. Mit dir nicht von der Wohnung zu sprechen, die du ihm geschenkt hast. Du möchtest dir vorstellen, dass diese Hinterlassenschaft ein Geheimnis zwischen euch bleibt, dass sie nur aufgeschoben ist.

3.

Drei Tage später

Die Hefte brachte Malcolm dir ins Krankenhaus, es war der Tag, als du entlassen wurdest. Er gab sie dir verstohlen, in Zeitungspapier eingeschlagen, mit einem Faden verschnürt.

«Da stehen viele interessante Dringe drin», hat er in ernstem Ton gesagt. «Ist das alles wahr? Ich meine, abgesehen von dem, was du über meine Familie schreibst.»

Nach langem Schweigen (bei ihm darfst du dir das erlauben, nur bei ihm) hast du gelächelt und gesagt:

«Nein, abgesehen von den Dingen über deine Familie ist nicht alles wahr.»

«Hast du sie darum in den Müll geworfen?»

Du hast nicht geantwortet.

Bist stumm geblieben, hast mit krummem Rücken auf dem Bett gesessen und deinen großen Zehennagel betrachtet, den niemand geschnitten hatte.

Malcolms Anwesenheit hast du wie einen sanften Druck auf deinem krummen Rücken gespürt.

Du hast seine Beine gesehen, nackt vom Knie abwärts.

Dann ist ein Pfleger gekommen, mit einem Rezept für Medikamente wedelnd:

«Geben wir das dem Enkel?»

Der Ton höflicher Verachtung, den man bei alten Menschen anschlägt, wenn sie, was oft vorkommt, krank oder unglücklich sind, diese besondere Form bevormundender Fürsorge, die du immer unerträglich fandest, der du nie etwas anderes als deinen stummen Zorn entgegensetzen konntest, hat dich mit übertrieben geschmeidigen Bewegungen aufspringen lassen.

Dabei kam Malcolms ganzer schmaler Körper in dein Blickfeld.

Du hast ihn beobachtet, während er das Rezept vorsichtig zusammenfaltete, in seine Tasche steckte und dir den Arm reichte.

«Ja, das ist besser, meine Großmutter verliert alles.»

So seid ihr aus dem Zimmer gegangen.

Du langsam und wie versteinert durch diesen Abtritt von der Bühne, er dreist in seiner Schönheit.

Langsam für dich und mit dir.

Aus den Nachbarbetten hast du Abschiedsgrüße vernommen, die du mit Dankesworten und Genesungswünschen beantwortet hast, die Stimme dafür hast du von deiner Mutter geliehen, es ist die Stimme, mit der wohlerzogene Menschen sich vor den anderen schützen.

Zum ersten Mal hörst du dich auf diesen Tonfall abgestimmt und fürchtest, er hätte sich für immer in dir eingenistet.

Darum drückst du Malcolms Arm und versuchst zu sprechen.

Ihr steht vor dem Krankenhaus, in der kühlen Morgensonne.

«Ich nehme an, du bist mit dem Fahrrad gekommen», sagst du.

Malcolm zeigt auf den Parkplatz.

Und da siehst du ihn.

Micheles alten Kombi (amarantrot, staubig).

Er fährt langsam auf euch zu, ihr bleibt stehen, in der Disharmonie eurer Staturen.

Eine Gazelle, eine Schildkröte.

Du zitterst in dem Hemdkleid, das du für deinen Abgang ausgesucht hattest.

Es liegt nicht an der Außentemperatur, die beträgt noch immer über dreißig Grad.

Malcolm bückt sich, um dir etwas ins Ohr zu flüstern.

«Mein Vater ist doch besser als meine Mutter, oder? Sie wollte kommen.»

Später wirst du entdecken, dass Jill überzeugt ist, sie hätte dir das Leben gerettet.

Wäre Malcolm mit dem Forschungsschiff zurückgekommen, wäre er noch immer unterwegs.

Hätte Jill ihn nicht mit Gewalt in ein Flugzeug gesetzt, wäre er noch zwei Wochen lang auf offener See gewesen.

Und er, Malcolm, dieses Wunder eines Jungen, hat die Hefte entdeckt, hat gelesen, hat verstanden. Hat gehandelt.

Und den Lauf der Dinge verändert.

«Jill denkt daran, ein Drehbuch zu schreiben und es dem Disney Channel vorzuschlagen. Ich soll die Rolle des Helden spielen», flüstert Malcolm dir ins Ohr, während du ins Auto steigst. Einen Augenblick später kettet er sein Fahrrad vom Pfosten los.

Ihm verdankst du, dass dir die Andeutung eines Lächelns im Gesicht bleibt, als du dich auf den Beifahrersitz setzt.

«Ciao», sagt Michele, und auch du stürzt dich auf dieses Indiz der Vertrautheit. «Ciao», sagst du.

Dann bleibt ihr noch einen Moment reglos sitzen, um Malcolm zu beobachten, der im Verkehr davonradelt.

«Ich bringe dich nach Hause», sagt Michele und lässt den Motor an.

Mit dem Motor setzt die Musik ein.

Du erkennst sie sofort, die Sonate in D-Dur von Scarlatti, gespielt von vier Gitarren, du erkennst die barocke Klarheit.

Ihr hört schweigend zu, bis ihr vor dem Haus am Fluss ankommt.

Auf Scarlatti folgen Sor, Telemann, Vivaldi.

Michele hat diese kleine Galerie musikalischer Aquarelle für dich zusammengestellt, Variationen auf ein Thema von Mozart, Fugen und Rundtänze, nichts Spektakuläres oder Emphatisches, eine Melancholie, kontrastiert von einem gleichförmigen Schwung, eine verbleibende Fröhlichkeit, vermischt mit den Resten überwundener Schmerzen.

Er hätte keinen passenderen Empfang für dich aussuchen können.

Du möchtest ihn umarmen.

Das wirst du nicht tun.

Du räusperst dich.

«Sind das Los Romeros, das Quartett?», fragst du.

«Celedonio, Celin, Pepe und Angel.» Michele zählt sie auf.

Während ihr durch die Haustür geht, sprecht ihr über Celedonio Romero, der seinen drei Söhnen das Gitarrenspiel beibrachte.

Und Triumphe auf den Bühnen der ganzen Welt mit ihnen feierte.

Nicht ohne Stolz erklärt Michele, auch er habe viele Male Fernando Sors Variationen über ein Thema von Mozart gespielt. Scarlatti mag er auch.

Aber in der Barockmusik steckt für seinen Geschmack

eine zu strenge Geometrie, er hat ständig Lust, alles durcheinanderzubringen.

Du sagst, das habest du nicht gewusst, du hättest immer geglaubt, er spiele nur seine eigenen Stücke, und er entgegnet: «Nun, was das betrifft, ich habe einen Abschluss am Konservatorium, du glaubst doch nicht, mein Vater hätte darauf verzichtet, mir den Königsweg zu verordnen, damit ich in die Kaste der Musiker eintreten kann.»

Ihr sprecht miteinander.

Ihr sprecht, während ihr auf den Aufzug wartet, dann im Aufzug, gegen den du dich nicht wie sonst gewehrt hast, weil du deinen Beinen nicht vertraust.

Auf dem Treppenabsatz verstummst du.

Du öffnest deine Handtasche, versuchst, dich zu erinnern, wo du die Schlüssel hingesteckt hast, überlegst, wer sie dir ins Krankenhaus gebracht haben könnte, versuchst zu erraten, wer die Hotelrechnung bezahlt hat, versuchst, das neue Zittern zu verbergen, das deine rechte Hand verändert hat, ein beschädigtes Werkzeug, und es lenkt die Aufmerksamkeit auf das Unglück desjenigen, der es trägt.

Du bleibst reglos und stumm, starrst auf dieses Zittern, das du nicht anhalten kannst, bis Michele schließlich deine Wohnungstür für dich öffnet.

Du gehst hinein und wunderst dich über das Tagesdunkel der heruntergelassenen Rollläden.

Michele öffnet die Fenster.

Das Licht dringt ein und legt deine Verwirrung bloß.

Die Wohnung ist akribisch verschmutzt, aber aufgeräumt.

Michele weist stolz auf die Küche.

«Wir haben ein paar Sachen für dich eingekauft.»

Vor der geöffneten Kühlschranktür, beim Anblick eines Kilos Tomaten, Weintrauben und einer Flasche Fiano di Avellino, merkst du, dass du weinst.

Du versuchst, die Wirkungen dieses Aufpralls einzudämmen, dieser jähen Wärme, die das Eis schmelzen lässt und dich aus der chemischen Lethargie weckt, zu der man dich gezwungen hat (Venlafaxin, Dulotexin).

Es gelingt dir nicht.

Du kannst nichts abbremsen, unterbrechen, verstecken.

Deine Vergangenheit ist hier, zwischen dir und den anderen, und sie hindert dich am Rückzug.

Michele streicht dir über die Wange. Eine sanfte Geste.

Trotzdem packst du sein Handgelenk, als müsstest du ihn entwaffnen.

Du bist noch nicht bereit, etwas anzunehmen, vor Dankbarkeit kannst du nicht atmen, sie hindert dich daran zu sein, wer du bist. Du denkst, dass so viel Zuneigung – dich vom Krankenhaus abholen, die richtige Musik, für dich einkaufen – Sucht erzeugt, wie eine Droge.

Wenn du dich daran gewöhnst, wirst du nicht mehr ohne sie auskommen.

Du versuchst, ein Dankeschön herauszubringen, in der Hoffnung, dass Michele geht.

Tatsächlich geht er.

Doch vorher häuft er, eingeschüchtert von deiner Befangenheit, ein paar verlegene Sätze auf:

«Falls du ein bisschen reden möchtest. Wir gehen nicht aus. Komm, wann immer du willst. Ich habe ein neues Lied, das ich dir vorspielen könnte.»

Der Tag liegt ohne Hindernisse ausgebreitet vor dir.

Die Musik, die Bücher.

Du denkst an die Jahre, die dir noch bleiben. Da du sie nicht zählen kannst, verlierst du dich darin, sie dir vorzustellen.

Du versuchst, deine kleinen Freiheiten wachzurufen.

Du kannst dich wieder verkriechen oder deinen Unterschlupf verkaufen und irgendeinen Hafen suchen, an dem du mit deiner Fracht aus Schweigen anlegen kannst.

Du fürchtest dich vor nichts mehr, weder vor der Flaute noch vor dem Sturm.

Keine Reise ist so gefährlich wie die, von der du soeben zurückgekehrt bist.

Du legst Tschaikowskis Symphonie Nummer 5, e-Moll, op. 64 auf den Plattenspieler. Liest die Einführung des Komponisten: «Introduktion. Völlige Ergebung in das Schicksal oder, was dasselbe ist, in den unergründlichen Ratschluss der Vorsehung. Allegro 1: Murren, Zweifel, Klagen, Vorwürfe ... soll ich mich dem Glauben in die Arme werfen?»

Du ertappst dich dabei, wie du über diese wenigen Worte auf der Rückseite des Plattencovers lächelst, denn all das scheint ein Zeichen zu sein, eine Art «Herzlich willkommen» in der Welt.

Du denkst: In der Jugend fordern wir Liebe, Gerechtigkeit, Eroberungen, Lust, im Alter genügt das Leben. Lebendig zu sein.

Dass die Beine gehen und der Magen verdaut, dass die Augen sehen und die Ohren hören.

Du denkst, dass das Leben andersherum zusammengesetzt werden müsste, erst, mit zwanzig, Feiglinge, die sich nicht wehtun wollen. Danach, mit sechzig, siebzig, mutige Menschen, bereit zum Kampf, zur Veränderung, mit Respekt vor den Körpern der anderen, weil man sie kennt, sie ähneln dem eigenen, und man hat Mitleid mit ihnen.

So würde man weiteres Blutvergießen vermeiden, denkst du.

Dann reinigt die Musik dich von den Gedanken, wie immer. Ein Wunder, das sich wiederholt, und es ist noch immer einfach.

Wie früher.

Und du warst dir dessen nie absolut sicher.

... Allegro con anima. Andante cantabile ... Allegro moderato ... Allegro vivace ...

Du hörst zu und ballst die Fäuste, verlangst nach einem Ausruhen, das du dir noch nicht verordnen kannst. Du ertappst dich dabei, wie du nach dem Fagott und der Klarinette das Hauptthema mitsingst, das immer wiederkehrt, beruhigend wie eine Gewohnheit.

Du denkst, dass es das Schicksal gibt und dass die Existenz des Schicksals das Gewicht unserer individuellen Entscheidungen verringert, Niederlagen erträglich und deine Bedeutungslosigkeit schmeichelhaft macht.

«Meine Stunde war noch nicht gekommen», sagst du vor dem Spiegel im Badezimmer, dabei trägst du einen perlgrauen Lidschatten auf.

Seit wann benutzt du ihn nicht mehr? Er ist vertrocknet und zerbröselt unter dem Pinsel. Du löst deinen Zopf und musterst die Hexe, die diesen häuslichen Bildschirm ausfüllt. Deine Haare sind sehr lang, eine Schneelawine auf dem abgemagerten Gesicht, die Falten zeichnen ein Netz aus grauen Fäden, deine Lippen sind trocken, und du korrigierst sie mit einem grellroten Lippenstift.

Eine Hexe mit blutverschmiertem Mund.

Du betrachtest dich und denkst, dass du nie glücklich sein wolltest (allenfalls gerecht, nach dem Maß deines grenzenlosen jugendlichen Ehrgeizes). Jahrzehntelang hast du an einer nachhaltigen Form deines Unglücks gearbeitet. Fundiert, sogar elegant. Die Gitterstäbe deines inneren Gefängnisses hast du einen nach dem anderen geschmückt, bis zum emphatischen Finale.

Der Moment ist gekommen, einen Strafnachlass zu akzeptieren.

Auf die Straßen hinauszugehen, dich unter die Leute zu mischen.

Ohne den Hochmut der reuigen Sünder.

Als es an der Tür klingelt, schreckst du nicht zusammen, zitterst nicht, versuchst nicht, dich in das zurückzuziehen, was von deinem kostbaren Schweigen geblieben ist.

Du gehst aufmachen.

4.

Acht Monate später

Stattlich und feist erschien Buck Mulligan am Treppenaustritt.»

Laura stellt die Suppenschüssel auf den Tisch im Garten, dessen Rasen mit trockenen Blättern bedeckt ist.

Sie wischt sich die Hände an den Hüften ab, fällt schwer auf den Stuhl, als hätte die Anstrengung sie umgeworfen.

Laura hat ein paar Kilo zugenommen, ansonsten ist sie sich gleich geblieben: das runde Gesicht, die langen Wimpern, die graublonden Haare von einem Reifen zusammengehalten, hohe Stirn, straffe Haut, abgekaute Fingernägel, eine Hose aus Kordsamt, blau wie der Pullover, an den Knien ausgebeult.

Giovanna setzt das Zitat fort.

(Joyce, die einzige gemeinsame Leidenschaft.)

«… ein Seifenbecken in Händen, auf dem gekreuzt ein Spiegel und ein Rasiermesser lagen.»

Laura applaudiert, sie kann nicht anders.

«Introibo ad altare Dei.»

Sie lächeln einander zu von beiden Enden des schmiedeeisernen, grünen Tisches, in den der Rost hier und da Risse gefressen hat.

Giovanna isst mit Genuss, sie spürt Lauras Blick auf sich.

Wohlwollend, anders als sie befürchtet hatte.

Sie sind sofort ins Gespräch gekommen, als Giovanna an diesem Spielzeugbahnhof inmitten einer Landschaft voller Licht aus dem Zug gestiegen ist und Laura gesehen hat, die vor dem einzigen Bahngleis auf sie wartete.

Ohne sich zu begrüßen, sind sie sofort ins Gespräch gekommen, noch bevor Giovanna in Lauras Van eingestiegen ist.

Wie durch eine heimliche Verabredung haben sie einleitende Formalitäten und Verlegenheitsfloskeln vermieden.

Sie haben sich einen Moment lang schweigend angesehen, jede hinter den dunklen Gläsern ihrer Sonnenbrille. Zwei gleich große Frauen, eine vor der anderen, sonderbar reglos.

«Frag mich jetzt sofort danach, los, dann reden wir nicht mehr drüber», hat Laura gesagt.

«Wenn du schon längst kapiert hast, brauche ich dich ja nicht mehr zu fragen.»

«Was willst du wissen? Ob ich ihn behalten habe? Nein, ich habe ihn nicht behalten, das war unmöglich. Außerdem wollte ich vielleicht auch nicht, noch nicht. Ich hab meine eigenen gehabt, später. Zwei. Zwei Mädchen, Dorotea und Guendalina. Guendalina lebt zehn Kilometer von hier, mitten in den Weinbergen, vielleicht kommt sie nach dem Mittagessen vorbei. Sie bringt mir Eier, sie ist eine richtige Bäuerin, ich lebe nur deshalb auf dem Land, weil ich mir hier ein riesiges Atelier leisten kann, das mich in Mailand eine Milliarde kosten würde. Guendalina aber ist zum Landleben berufen. Sie macht einen fantastischen Wein, du wirst ihn probieren.»

«Ich trinke nicht mehr.»

«Du? Glaub ich nicht. Im Traum habe ich dich immer mit einem Glas in der Hand gesehen.»

«Du hast von mir geträumt?»

«Nachdem du angerufen hattest, vorgestern, ja, in den zwei Nächten hab ich von dir geträumt.»

«War er auch in dem Traum?»

Giovanna ist in den Van eingestiegen, die offene Ladefläche ist ganz bedeckt von übereinandergestapelten Leinwänden, die größten unten, die kleineren oben.

«Nein.»

Laura fährt eine Weile schweigend, Giovanna betrachtet die gepflegten, sorgfältig bestellten Äcker, jeder umhüllt von seiner besonderen Nuance Grün.

Laura beobachtet Giovanna, die aus dem Fenster schaut, und wieder empfindet sie für Giovanna dieses von der Pflicht zur Verurteilung getrübte Mitleid, das es ihr unmöglich macht, sich über ihr Wiedersehen zu freuen.

«Aber ich weiß, wo er ist», sagt sie. «Ich weiß, was er tut, mit wem er zusammen ist, wo er wohnt ... ich weiß alles. Schon sein ganzes Leben lang behalte ich ihn im Auge.»

Giovanna entfährt ein Seufzer zwischen Erleichterung und Panik.

Laura legt ihr eine Hand aufs Knie, denn das Mitleid ist stärker als alles andere. Und das ist richtig so.

«Nachdem du ihn mir ... überlassen hast, hab ich ihn sofort ins Krankenhaus gebracht. Wir beide, Nino und ich. Ich hab denen gesagt, wir hätten ihn vor unserer Haustür gefunden. Wir mussten auch so was wie ein Verhör über uns ergehen lassen. Ich musste mich einer unangenehmen Untersuchung unterziehen, um zu beweisen, dass ich nicht vor Kurzem entbunden hatte, Nino haben sie Blut abgenommen für eine DNA-Untersuchung, um auszuschließen, dass es sein Kind mit irgendeiner flüchtigen Bekanntschaft ist. Schließlich haben sie das Ganze der Staatsanwaltschaft gemeldet, die hat dann ein Adoptionsverfahren eingeleitet, und der Standesbeamte hat ihm eine Geburtsurkunde als Kind unbekannter Eltern ausgestellt.»

Giovanna ballt die Fäuste. Sie will keine übersteigerten Gefühle zeigen. Sie ist sich nicht sicher, ob eine vierzig Jahre lang eingefrorene Freundschaft die Wucht eines Melodrams aushält.

«Unbekannte Eltern», wiederholt sie, als wollte sie sich in dieser Definition einrichten.

Als sie aus dem Van steigt, fühlen sich ihre Beine taub an.

Laura reicht ihr sechs Flaschen Mineralwasser und einen Sack Grillkohle, hängt sich die Einkaufstüten über die Schulter und geht ihr voraus.

Die Küche, das Erdgeschoss eines Landhauses aus Stein, ist kühl und dunkel, träge fällt die Aprilsonne durch die Terrassentür, und sofort füllt der Geruch nach Holz und abgestandener Luft den Raum.

Laura macht sich mit ihrer gemächlichen Vehemenz ans Kochen.

Sie redet mit dem Rücken zu Giovanna.

«Er heißt Andrea Flecchia. Die Eltern sind gute Menschen. Der Vater ist tot, er war schon neununddreißig, als er dein Kind adoptiert hat.»

Giovanna kassiert diese zwei Wörter, dein Kind, beugt sich leicht nach vorn.

Laura bemerkt nichts, sie fährt fort.

«Die Mutter, Stefania Parigi, ist etwas jünger als ihr

Mann, aber nicht viel. Sie dachten, sie würden keine Kinder mehr bekommen, doch kaum hatten sie Andrea aufgenommen, wurde sie am laufenden Meter schwanger, darum hat Andrea drei nur etwas jüngere Geschwister, alle kurz hintereinander. Willst du wissen, wie sie heißen?»

«Ich möchte wissen, wie du es geschafft hast ... in Kontakt zu bleiben.»

Laura dreht sich um, und wieder fühlt sie Mitleid mit Giovanna, sie glaubt, ihr etwas Gutes sagen zu müssen, aber sie weiß nicht, was gut ist für Giovanna. Wenn sie ihr sagt, dass Andrea ein netter Mann geworden ist und glücklich im Rahmen des Möglichen, wird sie das freuen oder wird ihr dann das Herz vor Reue brechen?

Sie versucht einen aufmunternden Ton und fährt fort:

«Das war nicht schwierig. Du weißt, wie ich bin, und vor siebenunddreißig Jahren war ich sogar schlimmer, ich hab sie zum Weinen gebracht, zum Lachen, und am Ende dieses Vormittags hatten mich alle, die Ärzte, die Carabinieri, die Sozialhelferin, ins Herz geschlossen, was soll ich sagen, sie wollten mich fast als Tochter. Sie haben gesagt, ich dürfte dieses Kind nicht behalten, weil ich offenbar nicht alle Prüfungen bestanden hatte, um geeignet zu sein, denn es gibt Eignungsprüfungen für den Mutterberuf. Ich habe gesagt, einverstanden, aber ich will die Leute kennenlernen, die den Preis gewinnen, denn ein neugeborenes Kind ist ein Preis, das fühlt sich an, als wäre es dein eigenes. Ich habe gesagt, auf jeden Fall will ich mich als so was wie eine Tante ins Spiel bringen. Und hab ordentlich angegeben, wie großartig ich darin wäre, denn mir würde es total leichtfallen, die Menschen zu lieben, vor allem die kleinen Leute, ja, ich erinnere mich noch genau, wie ich sie um den Finger gewickelt, genervt, verführt, gerührt habe.»

Laura lacht, und für Giovanna hört sich dieses Lachen an wie der Refrain eines alten Liedes.

«Einen Monat später haben sie mich angerufen, es war ausgerechnet die Sozialhelferin, Miriam Vattelappesca. Sie hat mir den Namen und die Adresse der Flecchia gegeben, aber ich musste ihr schwören, dass ich die Adoptiveltern nicht belästigen würde. Also habe ich sie mit aller gebotenen Feinfühligkeit besucht und natürlich gelogen. Stefania, die Mutter, wusste nichts von mir, darum hab ich mich als Sozialhelferin vorgestellt. Und von da an bin ich zu ihnen gegangen wie für einen Kontrollbesuch, nach dem Motto, ihr habt sechs Monate Probezeit, wenn ihr euch schlecht benehmt, wird euch das Kind entzogen.»

«Und dann? Nach den ersten Monaten?»

Giovanna spricht leise, Laura lässt sich die Frage in ihrem gellenden Ton wiederholen.

«Dann nichts. Ich habe die Wahrheit gesagt.»

«Hast du von mir erzählt?»

«Nein, das ist eine Wahrheit, die ich zum Wohl aller verschwiegen habe. Ich hab ihr meine erfundene Wahrheit erzählt, ich hätte Andrea entdeckt und in wenigen Stunden eine große Zuneigung zu diesem winzigen Wesen gefasst, das der Nacht und dem Erbarmen der Welt überlassen wurde, und darum wollte ich einen kleinen Platz in seinem Leben haben.»

«Dem Erbarmen der Welt überlassen.» Giovanna wiederholt den Ausdruck.

Laura entschuldigt sich:

«Manchmal rede ich wie ein Fortsetzungsroman.»

Sie gönnen sich ein Lächeln wegen dieser überholten Bezeichnung, die beide im letzten Jahrhundert verortet.

Jetzt schlägt Laura einen schroffen Ton an, Giovanna soll den Tisch decken, sie werden im Garten essen, Laura reicht ihr die Teller, erklärt, wo die Gläser und die Wasserkaraffe sind.

«Dann setzt du dich an den Tisch und wartest auf mich.»

Beim Essen musste Giovanna auf Lauras Fragen antworten, und sie tat es ohne zusätzlichen Kummer, denn die Fragen bohrten nicht tief. Sie waren das Flügelschwirren basaler Informationen, sie stützen sich auf sterilisierte Gefühle, die von der langen Unterbrechung ihrer Freundschaft in neutrales Interesse verwandelt wurden: Warum in Rom? Wie lebt man in Rom? Wann hast du Furio verlassen? Er hat dich verlassen, wirklich? Wärst du bei ihm geblieben, wenn er nichts mit dieser anderen Frau angefangen hätte? War er denn nicht ein ziemlicher Idiot? Du trägst ihm nicht nach, dass er dir dein Leben ruiniert hat?

(Dass Giovannas Schwäche für Furio an allem schuld ist, hat Laura nie in Zweifel gezogen.) Seit wann triffst du dieses Arschloch nicht mehr? Wann bist du in Rente gegangen? Kommst du mit dem Geld aus? Haben deine Eltern dir noch mehr als die Wohnung hinterlassen? Warum hast du nach Furio keinen Mann mehr gehabt?

Ja, ich bin immer noch mit Nino zusammen, obwohl er in Mailand lebt und ich hier, er kommt jedes Wochenende, außerdem verreisen wir zusammen, ja: Nino ist nicht kaputt zu kriegen. Nein, er sieht nicht mehr aus wie Tyrone Power, ist aber immer noch ein schöner Mann, wenn man Typen mit Glatze mag.

Beim Kaffee im Haus, vor dem brennenden Kamin, denn im April steigt im Garten früh die Kälte auf, kommt die richtige Frage, die einzige, auf die Giovanna keine Antwort weiß.

«Warum hast du mich gesucht? Warum jetzt? Nach so vielen Jahrzehnten?»

«Das war nicht schwer. Ich bin zu deiner Galeristin in Rom in der Via Giulia gegangen, das ist nicht weit von meiner Wohnung. Ich hätte auch eine von deinen Collagen gekauft, aber sie war zu teuer. Unvereinbar mit dem Budget einer Rentnerin.»

«Ich habe dich nicht nach dem Wie gefragt, heutzutage ist es sehr leicht, mit jedem Menschen Kontakt aufzunehmen. Du hättest mich sofort gefunden, auch wenn ich mein ganzes Leben lang Hausfrau gewesen wäre. Ich habe dich gefragt, warum, nicht wie, warum jetzt, nach all diesen Jahren?»

Giovanna beobachtet, wie die Flamme ein dickes Holzscheit schwarz färbt, das Laura zu den anderen gelegt hat. Sie sieht winzige glühende Steinchen in die Höhe fliegen, atmet den Duft des Holzes ein, das langsam verbrennt, und streichelt die Armlehnen des Ledersessels, auf dem sie sich in der Hocke zusammengekauert hat.

Sie fühlt, dass sie etwas sagen muss, nichts, was wahr ist, sie muss etwas sagen, was Laura gefällt, denn sie möchte die Enden dieses abgerissenen Fadens wieder zusammenknoten, und es bleibt nicht mehr viel Zeit.

«Warum jetzt?», wiederholt sie. «Weil ich Frieden mit dir schließen will.»

«Mit mir? Wir haben doch nie gestritten.»

Giovanna lächelt, sie hat gelernt, den Mut ihrer alten Freundin zu belächeln, den Mut, immer ein bisschen dumm zu sein, immer leicht danebenzuliegen in ihrer Wahrnehmung der Welt, weil sie beschlossen hat, den Dingen niemals, aus keinem Grund je auf den Grund zu gehen, nachzuforschen, Ursachen herauszufinden.

Ist es eine notwendige, wenn auch vielleicht nicht hinreichende Bedingung für ein friedliches Leben, wenigstens ein bisschen oberflächlich zu sein?

Man muss lernen, hoch über der Wirklichkeit zu fliegen, sich damit zufriedengeben, ihre Farben zu unterscheiden, ohne jemals zu landen, ohne je nach Gründen zu graben. Andere Sinne außer der Sehkraft müssen nicht wachsam sein, und die wird mit den Jahren schwächer.

«Natürlich, du hast recht», räumt sie ein, «wir haben nie gestritten, ich allein habe gestritten. Im Übrigen habe ich immer allein gestritten. Und jetzt bitte ich dich um Verzeihung. Ich möchte deine Absolution.»

Den letzten Satz spricht sie in einem Ton aus, dessen Gelassenheit mit dem gewählten Wort kontrastiert.

Laura steht auf und geht zwei kleine Gläser holen, schenkt einen dickflüssigen Likör ein und reicht Giovanna ein Glas.

«Trink, den hab ich gemacht. Das ist ein Nusslikör, der hat mehr Prozent als die Grade eines rechten Winkels.»

Giovanna gehorcht, ein Schauer schüttelt sie, seit acht Monaten trinkt sie nicht mehr.

Sie bemerkt, dass Laura sie forschend anblickt.

«Giovanna, sag mir die Wahrheit – bist du krank?»

Giovanna überlegt, ob sie Laura Erleichterung gewähren soll, indem sie ihr jene einfache Erklärung bietet, die die Mechanik der natürlichsten aller entscheidenden Veränderungen betrifft, der letzten im Leben.

Aber sie weiß, dass sie sich das nicht erlauben darf.

Sie darf nicht lügen.

Also schüttelt sie den Kopf und sagt Nein, es geht ihr ganz gut, sie ist moribund, wie alle, das Leben währt nicht ewig, wenn Gott will.

Sie lachen beide.

Eine schwarze Katze mit smaragdgrünen Augen und kupiertem Schwanz springt auf den Sessel und schmiegt sich in Giovannas Arme, Giovanna beginnt, sie sanft, mechanisch zu streicheln.

«Die Absolution musst du dir selbst erteilen», sagt Laura, während sie die Treppe hinaufgeht. «Ich beziehe dein Bett, da kannst du ein Schläfchen halten, eine wohltuende Gewohnheit, die auch ich angenommen habe, ich schlafe immer nach dem Mittagessen.»

«Ich bleibe hier mit dem Kater, es wird ihm nicht gefallen, wenn ich ihn von meinem Schoß vertreibe.»

Giovanna schließt die Augen.

Als sie aufwacht, kauert die Katze vor der erloschenen Glut, und Laura beobachtet sie.

Sie beobachtet beide. Giovanna und die Katze.

Es gefällt ihr, beide in einem Bild zu vereinen.

Die Katze ist trächtig. Laura wird Giovanna eines der Katzenkinder schenken.

Wenn es geboren wird.

Laura denkt, dass Giovanna wiederkommen wird. Sie wird dafür sorgen, dass Giovanna wiederkommt.

Sie mustert ihr Gesicht, fragt sich, wo die Pausbacken geblieben sind, sieht die von zwei Hautfalten fast versteckten Augen, sieht den Schatten unter den Wangenknochen, der Giovanna einen strengen Ausdruck verleiht, den Mund mit den schmalen, blassen Lippen.

Diese hagere Maske passt besser zu ihrem dramatischen Wesen.

Giovanna war nicht dafür geschaffen, hübsch auszusehen.

Die Schönheit verändert sich, denkt Laura, sie wird fadenscheinig, nutzt sich ab wie ein empfindliches Gewebe, das zu oft gewaschen wurde. Und erst am Lebensende spiegelt dein Aussehen die Person wider, die du wirklich bist.

Plötzlich sieht sie die Komposition ihres nächsten Bildes vor sich.

Einen Augenblick lang spürt sie ein intensives Glücksgefühl, sie nimmt das Handy und macht in rascher Folge vier Fotos von Giovanna, die den Kamin betrachtet, wo das Feuer erloschen ist.

Wenn sie könnte, würde sie sich sofort an die Arbeit machen.

«Warum tust du das?», fragt Giovanna verlegen.

Fotografiert zu werden, bereitet ihr Unbehagen.

«So erinnere ich mich an dein Aussehen, wenn wieder vierzig Jahre vergehen, ohne dass wir zusammenkommen», sagt Laura, und dann, ohne jede Emphase, als würde sie auf eine Frage antworten, die niemand gestellt hat: «Andrea ist in Wirtschaftswirtschaft promoviert. Willst du wissen, was er arbeitet?»

Giovanna schüttelt den Kopf, ohne etwas wie Erschrecken zu verbergen.

Sie will keine weiteren Informationen, sie will nicht, dass diese Abwesenheit Gestalt annimmt.

Es genügt ihr zu wissen, dass sie keine Verantwortung für ein ruiniertes Leben trägt.

Noch eins.

«Er hat ein Kind, sechs Jahre alt. Die Mutter und er haben sich getrennt. Seine neue Freundin heißt Clara, eine sehr liebe junge Frau, stell dir vor, sie ...»

Giovanna unterbricht sie.

«Sag mir nichts mehr, bitte. Ich freue mich, dass ich dich wiedergesehen habe.» Sie steht auf, ihr dreht sich der Kopf, sie spürt ihr Blut schneller pulsieren. Die Wärme, die Müdigkeit.

Die Aufregung.

Laura darf auf keinen Fall etwas von diesem Schwächeanfall bemerken, darum entfernt Giovanna sich vom Kamin, sie geht auf Zehenspitzen, fast tanzend, mit einem gekünstelten Lächeln und Schmerzen in allen Muskeln des Körpers.

«Wenn du jetzt so nett wärst, mich zum Bahnhof zu bringen, nehme ich den Regionalzug bis Asti, von Asti fahre ich nach Mailand, und dort schaffe ich es bestimmt auf einen Frecciarossa nach Rom, bevor es Nacht wird.»

Laura sieht ihre Hektik, sie ist so anders als sonst, und dann diese aus einer Jugendlichkeit geliehenen Stimme, die ihrem erschöpften Aussehen widerspricht.

«... ich esse ein Brötchen im Zug, vielleicht nehme ich auch ein Stück von dieser fantastischen Torte mit, von der ich nicht so viel essen konnte, wie sie verdient. Ich hätte schwören können, dass du früher oder später kochen lernst. Aber ich habe mich auch sehr gebessert, weißt du? In Rom sorge ich oft für die Ernährung meiner Nachbarn, die sind jung und können gar nichts, eine entzückende und nichtsnutzige Generation ... die Kinder lieben mich heiß und innig ... ich habe Schluss gemacht mit kalten Stücken Pizza zum Mittagessen ...»

Bei Laura kommt dieser Monolog in Wellen an, als würde jemand ohne Grund den Ton auf- oder abdrehen.

Giovanna redet vom Badezimmer aus, während sie sich das Gesicht wäscht, sie redet vom Gästezimmer aus, wo sie das Nachthemd, das sie nicht benutzt hat, und die Zahnbürste in ihre Tasche steckt.

«Ich weiß, ich hatte vor zu bleiben, und die Landschaft hier ist von atemberaubender Schönheit, aber du weißt, wie wir alten Frauen sind. Fernab von der eigenen Hütte hält man nicht lange durch. Zu viele Gefühle bringen dein inneres Gleichgewicht ins Wanken, und dann möchtest du in einen embryonalen Zustand regredieren, stell dir vor, ich schlafe jetzt so. Ich liege auf einer Seite und umklammere meine Knie, mir fehlt nur noch der Daumen im Mund. Ein greisenhafter Embryo, der ruhig darauf wartet, dass das Ende sich mit dem Anfang verbindet und diesen beschissenen Kreis schließt, den wir uns nicht länger vorstellen wollen.»

Ohne diesen Fluss aus Worten zu unterbrechen, die nicht ganz zu ihr passen, schickt Giovanna sich an, in den Garten hinauszugehen und ins Auto zu steigen.

Aber Laura holt nicht die Autoschlüssel, schließt nicht die Tür, hört nicht auf, Giovanna zu mustern, als suchte sie bei ihr einen Mechanismus, um diese geheuchelt glückliche Redseligkeit abzustellen.

«Ich bringe dich nicht zum Bahnhof», sagt sie ernst.

Etwas verzögert lächelt Giovanna.

«Wie bitte?»

Laura lächelt nicht, ihr Blick ist hart.

Beide fühlen, dass sie ihre Rollen getauscht haben.

Aber sie wissen, dass sie nichts dagegen tun können, also erdulden sie diese Verwandlung, als wäre es jeder verwehrt, Zuflucht zu einem erprobten Drehbuch zu nehmen. Als müssten sie endlich einmal improvisieren.

«Ich habe ihn zum Abendessen eingeladen», sagt Laura nach einer Weile.

Giovanna gibt dem Erschrecken nach.

«Nein, nein, nein. Ich ... wollte ihn nicht sehen. Ich wollte nur wissen, ob es ihm gut geht, ob er ein ... gutes Leben hat ... ich meine, eins wie alle. Ich will kein Wiederfinden und kein Melodram, ich will keine Schlüsselszenen. Ich will nicht. So.»

Sie holt Luft, wischt sich mit der Hand über die Stirn.

Als Laura auf sie zugeht, weicht sie zurück.

«Warum hast du nach mir gesucht? Du weißt, dass du jetzt nicht mehr zurückkannst.»

«Ich wollte nur ...»

«Sei ruhig. Keine Widerworte. Andrea weiß nichts von dir, er weiß, dass er bei seiner Geburt adoptiert wurde, er weiß, dass seine biologische Mutter ihn in der Nähe meiner Wohnung auf der Straße ausgesetzt hat. Er ist weder neugierig, noch hegt er irgendeinen Groll. Er ist ein friedlicher Mensch. Als Junge war er schüchtern und fleißig. Wir haben ihn alle gern. Ich so sehr wie seine Mutter.»

Giovanna versucht, sich Lauras Gewalt zu entziehen.

In ihren runden, graublauen Augen liest sie eine Strenge, die sie siebenunddreißig Jahre zurück in die Vergangenheit bringt.

Eine Verurteilung ohne Revision, ohne gesellschaftliche Ächtung.

Vernünftig. Und im Grunde anmaßend.

Giovanna muss an Lilli im dunklen Schlafzimmer denken, neben Pietro Saverio im Bett.

Lilli als Vertreterin aller «anderen».

Sie überlegt, dass sie Laura schlagen könnte, dass sie sich prügeln könnten. Wenn sie Männer wären, täten sie es vielleicht.

Sie lächeln sich nicht mehr an, und für zwei Frauen ihres Alters ist das schon viel.

Aber es genügt nicht.

Giovanna packt sie am Arm.

«Schluss jetzt, Laura. Du hältst mich für eine Mörderin und eine unheilbringende Mutter. Das hast du immer gedacht. Im Grunde wusste ich es, hab es immer gewusst. Ich habe mich verändert, du nicht. Ihr ändert euch nie, ihr mit euren kleinen Leben, wo ihr vor allem geschützt seid, ihr, die ihr euch die Welt zehn Minuten lang anschaut, um sieben Uhr abends, in den Fernsehnachrichten, und dann gerührt und gelangweilt in eure Nische zurückkehrt, denn die Gesellschaft ist grausam, aber auch unbeweglich. Dieses egoistische kleine Wesen warst du mit zwanzig und bist es noch immer. Warum solltest du dich auch ändern? Es verändert sich nur der, dem unbehaglich ist, dem es schlecht geht, der ...»

Die Umarmung überfällt sie unerwartet, energisch und plump.

«Willst du endlich still sein? Eine schreckliche Heulsuse bist du geworden.»

Später wird Giovanna entdecken, dass Michele sich mit Laura getroffen und ihr alles erzählt hat. Angefangen bei diesem nur zufällig verhinderten, mit vollem Ernst gesuchten Tod.

Sie wird gezwungen sein, den jungen Andrea kennenzulernen, und sie wird entdecken, dass sie einfach nicht anders kann, als ihn zu siezen. Obwohl sie eine alte Freundin seiner alten Tante ist, obwohl sie einer Generation und einer Zeit angehört, in der man sich mit einer gewissen Selbstverständlichkeit duzte. Alle. Und ohne großes Getue.

Sie wird entdecken, dass Andrea Furios gelbe Augen und einen dichten Schopf dunkler, kräftiger Haare hat, die sich kompakt im Wind bewegen.

Sie wird entdecken, dass Laura eine angeborene, mit den Jahren perfektionierte Neigung zum Sadismus hat, als sie hört, was Laura, während sie Giovanna mit grausamer Freundlichkeit im Blick behält, zu Andrea sagt:

«Du müsstest dir mal diese Mähne schneiden lassen,

du siehst ja aus wie ein Wilder. Du hast zu viele Haare. Wie meine Freundin Giovanna. Ihr seid wirklich ein schönes Paar, ihr beide. Ihr seht euch ähnlich.»

Sie wird versuchen zu schweigen, das Thema zu wechseln, körperliche Reaktionen im Griff zu behalten (glühende Wangen, feuchte Augen, Herzklopfen), sich das Glas füllen zu lassen, obwohl sie sich vor allen (Guendalina, Andrea, seiner Freundin Clara und Laura) aus gesundheitlichen Gründen als Abstinenzlerin geoutet hat.

Andrea wird ihr mit ritterlicher Geste Wein einschenken.

«Ein Tropfen kann Ihnen nicht schaden ... Giovanna.»

Beim ersten Schluck wird sie in Tränen ausbrechen.

Sie wird aufstehen, verwirrt.

Sich entschuldigen, ohne sagen zu können, wofür.

Im Badezimmer wird sie ihr Gesicht mit kaltem Wasser kühlen, weinen und sich beim Weinen zuhören wie angesichts eines Naturphänomens mit unvorhersehbarem Ausgang.

Zurück in der Küche, wo alle noch am Tisch sitzen, wird sie sich wieder entschuldigen, um ihre geschwollenen Augen, die rote Nase und die nackte Haut wissend, aus der das kalte Wasser die Farbe vertrieben hat.

Sie wird sich wieder neben Andrea setzen, bereit zu ertrinken, nur damit sie Arme und Beine nicht länger, nicht immer schneller bewegen muss, um an der Oberfläche zu bleiben.

Laura wird sie ansehen und sagen:

«Giovanna und ich, wir kennen uns seit unserem dreizehnten Lebensjahr. Wir waren wie Schwestern. Bis ihre verabscheuungswürdigen Entscheidungen uns entzweit haben. Wollt ihr wissen, was passiert ist? Ich sage es euch: Ich musste entdecken, dass sie die Rolling Stones den Beatles vorzog, Giovanna, meine liebe Giovanna, meine beste Freundin hielt die Beatles für oberflächlich, seicht und eingängig, und genau deswegen liebte ich die Beatles, aber sie war verrückt nach *(I Can't Get No) Satisfaction*, diese Band aus wütenden Junkies. Der Bruch war unvermeidlich, wie ihr euch vorstellen könnt. Für mich war sie eine Verrückte, und sie hielt mich für strohdumm. Damit nicht genug: Wir waren triumphierend auf dem Gymnasium angekommen, da muss ich entdecken, dass sie sogar diesen verhaltensgestörten Dostojewski dem erhabenen Tolstoi vorzieht. Ich werfe ihr den ersten Band von *Krieg und Frieden* an den Kopf, und sie weiß, dass das Buch tausendmal besser ist als *Die Brüder Karamasow*, aber nein, sie muss ja mit der Tragödie liebäugeln, *Verbrechen und Strafe*, Raskolnikow und dieser ganze Quatsch. Nur bei James Joyce waren wir uns einig, denn mit ihm fühlten wir uns erwachsen und konnten alles Leben, das wir brauchten, in einen einzigen Tag stopfen. Aber der alte Joyce genügte nicht. Eines Samstagmorgens, ich erinnere mich, als wär's gestern gewesen, hat sie gewagt zu behaupten, *Imagine* sei reinster pazifistischer Sirup, tja, das war's, wir haben uns siebenunddreißig Jahre lang nicht gesehen. Stimmt's, Giovanna? Gestehe, dass du dich im Badezimmer eingeschlossen hast, um über all die verlorenen Jahre unserer Freundschaft zu weinen. Gib es zu! Wir hätten zusammen in Urlaub fahren können, uns gegenseitig dumme Geheimnisse erzählen, wie es nur Freundinnen machen, du wärst die Lieblingstante von Guendalina und Dorotea gewesen, und vielleicht hätte ich dich sogar überreden können, ein Kind zu bekommen. Denn, wie ihr euch vorstellen könnt, eine Diät aus Rolling Stones